「十四五」國家重點圖書

詞譜要籍整理與彙編（第二輯）

朱惠國◎主編　劉尊明◎副主編

有真意齋詞譜　詩餘譜式

［清］錢　裕◎編著　劉明哥　江合友◎整理

［清］郭　鞏◎編著　王延鵬◎整理

華東師範大學出版社

·上海·

圖書在版編目（CIP）數據

有真意齋詞譜　詩餘譜式/（清）錢裕，（清）郭鞏編著；劉明哥，江合友，王延鵬整理. —上海：華東師範大學出版社，2024

（詞譜要籍整理與彙編）

ISBN 978-7-5760-4925-1

Ⅰ.①有…　Ⅱ.①錢…　②郭…　③劉…　④江…　⑤王…　Ⅲ.①詞譜-中國-清代　Ⅳ.①I207.23

中國國家版本館 CIP 數據核字(2024)第 090821 號

上海市促進文化創意產業發展財政扶持資金資助出版

詞譜要籍整理與彙編

有真意齋詞譜　詩餘譜式

叢書編者　朱惠國 主編；劉尊明 副主編

編 著 者　[清]錢　裕　[清]郭　鞏
整 理 者　劉明哥　江合友　王延鵬
責任編輯　時潤民
責任校對　龐　堅
裝幀設計　盧曉紅

出版發行　華東師範大學出版社
社　　址　上海市中山北路 3663 號　郵編 200062
網　　址　www.ecnupress.com.cn
電　　話　021-60821666　行政傳真 021-62572105
客服電話　021-62865537　門市(郵購)電話 021-62869887
地　　址　上海市中山北路 3663 號華東師範大學校内先鋒路口
網　　店　http://hdsdcbs.tmall.com

印　　刷　上海中華商務聯合印刷有限公司
開　　本　890 毫米×1240 毫米　32 開
印　　張　22
插　　頁　4
字　　數　401 千字
版　　次　2024 年 10 月第 1 版
印　　次　2024 年 10 月第 1 次
書　　號　ISBN 978-7-5760-4925-1
定　　價　178.00 元

出 版 人　王　焰

詞肇於唐李青蓮之憶秦娥菩薩蠻二闋而溫
飛卿白香山諸公繼之隨意命題初無定譜宋
特命周美成等討論古音比律切調始有八十
四調之譜至柳屯田增成二百餘調厥後遞相
祖述靡不換角移商遂爲三犯四犯詞之調日
繁而譜之律日嚴如美成之工於詞者猶倘有
未諧音律處也余嘗有志倚聲畱心音律知有
平仄可以移易者有必不可以移易者一字偶

上海圖書館藏清道光二十一年辛丑（一八四一）
吴門敦本堂刻本《有真意齋詞譜》書影（一）

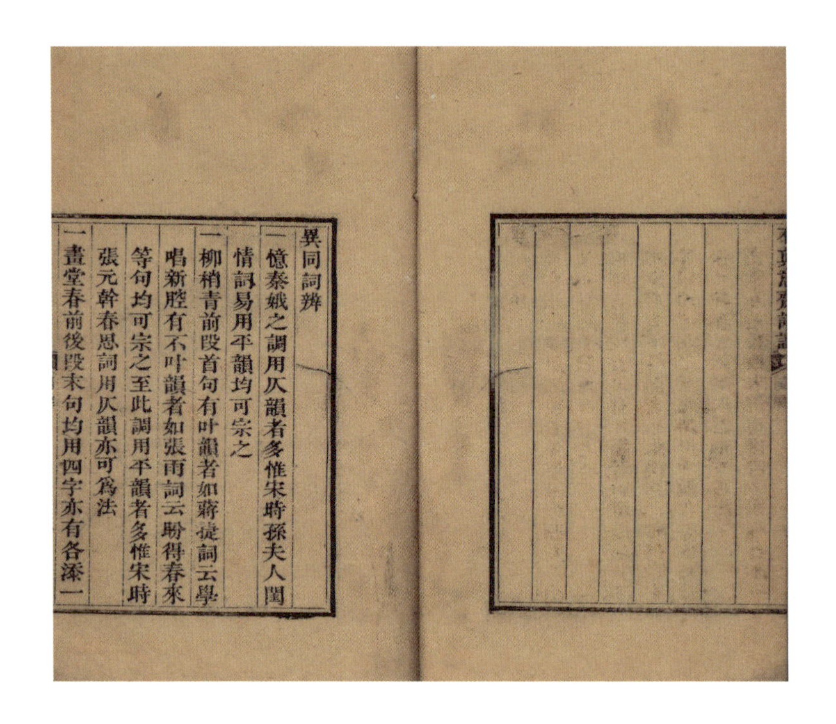
異同詞辨

一憶秦娥之調用仄韻者多惟宋時孫夫人閨
情詞易用平韻均可宗之
一柳梢青前段首句有叶韻者如蔣捷詞云學
唱新腔有不叶韻者如張雨詞云盼得春來
等句均可宗之至此調用平韻者多惟宋時
張元幹春思詞用仄韻亦可爲法
一畫堂春前後段末句均用四字亦有各添一

上海圖書館藏清道光二十一年辛丑（一八四一）
吴門敦本堂刻本《有真意齋詞譜》書影（二）

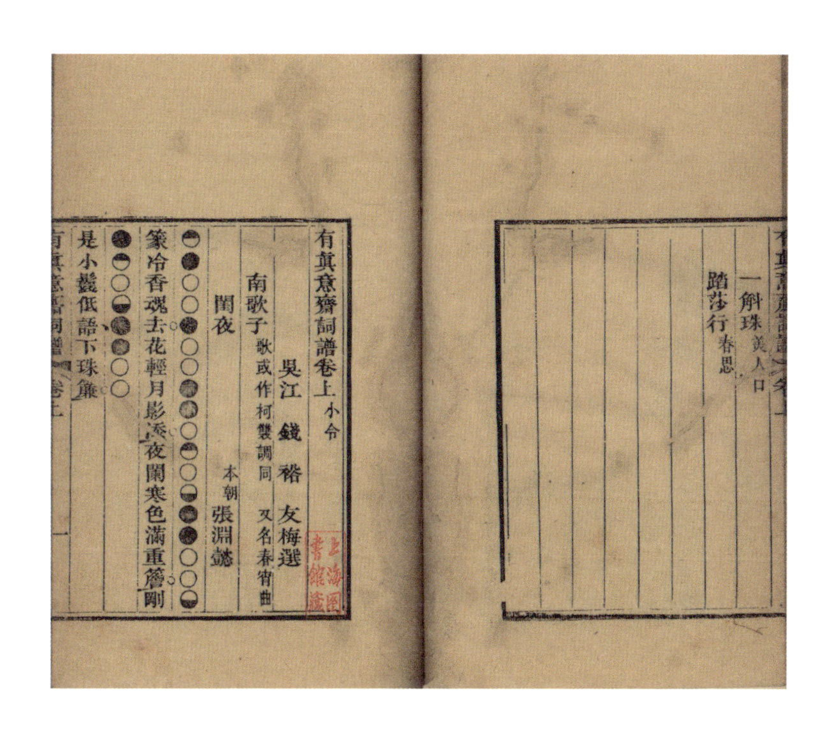
有真意齋詞譜卷上

一斛珠 美人口

踏莎行 春思

有真意齋詞譜卷上 小令

吳江 錢裕 友梅選

南歌子 歌或作柯 雙調同 又名春宵曲

閨夜 本朝 張淵懿

篆冷香魂去花輕月影淒夜闌寒色滿重簷剛

是小鬟低語下珠簾

有真意齋詞譜 卷上 一

上海圖書館藏清道光二十一年辛丑（一八四一）

吴門敦本堂刻本《有真意齋詞譜》書影（三）

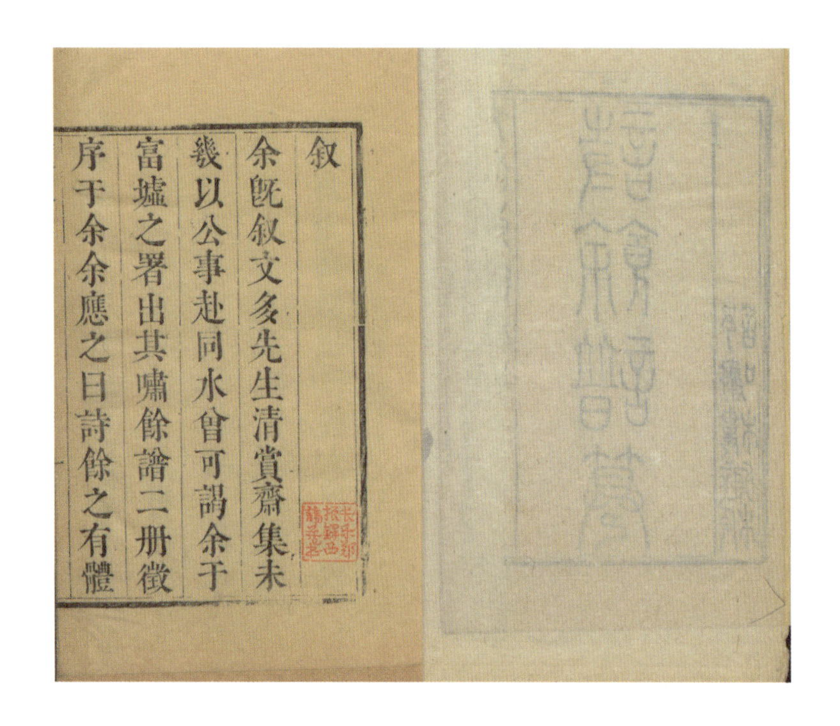
叙
余旣叙文多先生清賞齋集未
幾以公事赴同水曾可謁余于
富壚之署出其嘯餘譜二册徵
序于余余應之曰詩餘之有體

中國國家圖書館藏

舒嘯樓本《詩餘譜式》（《詩餘譜纂》）書影（一）

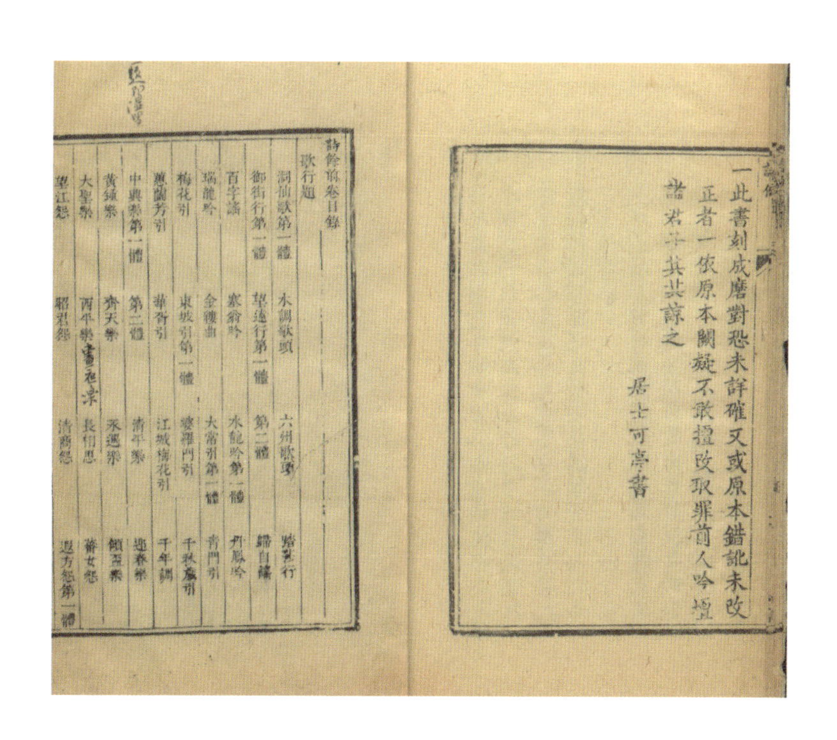

一此書刻成磨對恐未詳確又或原本錯訛未改
正者一依原本闕疑不敢擅改取罪前人吟壇
諸君子其共諒之
居士可亭書

詩餘簡卷目錄
歌行題
洞仙歌第一體　水調歌頭　六州歌頭　踏莎行
御街行第一體　望遠行第一體　第二體　歸自謠
百字謠　塞翁吟　水龍吟第一體　丹鳳吟
瑞龍吟　金縷曲　大常引第一體　青門引
梅花引　東坡引第一體　婆羅門引　千秋歲引
蕙蘭芳引　華胥引　江城梅花引　千年調
中興樂第一體　第二體　清平樂　迎春樂
黃鐘樂　齊天樂　永遇樂　傾盃樂
大聖樂　西平樂　長相思　番女怨
望江怨　昭君怨　清商怨　遐方怨第一體

舒嘯樓本《詩餘譜式》（《詩餘譜纂》）書影（二）

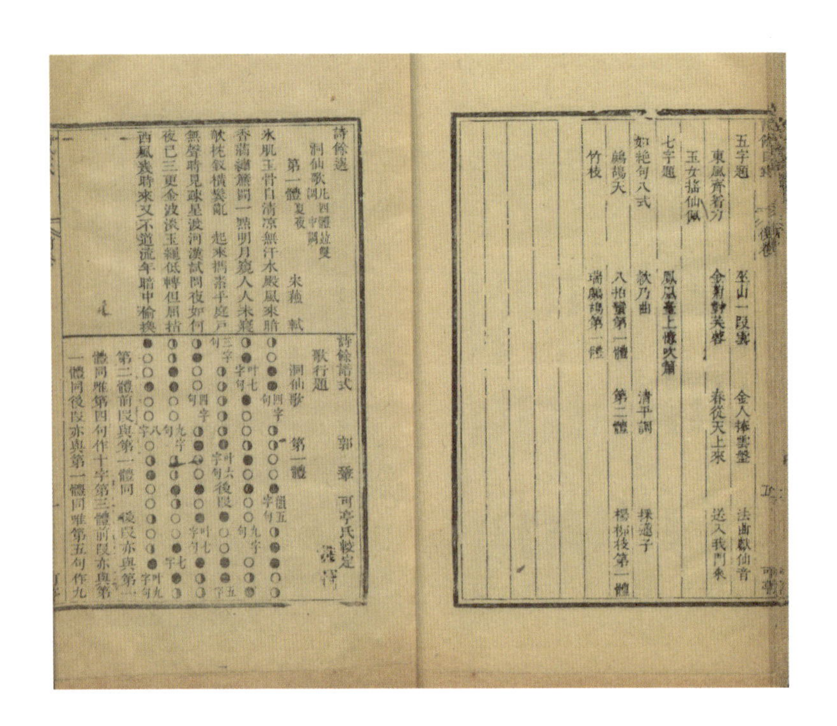

中國國家圖書館藏

舒嘯樓本《詩餘譜式》（《詩餘譜纂》）書影（三）

總序

詞譜，這裏主要指格律譜，産生於明中期，是詞樂失傳後，爲規範詞的創作而逐漸發展起來的一種專門性質的工具書。廣義的詞譜包括音樂譜和格律譜，但就明清詞譜而言，除極少數詞譜，如《自怡軒詞譜》、《碎金詞譜》是從《九宮大成》輯録而成，具有音樂性外，一般都是格律譜。

晚清以來，詞譜研究一直處於較少被關注的邊緣位置，相比詞史與詞論，詞譜研究的成果不多，且研究格局也比較狹窄，可以説，至今缺乏整體性、系統性的研究。晚清民初的詞譜研究大多集中在細部的考察和瑣碎的考訂上，對詞譜文獻尚未有全面的整理和系統的考察。民國時期，學者們多撰文專門探討四聲陰陽及詞人用調等問題，亦有一些學者熱心於增補詞調，至於詞譜的全面系統研究，則依然缺乏。一九四九年後，由於時代原因，詞譜以及與之關係密切的詞調與詞律研究長期受到冷落，直到進入新時期，相關研究才零星逐漸復甦，却也呈現出十分不均衡的面貌：詞調研究成果相對多一些，但總體上缺乏規劃性；詞律、詞韻等方面的研究成果很少，且多見於語言學等外圍學科；詞譜文獻研究有一些進展，但主要是單個詞譜的研究，成果也比較零散；至於詞譜史的研究，不僅成果少，而且多是以史論方式介紹明清以至民國詞譜著作的編撰過程、詞律研究進程及相關學者的詞律思想主張，並沒有觸及問題的實質。因此，明清詞譜的研究總體比較冷寂。

一

進入新世紀，尤其是二〇〇八年前後，明清詞譜研究開始受到重視，相關研究也逐步展開，並取得一些成績。在此過程中，有兩方面的研究推進速度較快，取得的成果也比較突出。

其一，重要詞譜的研究取得明顯進展。明清詞譜的研究起步較晚，但一些重要詞譜因爲影響較大，學術地位重要，吸引了一批學者投入較多精力進行研究，並已取得非常明顯的進展。這在《詩餘圖譜》、《欽定詞譜》、《詞繫》三部重要詞譜的研究方面表現得尤其充分。

《詩餘圖譜》是中國真正意義上的第一個詞譜，地位十分特殊，但以往專門的研究並不多。學術界雖然常常提及該譜，事實上對它的認識還比較模糊，其表現主要有兩方面：一是張冠李戴，將之和賴以邠、查繼超等的《填詞圖譜》相混淆，將後者的問題算在前者上；二是没有梳理《詩餘圖譜》版本，分不清初刻本和後續版本的區别，將後續版本中出現的問題誤以爲是張綖《詩餘圖譜》初刻本的。這兩種情況在以往的研究文章和著作中經常會遇到，直到張仲謀在臺灣發現《詩餘圖譜》初刻本，才徹底扭轉了局面。此後《詩餘圖譜》各種版本的發掘和梳理，進一步呈現了該詞譜的真實面貌和流傳過程。可以説，由於文獻資料的突破，《詩餘圖譜》的研究在最近十餘年快速推進，形成的成果也與之前有了質的變化。

《欽定詞譜》由於是「欽定」，在清代幾無討論的可能，更談不上去指謬糾誤，清以後，雖然「欽定」的禁忌不復存在，但由於該譜的「權威性」，也很少有人去留意、審視譜中的問題，部分學者也只是重視詞調補遺工作，而非對原譜本身作研究，因此《欽定詞譜》存在的問題也長期得不到糾正。但最近幾十年情況正在發生變化，陸續有學者關注此譜，將其納入研究範圍，而研究的核心内容，就是對其糾誤匡謬。大致而言，對《欽定詞譜》的研究可以分爲三個階段：第一個階段是一九九七年周玉魁發表《略論〈欽定詞譜〉的幾個問題》一文，開始對該譜進行整體性研究，並且研究的方向也十分明確，就是指出其存在的問題。這種思路事實上對《欽定詞譜》之後的研究路徑有明顯的導向作用。但作者發表此文後，再没見到其後續研究成果。第二階段是新世紀以後，主要是二〇一〇年前後，謝桃坊和蔡國强兩位發表了一系列論文，對《欽定詞譜》的問題作進一步討論，其研究思路與周文大致相近。其中謝桃坊偏重於《欽定詞譜》收録詞調標準的討論，也涉及譜中調名、分體、韻位等方面的具體問題，蔡國强則更偏重於調名、韻脚等具體問題的討論。蔡文的許多觀點之後被集中吸收到其考正著作中。第三階段是二〇一七年蔡國强的《欽定詞譜考正》出版，標誌着《欽定詞譜》的研究進入了一個新的階段。三個階段層層推進，進展較快。《詞繫》是最有價值的明清詞譜之一，但由於戰亂以及編撰者秦巘家道中落等原因，一直没有機會刊刻，外界所知甚少，因此相關的研究也就無從談起。直到二十世紀末，該書稿本被重新發現並整理出版後，學界才開始了對該書的研究。研究工作主要圍繞三個方面進行：首先是整體性介紹，由於該譜是第一次整理，這類介紹是必要的，以便於把握該譜的基本特點；其次是價值發現與詞譜史評價，這對於《詞繫》的深度認識以及詞譜史定位尤其重要；第三是文獻的發現與完善。北京師範大學出版社一九九六年出版了《詞繫》一書，是根據收藏在北京師範大學圖書館的未定稿本整理而成，其間唐圭璋、鄧魁英、劉永泰等先生做出重要貢獻。但是該稿本與夏承燾、龍榆生等先生描述的稿本不同，夏承燾等看到的是更加完善的謄清本，此事一度成爲迷案。此後有學者據《中國古籍善本書目》的著録，在北京大學圖書館發現了珍貴的謄清本，國家圖書館出版社於二〇一四年對其進行複製性出版，收入「中華再造善本續編」。至此，《詞繫》的最終面目得以被公諸於世，便於學者作進一步深入研究。《詞繫》的研究，從零到現在大致成熟，其推進速度也比較快。

其二，研究視野有所拓展，對冷僻的詞譜和海外的詞譜開始有所關注。明清詞譜研究之前主要集中在幾部比較著名的詞譜上，但最近十幾年一個明顯的變化，就是開始對冷僻的詞譜有了一定的關注，並取得初步進展。比較典型的例子是對鈔本《詞學筌蹄》、稿本《詞家玉律》、稿本《詞榘》、鈔本《詞海評林》等詞譜的關注與研究，及對稀見詞譜《牖日譜詞選》、《記紅集》、《三百詞譜》、《詩餘譜纂》、《詩餘協律》、《有真意齋詞譜》、《彈簫館詞譜》等的介紹與初步研究。其中對鈔本《詞學筌蹄》、稿本《詞槩》、稿本《詞家玉律》的研究代表了三種不同的類型。

《詞學筌蹄》以鈔本的形式存在，但在很長一段時間内被視爲一部詞選，較少受到關注。唐圭璋《全宋詞》「引用書目」將此書列爲第五類的「詞譜類」，是非常有識見的判斷，此後蔣哲倫、楊萬里編《唐宋詞書録》，也順着唐先生的思路，將其列爲「詞譜、詞韻類」。至此，該書詞譜的身份大體被確認。此書真正受到關注，進入詞譜研究的視野，是在張仲謀二〇〇五年發表《〈詞學筌蹄〉考論》一文之後。文章對該譜作了比較全面的介紹與討論，進一步論證其詞譜性質，以爲是中國現存最早的詞譜。但總體來看，作爲中國最早的詞譜，或者説詞譜的雛形，其產生的過程、背後的深層原因及詞譜學意義等問題，仍有待作進一步深入研究。

《詞槩》的編撰者方成培是有很高造詣的詞學家，其《香研居詞麈》一書向爲學界稱道，但同爲其重要詞學著作的《詞槩》却未曾刊刻，也久未見著録，只在民國時期《歙縣志》等地方文獻上稍有提及。加上此書稿本長期保存在安徽博物院，鮮爲人知。直到二〇〇七年鮑恒在《文學遺産》上發表文章介紹《詞槩》的兩個不同稿本，該書才進入學者的研究視野。作者在撰文的同時，還聯合王延鵬開始整理《詞槩》，在文獻比對、字迹辨識等基礎性工作上花費了大量心血。《詞槩》稿本的整理與出版，將對中國明清詞譜史的研究産生重要影響。

《詞家玉律》的情況則有所不同，編撰者王一元並非名家，書稿也只是保存在其家鄉的無錫市圖書館，因此幾無人知。二〇一〇年，顏慶餘撰文介紹該稿本，這部詞譜才進入研究者的視野。但此稿的價值究竟如何，是否有整理的必要？仍需作進一步的考察與研究。總體來講，最近十來年，一些之前少有人關注的珍稀詞譜開始受到重視，並被不斷發掘與介紹，這對明清詞譜史的研究具有重要意義。就我們所知，此類詞譜有一定數量，該方面的研究工作將會持續一段時間。

最近十幾年，學者們對域外詞譜也開始加以關注。由於歷史原因，中國周邊的日本、朝鮮半島、越南三個地區在古代均採用漢字書寫系統，漢文詩詞創作十分普遍。詞譜作爲漢詞創作的工具書，也較早流傳到了這些國家。以往的詞譜研究對留存域外的明清詞譜關注不多，對域外國家本土編製的詞譜更是所知甚少。這種情況目前已有所改變，不少學者開始將目光投向域外，並嘗試將域外主要是日本的詞譜納入研究範圍。此方面的研究工作起步不久，大致可以分爲三個方面。第一，是研究流傳到域外的明清詞譜。如上所述，明清時期有不少詞譜流入域外，這些詞譜大部分都能在國內找到相同版本，但也有一些比較特殊的鈔本或批本，是國内所没有的，具有較高的文獻價值。對此已有一些學者開始關注並展開實際研究工作，如江合友《關於張綖〈詩餘圖譜〉的日藏抄本》，詳細介紹了《詩餘圖譜》的兩種日藏抄本；又如日本詞學家萩原正樹《關於〈欽定詞譜〉兩種内府刻本的異同》對日本京都大學一九八三年影印「京都大學漢籍善本」中的一種《欽定詞譜》底本作了介紹，並將其與中國書店一九七九年影印本作了詳細比對與析論。第二，是對域外國家本土編製詞譜的關注與研究。域外國家本土編製的詞譜一般是以中國傳過去的詞譜爲母本，在此基礎上作一些本土化改造。這些詞譜在彼處取得成功，有的甚至還返流回中國，受到中國詞人的喜愛，如日本田能村孝憲編的《填詞圖譜》。目前學界對這些詞譜也有所關注，如江合友《田能村孝憲〈填詞圖譜〉探析——兼及明清詞譜對日本填詞之影響》，朱惠國《古代詞樂、詞譜與域外詞的創作關聯》也涉及這一問題。其三是對域外詞譜學研究的關注，如日本學者萩原正樹近年研究森川竹磎的《詞律大成》，撰有《森川竹磎〈詞律大成〉原文與解題》，該書在整理《詞律大成》的同時，另附《森川竹磎略年譜》和《〈詞律大成〉解題》於書後，頗具資料價值。萩原正樹的著作代表了日本詞譜學的一些特點與最新進展，已引起國内詞學界的注意，有關的資料收集與評價也正在進行。從這三方面的研究看，明清詞譜研究的視野有了明顯的拓展，已進入了一個新的階段。

二

毫無疑問，近十幾年明清詞譜研究的進展是明顯的，但我們也清醒地看到，晚清以來，詞譜研究在詞學研究大格局中所占的比重偏小，積累不够，加上新時期成長起來的新一代學者普遍對詞調、詞律有陌生感，因此目前的明清詞譜研究總體上還存在基礎薄弱、人員短缺等問題。除此之外，研究工作本身也存在一些不足。這些不足主要有以下幾個方面。

一是基礎性、整體性的文獻研究缺乏。詞譜文獻學是目前明清詞譜研究中相對成熟的一部分，取得的成果也比較多，但問題是這些研究比較零散，不成系統。迄今爲止，學界對明清詞譜整體情況的認識還比較模糊，比如從明中葉《詞學筌蹄》產生以來，總共有過多少詞譜，其中存世的詞譜有多少，有哪些類型，收藏在什麽地方，保存情況如何？這些目前都是未知的，換句話説，時至今日，我們還未系統地摸過明清詞譜的家底。進一步看，這些詞譜各自有哪些編撰特點，作者的背景怎樣，當時是否被廣泛接受與普遍使用，實際評價又如何？對這些方面的研究工作雖然已有了一部分，但涉及的只是部分詞譜。因此説，詞譜文獻的基礎性研究還比較薄弱，很需要在調查研究的基礎上，編出一份相對齊全的明清詞譜收藏目録，如果在目録的基礎上，能撰寫系統性的明清詞譜叙録，或能反映明清詞譜總體情況的學術著作，就更好了。至於對明清詞譜的整理，目前主要集中在幾部著名的詞譜上，如《欽定詞譜》、《詞繫》、《碎金詞譜》等，一些在明清詞譜史上有重要地位的詞譜，如《填詞圖譜》、《嘯餘譜・詩餘譜》等，至今還没有被整理過，可見詞譜文獻研究雖然已取得一些進展，但依然缺乏大規模、集成性的研究成果。

二是大部分研究仍停留在淺層次的階段，没有深入到詞譜本身的内容中去。目前的明清詞譜研究雖然涉及到了詞譜的編製方式、文獻來源，以及與之關係密切的詞調、詞律、詞韻等多個方面，成果數量也已經有了一定的累積，但這些研究大部分停留在表面，缺少對實質性内容的深入思考。如大部分論著多集中在詞譜的作者、版本，以及編纂背景、標注符號、編排方法等外部要素上，而對於最能反映詞譜學本質的句式、律理、分體等問題的探討却不是很多，即使有一些涉及明清詞譜修訂的論文觸及了詞律問題，也多是專攻一隅，未能系統而全面。換句話説，目前的研究大部分還是在外圍，並没有深入詞譜的實質。事實上，詞譜作爲一種專門工具書，是明清人在詞樂失傳後，爲規範並方便詞的創作而發明的，編譜者所依據的文獻以及對詞調的體認程度無疑會影響到詞譜質量的高下。我們現在能看到的文獻比明清人要全，因此在總結前人研究成果的基礎上，對主要的詞譜進行細致分析，討論其譜式的準確性和合理性，應該是明清詞譜研究的主要内容。此外，除了個别的早期詞譜，絶大多數明清詞譜都不是憑空産生的，編寫者或多或少地借鑒了前人的詞譜，既有繼承，也有發展，因此梳理這些詞譜之間的内在關係，看看後者在前者的基礎上解決了什麽問題，還留下什麽問題，由此分析明清詞譜發展演化的過程與規律，也應該是明清詞譜研究的一項重要内容。而從明清詞譜研究的現狀看，此類研究目前還比較少見，這無疑是一個比較明顯的缺憾。

三是對明清詞譜的學術價值和詞學史地位普遍認識不足。已有的明清詞譜研究大部分是從形式的角度入手，將詞譜視爲技術層面的工具，很少從詞學發展的層面深入探討其歷史地位，也很少從詞譜編製與創作互動的關係來考察其學術價值。對一些深層次問題，如明清詞譜産生的根本原因，詞譜發展的内在動因和規律，詞譜在清詞中興過程中的實際作用等，很少有專門的討論。比如我們在談到詞譜的産生時，較多關注到《詞學筌蹄》和《草堂詩餘》的關係，關注詞譜中標注符號的來源等，至於爲什麽會在這個時候形成這部製作粗糙却又具有里程碑意義的詞譜，則目前還少有人去考量，而這個問題非常關鍵，是涉及到詞體能否生存、能否繼續發展的重大問題。又如我們現在討論清詞的中興，總結了很多因素，固然都有道理，而清詞的中興和詞譜的發達又有没有關係？這其中的綫索，也較少有人去作深入思考。可見在目前的詞譜研究中，理論的研究和思考還没有跟上去。這些都需要在今後的研究中加以改進，以對詞譜的學術價值有一個更加全面、深入的考量。

四是重要詞譜的校訂工作没有得到應有的重視。以《詞律》、《欽定詞譜》爲代表的明清詞譜從産生之日起，一直是詞創作的重要依據，將來無疑也會如此，因此詞譜的正確與完善對詞的創作至關重要。但如上所述，明清時期由於製譜者在文獻方面的不足和認識上的局限，導致這些詞譜在平仄、句式、韻律、分段等諸方面，都或多或少地存在一些瑕疵以及錯誤，即使明清詞譜中最著名、最權威、最流行的《欽定詞譜》和《詞律》，即通常所説的「譜」、「律」，也存在不少問題。《詞律》的問題，在清代已經有學者指出過；《欽定詞譜》由於是「欽定」，在清代無法展開討論，近年雖有學者陸續指出其中存在的各式問題，但是這些工作總體來説比較分散，且没有從詞譜的系統性校訂、完善這一層面來展開，因此對普通的詞譜使用者而言，詞譜中的這些問題和錯誤一直存在，並在不斷地誤導詞的創作。問題的嚴重性還在於，幾乎極少有人想到詞譜有錯誤，更没有想到要去校訂明清詞譜，使之更加準確和完善。很少有一種工具書會像詞譜一樣，幾百年來一直不被加以校訂却持續爲創作提供依據。即便是詞譜中由於文獻不足，僅依據殘詞製成之譜，如《欽定詞譜》中署名張孝祥的《錦園春》四十二字體，也至今依然被視爲創作的圭臬。因此對明清詞譜中影響最大，至今使用最廣泛的詞譜，如《詞律》、《欽定詞譜》等，在前人研究的基礎上，作一次系統、徹底的校訂，使之更加準確，是完全有必要也有可能的一項工作，這不僅是明清詞譜研究的重大突破，也是一項功在當代、利在長遠的重大文化工程。

最後是明清詞譜研究缺少規劃，没有系統性。以上四方面問題之所以産生，非常重要的一個原因，就是現有的明清詞譜研究缺少總體規劃，没有系統性。如對明清詞譜基礎性文獻大規模的搜集與著録，對詞譜要籍如《詩餘圖譜》、《嘯餘譜·詩餘譜》、《填詞圖譜》、《詞架》、《詞繫》等的大規模整理與研究，對重要詞譜如《詞律》、《欽定詞譜》的研究與校訂等，都需要有一定的規劃與統籌，調動相應的人力和資金支持。而現有的研究主要基於學者的個人興趣來展開，因此上述大規模的研究計劃就難以得到實施。

三

目前明清詞譜研究雖有許多工作要做，但其中最爲迫切的是基礎性文獻的整理與研究，只有掌握了明清詞譜的基礎文獻，才能對其基本特點、編製原理、演化軌迹、發展動因和詞學史地位、學術價值等作出準確、詳細、符合歷史事實的描述與闡釋。基礎性文獻的整理與研究主要包括兩個方面：一是對明清詞譜的存世情況進行全面排查與記録，二是在此基礎上選擇一些重要的明清詞譜進行有計劃的整理與研究。「詞譜要籍整理與彙編」叢書就是基於後一點而編纂的一套明清詞譜整理本。

本套叢書，我們計劃挑選二十部左右學術價值較高的明清詞譜進行整理與初步研究，挑選的原則主要考慮四個方面，即代表性、學術性、重要性和珍稀性。

所謂代表性，主要是指挑選的詞譜在譜式體例、時代分布等方面均有一定代表性。詞譜的種類較多，從大的方面區分，可以分爲圖譜和文字譜，但同是圖譜，在標示符號和標示方式上也有不少差異，如黑白圈、方形框等，在圖和例詞的安排上，有的兩者分開，有的則合二爲一。至於文字譜，在譜式設計上也有不少差異，如有的與工尺合譜，有的則設計出獨特的文字表示不同的句式或體式。這些譜式不可能全部兼顧，但一些有代表性的譜式均在本叢書的考慮之内。時代的代表性，主要是兼顧不同時期編撰的詞譜。明清詞譜産生於明中葉，但在時段的分布上並不均衡，有的時期如清康熙、乾隆朝編撰的詞譜比較多，有的時期如雍正、嘉慶朝就少，除了詞譜本身發展原因外，與該時期的時間長短有關，但作爲一部叢書，還是要儘量兼顧各個歷史時期，以展示不同時期詞譜的特色。

學術性主要是關注詞譜本身的學術含量。詞譜是一種填詞專用工具書，同時也是詞調、詞律、詞韻研究成果的重要載體，體現出編譜者的學術水平和創新程度。作爲一套詞譜要籍整理叢書，詞譜的學術性是入選的一個重要標準。如張綖的《詩餘圖譜》是中國第一個真正意義上的詞譜，奠定了明清詞譜的編譜思路和基本體例，其學術性和創新性不容置疑；又如徐師曾《文體明辯・詩餘》「直以平仄作譜」，是第一個「去圖著譜」的詞譜，也是第一個明確有「分體」意識，調下以「各體別之」的詞譜。這些詞譜有較高的學術性，並在明清詞譜發展過程中具有重要作用，是我們重點予以整理與研究的。詞譜的重要性一般和其學術性相關，但也不能一概而論，有的詞譜儘管並不完美，却由於各種原因，實際影響力比較大。比如程明善的《嘯餘譜・詩餘譜》，現在研究者普遍認爲是承襲了徐師曾《文體明辯・詩餘》，並非自己獨立創作，而且本身還存在多種問題，但該譜在明清之際非常流行，萬樹甚至以「通行天壤」來形容，實際影響非常之大。又如賴以邠、查繼超等的《填詞圖譜》，萬樹以爲「圖則葫蘆張本，譜則矇捧《嘯餘》，持議或偏，參稽太略」，但作爲《詞學全書》的一種，在清初也十分流行，同樣具有重要影響。這些詞譜也是我們重點關注與進行整理的。另外，稀缺性也是我們重點考慮的 個因素。歷史上不少詞譜由於種種原因没有刊刻，一直以稿本或鈔本的形態保存在圖書館或博物館，這些詞譜除了學術價值，還有比較高的文獻價值，如方成培《詞榘》、毛晉《詞海評林》等。對這些詞譜的整理和研究，一定程度上還具有保存文獻的意義。其他稀見詞譜，如李文林《詩餘協律》、呂德本《詞學辨體式》等，雖是刻本，但由於存世數量有限，流傳不廣，也有整理、研究的必要。

綜合上述四方面的考慮，我們初步擬定需整理的詞譜要籍如下：

明代詞譜六種：張綖《詩餘圖譜》（附毛晉輯《詩餘圖譜補略》）、萬惟檀《詩餘圖譜》、顧長發《詩餘圖譜》、徐師曾《文體明辯・詩餘》、程明善《嘯餘譜・詩餘譜》、毛晉《詞海評林》。

清代詞譜十五種：吴綺《選聲集》並吴綺等《記紅集》、賴以邠等《填詞圖譜》、葉申薌《天籟軒詞譜》、孫致彌《詞鵠》、鄭元慶《三百詞譜》、李文林《詩餘協律》、許寶善《自怡軒詞譜》、方成培《詞榘》、禮思鵬《詞調萃雅》、郭鞏《詩餘譜式》、吕德本《詞學辨體式》、朱燮《朱欽山千金譜・詩餘譜》、舒夢蘭《白香詞譜》（並另增民國天虛我生《考正白香詞譜》）、錢裕《有真意齋詞譜》。

至於萬樹《詞律》、王奕清等《欽定詞譜》、秦巘《詞繫》這三部大譜，因有專門的研究與考訂計劃，故暫未考慮列入本套叢書中。而《碎金詞譜》偏重音樂性，且已有劉崇德先生整理並譯成現代樂譜，故不列入整理名單。隨研究深入並根據需要，以上書目也可能調整。

每一種詞譜的整理一般包括兩個方面：文獻整理和基礎研究。文獻整理遵循古籍整理的一般方法，並根據詞譜的特點作相應調整，主要包括有：底本選擇、校勘、標點、附録等。基礎研究主要對編撰者的生平行實、詞學活動進行考證，及對詞譜的編撰過程、基本特點、使用情況、版本與流傳等方面進行闡述，最後用「前言」的形式體現出來。

本叢書以「詞譜要籍整理與彙編」的總名出版。二十餘種詞譜以統一的體例，採用繁體直排的形式，各自成册（亦有合刊者）。原則上，每一種均包括書影、前言、凡例、正文、附録五個部分。附録主要收録詞譜編撰者的生平傳記資料以及該譜其他版本的序跋、題辭等資料，但不包括後人的研究文章。此項視每種詞譜的具體情況而定，不作强求。

由於本叢書是第一次具規模性地整理詞譜文獻，參與者缺少經驗，加之時間與精力問題，難免會存在各種問題，在此敬祈海内外方家、讀者不吝指正。

朱惠國

二〇二一年二月於上海

二〇二三年十一月略訂

總目

詩餘譜式……二四五

有真意齋詞譜

[清] 錢　裕◎編著
劉明哥　江合友◎整理

目録

有真意齋詞韻

前言

劉明哥　江合友

《有真意齋詞譜》刊行於清道光二十一年（一八四一），作者錢裕是久居嶺南的下層文士，屢試不第，生活艱困。該譜繼承了明代詞譜遺風，體現了實用主義的編纂觀念，在構思和體例上受舒夢蘭《白香詞譜》影響較大。錢裕撰譜以指導初學者創作爲目的，兼顧「律理」與「文理」的和諧統一。該譜例詞的選擇反映了當時詞學風氣，一方面在經典的選擇上重北宋詞，另一方面大量選擇當代詞，是清詞中興進程中格律研究與創作互動的縮影。受地域環境和個人境遇等因素的影響，該譜具有一定的個性化特徵，是反映地方性詞學家格律思想的獨特樣本。

一　錢裕生平、著作考述

錢裕，字友梅，江蘇吴江人。有關錢裕生平的文獻記載十分有限，據《江蘇藝文志・蘇州卷》僅可知其生活於清嘉慶、道光時期。通過錢裕《有真意齋詞集》作品中包含的信息，則可略輯其生平。其《壺中天・生朝自述》詞寫道：「自遊南粵，又匆匆過了，十三生日。利也未成名未就，已近春秋四十。」[一]可知錢裕至粵地十三年，時已年屆四十。又據其《滿江紅・丙申除夕寫懷》「已過了十三年除夕」，可確定當年爲道光四年（一八二四），回推錢裕生年，當爲乾隆四十九年（一七八四），並於嘉慶十六年（一八一一）入粵。

錢裕交遊不甚廣泛。《有真意齋詞集序》的作者繆艮是其中之一，繆艮九次科場敗北，半生輾轉多地，於嘉慶十五年（一八一〇）入粵，與錢裕經歷相似。序中提到錢裕「固吴中才士也，遊幕來粵」，又説：「因其葭莩親張子笛莊，嘗以所著詩古文詞屬余點定，見而悦之。」可知繆艮早前就與錢裕的遠房親戚張笛莊結識，錢裕入粵後與他相遇。錢裕之詞，有一部分屬於贈答親朋之作，如《百字令》寄姊婿張藍圃，《沁園春》讀張笛莊詞後寄答，《百字令》與趙香嵓、小彭昆弟等感歎勞生。又《暗香》題爲「汪韞山刺史招集應元宫看梅分韻得置字」，爲應制之作；《鷓鴣天》詞内自注「謂汪韞山、周蔚堂諸君子」；還有《柳梢青》寄繆蓮仙，是爲繆艮而作，除此之外便没有更多的信息。

錢裕一生頗不平順。他曾感歎光陰易逝和壯志難酬，入粵後更時常有思鄉之苦。《永遇樂》詞寫道：「客懷如許。一事何成，卅年空長，説也添愁緒。……西遊桂海，自歎備嘗艱阻。」《柳梢青》又回顧其前半生説：「少年蹉跎，中年落拓，回道何堪。渺渺前途，茫茫後路，進退爲難。」短短幾句的書寫，進

[一] 錢裕《有真意齋詞集》，道光二十一年（一八四一）刻本。下有關錢裕詞的引文皆出此本，注釋從略。

退維谷的窘迫躍然紙上。他常年沉淪下僚，輾轉奔波，從一些詞題或詞序中可以了解到他曾奔走於廣西的梧州、桂林，安徽的安慶，廣東的廣州、韶州、博羅、大庾等地。錢裕對在粵的生活環境並不滿意，其《賀新涼》二首概括了生活的困頓：

賀新涼

十載風塵走。笑吳儂、忙忙碌碌，盡隨人後。南北東西路行遍，萬苦千辛禁受。只落得、一身消瘦。世上艱難知稼穡，便麤衣、淡飯都將就。如許儉，也空手。　當初悔不衡門守。到獅林、吟風弄月，問梅尋柳。草本榮枯花開謝，人亦窮通命有。況夢醒、黃粱能久。自到中年多感慨，向青天、難問頻搔首。千古事，一杯酒。

又　珠江感事

我本悲歌士。看珠江、南方景象，北方風氣。可笑紅顔愚且拙，每服斷腸（毒草名）而死。視性命、竟同兒戲。祇有微嫌因口角，把浮生、何必輕如此。賢令尹，禁難止。　年來漸漸繁華起。學蘇杭、遍身羅綺，滿頭珠翠。畫舫許多歌舞女，也有聰明伶俐。便欠了、風流情致。雞鴨魚蝦依樣好，奈銀牙、細嚼都無味。除此外，可知矣。

儘管他多年奔走忙碌，卻難以改變「盡隨人後」的現實，人到中年仍然缺衣少食，窮困潦倒，爲生計而愁。錢裕生於號稱魚米之鄉的蘇州吴江，文化昌盛，農商富庶。而粵地雖有南方景象，民風卻似北方，視性命如兒戲，學蘇杭也僅徒有其表。由於他心緒苦悶，粵地的時鮮也感覺顯得索然無味。對錢裕來説，粵地不論是自然環境還是人文環境都難盡人意。從他一生的經歷來看，我們可以判斷，他是一個心懷抱負卻功業難成的底層文士。

錢裕著有《有真意齋詞集》、《有真意齋詞譜》、《有真意齋詞韻》等作。[一] 關於《有真意齋詞譜》的版本，孫殿起《販書偶記》記載：「《有真意齋詞譜》三卷《詞韻》一卷，吴江錢裕撰，道光辛丑吴門敦本堂刊。」[二] 即在道光二十一年（一八四一）刊行，今上海圖書館有藏。根據序尾的題識「道光庚子孟秋七月既望，吴江錢裕友梅氏自識於右江道廨之一舫齋」[三]，可知該書可能在道光二十年（一八四〇）就已經成書。書名頁中間有隸書題署「有真意齋詞譜」，右上題「道光辛丑春鐫」，左下題「吴門敦本堂藏板」。四周雙邊，白口，單黑魚尾，版心刻書名、卷次、頁數。正文每卷卷端標記書名、卷次，小字分以小

[一] 朱德慈《近代詞人考録》，中國社會科學出版社，二〇〇四年，第二六二頁。
[二] 孫殿起《販書偶記》，上海古籍出版社，一九八二年，第五五八頁。
[三] 錢裕《有真意齋詞譜》，道光二十一年（一八四一）刻本。下有關該譜的引文皆出此本，注釋從略。

令、中調、長調。並題「吴江 錢裕 友梅選」，卷尾亦有卷次結束標識。另有陸維釗藏本，與《有真意齋詞韻》一卷、《有真意齋詞集》四卷、《梅花詩》一卷合刻，版式與敦本堂本同。

二 《有真意齋詞譜》的格律觀念

首先，錢裕有清晰的詞譜構建史觀。他在《有真意齋詞譜序》中將詞譜發展歸納爲三個階段，第一階段是初無定譜，他説：「詞肇於唐李青蓮之《憶秦娥》、《菩薩蠻》二闋，而温飛卿、白香山諸公繼之，隨意命題，初無定譜。」此時詞的創作與成熟的詞體還有本質區别：其一，詞的平仄格律體系尚未完全形成；其二，樂府、聲詩的創作方式屬於「選詞以配樂」。第二階段是創製樂譜，錢裕説：「至柳屯田增成二百餘調，厥後遞相祖述，靡不换角移商，遂爲三犯、四犯，詞之調日繁。」指出柳永開始大量創製慢詞長調，「宋時命周美成等討論古音，比律切調，始有八十四調之譜」，發展到宋徽宗崇寧間，大晟府有審定舊曲譜等活動(一)，「而譜之律日嚴，如美成之工於詞者，猶尚有未諧音律處也」，强調諧律需要極高

(一)「迄於崇寧，立大晟府，命周美成諸人討論古音，審定古調。淪落之後，少得存者，由此八十四調之聲稍傳。而美成諸人又復增演慢曲、引、近，或移宫换羽，爲三犯、四犯之曲。按月律爲之，其曲遂繁。」張炎著，夏承燾校注《詞源注》，上海古籍出版社，二〇一八年，第九頁。

的音樂水準，這裏所説的譜是指音樂譜。第三階段，是詞樂失傳之後産生的格律譜。錢裕説：「余嘗有志倚聲，留心音律，知有平仄可以移易者，有必不可以移易者，一字偶乖，便不合拍。」此處「音律」包含樂律和格律兩層含義。論平仄是指字聲，而論合拍，則包含音樂性。「均、拍」是一對詞樂概念，一均中有兩拍，從音樂角度講分别對應樂段和樂句，對應樂節的「大頓」與「小住」，從音韻學角度講是兩級詞韻，是詞樂對詞體格律的投影。〔一〕詞以樂歌傳唱的鼎盛時期，字聲就已十分精嚴，詞樂失傳就導致後人填詞必須倚重字聲、結構等要素，最大程度接近原有「音樂性」，由此格律譜的構建完成。

其次，「異同詞辨」呈現了錢裕的詞律分體觀念。錢裕設置「異同詞辨」的目的是「將諸家異同處辨明標出，使閲者觸目洞然」，這體現在用韻和句法兩個角度。

從用韻的角度分體。錢裕認爲詞的用韻有平韻、仄韻之分，如：「《憶秦娥》之調用仄韻者，多惟宋時孫夫人閨情詞，亦用平韻，均可宗之。」詞的叶韻不同，也是分體的標志，如：「《行香子》之調有前後段，首句、二句均叶韻者，如馬浩瀾春思詞；有後段首句不叶韻者，如蘇軾詞云『雖抱文章』，梁清標詞云『緑窗窈窕』；並有後段首句、二句均不叶韻者，如張先詞云『江空無畔，凌波何處』等句，均可宗之爲

〔一〕杜慶英、張明明《論詞樂「均拍」對詞體格律之投影》，《詞學（第四十七輯）》，華東師範大學出版社，二〇二二年，第一一三頁。

法。」從叶韻的角度將詞調分爲三種體式。該調《欽定詞譜》（以下簡稱爲《詞譜》）共列八體，後段分三平韻、四平韻、五平韻三種，錢裕也照此劃分。

從句法的角度分體。錢裕認爲添一字或少一字，均屬正常，如他説：「《倦尋芳》前段，六句有七字者，如潘元質詞云『夢草池塘青漸滿』；有六字者，如王雱詞云『倚危樓，登高樹』等句，均可宗之。」此兩體的劃分與《詞譜》意見一致。對於某些非常見之體，錢裕不主張效仿，如他説：「《畫堂春》前後段，末句均用四字，亦有各添一字者，爲詞中所鮮見，似可不必宗之。」若以宋詞考察，《全宋詞》收《畫堂春》三十六首，其中前後段末句各添一字者只七首，確爲少數。此體《詞律》、《詞譜》均舉黄庭堅「摩圍小隱枕鑾江」詞，《詞律》注曰「兩結句皆用五字」(一)，《詞譜》注曰「此詞前後段結句皆五字」(二)。錢裕不僅指出體式特徵，且説明添一字爲詞中鮮見，較《詞律》、《詞譜》都更爲實用。

再次，在格律的書寫上，錢裕有意識變通處理「律理」與「文理」的相互關係。

錢裕利用點逗位置的不同，以求「律理」與「文理」的疏通。在《有真意齋詞譜》中，句和逗的規範都已釐定。在同一詞調的同一詞句上，爲使「文理」通順，在「律理」就需要靈活處理，點逗的位置不必一

(一) 萬樹《詞律》卷四，上海古籍出版社，一九八四年，第一三九頁。
(二) 王奕清、陳廷敬等《欽定詞譜》卷六，中國書店，一九八三年，第四〇四頁。

成不變，如《小桃紅》選劉過詞，前後段第七句「畫行人、愁外兩青山」和「最多情、生怕外人猜」，於第三字後斷開。《詞譜》該調選李白「雪蓋宮樓閉」詞，此兩句爲「噴寶猊香燼、麝煙濃」和「望水晶簾外、竹枝寒」，均在第五字後斷開，從文理上講是文意通順的，但錢裕若按此斷法，則文意不通。該句在張綖《詩餘圖譜》、程明善《嘯餘譜》、賴以邠《填詞圖譜》、萬樹《詞律》中均爲八字一句，没有逗的標點。從錢裕逗句標點可見，他既能夠順通文意，又符合格律的需求，是兼顧了「律理」與「文理」的關係。

斷句位置的不同，也是「律理」差異的表現之一。在同調同體之間，不同撰譜者對斷句位置的理解也有差異，通過與《詞律》、《詞譜》、《白香詞譜》對比，我們發現錢裕與以上三譜存在斷句差異者共計二十調三十二處。斷句位置涉及句意表達與詞意連貫性，錢裕並非盲目參考經典作品，他注重「文理」通順，在多數篇目的普遍性與個別篇目的特殊性之間，會從例詞實際出發，照顧到例詞的特殊性。如《送入我門來》一調，後段首兩句：「初見十三年紀。認得髮鬆髻小。」該調《詞律》、《詞譜》均作四字三句，若照搬前人的斷句法，會造成語義不通。

在詞譜的注音上，錢裕出於實用的目的，效仿了明代詞譜注音較爲寬泛的操作方法。如《解語花》一調，《有真意齋詞譜》與《白香詞譜》均以周邦彦「風銷焰蠟」詞爲例詞，但兩譜的注音差異極大，不同處總計二十六處。舒夢蘭的注音與《詞譜》第一體注音完全吻合，而錢裕該調注音主體與張綖《詩餘圖譜》相近，下片第三、四句與毛晉刻《詩餘圖譜》同，下片結尾兩句又與程明善《嘯餘譜》同，可見其參考的主要文獻是明代詞譜。

最後，在擇調上錢裕擯棄偏調僻調，多取常用詞調。他介紹編纂目的時説：「雖不敢謂詞壇准的，然於初學者，亦不無小補云爾。」由此可知《有真意齋詞譜》擇調淺易的主要原因，是該譜的閱讀對象爲初學詞者，這與張綖《詩餘圖譜》「竊欲私作一譜，與童蒙共之，而未遑也」(一) 的編纂目的異曲同工。到了清代，這種編纂目的依然流行，如李文林《詩餘協律·發凡》嘗云：「然爲初學者計，欲其少而便於記憶，易於精研……調之明白顯易者若干。」(二) 通過對比，錢裕選調與《詩餘圖譜》重合者六十九調（總一百四十九調），與《詩餘協律》重合者五十二調（總八十調）。錢裕擇調與《白香詞譜》最爲接近，兩譜擇調相同者達七十三調，其中小令三十八調中僅兩調不同。但錢裕貫徹「擇調淺易」比舒夢蘭更爲徹底，如《白香詞譜》所選《荊州亭》、《瑤臺聚八仙》、《換巢鸞鳳》、《奪錦標》、《春風嫋娜》等非常用之調，都被錢裕捨棄了。

三 《有真意齋詞譜》的撰寫體例

首先，《有真意齋詞譜》的譜式吸收了前代詞譜的優點。一方面錢裕利用圈圖來注音，其《凡例》説

(一) 張綖《詩馀圖譜》，明嘉靖丙申（一五三六）刻本。

(二) 李文林《詩餘協律·發凡》，清乾隆三十四年（一七六九）刻本。

道：「於字旁逐一定譜，平皆用○，仄皆用●，可平而本詞仄者用◐，可仄而本詞平者用◒。」使用《詩餘圖譜》的圈圖形式，又借鑒《白香詞譜》將圈圖印於例詞右邊，注音與例詞得以一一對應。另一方面錢裕利用輔助符號，直接在例詞上標示句、逗、韻。其譜式與《白香詞譜》最爲接近，但做了改進：一是句讀標點的演進，句以「。」代替「、」，逗以「、」代替「・」，更爲一目了然，不易混淆；二是錢裕更推進了圖譜與文字譜的融合，將所有句、逗、韻符號均移至例詞上標示，閱讀例詞更具連貫性，這種改良方式既保留圈圖注音的清晰性，又發揮文字譜劃分句、逗、韻的準確性，一舉兩得。

其次，《有真意齋詞譜》的編纂規模延續了實用主義理念。這類詞譜多規模適中，如《詩餘圖譜》一百四十九調，李文林《詩餘協律》八十調，徐寶善《自怡軒詞譜》一百六十二調。錢裕「特選古詞百闋」與《白香詞譜》「選佳詞一百篇」(一)的選調數量一致，故填詞者使用方便，利於傳播。「一調一格」的體制，始自萬惟檀《詩餘圖譜》，他認爲唐宋名家「上下字數多寡，平仄出入，蓋興到筆隨，不礙詞人之致」，因此「不敢一一開載也」，每調只列一體。(二) 清代一些詞譜爲突出「選」的特徵和實現閱讀簡省的目的，一詞一格仍然流行。孔傳鋕《紅萼軒詞牌跋》云：「每調選極佳者一章，非其餘盡可棄，蓋取法乎上，足

(一) 舒夢蘭《白香詞譜》，清嘉慶三年（一七九八）怡恭親王訥齋重刻本。

(二) 萬惟檀《詩餘圖譜》，明崇禎十年（一六三七）刻本。

爲程式云爾。」[一]可知其所選爲常用詞調，每調一詞。又如吴綺《選聲集·凡例》云：「凡一調有數體者，只取一體入譜。」[二]《有真意齋詞譜》「特選古詞百闋」的操作方式，明顯屬於選體詞譜的性質。

最後，《有真意齋詞譜》列調順序遵循三分法。在詞譜史上，《詩餘圖譜》最先以小令、中調、長調的體制分卷，此後按字數由少到多分卷排序成爲一種常見的列調方式。《詞律》總體上按字數多少排列，只在内部調整調名相近和疑似同調者的排列位置。《詞譜》雖不採用三分法，但仍以字數多少爲綱，其《凡例》云，「是選以字數多寡分卷，不立小令、中調、長調」，「自昔詩餘，每有獨標調名，而不著題目者。兹不因題分類，以第幾調爲次」。[三] 清代直接採用三分法的詞譜亦爲數衆多，如吴綺《選聲集》、賴以邠《填詞圖譜》及其節選之作《詞鏡》、袁太華《新詞正韻》、管沄《彈蕭館詞譜》等都屬此類。

錢譜詞調的排列直接繼承了三分法，卷上爲小令，從《南歌子》（二十六字）到《踏莎行》（五十八字），共三十八調；卷中爲中調，從《臨江仙》（六十字）到《江城梅花引》（八十七字），共二十八調；卷下爲長調，從《意難忘》（九十二字）到《賀新郎》（一百一十六字），共三十二調，嚴格按照張綖所定的小令

[一] 孔傳鐸《紅萼軒詞牌》卷首，清康熙間精刻巾箱本。
[二] 吴綺《選聲集》卷首，清初大來堂刻本。
[三] 王奕清、陳廷敬等《欽定詞譜》卷首，中國書店，一九八三年。

至五十八字，中調五十九字至九十字，長調九十一字以上的分類標準。

四　《有真意齋詞譜》的選詞特徵

《有真意齋詞譜》「特選古詞百闋，於字旁注意訂譜」，是典型的「選詞—製譜」類型的詞譜，選詞優先考察例詞的藝術水平和風格特點。這類詞譜不僅指導格律的規範要求，還在引導創作風格上發揮作用，如《選聲集·序》説：「若夫纏綿淒艷，步秦、柳之柔情；磊落激揚，仿蘇、辛之豪舉。天實生才人，拈本色，此又詞非譜出，而譜不盡詞也。」(一) 意在説明填詞並非只需做到嚴守格律，還應注重作者的創作風格和個性才智。李文林也認爲選詞應「字句自然，折轉流利，寫情寫景，饒有生趣」(二)，即對例詞的字句、結構、内容、意趣等方面都提出了要求。在嘉慶、道光時期，詞壇的創作生態頗爲繁榮，詞家大多更具有「中興意識」，因此錢裕的選詞視野並不局限於唐宋，也注重放眼當代。

首先，《有真意齋詞譜》選詞體現了清代詞學家將本朝詞納入統序構建的意識。清代的浙西、常州等詞學流派大都以詞選爲載體，以典範詞人爲核心，構建詞學統序。《有真意齋詞譜》因其選體詞譜性

(一) 吴綺《選聲集》卷首，清初大來堂刻本。

(二) 李文林《詩餘協律·發凡》，清乾隆三十四年(一七六九)年刻本。

質，反映了本朝詞接續唐宋詞參與統序構建的現象。曹明升指出：「清代中後期的詞人們具有比較自覺的統序觀念和經典化意識，兩者水乳交融，互爲生發。」[一]清初的大量選本，都冠以「本朝」、「國朝」、「昭代」、「熙朝」字樣，只選清詞[二]，這種意識和風氣也滲透到詞譜編纂中。《白香詞譜》選詞標準已有所轉向，占半數以上的詞調之選詞不再以原創或早出爲標準，所涉五十九家雖仍以兩宋詞人爲主，但已選明代劉基和清代汪懋林、朱彝尊、黄之雋等人的詞作八首。錢裕進一步打破了「必以創始之人所作詞爲正體」[三]的成規，强化了清詞在統序構建中的地位，選詞時代化傾向更爲明顯，反映了清詞中興的繁榮景象。錢裕所選的六十八家詞人中，清代詞人有十九人，作品二十三首，數量接近四分之一。作家分布也較廣泛：有雲間詞派的張淵懿，柳州詞派的曹爾堪、錢繼振，廣陵詞派的陳玉堪，同屬廣陵詞人群和金臺十子的汪懋麟，宦詞人梁清標，陽羡詞派的陳維崧，浙西詞派的朱彝尊，梁溪詞人群成員吴棠楨。其他還有明末清初的毛際可、吴秉仁，順康時期的萬錦雯、周稚廉、顧琦坊、王項齡、趙炎等。從文獻來源來看，錢裕應已閲讀到當時流行的詞選，以選閨秀詞爲例，錢裕選有葉小鸞、商景蘭

[一] 曹明升《清代宋詞學研究》，中華書局，二〇一九年，第七七頁。
[二] 肖鵬《群體的選擇——唐宋人詞選與詞人群通論》，鳳凰出版社，二〇〇九年，第四六六頁。
[三] 王奕清、陳廷敬等《欽定詞譜》卷首，中國書店，一九八三年。

詞，並且詞題標注「閨秀」。清初的《瑤華集》、《昭代詞選》等詞選，已專列有「閨秀」一類，蔣景祁編選過《名媛詞選》，陳維崧輯有《婦人集》，女性詞人的影響力當時漸增，錢裕的選詞反映了女性詞人群體化和獨立性加强的時風，是體現時代性的典型例證。

若將《白香詞譜》與《有真意齋詞譜》對比，我們發現兩譜的詞調有六十三調相同，但其中四十一調例詞已經不同。《白香詞譜》雖主張實用，試圖避免《詞律》製譜過於「略文崇法」的弊病，但仍有因襲《詞律》的痕跡。《詞律》選詞以「古詞」爲標準，範圍不出唐宋元，且立正體。在以上四十一調當中，《白香詞譜》與《詞律》有《南歌子》、《如夢令》、《相見歡》、《長相思》、《卜算子》、《憶秦娥》、《山花子》、《人月圓》、《洞仙歌》、《桂枝香》、《沁園春》、《摸魚兒》共十二調選詞相同。錢裕不僅進一步淡化「創體」，擺脱正體束縛，更選擇大量當代作品充實選陣，進一步吸收本朝詞參與統序構建，體現了他的學術眼光與時代精神。

其次，《有真意齋詞譜》選詞受個人偏嗜與時代風際交互影響。錢裕雖未詳細説明他的選詞觀念，但通過對比《白香詞譜》，可知其選詞風格與之具有密切的相關性。《白香詞譜》選詞以男女愛情爲重要載體，訥齋指出舒夢蘭選詞題材多「用以持贈知音，易微雲紅杏之句」(一)。與舒夢蘭一樣，錢裕在調

(一) 訥齋《白香詞譜序》，謝朝徵《白香詞譜箋》卷首，文學古籍刊行社，一九五七年，第一頁。

名下列詞題，詞題所涉内容多爲閨怨離愁、男女戀情、寫景詠物、羈旅思鄉、慨歎人生、詠史懷古、節序書寫等，這與《白香詞譜》怨情、閨思、詠物、時令、妓席、贈答、别離等主題十分接近。

錢裕所選愛情詞的内容可大致分爲兩類：第一類是閨思别怨，如吕本中《采桑子》（恨君不似江樓月）、秦觀《減字木蘭花》（天涯舊恨）、温庭筠《更漏子》（玉爐香）、葉清臣《賀聖朝》（滿斟緑醑留君住）、趙炎《惜分飛》（開盒愁將紅豆數）等，書寫内容多爲孤獨寂寞與離愁别緒，這類詞雖也涉及到男女戀情，但表情達意多委婉含蓄。第二類是男女艷情詞，像無名氏《點絳唇》：「露濃花瘦。薄汗輕衣透。見客人來，襪剗金釵溜。」吴棠楨《山花子》：「聽得唤眠佯咳嗽，避人滅燭又消停。」《兩同心》：「斗帳剛垂，沉香初浸。喜小腰、半卸紅群，見玉手、緩移珊枕。」描寫都過於香艷。舒夢蘭與錢裕均選李後主詞四首，舒夢蘭選録《憶江南》（多少恨）、《浪淘沙》（簾外雨潺潺）、《虞美人》（春花秋月何時了）等書寫亡國之恨主題的詞；錢裕則選《一斛珠》（曉妝初過）詠美人口，《搗練子》（雲鬢亂）寫閨情，《長相思》（雲一緺）寫佳人，題材香艷的傾向更爲鮮明。

這種選詞傾向體現了錢裕對艷麗詞風的重新接受。清初「沿明季餘習，以花、草爲宗」〔一〕，詞風艷冶，浙西詞派對《花間集》和《草堂詩餘》持否定態度，如郭麐評價《草堂詩餘》是「玉石雜糅，蕪陋特甚，

〔一〕吴梅《詞學通論　曲學通論》，上海古籍出版社，二〇一三年，第一〇五頁。

近皆知厭棄之矣」(一) 乾隆、嘉慶年間，浙西詞派勢微，常州詞派興起，對《花間》、《草堂》的態度發生了轉變。首先張惠言從「意内言外」的角度重新解讀緣情之作，他説「極命風謡里巷男女哀樂，以道賢人君子幽約怨誹不能自言之情」(二)，强調詞作要表達的並非輕薄、淫哇的思想感情，作者是借助男女哀樂的情思，上承《風》、《騷》傳統，含蓄要眇地表達志向。就後來的發展來看，錢裕長期生活的嶺南地區，對「花草」尤爲推重，況周頤《草堂詩餘序》稱「《花間》未易遽學」，認爲宋以前的諸選本，「以格調氣息言，似乎《草堂》尤胜」，評價頗高，甚至將「花草」寄予「復雅」的厚望。況周頤及王鵬運以「重、拙、大」論詞，尊崇「花草」是追求返璞歸真的立場以探尋藝術發展的本質。也因此，況氏論詞多有將一些浮艷淫褻的作品强行解釋爲有所寄托。前後關照來看，錢裕選詞也難免會受時代風氣的浸潤，我們也可將錢裕的選詞看做爲「花草」辯護的一環。

最後，長期漂泊在外的客居體驗，使錢裕選詞中的羈旅抒懷主題頗成規模。他選羈旅詞共十八首，不論是僧揮《柳梢青》「行人一棹天涯，酒醒處、殘陽亂鴉」，還是王頊齡《御街行》「半擔行李度斜陽，孤雁數聲嘹嚦」，都有孤獨寂寥之感。又如他選商景蘭《燭影摇紅》有「忽思量、時光如箭」句，沈同《唐

(一) 郭麐《靈芬館詞話》，唐圭璋編《詞話叢編》，中華書局，一九八六年，第一五〇五頁。

(二) 張惠言《詞選序》，張惠言、張琦輯《詞選》，清同治六年(一八六七)刻本。

多令》有：「六十年、蹤跡寥寥。牖下困人令老矣，雙短鬢、怕頻搔。」都是在詠歎時光易逝、功業難成的遺憾，似乎也是對錢裕漂泊粵地，蹉跎歲月、人生如夢的一種虚幻感的呼應。對於來自江蘇富庶之地的錢裕來説，嶺南偏遠荒蠻，内心自然會産生疏離心態，這種體驗使得錢裕一直以客自居。再加上他屢試不第，在各地輾轉奔波，對羈旅之愁更爲感同身受。

五　結語

《有真意齋詞譜》是詞譜發展史上的一部風格化作品，體現了錢裕作爲地方性詞學家的格律意識和詞學思想。該譜刊行於清代中後期，是清詞中興與詞學理論發展交互影響下的産物，在詞譜構建歷程、分體觀念、文理與律理的統一等格律思想上頗有建樹。在編纂體例上，錢裕一方面在撰譜規模、體制等問題上明顯繼承了明代詞譜遺風；另一方面又在譜式上注重創新，使得該譜的實用性更爲突出。《有真意齋詞譜》兼有詞選的功能，受到社會因素和個人因素的交互影響。錢裕不僅有意識將大量當代作品納入選詞範圍，而且所選作品的題材類型更反映時風，同時又因個人際遇，其選詞頗留意羈旅題材。總之，該譜在强調創作規範性的同時，還展現了一定的個性化特徵，故而具有樣本價值。

整理説明

一、本書據清道光二十一年辛丑（一八四一）吴門敦本堂刻本整理，原書詞譜三卷，扉頁書「道光辛丑春鐫」、「吴門敦本堂藏版」。卷首有錢裕（友梅）道光庚子年（一八四〇）孟秋七月作《有真意齋詞譜序》；次有《異同詞辨》，可視爲編纂凡例；錢裕輯《有真意齋詞韻》一卷附於詞譜後，卷首有錢裕《有真意齋詞韻序》。該本是目前可見此書唯一版本，無他本可校，鑒於其編輯時參酌了《白香詞譜》的體例，且前有《詞律》、《欽定詞譜》通行於世，産生廣泛影響，故今在圖譜注音校訂時以此三書作爲參校本，例詞的異文校訂，除以上三部詞谱外，还以唐宋金元明清詞斷代總集參校。

二、本書的整理，對圖譜和例詞進行標點和校勘。整理力求保持原本面貌，編排體例謹遵原本，列調按小令、中調、長調劃分，每體一卷，凡三卷；單行頂頭署某卷，以下皆另行依次低一格署調名及别名、詞題及朝代作者，另行頂頭録圖譜、例詞。圖譜以「○」表示平聲字，以「●」表示仄聲字，以「◐」表示仄而可平，以「◒」表示平而可仄，例詞以「。」標句，以「、」標讀，以「＼」標韻，注於韻字下，例詞兩片之間以空格分隔；原書中例詞詞題、作者姓名皆用單行大字，茲用小四號宋體字。原本中某卷下的體式説明，詞調名下注釋異名和作者朝代爲雙行小字，茲用五號宋體字，詞調異名的注釋依意加以標點；對於例詞作者的朝代、姓名，謹遵原本，作者署名有歧誤者，予以考正，通過脚注的方式進行説明和校訂；原本中有漏注韻者，根據參校本出列校記説明；對於原書例詞中的古今字、異體字、俗字等，涉及調名的準確性和例詞的規範性，統一改爲正體字。

三、對圖譜標注和例詞文字的校勘，以遵循原本爲原則，不作臆改；全書凡有關詞調、注音、標韻、斷句等問題出校記説明，凡有關例詞異文、詞題差異、作者歧義等問題以脚注説明；對詞調的來源、宫調、演變、異名考訂，個别體式説略，主要依據《詞律》、《欽定詞譜》之説，以供讀者參閲；對圖譜的校勘，原本明顯有誤者，據參校本加以校訂，並出校記説明。原本無誤，而參校本有誤者不出校；對於原本注音與參校本不同者，本書與參校本作異同校。其中參校本僅注「平」、「仄」者，不參校。同一體式因例詞不同而注音不同者，所注爲「可平可仄」處之差異，即「◐」與「◑」，不出校。所注为「可平可仄」與「平仄不移」之差異者，如「●」與「◐」、「◒」與「○」等差異，出校説明，目的是體現詞譜作者的閲讀範圍，使讀者更清楚的了解《有真意齋詞譜》與前出通行詞譜的製譜差異，進而方便考察其中包含的詞學觀念、文獻來源和詞譜發展流變等問題；對於詞句分斷，與參校本有差異者，出校説明。

四、本書圖譜和例詞所參校的清代詞譜名稱和版本如下：清萬樹編《詞律》，上海古籍出版社一九八四年影印本；清王奕清等編《欽定詞譜》，中國書店一九八三年影印本；清舒夢蘭《白香詞譜》，清嘉慶十三年（一八〇八）刻本（據江合友主編《清代詞譜叢刊》，國家圖書館出版社二〇二〇年影印本）。

所參校的唐宋金元明清詞斷代總集的名稱、版本如下：唐圭璋編《全宋詞》，中華書局一九六五年版；唐圭璋編《全金元詞》，中華書局一九七九年版；曾昭岷、曹濟平、王兆鵬、劉尊明編撰《全唐五代詞》，中華書局一九九九年版；饒宗頤初纂，張璋總纂《全明詞》，中華書局二〇〇四年版；南京大學中國語言文學系《全清詞》編纂研究室編《全清詞・順康卷》，中華書局二〇〇二年版；張宏生主編，馮乾、沙先一副主編《全清詞・順康卷補編》，南京大學出版社二〇〇八年版。

有真意齋詞譜序

詞肇於唐李青蓮之《憶秦娥》、《菩薩蠻》二闋，而温飛卿、白香山諸公繼之，隨意命題，初無定譜。宋時命周美成等討論古音，比律切調，始有八十四調之譜。至柳屯田增成二百餘調，厥後遞相祖述，靡不換角移商，遂爲三犯、四犯，詞之調日繁，而譜之律日嚴，如美成之工於詞者，猶尚有未諧音律處也。余嘗有志倚聲，留心音律，知有平仄可以移易者，有必不可以移易者，一字偶乖，便不合拍。特選古詞百闋，於字旁逐一定譜，平皆用○，仄皆用●，可平而本詞仄者用◒，可仄而本詞平者用◓。惟詞中句調長短參差不一，驟觀恐難辨認，故句則用「。」，讀則用「、」，押韻處則用「\」以別之，使閲者一目了然，不致有望洋之歎。雖不敢謂詞壇準的，然於初學者，亦不無小補云爾。

道光庚子孟秋七月既望，吴江錢裕友梅氏自識於右江道廨之一舫齋。

異同詞辨

一、《憶秦娥》之調用仄韻者多，惟宋時孫夫人閨情詞易用平韻，均可宗之。

一、《柳梢青》前段首句有叶韻者，如蔣捷詞云「學唱新腔」，有不叶韻者，如張雨詞云「盼得春來」等句，均可宗之。至此調用平韻者多，惟宋時張元幹春思詞用仄韻，亦可爲法。

一、《畫堂春》前後段末句均用四字，亦有各添一字者，爲詞中所鮮見，似可不必宗之。

一、《雨中花》之調有用仄韻者，如程垓春暮詞，有用平韻者，如沈淑蘭梅花詞，均可爲法。至前後段三句均用四字，亦有各添一字者，爲詞中所罕見，似可不必宗之。

一、《一剪梅》之調句句叶韻，惟李清照等，有二、四、五、八、十並十一句均不叶韻者，爲近時詞中所鮮見，似可不必宗之。

一、《行香子》之調有前後段首句、二句均叶韻者，如馬浩瀾春思詞，有後段首句不叶韻者，如蘇軾詞云「雖抱文章」，梁清標詞云「緑窗窈窕」；並有後段首句、二句均不叶韻者，如張先詞云「江空無畔，凌波何處」等句，均可宗之爲法。

一、《青玉案》之調有前後段五句叶韻者，如賀鑄詞云「綺窗朱户」、「滿城風絮」，亦有不叶韻者，如毛際可詞云「雞人貪睡」、「小姑偷看」等句，均可宗之。

一、《兩同心》之調叶仄韻者多，惟宋時黄庭堅叶有平韻，均可宗之。

一、《御街行》前後段二句有用五字者，如王頊齡旅思詞，亦有用六字者，如范仲淹懷舊詞，均可宗之。

一、《風入松》前後段二句有用五字者，如于國寶詞云「日日醉湖邊」、「花壓鬢雲偏」，亦有用四字者，如晏幾道詞云「依舊巫陽」、「淚眼回腸」等句，均可宗之。

一、《驀山溪》前後段七、八句均叶韻者多，亦均有不叶韻者，如毛滂楊花詞云「葉依依、烟鬱鬱」，劉過(一)晚春詞云「鴻路阻、豹關深」。又後段首句叶韻者，亦有不叶韻者，如劉基詞云「游絲落絮」等句，均可宗之。

一、《滿庭芳》後段首句第二字有叶韻者，如秦觀詞云：「多情。行樂處……」有不叶韻者，如張鎡詞云「兒時，曾記得」等句。又二句用四字者多，亦有添一字者，均可宗之。

一、《聲聲慢》之調有叶平韻者，如蔣捷秋聲詞，亦有叶仄韻者，如李清照秋情詞，均可宗之。

(一)《全明詞》作劉基詞。

一、《倦尋芳》前段六句有七字者，如潘元質詞云「夢草池塘青漸滿」，有六字者，如王雱詞云「倚危樓登高榭」等句，均可宗之。

一、《高陽臺》後段首句有六字叶韻者，如僧用晦詞云「東郊十里香塵」，有七字叶韻者，如蔣捷詞云「芳塵滿目總悠悠」，有七字不叶韻者，如朱彝尊詞云「重來已是朝雲散」等句，均可爲法。

一、《桂枝香》前後段六句有叶韻者，如張輯秋旅詞，有不叶韻者，如唐珏詠蟹詞，均可宗之。

一、《木蘭花慢》後段首句二字有叶韻者，如朱彝尊詞云「峨眉簾捲再休垂」，有不叶韻者，如程垓詞云「情如雁杳與鴻冥」等句，均可宗之。

一、《齊天樂》前後段首句有叶韻者，如姜夔蟋蟀詞，亦有不叶韻者，如黄之雋蓮蓬詞，均可宗之。

一、《南浦》前段七句四字，後段八句四字，有不叶韻者，如張炎春水詞，有叶韻者程垓春暮詞，均可宗之。

一、《沁園春》前段十句有七字者，如辛棄疾詞云「豈爲蓴羹鱸膾哉」，有八字者如劉過詞云「載不起、盈盈一段春」。又後段首句第二字有叶韻者，如陸游詞云：「交親。散落如雲。」有不叶韻者，如邵亨貞詞云「填來不滿横秋」等句，均可宗之爲法。

以上各條均係譜中所選之詞，將諸家異同處辨明標出，使閲者觸目洞然。此外詞調尚多，異同不少，不及賅載。

有真意齋詞譜卷上　小令

吴江　錢裕　友梅　選

南歌子[一]　「歌」或作「柯」，雙調同，又名《春宵曲》

閨夜　本朝　張淵懿

[二]　[三]

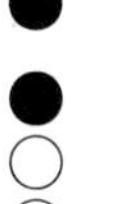[四]

篆冷香魂去。花輕月影添＼。夜闌寒色滿重檐＼(一)。剛是小鬟低語、下珠簾＼。

【校】

[一]《詞譜》按：唐教坊曲名。此詞有單調、雙調。單調者，始自温庭筠詞。因詞有「恨春宵」句，名

(一)《全清詞》此句作「夜闌妝閣剪聲寒」。

《春宵曲》。張泌詞，本此添字，因詞有「高卷水晶簾額」句，名《水晶簾》。又有「鶯破碧窗殘夢」句，名《碧窗夢》。鄭子聃有「我愛沂陽好」詞十首，更名《十愛詞》。雙調者有平韻、仄韻兩體。平韻者，始自毛熙震詞，周邦彦、楊无咎、僧揮五十四字體，無名氏五十三字體，俱本此添字。仄韻者，始自《樂府雅詞》，惟石孝友詞最爲諧婉。周邦彦詞名《南柯子》。程垓詞名《望秦川》。田不伐詞有「簾風不動蝶交飛」句，名《風蝶令》。

[二] 第一字《詞律》注「仄」聲；第三字《詞譜》注「平而可仄」。

[三] 第一字《詞譜》注「平而可仄」。

[四] 第五字《詞律》注「平」聲。此句《词律》、《词谱》作六字一句、三字一句。

憶江南[一]

即《江南好》，又名《望江南》、《夢江南》、《望江梅》、《謝秋娘》

閨怨

唐　温庭筠

○◐●　◐●●○○　◐●◐○○●●　◐○◐●●○○[二]　◐●●○○[三]

梳洗罷。獨倚望江樓＼。過盡千帆皆不是。斜暉昧昧水悠悠＼(一)。腸斷白蘋洲＼。

(一) 昧：《全唐五代詞》作「脉」。

【校】

［一］《词谱》按：宋王灼《碧雞漫志》：此曲自唐至今，皆南吕宫，字句皆同，止是今曲兩段，蓋近世曲子，無單遍者。唐段安節《樂府雜録》：此詞乃李德裕爲謝秋娘作，故名《謝秋娘》，因白居易詞更今名。又名《江南好》。又因劉禹錫詞有「春去也，多謝洛城人」句，名《春去也》。温庭筠詞有「梳洗罷，獨倚望江樓」句，名《望江南》。皇甫松詞有「閑夢江南梅熟日」句，名《夢江口》。李煜詞名《望江梅》。此皆唐詞單調。至宋詞始爲雙調。王安中詞有「安陽好，曲水似山陰」句，名《安陽好》。張滋詞有「飛夢去，閑到玉京遊」句，名《夢仙遊》。蔡真人詞有「鏗鐵板，閑引步虚聲」句，名《步虚聲》。宋自遜詞名《壺山好》。丘長春詞名《望蓬萊》。《太平樂府》名《歸塞北》，注大石調。

［二］第三字《詞譜》注「平」聲。

［三］第一字《詞譜》注「平」聲。

搗練子[一]　又名《深院月》

閨情

南唐　李後主(一)

○◐●[二]●○○　◐●○○◐●○　◐●◐○○●●　◐○◐●●○○[三]

雲鬢亂。晚妝殘乀。帶恨眉兒遠岫攢乀。斜托香腮春筍嫩。爲誰和淚倚闌干乀。

【校】

[一]《詞譜》按：《太和正音譜》注：雙調。一名《搗練子令》。因馮延巳詞起結有「深院靜」及「數聲和月到簾櫳」句，更名《深院月》。又按：《詞律》此體單列一调，調名爲《古搗練子》。

[二] 第一字《詞譜》注「平而可仄」；第二字《詞律》注「仄」聲。

[三] 第一字《詞譜》注「仄」聲。

(一)《全宋詞》收作無名氏詞。

憶王孫[一]　即《豆葉黄》，又名《闌干萬里心》、《憶君王》

春景

本朝(一)李重元(二)

◓○◓●●○○
萋萋芳草憶王孫＼。◓●○○◓●○柳外樓高空斷魂＼。◓●○○◓●○[二]杜宇聲聲不忍聞＼。●○○欲黄昏＼。◓●○○◓雨打梨花深●○閉門＼。

【校】

[一]《詞譜》按：此詞單調三十一字者，創自秦觀，宋元人照此填。《太平樂府》注：黄鍾宫。《太和正音譜》注：仙吕宫。《梅苑》詞名《獨脚令》；謝克家詞名《憶君王》；吕渭老詞名《豆葉黄》；陸游

(一) 李重元於宋徽宗宣和年間在世，此誤作「本朝」。

(二) 此首《清绮軒詞選》卷一作李煜詞，《歷代詩餘》卷二作李甲詞，《類編草堂詩餘》卷一、《詞譜》作秦觀詞，《全宋詞》據《唐宋諸賢絶妙詞選》斷爲李重元作。

詞有「畫得蛾眉勝舊時」句，名《畫蛾眉》；張輯詞有「幾曲闌干萬里心」句，名《闌干萬里心》。雙調五十四字者，見《復雅歌詞》，或名《怨王孫》，與單調絶不同。坊刻又有仄韻單調《憶王孫》，查係《漁家傲》一段。

［二］第五字《詞律》注「平而可仄」。又按：此體《詞律》、《詞譜》、《白香詞譜》以本詞爲例詞。

調笑令［一］　即《轉應曲》，又名《三臺令》、《宮中調笑》

月夜

五代　馮延巳

○●○●［二］　◒◒◒○◒●［三］　◒○◒●○○［四］　◒●◒○●○　○●○●　◒●

明月明月＼。照得離人愁絶＼。更深影入空牀＼。不道幃屏夜長＼。長夜長夜＼。夢到

◒○◒●

庭花陰下＼。

【校】

［一］《詞譜》按：《樂苑》：商調曲。一名《宮中調笑》。白居易詩《打嫌調笑易》，自注：調笑，拋打

曲名也。戴叔倫詞，名《轉應曲》；馮延巳詞，名《三臺令》。與宋詞《調笑令》不同。此詞凡三換韻。起用疊句，第六、七句，即倒疊第五句末二字轉以應之。戴叔倫所謂「轉應」者，意蓋取此。

[二] 此句與第五句，《詞律》、《詞譜》、《白香詞譜》作二字疊句，注疊韻，此蓋失注。

[三] 第一字《詞律》注「仄」聲；第二字《詞律》、《詞譜》注「仄」聲。

[四] 第四字《詞律》、《詞譜》注「平而可仄」。又按：此體《詞律》、《白香詞譜》以本詞爲例詞。

如夢令[一] 即《宴桃源》

閨怨

宋 向 鎬(一)

◒●◒○◓●[二] ◓●◓○◓●[三] ◒●●○○ ◓●◓○◒●[四] ○●○●[五] ◓●

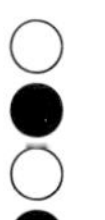

誰伴明窗獨坐＼。我和影兒兩個＼。燈盡欲眠時。影也把人拋躲＼。無那無那＼。好個

(一) 元和江標靈鶼閣本作「向滈」，《全宋詞》從之。又此首《草堂詩餘續集》卷上作李清照詞，《全宋詞》據《樂齋詞》斷爲向鎬作。

悽惶的我\。

【校】

[一]《詞譜》按：宋蘇軾詞注：此曲本唐莊宗製，名《憶仙姿》，嫌其名不雅，故改爲《如夢令》。蓋因此詞中有「如夢」疊句也。周邦彦又因此詞首句，改名《宴桃源》。沈會宗詞有「不見」疊句，名《不見》。張輯詞有「比著梅花誰瘦」句，名《比梅》。《梅苑》詞名《古記》。《鳴鶴餘音》詞名《無夢令》。魏泰雙調詞名《如意令》。

[二]第五字《詞律》、《白香詞譜》注「平」聲。

[三]第三字《詞律》注「仄」聲；第五字《詞律》注「平」聲。

[四]第五字《詞律》注「平」聲。

[五]第一、三字《詞譜》注「平而可仄」，並云：白居易詞「不見。不見。」，兩「不」字俱仄聲。此句《詞律》、《詞譜》、《白香詞譜》均作二字疊句，注疊韻，此蓋失注。

相見歡[一]　又名《烏夜啼》、《上西樓》、《憶真妃》、《秋夜月》

春暮

闕名

◐○◐●○○　●○○　◐●◐○○●　●○○[二]

都無一點殘紅＼。夜來風＼。底事東君歸去、太匆匆＼。

◐◐●　◐◐●[三]　●○

桃花醉。梨花淚。總成

○　◐●◐○○●　●○○[四]

空＼。斷送一年春在、綠陰中＼。

【校】

[一]《詞譜》按：唐教坊曲名。南唐李煜詞有「無言獨上西樓，月如鈎」句，更名《秋夜月》，又名《上西樓》，又名《西樓子》；康與之詞名《憶真妃》；張輯詞有「唯有漁竿，明月上瓜州」句，因名《月上瓜州》。或名《烏夜啼》。

[二]第五字《詞律》、《詞譜》注「平而可仄」。此句《白香詞譜》作九字一句。

[三]後段第一、二句《詞律》、《詞譜》、《白香詞譜》換頭間入兩仄韻，「醉」、「淚」押韻，蓋失注。

[四]第五字《詞律》、《詞譜》注「平而可仄」。此句《白香詞譜》作九字一句。

長相思[一]　又名《憶多嬌》、《雙紅豆》、《吳山青》

佳人

南唐　李後主(一)

◐◐○　◐◐○[二]　◐●○○◐●○[三]　◐○◐●○[四]　◐◐○　◐◐

雲一緺＼。玉一梭＼。澹澹衫兒薄薄羅＼(二)。輕顰雙黛螺＼。秋風多＼。雨如

○　◐●○○◐●○[五]　◐○◐●○[六]

和＼(三)。簾外芭蕉三兩窠＼。夜長人奈何＼。

【校】

[一]《詞譜》按：唐教坊曲名。林逋詞有「吳山青」句，名《吳山青》；張輯詞有「江南山漸青」句，名《山漸青》；王行詞名《青山相送迎》；《樂府雅詞》名《長相思令》，又名《相思令》。

(一) 此首亦見劉過《龍洲詞》，吳訥《唐宋名賢百家詞》本、朱祖謀《彊村叢書》本《龍洲詞》收作劉過詞，汲古閣《宋六十名家詞》本《龍洲詞》未收，《樂府雅詞》作孫肖詞，《全唐五代詞》斷爲李煜作。

(二) 澹：《全唐五代詞》作「淡」。

(三) 如：《全唐五代詞》作「相」。

[二]第一字《詞譜》注「仄」聲。

[三]第一字《詞譜》注「仄」聲，第五字《詞譜》注「平」聲。

[四]第一、三字《詞譜》注「平」聲。

[五]第一、五字《詞譜》注「平」聲。

[六]第一、三字《詞譜》注「平」聲。

醉太平[一]

又名《醉思凡》、《四字令》

閨情

宋 劉 過(一)

[二]

情高意真＼(二)。眉長鬢青＼。小樓明月調箏＼。寫春風數聲＼。

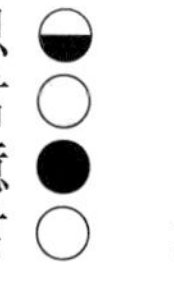

思君憶君＼。魂

(一)《嘯餘譜》卷二作劉克莊詞，《全宋詞》據《龍洲詞》斷爲劉過詞。

(二)高：《全宋詞》作「深」。

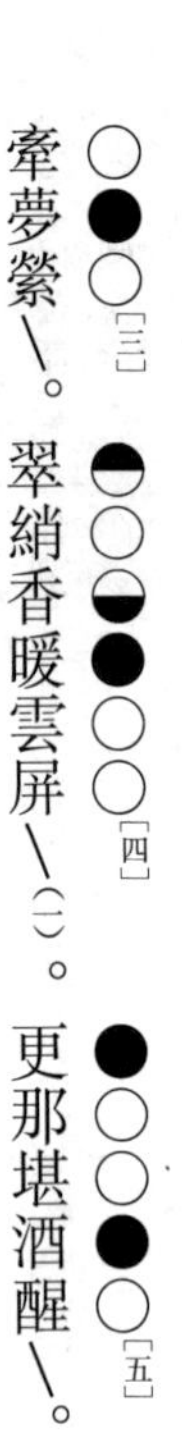

牽夢縈╲。翠綃香暖雲屏╲(一)。更那堪酒醒╲。

【校】

[一]據《詞譜》：一名《淩波曲》。孫惟信詞名《醉思凡》；周密詞名《四字令》。《太平樂府》注：南呂宮。《太和正音譜》注：正宮，又入仙呂宮、中呂宮。

[二]第一字《詞譜》注「平」聲。

[三]第一字《詞譜》注「平而可仄」，並云：宋沈伯時《樂府指迷》，論詞中有用去聲字者，不可以別聲替，蓋調貴抑揚，去聲字取其激越也。如此調前後段起二句，第三字，孫惟信詞「吹簫跨鸞」、「香銷夜闌」、「衣寬帶寬」、「千山萬山」，周密詞「眉消睡黃」、「春凝淚妝」、「箏塵半牀」、「綃痕半方」，俱用去聲。此詞前段「意」字、「鬢」字俱去聲，後段「憶」字入聲，「夢」字去聲。按《中原雅音》，「憶」字作「意」字讀，亦去聲也。

[四]第三字《詞譜》注「仄」聲。

(一)雲：《詞譜》、《白香詞譜》作「銀」。

[五] 按：此體《詞譜》、《白香詞譜》以本詞爲例詞。

生查子[一]

閨情

五代 魏承班

◒◒◒◒○[二]◒●○○● ◒●●○○[三] ◒●○○● ◒◒◒◒○[四]◒●
烟雨晚晴天。零落花無語╲。難話此時心(一)。梁燕雙來去╲。琴韻對薰風。有恨
○○● ◒●●○○ ◒●○○●[五]
和情撫╲(二)。腸斷斷弦頻。淚滴黃金縷╲。

【校】

[一]《詞譜》按：唐教坊曲名。《尊前集》注：雙調。元高拭詞注：南呂宮。朱希真詞有「遥望楚

(一) 心：《詞律》作「情」。
(二) 恨：《詞律》作「限」。

雲深」句，名《楚雲深》；韓淲詞有「山意入春晴，都是梅和柳」句，名《梅和柳》；又有「晴色入青山」句，名《晴色入青山》。又按：《詞律》、《詞譜》皆言此體八句第二字俱用仄者。

[二] 第二、三字《詞律》注「仄」聲；第四字《詞律》注「平」聲；第五字《詞譜》注「平而可仄」，並云：牛希濟詞「終日劈桃穰」，「穰」字仄聲也。

[三] 第二字《词谱》注「平而可仄」。

[四] 第二、三字《詞律》注「仄」聲；第四字《詞律》注「平」聲。

[五] 第二字《词谱》注「平而可仄」；第三字《词谱》注「仄而可平」。又按：此體《詞律》以本詞爲例詞。

點絳唇[一]　即《點櫻桃》，又名《南浦月》、《沙頭雨》

鞦韆　闕名(一)

◐●○○　◐○◐●○○●[二]　◐○◐●[三]　◐●○○●　◐●○○[四]◐●○○

蹴罷鞦韆。起來整頓纖纖手＼。露濃花瘦＼。薄汗輕衣透＼。見客人來。襪剗金釵

(一)《詞林萬選》卷四作李清照詞，楊金本《草堂詩餘前集》卷下作蘇軾詞，《詞的》卷一作周邦彥詞，《全宋詞》據《草堂詩餘前集》卷下、《花草粹編》卷一斷爲無名氏詞。

● ○○●[五] ◐○◒●[六] ◐●○○●

溜＼。和羞走＼。倚門回首＼。卻把青梅嗅＼。

【校】

[一]《詞譜》按：元《太平樂府》注：仙呂宮。高拭詞注：黃鍾宮。《正音譜》注：仙呂調。宋王禹偁詞名《點櫻桃》；王十朋詞名《十八香》；張輯詞有「邀月過南浦」句，名《南浦月》；又有「遥隔沙頭雨」句，名《沙頭雨》；韓淲詞有「更約尋瑶草」句，名《尋瑶草》。《詞律》按：前段二句第一字去聲，妙甚，三句第一字、後段四句第一字亦去，俱妙。凡名作俱然，作平則不起調。

[二]第一字《詞律》注「仄」聲。

[三]第一字《詞律》注「仄」聲；第三字《詞律》、《白香詞譜》注「平」聲。

[四]第三字《詞譜》注「平而可仄」，並云：於趙鼎詞「美酒一杯」，「一」字仄聲。

[五]第一字《詞譜》注「平而可仄」，並云：於張炎詞「竹西好」，「竹」字仄聲；第二字《詞譜》注「仄而可平」。

[六]第一字《詞律》注「仄」聲；第三字《詞律》、《白香詞譜》注「平」聲。

浣溪沙[一]　或作《浣紗溪》，又名《小庭花》

閨情

五代　歐陽炯

◐●○○●●○[二]　◐○◐●●○○　◐○◐●●○○　◐●◐○○●●　◐

相見休言有淚珠＼。酒闌重得敘歡娛＼。鳳屏鴛枕宿金鋪＼。蘭麝細香聞喘息。綺

○◐●●○○　◐○◐●●○○

羅纖縷見肌膚＼。此時還恨薄情無＼。

【校】

［一］《詞譜》按：唐教坊曲名。張泌詞有「露濃香泛小庭花」句，名《小庭花》；賀鑄名《減字浣溪沙》；韓淲詞有「芍藥酴醾滿院春」句，名《滿院春》；有「東風拂檻露猶寒」句，名《東風寒》；有「一曲西風醉木犀」句，名《醉木犀》；有「霜後黃花菊自開」句，名《霜菊黄》；有「廣寒曾折最高枝」句，名《廣寒枝》；有「春風初試薄羅衫」句，名《試香羅》；有「清和風裏緑蔭初」句，名《清和風》；有「一番春事怨啼鵑」句，名《怨啼鵑》。

［二］第三字《詞譜》注「平而可仄」，第五字《詞譜》注「仄而可平」。

卜算子[一]　又名《百尺樓》

送春

宋　僧皎如(一)

◐●●○○[二]◐●○○●　◐●○○◐●○[三]◐●○○●　◐●●○○[四]◐●
有意送春歸。無計留春住\。畢竟年年用著來。何似休歸去\。目斷楚天遙。不見

○○●　◐●○○◐●○[五]◐●○○●
春歸路\。風急桃花也似愁。點點飛紅雨\。

【校】

[一]《詞譜》按：元高拭詞注：仙吕調。蘇軾詞有「缺月掛疏桐」句，名《缺月掛疏桐》；秦湛詞有「極目煙中百尺樓」句，名《百尺樓》；僧皎詞有「目斷楚天遙」句，名《楚天遙》；無名氏詞有「蹙破眉峰碧」句，名《眉峰碧》。

(一) 應作「僧皎如晦」，此蓋脱漏。又《歷代詩餘》卷十作僧揮詞，《全宋詞》據《唐宋諸賢絶妙詞選》卷九斷爲僧皎如晦詞。

可仄」。

［二］第一字《詞律》注「仄」聲；第二、三字《詞譜》注「仄而可平」；第四字《詞譜》注「平而可仄」。

［三］第五字《詞律》、《白香詞譜》注「仄」聲；第六字《詞譜》注「仄而可平」；第七字《詞譜》注「平而可仄」。

［四］第二、三字《詞譜》注「仄而可平」；第四字《詞譜》注「平而可仄」。

［五］第五字《詞律》、《白香詞譜》注「仄」聲；第六字《詞譜》注「仄而可平」；第七字《詞譜》注「平而可仄」。

菩薩蠻［一］

即《重疊金》，又名《巫山一片雲》、《子夜歌》

閨情

唐　李　白（一）

◒○◓●○○●［二］
平林漠漠烟如織＼。

◒○◓●○○●
寒山一帶傷心碧＼。

◓●●○○
暝色入高樓＼。

◓○◒●○［三］
有人樓上愁＼。

◒◒◒◓
欄杆空佇

（一）此首《少室山房筆叢》卷四一《莊嶽委談》下作温庭筠詞，《全唐五代詞》據《尊前集》斷爲李白詞。

●〔四〕

立╲〔一〕。◐●○○●〔五〕宿鳥歸飛急╲。◐●●○○〔六〕何處是歸程╲〔二〕。◐○◐●○〔七〕長亭更短亭╲〔三〕。

【校】

［一］《詞譜》按：唐教坊曲名。《宋史·樂志》：女弟子舞隊名。《尊前集》注：中呂宮。《宋史·樂志》亦中呂宮。《正音譜》注：正宮。唐蘇鶚《杜陽雜編》云：大中初，女蠻國入貢，危髻金冠，纓絡被體，號菩薩蠻隊，當時倡優遂製《菩薩蠻》曲，文士亦往往聲其詞。孫光憲《北夢瑣言》云：唐宣宗愛唱《菩薩蠻》詞，令狐綯命温庭筠新撰進之。《碧雞漫志》云：今《花間集》温詞十四首是也。温詞有「小山重疊金明滅」句，名《重疊金》。南唐李煜詞名《子夜歌》，一名《菩薩鬘》。韓淲詞有「新聲休寫花間意」句，名《花間意》；又有「風前覓得梅花句」，名《梅花句》；有「山城望斷花溪碧」句，名《花溪碧》；有「晚雲烘日南枝北」句，名《晚雲烘日》。

［二］第三字《詞律》注「仄」聲。

〔一〕欄杆：《詞律》、《詞譜》、《白香詞譜》、《全唐五代詞》作「玉階」。

〔二〕歸：《全唐五代詞》作「回」。

〔三〕更：《詞律》、《詞譜》、《白香詞譜》作「連」，《全唐五代詞》作「接」。

［三］第三字《白香詞譜》注「平」聲。

［四］第一字《詞律》注「仄」聲；第二、三字《詞律》、《詞譜》、《白香詞譜》注「平」聲；第四字《詞律》、《白香詞譜》注「仄」聲。

［五］第一字《詞律》注「仄」聲；第三字《詞譜》注「平而可仄」，並云：温庭筠詞「釵上蝶雙舞」，「蝶」字仄聲。

［六］第一字《詞律》注「平」聲。

［七］第一字《詞律》注「平」聲；第三字《白香詞譜》注「平」聲。又按：此體《詞律》、《詞譜》、《白香詞譜》以本詞爲例詞。

采桑子［一］

即《醜奴兒》，又名《羅敷媚》、《羅敷艷歌》

別情

宋　呂本中

◐○◐●○○●［二］　◐●○○　◐●○○　◐●○○◐●○　◐○◐●○○

恨君不似江樓月。南北東西＼。南北東西＼。只有相隨無別離＼。恨君却是江樓

●　◐●○○　◐●○○　◐●○○◐●○

月。暫滿還虧＼。暫滿還虧＼。待得團圓是幾時＼。

【校】

［一］《詞譜》按：唐教坊曲，有《楊下采桑》，調名本此。《尊前集》注：羽調。《樂府雅詞》注：中呂宮。南唐李煜詞名《醜奴兒令》，馮延巳詞名《羅敷媚歌》，賀鑄詞名《醜奴兒》，陳師道詞名《羅敷媚》。又按：此調《詞律》、《白香詞譜》調名爲《醜奴兒》。

［二］《詞譜》前後段首句皆押仄聲韻，此蓋失注。

減字木蘭花［二］

閨情　　宋　秦觀

◓○◓●　◓●◓○○●●　◓●○○　◓●○○◓●○　◓○◓

天涯舊恨＼。獨自淒涼人不問＼。欲見回腸＼。斷續薰爐小篆香＼㈠。黛蛾長

●　◓●◓○○●●　◓●○○　◓●○○◓●○

斂＼。任是東風吹不轉＼。困倚危樓＼。過盡飛鴻字字愁＼。

㈠ 續：《全唐五代詞》作「盡」。薰：《全唐五代詞》作「金」。

【校】

[一]《詞譜》按：《樂章集》注：仙呂調。《梅苑》李子正詞，名《減蘭》；徐介軒詞名《木蘭香》；《高麗史・樂志》，名《天下樂令》。《木蘭花令》始於韋莊，係五十五字全用仄韻者。《花間集》魏承班有五十四字詞一體，毛熙震有五十三字詞一體，亦用仄韻，皆非減字也。自南唐馮延巳製《偷聲木蘭花》，五十字，前後起兩句仍作仄韻七言，結處乃偷平聲，作四字一句、七字一句，始有兩仄兩平四換韻體。此詞亦四換韻，蓋又就偷聲詞兩起句，各減三字，自成一體也。

更漏子[一]

愁思　　唐　温庭筠(一)

●○○[二]○●●[三]　◐●◐○◐●[四]　○●●[五]●○○　◐○◐●○　○◐

玉爐香。紅蠟淚＼。偏照畫堂秋思＼。眉翠薄。鬢雲殘＼。夜長衾枕寒＼。梧桐

(一)《尊前集》作馮延巳詞，亦見馮延巳《陽春集》，《全唐詩》於温庭筠、馮延巳下俱收，《古今詞統》作牛嶠詞，《全唐五代詞》據《花間集》斷爲温庭筠詞。

● ◒○●[六] ◒●◒○◒● ◒●●[七]●○○ ◒○◒●○[八]

樹\。三更雨\。不道離情正苦\。一葉葉。一聲聲\。空階滴到明\。

【校】

[一]《詞譜》按：此調有兩體，四十六字者始於温庭筠，唐宋詞最多。一百四字者，止杜安世詞。毛先舒《填詞名解》按：「唐温庭筠作《秋思詞》，中詠更漏，後以名詞。」又名《付金釵》、《無漏子》、《獨倚樓》、《翻翠袖》。《尊前集》入「大石調」，《花間集》入「大石調」、「商調」，《張子野詞》入「林鐘宮」。

[二]第一字《詞譜》注「仄而可平」；第二字《詞譜》注「平而可仄」。

[三]第一字《詞譜》注「平而可仄」；第二字《詞譜》注「仄而可平」。

[四]第五字《詞譜》注「平」聲。

[五]第一字《詞譜》、《白香詞譜》注「平而可仄」，《詞律》注「仄而可平」；第二字《詞譜》注「仄而可平」。

[六]第一字《詞律》注「平」聲；第二字《詞譜》注「平而可仄」。

[七]第一字《白香詞譜》注「平」聲；第二字《詞律》、《詞譜》注「仄而可平」。

[八]按：此體《詞譜》以本詞爲例詞。

誤佳期[一]　又名《竹香子》

閨情　　本朝　陳玉璂

◐●◐○○●　◐●◐○●●　◐○○●●○○　●●○○●　◐●●○
可怪侍兒跟定\。慣把儂言竊聽\。欲將他事向微嗔。可識宜因怎\。打算總無

○　●●○○●　◐○○●●○○　●●○○●
因。默坐桐花影\。侍兒偏是解情人。驀去煎香茗\。

【校】

[一]《詞律》卷六《竹香子》按：《詞統》載升庵、程珝《誤佳期》各一首，四十六字，查舊詞無此體。或升庵自度，或調僻考訂不及耳。因其前段與此《竹香子》同，附録於此，以識余淺學疏漏之愧。附《誤佳期》，四十六字，楊慎：「今夜風光堪愛。可惜那人不在。臨行多是不曾留，故意將人怪。雙木架秋千，兩下深深拜。條香燒盡紙成灰，莫把心兒壞。」

憶秦娥[一]　即《秦樓月》，又名《雙荷葉》、《玉交枝》、《碧雲深》

秋景　閨秀　葉小鸞

湘簾揭\。梧桐落向銀牀咽\。銀牀咽\。半庭斜日。數堆黃葉\。繡屏一縷消香怯\。花間又見飛蝴蝶\。飛蝴蝶\。怪他輕薄。搗衣時節\。

【校】

[一]《词谱》按：元高拭詞注：商調。此詞昉自李白，自唐迄元，體各不一。要其源，皆從李詞出也。因詞有「秦娥夢斷秦樓月」句，故名《憶秦娥》，更名《秦樓月》。蘇軾詞有「清光偏照雙荷葉」句，名《雙荷葉》；無名氏詞有「水天摇蕩蓬萊閣」句，名《蓬萊閣》。至賀鑄始易仄韻爲平韻，張輯詞有「碧雲暮合」句，名《碧雲深》。宋媛孫道絢詞有「花深深」句，名《花深深》。《詞律》按：前後段第四句俱疊上，前後段第五句第一字必用仄字，得去聲尤妙。

［二］第一字《詞譜》注「平而可仄」。

［三］第二字《詞譜》注「平而可仄」，第四字《詞譜》注「仄而可平」，並云：李之儀詞「迎得雲歸」，「得」字仄聲，「歸」字平聲。

［四］第一字《詞律》、《白香詞譜》注「仄」聲。

［五］第一字《詞律》注「仄」聲；第三字《詞律》注「平」聲；第五字《詞譜》注「平而可仄」，並云：蘇軾詞「背風迎雨淚珠滑」，「淚」字仄聲。

［六］第一字《白香詞譜》注「仄」聲。

清平樂［一］　即《憶蘿月》

晚春

宋　黃庭堅

◒○◒●［二］　◒●○○●　◒●◒○○●●［三］　◒●◒○◒●

春歸何處\。寂寞無行路\。若有人知春去處\。喚取歸來同住\。

◒○◒●○

春無蹤跡誰

○[四] ◒○◓●○○[五] ◓●◒○◒● ◒○◒●○○[六]

知\。除非問取黃鸝\。百囀無人能會(一)。因風飛過薔薇\。

【校】

[一]《詞譜》按：《宋史·樂志》：屬大石調。《樂章集》注：越調。《碧雞漫志》云：歐陽炯稱李白有應製《清平樂》四首，此其一也，在越調，又有黄鍾宫、黄鍾商兩音。《花庵詞選》名《清平樂令》。張輯詞有「憶著故山蘿月」句，名《憶蘿月》。張翥詞有「明朝來醉東風」句，名《醉東風》。

[二]第二字《詞譜》注「平而可仄」，並云：韋莊詞「何處遊女」，「處」字仄聲。

[三]第五字《詞律》注「仄而可平」；第六字《詞律》、《詞譜》注「平而可仄」。

[四]第二字《詞律》注「仄而可平」，《詞譜》注「仄」聲，《白香詞譜》注「平而可仄」。

[五]第五字《詞譜》注「平而可仄」。

[六]按：此體《白香詞譜》以本詞爲例詞。

(一)會：《全宋詞》作「解」。

阮郎歸[一]　即《醉桃源》

憶別

元　壬從叔(一)

◓○◓●●○○　◓◓◓◓○[二]　◓○◓●●○○　◓○◓●○　○●●[三]

風中柳絮水中萍＼。聚散兩無情＼。斜陽路上短長亭＼。今朝第幾程＼。何恨事(二)。

●○○　◓○◓●○　◓○◓●●○○　◓○◓●○

可憐生＼。能消幾度春＼。別時言語總傷心＼。何曾一字真＼。

【校】

[一]《詞譜》按：宋丁持正詞有「碧桃春晝長」句，名《碧桃春》；李祁詞名《醉桃源》；曹冠詞名《宴桃源》；韓淲詞有「濯纓一曲可流行」句，名《濯纓曲》。

[二]第二字《詞律》、《詞譜》、《白香詞譜》注「平」聲；第四字《詞律》、《詞譜》、《白香詞譜》注

(一)《全宋詞》作宋人王從叔詞，此蓋形近而訛。

(二)恨：《全宋詞》作「限」。

「仄」聲。

[三] 第一字《詞譜》注「平而可仄」，第二字《詞譜》注「仄而可平」，並云：歐陽修詞「淺螺黛」，「淺」字仄聲，「螺」字平聲。

畫堂春[一]

春遊(一)

本朝 朱彝尊

◓○◓●●○○ ◓○◓●○○ ◓○◓●●○○[二] ◓●○○ ◓●◓○

東城朝日亂啼鴉\。雨晴芳草天涯\。輕塵初碾一痕沙\。何處香車\。春水青羅

◓●[三]◓○◓●○○[四] ◓○◓●●○○ ◓●○○

帶綬。春衫碧玉簪斜\(二)。春風依舊小桃花\。花外誰家\。

(一)《全清詞》作「徐溝道上作」。

(二) 衫：《全清詞》作「山」。簪：《全清詞》作「篸」。

【校】

[一]《詞譜》按：調見《淮海集》。即詠畫堂春色，取以爲名。王詵詞調名爲《畫堂春令》。《张子野词》入「般涉调」。

[二]第一、三字《詞譜》注「仄」聲。

[三]第五字《白香詞譜》注「平」聲。

[四]第三字《詞律》注「仄」聲。

山花子[一]　又名《攤破浣溪沙》

閨夜　本朝　吴棠楨

◒●○○◒●○[二]　◓○◓●●○○[三]　◓●◒○○●●[四]●○○　◓●●○○

江影涵天蘿月青\。杜娘和冷立中庭\。滿頰羞紅嬌不語。看春星\。聽得喚眠佯

●●[五]◓○◓●●○○　◓●◒○○●●　●○○

咳嗽。避人滅燭又消停\。只説鄰家催繡枕。待三更\。

【校】

〔一〕《詞譜》按：唐教坊曲名。一名《南唐浣溪沙》，《梅苑》名《添字浣溪沙》，《樂府雅詞》名《攤破浣溪沙》，《高麗史·樂志》名《感恩多令》。此調即《浣溪沙》之别體，不過多三字兩結句，移其韻於結句耳，此所以有「添字」、「攤破」之名。然在《花間集》和凝時已名《山花子》。又按：此調《詞律》、《白香詞譜》調名爲《攤破浣溪沙》，《詞譜》爲《山花子》。

〔二〕第五字《詞律》、《詞譜》、《白香詞譜》注「仄」聲。

〔三〕第一字《詞律》注「平」；第三字《詞律》、《白香詞譜》注「平」聲。

〔四〕第五字《詞律》、《詞譜》、《白香詞譜》注「仄而可平」；第六字《詞律》、《詞譜》、《白香詞譜》注「平而可仄」。

〔五〕第三字《詞律》、《詞譜》、《白香詞譜》注「仄而可平」。

人月圓(一)[一]　又名《青衫濕》

旅懷

元　倪瓚

◐○◐●○○●[二]◐●●○○[三]　◐○◐●[四]◐○◐●[五]◐●○○[六]　◐○◐●[七]

驚回一枕當年夢。漁唱起南津＼。畫屏雲嶂。池塘春草。無限銷魂＼。舊家應在。

◐○◐●[八]◐●○○　◐○◐●　◐○◐●[九]◐●○○

梧桐覆井。楊柳藏門＼。閑身空老。孤篷聽雨。燈火江村＼。

【校】

[一]《词谱》按：《中原音韻》注：黄鍾宫。此調始於王詵，因詞中「人月圓時」句，取以爲名。吴激詞有「青衫淚濕」句，又名《青衫濕》。

[二]第一字《詞律》、《白香詞譜》注「平」聲。

[三]第一字《詞律》注「平」聲。

(一)調名《人月圓》原誤作「入月圓」，乃形近而訛，改。

［四］第一字《詞律》注「仄」聲；第四字《詞律》注「平」聲。

［五］第一字《詞律》注「平」聲；第三字《詞律》注「仄」聲。

［六］第一字《白香詞譜》注「平」聲。

［七］第一字《詞律》注「仄」聲。

［八］第一字《白香詞譜》注「平」聲。

［九］第一字《詞律》、《白香詞譜》注「平」聲；第三字《詞律》注「平」聲，《白香詞譜》注「仄」聲。

桃源憶故人[一] 又名《虞美人影》

春恨

宋 朱敦儒(一)

◓○◓●○○● ◓●◓○○●[二] ◓●◓○○●[三] ◓●○○● ◓○

雨斜風横香成陣╲。春去空留春恨╲。歡少愁多因怎╲(二)。燕子渾難问╲。碧尖

(一)《林下詞選》卷二作朱希真詞，《全宋詞》據《樵歌》卷中斷爲朱敦儒詞。

(二) 怎：《全宋詞》作「甚」。

◐●○○●　◐●◐○○●[四]　◐●◐○○●[五]　◐●○○●

蹙損眉慵暈＼。涙濕胭脂紅沁＼㈠。可惜海棠吹盡＼。又是黄昏近＼。

【校】

[一]《詞譜》按：一名《虞美人影》；張先詞，或名《胡搗練》；陸游詞名《桃園憶故人》；趙鼎詞名《醉桃園》；韓淲詞有「杏花風裏東風峭」句，名《杏花風》。

[二]第五字《詞譜》注「平而可仄」。

[三]第五字《詞譜》注「平而可仄」，並云：馬古洲詞「雪後又開半樹」，「半」字仄聲。

[四]第五字《詞譜》注「仄而可平」。

[五]第五字《詞譜》注「平而可仄」，並云：馬古洲詞「我是西湖處士」，「處」字仄聲。

㈠ 胭脂：《全宋詞》作「燕支」。

眼兒媚[一]　即《秋波媚》

秋閨

明 劉 基

◒○◒●●○○[二]　◒●●○○　◒○◒●　◒○◒●　◒●○○　◒

萋萋烟草小樓西＼㈠。雲壓雁聲低＼。兩行疏柳。一絲殘照。數點鴉棲＼㈡。春

○◒●○○●　◒●●○○　◒○◒●　◒○◒●　◒●○○[三]

山碧樹秋重緑。人在武陵溪＼。無情明月。有情歸夢。同到幽閨＼。

【校】

[一]《詞譜》按：左譽詞有「斜月小闌干」句，名《小闌干》；韓淲詞有「東風拂檻露猶寒」句，名《東風寒》；陸游詞名《秋波媚》。

[二]第四字《詞律》注「平而可仄」。

㈠ 萋萋烟草：《全明詞》作「煙草萋萋」。

㈡ 數：《白香詞譜》作「萬」。

［三］按：此體《白香詞譜》以本詞爲例詞。

賀聖朝［一］

留別

宋　葉清臣

◓○◓●○○●［二］　●◒○○●　◒○◒●●○○　●◓○○●［三］　◒○◒●［四］

滿斟綠醑留君住＼。莫匆匆歸去＼。三分春色二分愁。更一分風雨＼。花開花謝。

◒○◓●［五］　●◒○○●［六］　◓○◒●●○○　●◒○○●［七］

都來幾許＼。且高歌休訴＼。不知來歲牡丹時。再相逢何處＼。

【校】

［一］《詞譜》按：唐教坊曲名。《詞名集解》按：《九宮大成》入南詞中呂宮引，與雙調引不同，又入北詞商角隻曲，與平調隻曲不同，與《太平時》別名《賀聖朝影》無涉。

［二］第五字《詞譜》注「平而可仄」。

[三] 第二字《詞譜》注「仄」聲。

[四] 第一、三字《詞譜》注「平」聲。

[五] 第一字《白香詞譜》注「平」聲。

[六] 第二字《詞譜》注「平」聲。

[七] 按：此體《詞律》、《詞譜》、《白香詞譜》以本詞爲例詞。

柳梢青[一]　又名《早春怨》

春遊

宋 僧 揮(一)

◐●○○ 岸草平沙\。◐○◐● 吳王故苑。◐●○○ 柳臯烟斜\。◐●○○ 雨後輕寒(二)。

◐○◐● 風前香軟(三)。

◐●○○ 春在梨花\。

(一)《類編草堂詩餘》卷一作秦觀詞，《全宋詞》據《唐宋諸賢絶妙詞選》卷十斷爲僧仲殊（揮）詞。

(二) 輕寒：《詞律》、《詞譜》作「寒輕」。

(三) 軟：《詞律》、《詞譜》作「細」。

◒○◒●○○　◒◒●[二]○○●○　◒●○○　◒○◒●　◒●○○[三]
行人一棹天涯＼。酒醒處、殘陽亂鴉＼。門外鞦韆。墻頭紅粉。深院誰家＼。

【校】

[一]《詞譜》按：此調兩體，或押平韻，或押仄韻，字句悉同。押平韻者，宋韓淲詞有「雲淡秋空」句，名《雲淡秋空》，有「雨洗元宵」句，名《雨洗元宵》，有「玉水明沙」句，名《玉水明沙》；元張雨詞，名《早春怨》。押仄韻者，《古今詞話》無名氏詞，有「隴頭殘月」句，名《隴頭月》。

[二] 第一字《詞律》注「仄」聲。

[三] 按：此體《詞律》、《詞譜》以本詞爲例詞。

西江月[一]　又名《步虛詞》、《白蘋香》

平山堂　　宋 蘇 軾

◒●◒○◒●　◒○◒●○○　◒○◒●●○○　◒●◒○◒●[二]　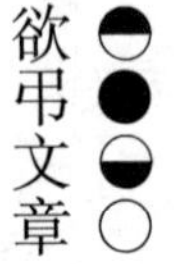
三過平山堂下。半生彈指聲中＼。十年不見老仙翁＼。壁上龍蛇飛動＼。欲弔文章

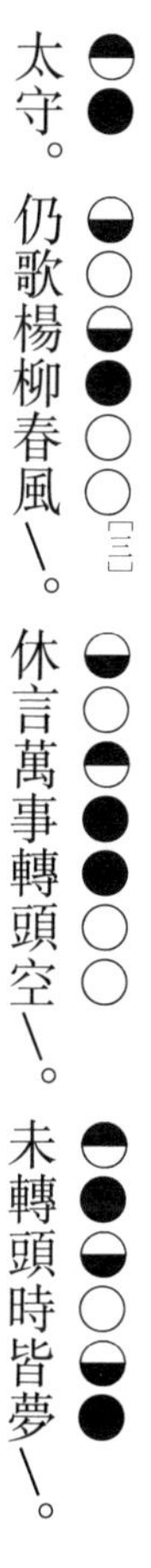

太守。仍歌楊柳春風[三]\。休言萬事轉頭空\。未轉頭時皆夢\。

【校】

[一]《詞譜》按：唐教坊曲名。《樂章集》注：中呂宮。歐陽炯詞有「兩岸蘋香暗起」句，名《白蘋香》；程珌詞名《步虛詞》；王行詞名《江月令》。

[二]第三字《詞律》注「仄」聲。

[三]第一字《詞律》注「仄」聲。

惜分飛[一]

紅豆　本朝　趙炎

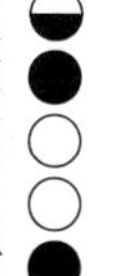
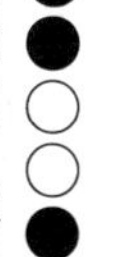

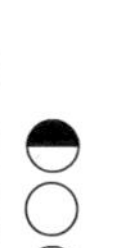

開盒愁將紅豆數[二]\。滋味應知帶苦\。泥裹休拋取\。怕他生作相思樹\。珠淚何

○○●●[三]　◓●○○●●　◓●○○●　◓○◓●○○●[四]

年頻化汝\。顆顆盤中不住\。欲付黃鶯去\(一)。天涯銜向多情處\(二)。

【校】

[一]《詞譜》按：賀鑄詞名《惜雙雙》，劉弇詞名《惜雙雙令》，曹冠詞名《惜芳菲》。

[二]第三字《詞律》注「仄」聲。

[三]第三字《詞律》注「平」聲。

醉花陰[一]

重陽

宋　李清照

◓●◓○○●●[二]　◓●○○●　◓●●○○　◓●○○　◓●○○

薄霧濃雲愁永晝\。瑞腦銷金獸\(三)。時節又重陽(四)。寶枕紗廚(五)。半夜涼初

(一)黃鶯：《全清詞》作「鶯銜」。

(二)銜：《全清詞》作「撒」。

(三)銷：《全宋詞》作「消」。

(四)時：《詞律》、《白香詞譜》、《全宋詞》作「佳」。

(五)寶：《全宋詞》作「玉」。

●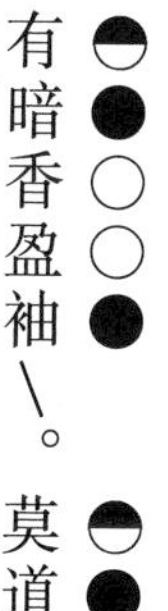[三]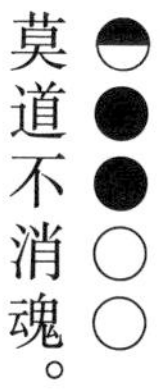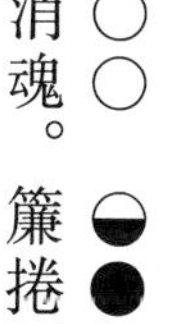

透╲(一)。東籬把酒黄昏後╲。有暗香盈袖╲。莫道不消魂。簾捲西風。人似

○○●[四]

黄花瘦╲(二)。

【校】

[一]《詞譜》按：《中原音韻》注：黄鍾宫。《太平樂府》注：中吕宫。换頭句「東籬把酒黄昏後」，「酒」字韻，此即《樂府指迷》所謂藏短韻於句内者，然宋詞如此者亦少。《詞律》按：「有暗香」句，以「有」字領句，與「瑞腦」句語氣異。然查各家，如稼軒、東堂、逃禪等，前後皆用「瑞腦」句法。後段起句與前段起句平仄相反，東堂亦然，餘家前後俱用「東籬」句法。

[二]第二、六字《詞譜》注「仄而可平」，並云：楊无咎詞「淋漓盡日黄梅雨」，舒亶詞「粉輕一捻和香聚」，辛棄疾詞「黄花漫説年年好」，張元幹詞「紅萸紫菊開還早」，沈會宗詞「微含清霧真

(一)半：《白香詞譜》作「昨」。

(二)似：《詞律》、《白香詞譜》作「比」。

珠滴」。

[三] 第一、三字《詞譜》注「仄」聲。

[四] 此體《詞律》、《白香詞譜》以本詞爲例詞。

風蝶令[一]　即《雙調南歌子》，又名《望秦川》

美人　　　宋　歐陽修(一)

◐●○○● ○○●●○ ◐○○●●○○[二] ◐●◐○◐● ●○○ ◐●

鳳髻金泥帶。龍紋玉掌梳∖。去來窗下笑相扶∖。愛道畫眉深淺、入時無∖。弄筆

○○● ○○●●○ ◐○◐●●○○ ◐●◐○◐● ●○○[三]

偎人久。描花試手初∖。等閑妨了繡工夫∖(二)。笑問鴛鴦兩字(三)、怎生書∖。

(一)《草堂詩餘》、劉毓盤輯《寶月詞》作仲殊詞，《全宋詞》據《近體樂府》卷三斷爲歐陽修詞。

(二) 工：《全宋詞》作「功」。

(三) 鴛鴦兩字：《全宋詞》作「雙鴛鴦字」。

【校】

［一］《詞譜》按：唐教坊曲名。此詞有單調、雙調。單調者，始自温庭筠詞。因詞有「恨春宵」句，名《春宵曲》。張泌詞，本此添字，因詞有「高卷水晶簾額」句，名《水晶簾》。又有「驚破碧窗殘夢」句，名《碧窗夢》。鄭子聃有「我愛沂陽好」詞十首，更名《十愛詞》。雙調者有平韻、仄韻兩體。平韻者，始自毛熙震詞，周邦彦、楊无咎、僧揮五十四字體，無名氏五十三字體，俱本此添字。仄韻者，始自《樂府雅詞》，惟石孝友詞最爲諧婉。周邦彦詞名《南柯子》。程垓詞名《望秦川》。田不伐詞有「簾風不動蝶交飛」句，名《風蝶令》。又按：此體《詞律》、《詞譜》、《白香詞譜》調名爲《南歌子》。

［二］第三字《詞律》、《白香詞譜》注「平而可仄」。

［三］第五字《詞律》注「仄」聲。又按：此體《詞律》、《白香詞譜》以本詞爲例詞。

浪淘沙[一]　又名《賣花聲》、《過龍門》

懷舊

五代 李後主

◒●●○○　◒●○○　◒○◒●●○○　◒●◒○○●●　◒●○

簾外雨潺潺＼。春意闌珊＼(一)。羅衾不耐五更寒＼。夢裏不知身是客。一餉貪

○　◒●●○○[二]　◒●○○[三]　◒○◒●●○○　◒●◒○○●

歡＼(二)。獨自莫憑闌＼(三)。無限江山＼(四)。別時容易見時難＼。流水落花歸去

●　◒●○○[四]

也(五)。天上人間＼。

(一) 闌珊：《全唐五代詞》作「將闌」。
(二) 餉：《詞律》、《詞譜》、《全唐五代詞》作「晌」。
(三) 闌：《全唐五代詞》作「欄」。
(四) 江：《全唐五代詞》作「關」。
(五) 歸：《詞律》、《詞譜》作「春」。

【校】

［一］《浪淘沙》本唐教坊曲名，爲七言絶句，與宋人《浪淘沙令》、《浪淘沙慢》不同，蓋宋人借舊曲名，另倚新腔。此體實爲《浪淘沙令》，《詞譜》卷十《浪淘沙令》按：《樂章集》注：歇指調。蔣氏《九宫譜》目：越調。《唐書·禮樂志》：歇指調，乃林鍾律之商聲；越調，乃無射律之商聲也。賀鑄詞名《曲入冥》；李清照詞名《賣花聲》；史達祖詞名《過龍門》；馬鈺詞名《煉丹砂》。唐人《浪淘沙》，本七言斷句，至南唐李煜，始制兩段令詞，雖每段尚存七言詩兩句，其實因舊曲名另創新聲也。杜安世詞於前段起句減一字；柳永詞於前後段起句各減一字。均爲令詞，句讀悉同。即宋祁、杜安世仄韻詞，稍變音節，然前後第二句四字、第三句七字，其源亦出於李煜詞也。至柳永、周邦彦别作慢詞，與此截然不同，蓋調長拍緩，即古曼聲之意也。又按：《詞律》、《詞譜》調名爲《浪淘沙令》。

［二］第一字《詞律》注「仄」聲。

［三］第一字《詞律》注「平」聲。

［四］按：此體《詞律》、《詞譜》、《白香詞譜》以本詞爲例詞。

雨中花(一)[一]

春暮

宋　程垓

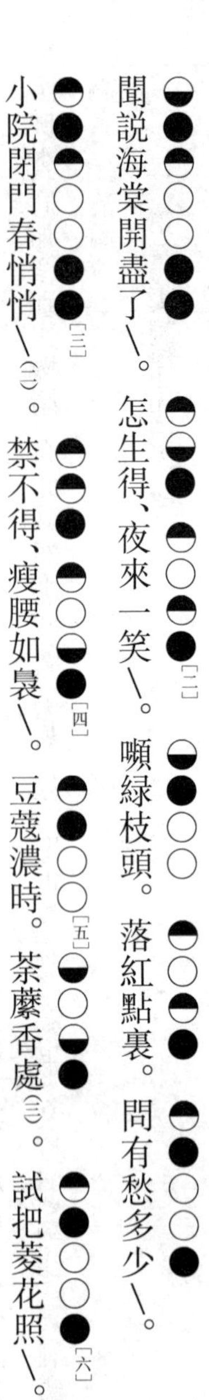

聞説海棠開盡了＼。怎生得、夜來一笑＼。嚬緑枝頭。落紅點裏。問有愁多少＼。

小院閉門春悄悄＼(二)。禁不得、瘦腰如臬＼。豆蔻濃時。荼蘼香處(三)。試把菱花照＼。

【校】

[一]《詞譜》按：王觀詞名《送將歸》。《雨中花》調與《夜行船》調最易相混，宋人集中每多誤刻。今照《花草粹編》所編，以兩結句五字者，爲《雨中花》；兩結句六字、七字者，爲《夜行船》。又按：《詞

(一)《全宋詞》調名作《雨中花令》。

(二)院：《全宋詞》作「園」。閉：《詞律》作「閑」。

(三)荼蘼：《詞律》、《全宋詞》作「酴醾」。

譜》調名爲《雨中花令》。

[二]第一字《詞譜》注「仄」聲。

[三]第一字《詞譜》注「仄」聲。

[四]第三字《詞譜》注「仄而可平」。

[五]第一字《詞譜》注「仄」聲。

[六]第一字《詞譜》注「仄」聲。又按：此體《詞律》以本詞爲例詞。

鷓鴣天[一] 又名《思佳客》

東陽道中

宋 辛棄疾

◐●○○◐●○[二] ◐○◐●●○○ ◐○◐●○○●[三] ◐●○○◐●○

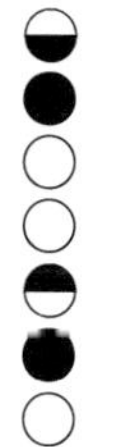

撲面征塵去路遥＼。香篝漸覺水沉消＼。山無層數周遭碧(一)。花不知名分外嬌＼。

(一) 層：《全宋詞》作「重」。

○●●[四]●○○　◐○◐●●○○　◐○◐●○○●　◐●◐○◐●○[五]
人歷歷。馬蕭蕭＼。旌旗又過小紅橋＼。愁邊剩有相思句。搖斷吟鞭碧玉梢＼。

【校】

[一]《詞譜》按：《樂章集》注：正平調；《太和正音譜》注：大石調；蔣氏《九宮譜》目入仙呂引子。趙令畤詞名《思越人》；李元膺詞名《思佳客》；賀鑄詞有「剪刻朝霞釘露盤」句，名《剪朝霞》；韓淲詞有「只唱驪歌一疊休」句，名《驪歌一疊》；盧祖皋詞有「人醉梅花卧未醒」句，名《醉梅花》。

[二]第二字《詞譜》注「仄而可平」；第三字《詞譜》、《白香詞譜》注「平而可仄」；第四字《詞譜》注「平而可仄」；第六字《詞譜》注「仄而可平」，並云：趙長卿詞「新晴水暖藕花紅」，「新晴」二字俱平聲，「水暖」二字俱仄聲，「花」字平聲，與此平仄全異。

[三]第五字《詞譜》注「平而可仄」。

[四]第一字《詞譜》注「平而可仄」，第二字《詞譜》注「仄而可平」，並云：趙長卿詞「憶攜手」，「憶」字仄聲，「攜」字平聲。

[五]第三字《詞律》、《詞譜》、《白香詞譜》注「平」聲，《詞譜》按：《花草粹編》趙介之詞，後段第五句「杜宇一聲腸斷人」，無名氏詞「圖得不知郎去時」，「一」字、「不」字俱仄聲，但宋、元人此句第三字從無

用仄聲者，此乃以入聲字替平聲，不可泛用上、去聲。

雙調南鄉子[一]

重陽　　宋　蘇軾

◐●●○○　◐●○○●●○　◐●◐○○●●　○○　◐●○○●●

霜降水痕收＼。淺碧鱗鱗露遠洲＼。酒力漸消風力軟。颼颼＼。破帽多情卻戀

○[二]　◐●●○○　◐●○○●●○　◐●◐○○●●　○○　◐●

頭＼。佳節若爲酬＼。但把清樽斷送秋＼。萬事到頭都是夢。休休＼。明日

黃花蝶也愁＼。

【校】

[一]《詞譜》按：唐教坊曲名。此詞有單調、雙調。單調者始自歐陽炯詞，馮延巳、李珣俱本此添

字。雙調者始自馮延巳詞。《太和正音譜》注：越調。歐陽修本此減字，王之道、黄機、趙長卿，俱本此添字也。又按：《詞律》、《詞譜》、《白香詞譜》調名爲《雙調南鄉子》。

［二］第五字《白香詞譜》注「仄而可平」。

［三］第五字《白香詞譜》注「仄而可平」。

鵲橋仙[一]

七夕　　　宋　秦觀

◒○◓●　◒○◒●　◒●◒○◓●　◒○◓●●○○　●◓●○○◒●[二]

纖雲弄巧。飛星傳恨。銀漢迢迢暗度＼。金風玉露一相逢。便勝卻、人間無數＼。

◒○◓●　◒○◒●　◓●◓○◒●　◓○◓●●○○　●◓●○○◓●[三]

柔情似水。佳期如夢。忍顧鵲橋歸路＼。兩情若是久長時。又豈在、朝朝暮暮＼。

【校】

［一］《詞譜》按：此調有兩體，五十六字者始自歐陽修，因詞中有「鵲迎橋路接天津」句，取爲調名。

周邦彦詞名《鵲橋仙令》，《梅苑》詞名《憶人人》，韓淲詞取秦觀詞句，名《金風玉露相逢曲》，張輯詞有「天風吹送廣寒秋」句，名《廣寒秋》。元高拭詞注：仙呂調。

[二] 第一字《詞譜》注「仄而可平」；第四字《詞譜》注「平而可仄」。

[三] 第一字《詞譜》注「仄而可平」；第四字《詞譜》注「平而可仄」。又按：此體《詞律》、《白香詞譜》以本詞爲例詞。

虞美人[一]

晚步

本朝 顧琦坊

◐○◐●○○● ◐●○○●[二] ◐○◐●●○○ ◐●◐○◐● ●○

池塘處處連蛙鼓＼。雨散傳涼午＼。小鶯啼濕綠陰中＼(一)。明滅亂流千頃、夕陽

○[三] ◐○◐●○○●[四] ◐●○○● ◐○◐●●○○[五] ◐●◐○◐●

紅＼。炊烟樹裏人家出＼。釣艇溪頭入＼。畫橋斜對是高樓＼。忽地有人和笑、

(一) 鶯：《全清詞》作「鸝」。

●○○
下簾鈎＼。

【校】

[一]《詞譜》按：唐教坊曲名。《碧雞漫志》云：《虞美人》舊曲三，其一屬中吕調，其一屬中吕宮，近世又轉入黄鍾宮。元高拭詞注：南吕調。《樂府雅詞》名《虞美人令》；周紫芝詞有「只恐怕寒，難近玉壺冰」句，名《玉壺冰》；張炎詞賦柳兒，因名《憶柳曲》；王行詞取李煜「恰似一江春水向東流」句，名《一江春水》。

[二]第三字《詞律》注「平而可仄」。

[三]前後段結句《詞律》、《白香詞譜》作九字一句，《詞譜》與此同，並云：其兩結係九字句，或兩字微讀，或四字微讀，或六字微讀，以蟬聯不斷爲合格。

[四]第三字《詞譜》注「仄」聲，並云：蘇軾詞「便使尊前、醉倒且徘徊」，「醉」字仄聲。

[五]第三字《詞譜》注「平」聲。

一斛珠[一]　又名《醉落魄》

美人口

五代　李後主(一)

◐○◐●　◐○◐●○○●　◐○◐●○○●　◐●○○[二]　◐●○○

曉妝初過\(二)。沉檀輕注些兒個\。向人微露丁香顆\。一曲清歌。暫引櫻桃

●[三]　◐●◐○○●●　◐○◐●○○●[四]　◐○◐●○○●　◐●○

破\。羅袖裛殘殷色可\。杯深旋被香醪涴\。繡牀斜凭嬌無那\。爛嚼紅

○[五]　◐●○○●[六]

茸。笑向檀郎唾\。

【校】

[一]《詞譜》按：《宋史·樂志》名《一斛夜明珠》，屬中呂調。《尊前集》注：商調。金詞注：仙呂調。

(一)《醉翁琴趣外編》卷二作歐陽修詞，《全唐五代詞》據《尊前集》及各本《南唐二主詞》斷爲李煜詞。

(二)曉：《詞律》、《詞譜》、《白香詞譜》作「晚」。

蔣氏《九宮譜》目入仙吕引子。晏幾道詞名《醉落魄》。張先詞名《怨春風》。黄庭堅詞名《醉落拓》。

［二］第一字《詞譜》注「仄」聲。

［三］第三字《白香詞譜》注「平而可仄」。

［四］第三字《詞律》、《白香詞譜》注「仄」聲。

［五］第一字《詞律》、《詞譜》、《白香詞譜》注「仄」聲。

［六］第一字《詞譜》注「仄」聲；第三字《白香詞譜》注「平而可仄」。又按：此體《詞律》、《詞譜》、《白香詞譜》以本詞爲例詞。

踏沙行［一］　又名《柳長春》

春思

宋　晏　殊㈠

◓●○○　◓○◓●　◓○◓●○○●　◓○◓●●○○　◓○◓●○○

小徑紅稀。芳郊緑遍\。高臺樹色陰陰見\。東風不解禁楊花㈡。濛濛亂撲行人

㈠《類編草堂詩餘》卷一作寇準詞，《詞的》卷三作晏幾道詞，《全宋詞》據《珠玉詞》斷爲晏殊詞。

㈡東：《全宋詞》作「春」。

●
面＼。
◓●○○　◒○◓●　◒○◓●○○●　◓○◒●●○○　◒○◓●
翠葉藏鶯。朱簾隔燕＼。爐香靜逐游絲轉＼。一番愁夢酒醒時。斜陽卻照
○○●
深深院＼。

【校】

［一］《词谱》按：金詞注：中吕調。曹冠詞名《喜朝天》。趙長卿詞名《柳長春》。《鳴鶴餘音》詞名《踏雪行》。曾覿、陳亮詞添字者，名《轉調踏莎行》。

有真意齋詞譜卷上終

有真意齋詞譜卷中　中調

吴江　錢裕　友梅　選

臨江仙[一]

西湖　本朝　曹爾堪

◓●◒○○●●[二]◓○◒●○○[三]　◓○◒●●○○　◓○○●●[四]◒●●○
萬疊玻璃開曉鏡。畫橈隨處堪停＼。杏花村渚倚紅亭＼。遠山平仲綠。幽徑寄奴
○　◓●◒○○●●[五]◒○◒●○○[六]　◒○◒●●○○　◒○○●
青＼。學士橋邊晞髮嘯。扶筇應到南屏＼。鶯啼深柳待同聽＼。仙人吹鐵
●[七]◓●●○○
篴(一)。小妓索銀瓻＼。

(一) 篴：《全清詞》作「笛」。

【校】

［一］《詞譜》按：唐教坊曲名。《花庵詞選》云：唐詞多緣題所賦，《臨江仙》之言水仙，亦其一也。宋柳永詞注：仙吕調；元高拭詞注：南吕調。李煜詞名《謝新恩》；賀鑄詞有「人歸落雁後」句，名《雁後歸》；韓淲詞有「羅帳畫屏新夢悄」句，名《畫屏春》；李清照詞有「庭院深深深幾許」句，名《庭院深深》。《樂章集》又有七十四字一體，九十三字一體，汲古閣本俱刻《臨江仙》，今據《花草粹編》校定，一作《臨江仙引》，一作《臨江仙慢》。

［二］第二、六字《詞譜》注「仄而可平」，並云：秦觀詞「千里瀟湘接藍浦」，「藍」字平聲；第四字《詞譜》注「平而可仄」。

［三］第一字《詞譜》注「平」聲。

［四］第一字《詞譜》注「仄」聲；第三字《詞譜》注「平而可仄」。

［五］第二、六字《詞譜》注「仄而可平」，並云：葛勝仲詞「今夜那愁煞風景」，「風」字平聲，間作拗句；第四字《詞譜》注「平而可仄」。

［六］第三字《詞譜》注「平」聲。

［七］第三字《詞譜》注「仄而可平」。

蝶戀花[一]　即《黄金縷》，又名《明月生南浦》、《魚水同歡》、《鵲踏枝》、《捲珠簾》

春晚

宋　歐陽修

◒●◒○○●●[二]　◒●○○　◒●○○●　◒●◒○○●●　◒○◒●○○●[三]

庭院深深深幾許\。楊柳堆烟。簾幕無重數\。金勒雕鞍遊冶處\(一)。樓高不見章臺路\。

◒●◒○○●●　◒●○○　◒●○○●　◒●◒○○●●　◒○◒●○○●

雨橫風狂三月暮\。門掩黄昏。無計留春住\。淚眼問花花不語\。亂紅飛過鞦韆去\。

【校】

［一］《詞譜》按：唐教坊曲，本名《鵲踏枝》，宋晏殊詞改今名。《樂章集》注：小石調。趙令時詞注：商調。《太平樂府》注：雙調。馮延巳詞有「楊柳風輕，展盡黄金縷」句，名《黄金縷》；趙令時詞有

(一) 金：《全宋詞》作「玉」。

「不卷珠簾，人在深深院」句，名《卷珠簾》；司馬槱詞有「夜涼明月生南浦」句，名《明月生南浦》；韓淲詞有「細雨吹池沼」句，名《細雨吹池沼》；賀鑄詞名《鳳棲梧》；李石詞名《一籮金》；衷元吉詞名《魚水同歡》；沈會宗詞名《轉調蝶戀花》。

〔二〕前後段起句第二、六字《詞譜》注「仄而可平」；第四字《詞譜》注「平而可仄」。

〔三〕前後段結句第二、六字《詞譜》注「平而可仄」；第四字《詞譜》注「仄而可平」。

一剪梅〔一〕

閨夜〔一〕

本朝 梁清標

◒●○○◒●○ ◒●○○ ◒●○○ ◒○◒●●○○ ◒●○○ ◒●
宛宛冰輪上畫樓＼。聽罷更籌＼。薰罷衾裯＼。畫眉人是舊風流＼。對面温柔＼。背面

○○ ◒●○○◒●○ ◒●○○ ◒●○○ ◒○◒●●○○ ◒●
嬌羞＼。雙結燈花兩意投＼。一晌低頭＼。半晌回眸＼。玉猊烟冷睡還休＼。倚了

〔一〕《全清詞》作「閨詞」。

○○　◐●○○

香篝\。褪了蓮鈎\(一)。

【校】

[一]《詞譜》按：高拭詞注：南呂宮。周邦彦詞起句有「一剪梅花萬樣嬌」句，取以爲名；韓淲詞有「一朵梅花百和香」句，名《臘梅香》；李清照詞有「紅藕香殘玉簟秋」句，名《玉簟秋》。

釵頭鳳[一]

閨怨(二)　本朝　梁清標

○○●　○○●　◐○◐●○○●[二]　○○●[三]　○○●[四]　◐○○●[五]◐○○

簾櫳悄\。流蘇小\。薰籠斜倚香還裊\。歡方嫩\。愁來頓\。纖腰非舊。湘裙爭

(一) 鈎：《全清詞》作「勾」。

(二)《全清詞》作「閨情」。

●[六]●●●[七]○○●○○●[八]◒○◒●○○●[九]○○●○○
寸\。褪褪褪\。釵輕掉\(一)。梅如笑\。銀釭生暈燈花爆\。春將近\。鴻無
●◒○○●[一〇]◒○○●[一一]●●●
信\。天涯人遠。金錢難問\。恨恨恨\。

【校】

[一]《詞譜》按：《古今詞話》云：政和間，京師妓之姥，曾嫁伶官，常入内教舞，傳禁中《擷芳詞》以教其妓，人皆愛其聲，又愛其詞，類唐人所作。張尚書帥成都，蜀中傳此詞，競唱之，卻于前段下添「憶憶憶」三字，後段下添「得得得」三字，又名《摘紅英》，殊失其義。不知禁中有「擷芳園」，故名「擷芳詞」也。程垓詞，名《折紅英》；曾覿詞，名《清商怨》；吕渭老詞，名《惜分釵》；陸游因詞中有「可憐孤似釵頭鳳」句，改名《釵頭鳳》；《能改齋漫録》無名氏詞，名《玉瓏璁》。

[二]第一字《詞律》、《詞譜》注「仄」聲；第三字《詞律》、《詞譜》注「平」聲。

[三]第二字《詞譜》注「仄而可平」。

(一)輕：《全清詞》作「斜」。

[四]第一字《詞譜》注「平而可仄」。

[五]第一字《詞律》、《詞譜》注「仄」聲；第二字《詞譜》注「仄而可平」；第四字《詞譜》注「平而可仄」。

[六]第一字《詞律》、《詞譜》注「仄」聲。

[七]前後段結句《詞律》、《詞譜》作一字三句，注二疊韻，此蓋失注。

[八]第一字《詞譜》注「平而可仄」。

[九]第一字《詞律》、《詞譜》注「仄」聲；第三字《詞律》、《詞譜》注「平」聲。

[一〇]第一字《詞律》、《詞譜》注「平」聲；第二字《詞譜》注「仄而可平」；第四字《詞譜》注「平而可仄」。

[一一]第一字《詞律》、《詞譜》注「仄」聲。

唐多令[一] 又名《南樓令》

題畫

明 沈同（一）

◐●●○○ ◐○◐●○ ●◐○ ◐●○○[二] ◐●◐○○●● ◐◐● ●○
聞道灞陵橋∖。山遥水更遥∖。六十年、蹤跡寥寥∖。牖下困人令老矣。雙短鬢。怕頻

○ ◐●●○○ ◐○◐●○ ●◐○ ◐●○○[三] ◐●◐○○●● ◐
搔∖。行者要詩瓢∖。酒壺相伴挑∖。望秦川、千里翹翹∖。再畫一驢馱我去。便

◐● ●○○
不到（二）。也風騷∖。

【校】

[一]《词谱》按：《太和正音譜》：越調，亦入高平調。一名《糖多令》；周密因劉過詞有「二十年重

（一）《全明詞》作沈周，沈周有《石田詩餘》，此誤作「沈同」。
（二）便：《全明詞》作「雖」。

過南樓」句，名《南樓令》；張翥詞有「花下鈿箜篌」句，名《箜篌曲》。

[二] 第二字《詞律》注「平」聲。

[三] 第二字《詞律》注「平」聲，並云：尹焕詞「悵緑陰青子成雙」，「緑」字仄聲。

繫裙腰[一]

感懷　宋　張先

◐○◐●●○○[二]　○○●[三]●○○　◐○◐●○○●[四]●●○○[五]　◐○●[六]

濃霜澹照夜雲天＼(一)。朦朧影。畫勾欄＼(二)。人情縱似長情月。算一年年＼。又能得。

●○○　◐●◐○○●●[七]○●●[八]●○○　◐○◐●○○●[九]●●○○[一○]

幾番圓＼。欲寄西江題葉字。流不到。五亭前＼。東池始有荷新緑。尚小如錢＼。

(一) 濃：《詞譜》作「清」，《全宋詞》作「惜」。澹：《詞譜》、《全宋詞》作「蟾」。

(二) 欄：《詞譜》、《全宋詞》作「闌」。

問何日藕。幾時蓮乀。

【校】

［一］《詞譜》按：調見張先詞集。宋媛魏氏詞名《芳草渡》。

［二］第一字《詞律》、《詞譜》注「平」聲；第三字《詞律》注「仄」聲。

［三］第二字《詞譜》注「平而可仄」。此句與下句，《詞譜》作六字折腰句。

［四］第一字《詞律》、《詞譜》注「平」聲；第三字《詞律》注「仄」聲；第五字《詞譜》注「平而可仄」；第七字《詞譜》注「仄而可平」。

［五］第二字《詞譜》注「仄而可平」；第三字《詞譜》注「平而可仄」。

［六］第一字《詞律》、《詞譜》注「仄」聲；第二字《詞譜》注「平而可仄」。

［七］第一字《詞律》注「仄」聲；第二字《詞譜》注「仄而可平」；第三字《詞律》注「平」聲；第四、五字《詞譜》注「平而可仄」；第六、七字《詞譜》注「仄而可平」。

［八］第二字《詞譜》注「仄而可平」。此句與下句，《詞譜》作六字折腰句。

［九］第一字《詞律》注「平」聲；第三字《詞律》注「仄」聲；第五字《詞譜》注「平而可仄」；第七字

《詞譜》注「仄而可平」。

［一〇］第三字《詞譜》注「平而可仄」。

［一一］第二字《詞譜》注「平而可仄」；第二字《詞譜》注「仄而可平」。

［一二］按：此體《詞譜》以本詞爲例詞。

漁家傲［一］

贈官妓

宋李石

◐●◐○○●●［二］　◐○◐●○○●［三］　◐●◐○○●●　○◐●　◐○◐●○○

西去征鴻東去水＼。幾重別恨千山裏＼。夢繞緑窗書半紙＼。何處是＼。桃花溪畔人千

●　◐●◐○○●●　◐○◐●○○●　◐●◐○○●●　○◐●［四］　◐

里＼。瘦玉倚香愁黛翠＼。勸人須要人先醉＼。問道明朝行也未＼。猶自記＼。燈

○◐●○○●
前背立偷垂淚〔一〕。

【校】

〔一〕《詞譜》按：明蔣氏《九宮譜》目入中呂引子。此調始自晏殊，因詞有「神仙一曲漁家傲」句，取以爲名。如杜安世詞三聲叶韻，蔡伸詞添字者，皆變體也。外有《十二個月鼓子詞》，其十一月、十二月起句俱多一字，歐陽修詞云：「十一月，新陽排壽宴。十二月，嚴凝天地閉。」歐陽原功詞云：「十一月，都人居暖閣。十二月，都人供暖箑。」此皆因月令，故多一字，非添字體也。

〔二〕第二、六字《詞譜》注「仄而可平」；第四字《詞譜》注「平而可仄」。

〔三〕第五字《詞譜》注「平而可仄」，並云：宋杜安世詞，前段第一、二句「每到春來長如病，玉容瘦與薄妝稱」，「如」字平聲，「薄」字仄聲。

〔一〕垂：《全宋詞》作「彈」。

［四］第一字《詞譜》注「平而可仄」，並云：杜安世詞「有誰道」，「有」字仄聲。

蘇幕遮［一］　又名《鬢雲鬆》

懷舊

宋　范仲淹

●○○　○●●［二］　◓●○○　◓●○○●　◓●◓○○●●［三］　◓●○○　◓

碧雲天。紅葉地\㈠。秋色連波。波上寒烟翠\。山映斜陽天接水\。芳草無情。更

●○○●［四］　●○○［五］○●●［六］　◓●○○［七］　◓●○○●　◓●◓○○●●［八］

在斜陽外\。黯鄉魂。追旅思\。夜夜除非。好夢留人睡\。明月樓高休獨倚\。

◓●○○　◓●○○●［九］

酒入愁腸。化作相思淚\。

㈠ 紅：《詞譜》、《白香詞譜》、《全宋詞》作「黄」。

【校】

［一］《詞譜》按：唐教坊曲名。《唐書·宋務光傳》，比見都邑坊市，相率爲渾脱隊，駿馬戎服，名《蘇幕遮》。張説集有《蘇幕遮》七言絶句，宋詞蓋因舊曲名另度新聲也。周邦彦詞有「鬢雲鬆」句，更名《鬢雲鬆令》。金詞注：般涉調。

［二］第一字《詞譜》注「平而可仄」；第二字《詞譜》注「仄而可平」。

［三］第三字《詞律》注「平」聲；第五字《詞譜》注「平而可仄」。

［四］第一字《詞律》、《白香詞譜》注「仄」聲。

［五］第一字《詞譜》注「仄而可平」；第二字《詞譜》注「平而可仄」。

［六］第一字《詞譜》注「平而可仄」；第二字《詞譜》注「仄而可平」。

［七］第二字《詞譜》注「仄而可平」；第三、四字《詞譜》注「平而可仄」。

［八］第三字《詞譜》注「平」聲。

［九］按：此體《詞譜》、《白香詞譜》以本詞爲例詞。

醉春風[一]　又名《怨東風》

春閨

宋　趙德仁(一)

◓●○○●[二]　◓◓○◓●[三]　◓○◓●●○○[四]　●●●[五]　◓●○○[六]●○○●　◓
陌上清明近\。行人難借問\。風流何處不歸來。悶悶悶\。回雁峰前。戲魚波上。試

○○●[七]　◓●○○●[八]　◓◓○◓●[九]　◓○◓●●○○[一〇]　●●●　◓●○
尋芳信\。夜永蘭膏燼\。春睡何曾穩\。枕邊珠淚幾時乾。恨恨恨\。惟有窗

○[一一]　●○○●[一二]　◓○○●[一三]
前。過來明月。照人方寸\。

(一) 此誤作趙德仁詞。《全宋詞》趙與仁「存目詞」載：「《歷代詩餘》卷四十三有趙與仁『陌上清明近』一首，乃無名氏作，見《樂府雅詞拾遺》卷下。」無名氏詞下載：「案此首別誤作趙德仁詞，見《類編草堂詩餘》卷二。別誤作趙與仁詞，見《歷代詩餘》卷四三。」《全宋詞》斷爲無名氏詞。

【校】

[一]《詞譜》按：趙鼎詞名《怨東風》。《太平樂府》、《中原音韻》俱入中呂類。《太和正音譜》注：中呂宫，亦入正宫，又入雙調。蔣氏《十三調》注：中呂調。

[二]第一字《詞律》、《詞譜》注「仄」聲。

[三]第一、二字《詞律》、《詞譜》注「平」聲；第四字《詞律》、《詞譜》注「仄」聲。

[四]第一字《詞律》、《詞譜》注「平」聲；第三字《詞律》注「平」聲。

[五]前後段此句《詞律》、《詞譜》作一字三句，注二疊韻，此蓋失注。

[六]第一字《詞律》注「平」聲。

[七]第一字《詞律》、《詞譜》注「仄」聲。

[八]第一字《詞律》、《詞譜》注「仄」聲。

[九]第一字《詞律》、《詞譜》注「平」聲；第二字《詞律》注「仄」聲；第四字《詞律》注「平」聲。

[一〇]第一字《詞律》、《詞譜》注「仄」聲；第三字《詞律》注「平」聲。

[一一]第一字《詞律》、《詞譜》注「平」聲。

[一二]第三字《詞譜》注「平而可仄」，並云：趙鼎詞「畫簾悄悄」，上「悄」字仄聲。

[一三]按：此體《詞律》、《詞譜》以本詞爲例詞。

行香子[一]

述懷

宋　蘇　軾

◐●○○　◐●○○[二]　◐○◐　◐●◐○[三]　◐○○●　◐●○○　●●○

清夜無塵\。月色如銀\。酒斟時、須滿十分\。浮名浮利。休苦勞神\(一)。歎隙中

○[四]　●○●[五]　●○○　◐●○○[六]　◐●○○　◐○◐　◐●◐○[七]　◐○○●[八]

駒。石中火。夢中身\。雖抱文章。開口誰親\。且陶陶、樂盡天真\。幾時歸去。

◐●○○　●●○○●○●[九]　●○○

作個閑人\。對一張琴一壺酒。一溪雲\。

【校】

[一]《詞譜》按：《中原音韻》、《太平樂府》俱注雙調，蔣氏《九宮譜》目入中呂引子。

[二] 第三字《詞譜》注「平而可仄」。

(一) 休：《全宋詞》作「虛」。

［三］第三字《詞譜》注「平而可仄」。

［四］第一、四字《詞譜》注「仄而可平」；第二、三字《詞譜》注「平而可仄」。

［五］第一、二字《詞譜》注「平而可仄」。

［六］第二字《詞譜》注「平而可仄」；第三、四字《詞譜》注「仄而可平」。

［七］第一字《詞譜》注「仄」聲；第二字《詞譜》注「平而可仄」；第三字《詞譜》注「平」聲。

［八］第三字《詞譜》注「平而可仄」。

［九］第一、四、六字《詞譜》注「仄而可平」；第二、五字《詞譜》注「平而可仄」；此句《詞律》、《詞譜》作四字一句、三字一句。

錦纏道[一]

春景

宋　宋祁(一)

◓●○○[二]◓●◓○◒●[三]　●◒○　◓○◒●[四]　◓○◒●○○●　◓●○○[五]◓

燕子呢喃。景色乍長春晝\。睹園林、萬花如繡\。海棠經雨胭脂透\。柳展宮眉。翠

●○○●[六]　●○○●○[七]●○○●　●○○●○○●　●◓○◒●○○[八]

拂行人首\。向郊原踏青。恣歌攜手\。醉醺醺、尚尋芳酒\。問牧童、遥指孤村。

●◓○○●[九]◓●○○●[一〇]

道杏花深處。那裏人家有\。

【校】

[一]《詞譜》按：《全芳備祖・樂府》名《錦纏頭》，江衍詞名《錦纏絆》，原注黄鍾宫。

(一)《類編草堂詩餘》卷二、《白香詞譜》作宋祁詞，《草堂詩餘・正集》卷二作歐陽修詞，《全宋詞》據《草堂詩餘前集》斷爲無名氏詞。

〔二〕第一字《詞律》、《詞譜》、《白香词谱》注「仄」聲。

〔三〕第一、三字《詞譜》注「仄」聲；第五字《詞譜》注「平」聲。

〔四〕第二字《詞譜》注「平」聲；第三字《詞譜》注「平而可仄」；第六字《詞譜》注「平」聲。

〔五〕第一字《詞譜》注「仄」聲。

〔六〕第一字《詞譜》注「仄」聲。

〔七〕第五字《白香詞譜》注「平而可仄」。

〔八〕第二字《詞譜》注「仄」聲；第六字《詞譜》注「平而可仄」。此句與下句，《詞譜》作上三下五的一句及四字一句，以「道」字屬上句，《詞律》作八字一句。

〔九〕第一字《詞譜》注「仄而可平」；第三字《白香詞譜》注「平而可仄」；第四字《詞譜》注「平而可仄」。

〔一〇〕第一字《詞譜》注「仄」聲。又按：此體《詞律》、《詞譜》、《白香詞譜》以本詞爲例詞。

青玉案[一]

冬閨

本朝　毛際可

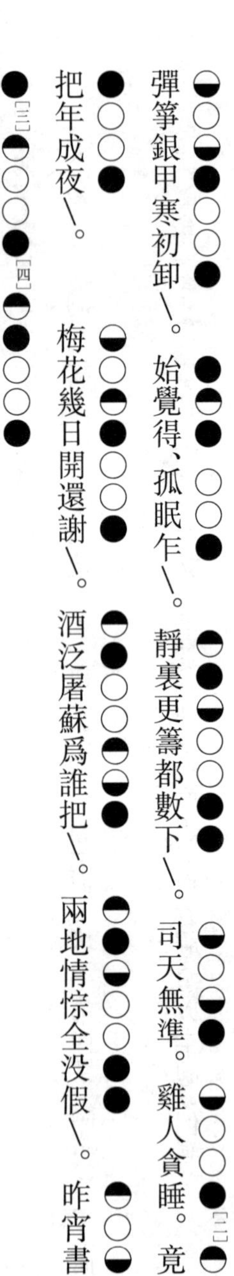

彈箏銀甲寒初卸\。始覺得、孤眠乍\。靜裏更籌都數下\。司天無準。雞人貪睡。[二]竟把年成夜\。

梅花幾日開還謝\。酒泛屠蘇爲誰把\。兩地情悰全没假\。昨宵書到。[三]小姑偷看。[四]說向人前怕\。

【校】

[一]《词谱》按：漢張衡詩：「何以報之青玉案」，調名取此。《中原音韻》注：雙調。《太和正音譜》注：高平調。蔣氏《九宫譜》目入中吕引子。韓淲詞有「蘇公堤上西湖路」句，名《西湖路》。《詞律》按：後段第二句後三字「仄平仄」爲定格。

[二]此句《詞律》、《詞譜》、《白香詞譜》皆押仄聲韻，例詞未押韻，蓋失范。

〔三〕第三字《白香詞譜》注「平」聲。

〔四〕第一字《白香詞譜》注「仄」聲。

兩同心〔一〕

春夜

本朝 吴棠禎

◓●○○斗帳剛垂。◒○◒●〔二〕沉香初浸\。◓◓◒喜小腰、◓●○○〔三〕半卸紅裙。◓◓◓見玉手、●○○●〔四〕緩移珊枕\。◓○○又呼人、◓●○○〔五〕剔了燈花。◓○○●〔六〕教郎先寢\。

◒●◒○◓●〔七〕城上三更漏鼓。◒○◓●春寒太甚\。◓◒◒不回頭、◓●○○〔八〕媚眼羞開。◓◒◒假生嗔、●○○●〔九〕笑聲難禁\。◒◓◓須記得、◓●○○〔一〇〕昨日看梅。◒○○●〔一一〕前朝催飲\。

【校】

〔一〕《詞譜》按：此調有三體，仄韻者創自柳永，《樂章集》注：大石調；平韻者創自晏幾道；三聲叶韻者創自杜安世。

[二]第一字《詞譜》注「仄」聲；第三字《詞譜》注「平」聲。

[三]第三字《詞譜》注「平而可仄」。

[四]第三字《詞譜》注「仄」聲；第四字《詞譜》注「仄而可平」；第六字《詞譜》注「平而可仄」，並云：柳永詞「見玉人且喜且悲」，兩「且」字俱仄聲。

[五]第一字《詞譜》注「仄」聲。此句《詞律》、《詞譜》作三字一句、四字一句。

[六]第三字《詞譜》注「平而可仄」。

[七]第二字《詞譜》注「仄而可平」，並云：柳永詞「覺來滿船清悄」，「來」字平聲。後段首句《詞律》、《詞譜》皆押仄聲韻，例詞未押韻。

[八]第三字《詞譜》注「仄」聲。

[九]第三字《詞譜》注「仄」聲；第四字《詞譜》注「仄而可平」；第六字《詞譜》注「平而可仄」，並云：楊无咎詞前後段第四句「饒濟濟入時打扮」、「唯綴得秋波一盼」，「打」字、「一」字俱仄聲，「秋」字平聲。

[一〇]第一字《詞譜》注「仄」聲；第三字《詞譜》注「平」聲，此句《詞律》、《詞譜》作三字一句、四字一句。

〔一一〕第三字《詞譜》注「平而可仄」，並云：兩結柳永詞「匆匆得見」、「千呼萬喚」，「得」字、「萬」字俱仄聲。

天仙子〔一〕

送春

宋 張先

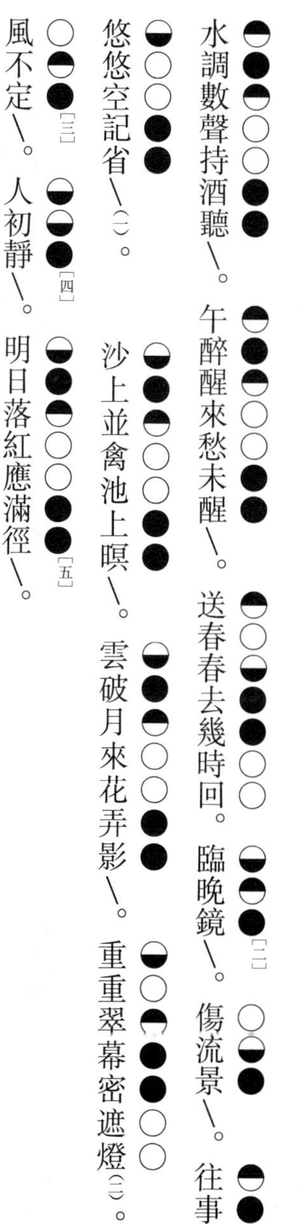

水調數聲持酒聽＼。午醉醒來愁未醒＼。送春春去幾時回。臨晚鏡〔二〕＼。傷流景＼。往事悠悠空記省＼(一)。

沙上並禽池上瞑＼。雲破月來花弄影＼。重重翠幕密遮燈(二)。風不定〔三〕＼。人初靜〔四〕＼。明日落紅應滿徑〔五〕＼。

(一) 悠悠：《白香詞譜》、《全宋詞》作「後期」。

(二) 翠：《白香詞譜》作「簾」。

【校】

［一］《詞譜》按：唐教坊曲名。段安節《樂府雜録》：《天仙子》，本名《萬斯年》，李德裕進，屬龜茲部舞曲。因皇甫松詞有「懊惱天仙應有以」句，取以爲名。此詞有單調雙調、兩體。單調始於唐人，或押五仄韻，或押四仄韻，或押兩仄韻、三平韻，或押五平韻。雙調始於宋人，兩段俱押五仄韻。

［二］第一字《詞律》注「平」聲。

［三］第一字《詞譜》注「平而可仄」。

［四］第一字《詞律》注「仄」聲。

［五］按：此體《白香詞譜》以本詞爲例詞。

小桃紅[一]

畫眉

宋　劉過

曉入紗窗靜＼(一)。戲弄菱花鏡＼。翠袖輕勻。玉纖彈去。小妝紅粉＼。畫行人、愁外兩青山。與尊前離恨。宿酒醺難醒＼。笑記香肩並＼。暖借蓮腮。碧雲微透。暈眉斜印＼。最多情、生怕外人猜。拭香津微揾＼。

【校】

[一]《詞譜》按：《尊前集》注：黃鍾宮。《宋史·樂志》：琵琶曲，蕤賓調。程垓詞名《紅娘子》；劉過詞名《小桃紅》，又名《灼灼花》。《詞律》按：《同叔集》名《連理枝》。

(一) 曉：《全宋詞》作「晚」。

［二］第二字《詞譜》注「仄而可平」；第三、四字《詞譜》注「平而可仄」。

［三］第三字《詞譜》注「平而可仄」，並云：晏殊詞前段三、四、五句「不寒不暖，裁衣按曲，天時正好」，「寒」字平聲，「不」字、「暖」字、「正」字俱仄聲。

［四］第一字《詞律》、《詞譜》注「仄」聲；第二字《詞譜》注「仄而可平」。《詞律》前後段此句作八字句，《詞譜》前後段此句作上五下三句。

［五］第四字《詞律》、《詞譜》注「仄而可平」。此處「恨」字未標韻，蓋失注。

［六］第三字《詞譜》注「平而可仄」，並云：程垓詞「有何不可」，「不」字仄聲。

［七］第一字《詞譜》注「仄」聲；第二字《詞律》注「平而可仄」，《詞譜》注「仄而可平」，並云：余桂英詞「正相思望斷、碧山雲」，「相」字平聲。

［八］第四字《詞律》注「平而可仄」，《詞譜》注「仄而可平」。

雙調江城子[一]

別情

宋　蘇　軾

◐○◐●●○○　●○○　●○○　◐●◐○　◐●●○○　◐●◐○○●●

天涯流落思無窮＼。既相逢＼。却匆匆＼。攜手佳人、和淚折殘紅＼。爲問東風餘幾許。

○●●[二]●○○　◐○◐●●○○　●○○　●○○　◐●◐○　◐●●

春縱在。與誰同＼。隋堤三月水溶溶＼。背歸鴻＼。去吳中＼。四望彭城、清泗與

○○　◐●◐○○●●　○●●[三]●○○

淮通＼。寄我相思千點淚。流不到。楚江東＼。

【校】

[一]《詞譜》按：唐詞單調，以韋莊詞爲主，餘俱照韋詞添字，至宋人始作雙調。晁補之改名《江神子》，韓淲詞有「臘後春前村意遠」句，名《村意遠》。

[二]第二字《詞律》、《詞譜》注「仄而可平」。

[三]第二字《詞律》、《詞譜》注「仄而可平」。

千秋歲[一]

夏景

宋　謝　逸

◓○◒●　◓●○○●　◒●●[二]○○●　◒○○●●　◓●○○●　○◒

楝花飄砌\。簌簌清香細\。梅雨過。蘋風起\。情隨湘水遠。夢繞吴峰翠\。琴書

●　◓○◓●○○●　◓●○○●　◒●○○●　◒●●[三]○○●　◒○

倦。鷓鴣喚起南窗睡\。密意無人寄\。幽恨憑誰洗\。修竹畔。疏簾裏\。歌餘

○●●　◓●○○●　○◓●　◓○◓●○○●[四]

塵拂扇。舞罷風掀袂\。人散後。一鈎淡月天如水\。

【校】

[一]《詞譜》按：《宋史・樂志》：歇指調。金詞注：中吕調，一名《千秋節》。

[二]第二字《詞譜》注「仄而可平」。

[三]第一字《詞譜》注「仄而可平」。

[四]按：此體《詞律》、《白香詞譜》以本詞爲例詞。

離亭燕[一]

懷古

宋　張昪(一)

◓●◓○○●[二]　◓●●○○●[三]　◓●◓○○●●[四]　◓●◓○○●[五]　◓●●○

一帶江山如畫\。風物向秋瀟灑\。水浸碧天何處斷。霽色冷光相射\(二)。蓼嶼荻花

○[六]　◓●◓○○●[七]　◓●◓○○●[八]　◓●●○○●[九]　◓●◓○○

洲(三)。掩映竹籬茅舍\(四)。雲際客帆高掛\(五)。烟外酒旗低亞\(六)。多少六朝興

(一)《攻媿集》卷七十、《過庭録》作孫浩然詞，《全宋詞》於張昪、孫浩然下俱收。

(二)霽：《詞譜》作「翠」。

(三)嶼：《全宋詞》作「岸」。

(四)掩：《全宋詞》作「隱」。

(五)雲：《全宋詞》作「天」。

(六)烟：《詞譜》、《全宋詞》作「門」。

●●

廢事。

◓●◒○○●[一〇]

盡入漁樵閑話\。

◓●●○○[一一]

悵望倚層樓㈠。

◒●◒○○●[一二]

寒日無言西下\㈡。

【校】

[一]《詞譜》按：調始張先，因詞中有「隨處是離亭別宴」句，取以爲名。

[二]第三字《詞譜》注「平」聲；第五字《詞譜》注「平而可仄」，並云：晁補之詞「憶向吴興假守」，「假」字仄聲。

[三]第一字《詞律》、《白香詞譜》注「平」聲。

[四]前後段第一、三字《詞律》注「仄」聲。

[五]第一、三字《詞律》注「仄」聲。

[六]第一字《詞律》、《詞譜》注「仄」聲。

[七]第一字《詞律》注「平」聲；第三字《詞律》、《詞譜》注「仄」聲。

㈠　層樓：《詞譜》作「危闌」，《全宋詞》作「危欄」。

㈡　寒：《詞譜》、《全宋詞》作「紅」。

[八]第一字《詞律》、《詞譜》注「平」聲；第三字《詞律》注「平」聲。

[九]第一字《詞律》注「仄」聲；第三字《詞律》注「平」聲。

[一〇]第一字《詞律》、《詞譜》、《白香詞譜》注「仄」聲；第三字《詞律》注「平」聲。

[一一]第一字《詞律》、《詞譜》注「仄」聲。

[一二]第一字《詞律》、《詞譜》注「平」聲；第二字《詞譜》注「仄而可平」；第三字《詞律》注「平」聲。

又按：此體《詞譜》、《白香詞譜》以本詞爲例詞。

師師令[一]

贈妓

宋 張先

◒○●●[二] ◒○○◒●[三] ●○◒●●○○[四] ◒●● ◒○○●[五] ●●○○○●

香鈿寶珥＼。拂菱花如水＼。學妝皆道稱時宜。粉色有、天然春意＼。蜀彩衣長勝未

●
起＼。

◐●○○●[六]
縱亂霞垂地＼[一]。

○○◐●○○●[七]
都城池苑誇桃李＼。

◐○○◐●[八]
問東風何似＼。

◐○◐●●○○[九]
不須回扇障清歌。

◐●●◐○○●[一〇]
唇一點、小於朱蕊＼[二]。

●●○○○●●
正值殘英和月墜＼[三]。

◐●○○●[一一]
寄此情千里＼。

【校】

[一]《詞譜》按：楊慎《詞品》：李師師，汴京名妓，張先爲制新詞，名《師師令》。

[二]第一字《詞律》、《詞譜》注「平」聲。

[三]第一字《詞律》、《詞譜》注「仄」聲；第四字《詞律》、《詞譜》注「平」聲。

[四]第三字《詞律》、《詞譜》注「平」聲。

[五]第一字《詞譜》注「仄」聲；第四字《詞譜》注「平」聲。

[六]第一字《詞律》、《詞譜》注「仄」聲。

(一)霞：《全宋詞》作「雲」。

(二)朱蕊：《全宋詞》作「珠子」。

(三)值：《全宋詞》作「是」。

［七］第三字《詞律》、《詞譜》注「平」聲。

［八］第一字《詞律》、《詞譜》注「仄」聲；第四字《詞律》、《詞譜》注「平」聲。

［九］第一字《詞律》、《詞譜》注「仄」聲；第三字《詞律》、《詞譜》注「平」聲。

［一〇］第一字《詞譜》注「平」聲；第四字《詞譜》注「仄」聲。

［一一］第一字《詞律》、《詞譜》注「仄」聲。又按：此體《詞律》、《詞譜》以本詞爲例詞。

傳言玉女［一］

元宵

宋 晁沖之(一)

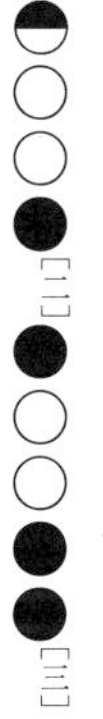

一夜東風。吹散柳梢殘雪(二)。御樓烟暖。對鼇山彩結(三)。簫鼓向晚。鳳輦初回宮

(一)《類編草堂詩餘》卷二作胡浩然詞，《花鏡雋聲》卷七作孫洙詞，《全宋詞》據《樂府雅詞》卷中斷爲晁沖之詞。

(二) 吹散：《詞譜》作「不見」。

(三) 彩：《全宋詞》作「對」。

● ◐○◐● ◐○○● ◐●○○ ●○○[五]◐●●[六] ◐○○●[七]

闕／(一)。千門燈火。九衢風月／(二)。繡閣人人。乍嬉遊。困又歇／。豔妝初試(三)。

●○○●●[八] ○◐●◐[九] ◐●◐○○● ◐○◐● ◐○○●[一〇]

把珠簾半揭／。嬌波溜人(四)。手撚玉梅低說／。相逢長是、上元時節／。

【校】

[一]《词谱》按：高拭詞注：黃鍾宮。按，《漢武内傳》：帝閑居承華殿，忽見一女子曰：我墉宮玉女王子登也，至七月七日，王母暫來，言訖，不知所在，世所謂傳言玉女也。調名取此。

[二]第二、三字《詞譜》注「平而可仄」。

[三]第四字《詞譜》注「仄而可平」。《詞律》云：「對鼇山」句即同「把珠簾」句，「對」、「把」二字領句。

(一)回：《全宋詞》作「歸」。

(二)衢：《詞律》作「逵」，《全宋詞》作「街」。

(三)豔妝初試：《全宋詞》作「笑勻妝面」。

(四)嬌波溜人：《詞律》、《詞譜》作「嬌羞向人」，《全宋詞》作「嬌波向人」。

[四]第一字《詞譜》注「平而可仄」；第二字《詞譜》注「平」聲；第三字《詞譜》注「仄而可平」；第四字《詞譜》注「仄」聲。

[五]第二字《詞譜》注「平而可仄」。

[六]此句與上句，《詞律》、《詞譜》作六字折腰句。

[七]第三字《詞譜》注「平而可仄」。

[八]第二字《詞譜》注「平而可仄」；第四字《詞譜》注「仄而可平」。

[九]第一字《詞譜》注「平而可仄」；第三字《詞譜》注「仄而可平」。

[一〇]結句《詞譜》作四字二句。又按：此體《詞律》、《詞譜》以本詞爲例詞。

剔銀燈[一]

春夜[一]

本朝 汪懋麟

◓●◒○◒●[二] ◒◓● ◓○○●[三] ◓●○○[四]◒○◓● ◓●◒○○● ◓○

獨坐知儂何意＼。憔悴盡、臉紅眉翠＼。小鴨香殘。孤鸞鏡掩。怕見蘭膏光膩＼。此時

[一]《全清詞》作「春夜和宋人韻」。

○●[五]◓◓●◓○○●[六]　◓●◓○◒●　◓●◒○○●[七]　◓●○○[八]◒

情致＼。況遇着、惱人天氣＼。　簌簌落花偏媚＼。欲待留春無計＼。妾命桃花。歡

○◒●[九]◒●◒○○●[一〇]　◒○○●[一一]　◓◓●◓○○●[一二]

情楊柳。何處青樓攜妓＼。温柔香醉＼。總不管、夜寒人睡＼。

【校】

[一]《詞譜》按：《樂章集》注：仙吕調。金詞亦注：仙吕調。元高拭詞注：中吕宫。蔣氏九宫譜，屬中吕調，名《剔銀燈引》。

[二]第五字《詞譜》注「仄」聲。

[三]第一字《詞譜》注「仄」聲。

[四]第三字《詞譜》注「平而可仄」。

[五]第三字《詞譜》注「平而可仄」。

[六]第三字《詞譜》注「平而可仄」。

[七]第五字《詞譜》注「平而可仄」。

[八]第三字《詞譜》注「仄而可平」。

〔九〕第二字《詞譜》注「平而可仄」；第四字《詞譜》注「仄而可平」。

〔一〇〕第一字《詞譜》注「仄」聲。

〔一一〕第三字《詞譜》注「平而可仄」。

〔一二〕第一字《詞譜》注「仄」聲；第六字《詞譜》注「平而可仄」。又按：例詞步柳永本調「何事春工用意」詞韻。

御街行〔一〕

旅思

本朝　王頊齡

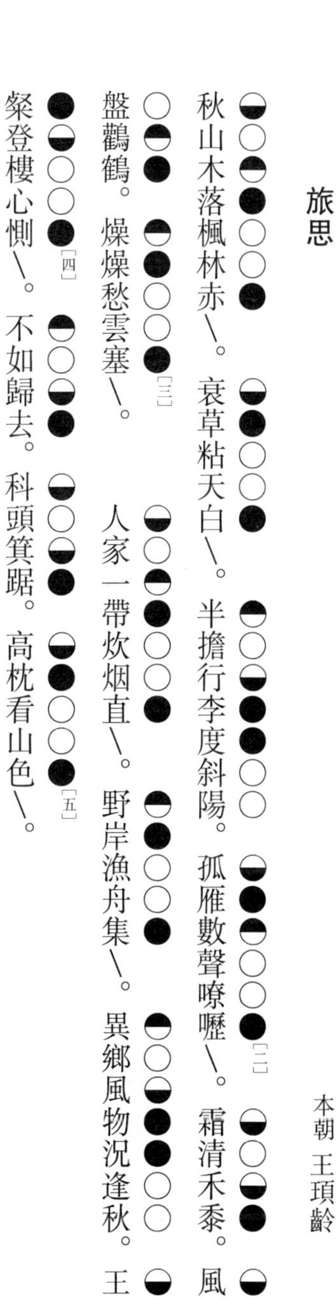

秋山木落楓林赤∖。衰草粘天白∖。半擔行李度斜陽。孤雁數聲嘹嚦∖〔二〕。霜清禾黍。風盤鸛鶴。燥燥愁雲塞∖〔三〕。人家一帶炊烟直∖。野岸漁舟集∖。異鄉風物況逢秋。王粲登樓心惻∖〔四〕。不如歸去。科頭箕踞。高枕看山色∖〔五〕。

【校】

［一］《詞譜》按：柳永《樂章集》注：夾鍾宮。《古今詞話》無名氏詞有「聽孤雁聲嘹唳」句，更名《孤雁兒》。

［二］第五字《詞譜》注「平而可仄」，並云：張先詞「程入花溪遠遠」，上「遠」字仄聲。

［三］第一字《詞律》注「平」聲。

［四］第五字《詞譜》注「平而可仄」，並云：王安中詞「争絢青天馥郁」，「馥」字仄聲。

［五］第一字《詞律》注「平」聲。

風入松[一]

湖園

宋　于國寶(一)

一春常費買花錢(二)。

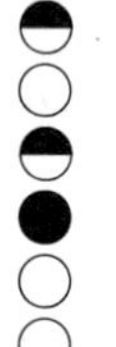

日日醉湖邊(三)。

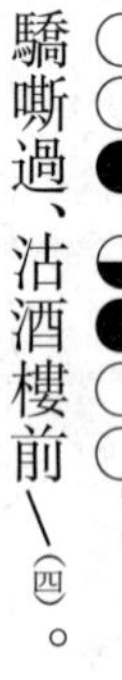

玉驄慣識西湖路。驕嘶過、沽酒樓前(四)。紅

(一)《全宋詞》作俞國寶。

(二)常：《全宋詞》作「長」。

(三)湖：《全宋詞》作「花」。

(四)樓：《全宋詞》作「壚」。

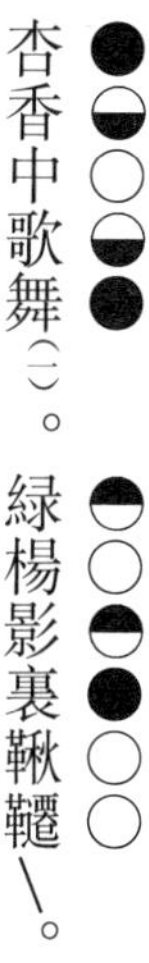

杏香中歌舞（一）。綠楊影裏鞦韆＼。暖風十里麗人天＼。花壓鬢雲偏＼（二）。畫船載得春歸去（三）。［二］餘情付、湖水湖烟＼（四）。明日重扶殘醉。來尋陌上花鈿＼。

【校】

[一]《詞譜》按：古琴曲有《風入松》，唐僧皎然有《風入松》歌，見《樂府詩集》，調名本此。《宋史·樂志》注：林鍾商。元高拭詞注：仙呂調，又雙調。蔣氏《十三調》注：雙調。亦名《風入松慢》。韓淲詞有「小樓春映遠山横」句，名《遠山横》。

[二]第二字《白香詞譜》注「平而可仄」；第三字《白香詞譜》注「仄而可平」。

[三]第一字《白香詞譜》注「仄」聲；第三字《白香詞譜》注「平」聲。

（一）歌舞：《全宋詞》作「簫鼓」。

（二）鬢：《全宋詞》作「髻」。

（三）得：《全宋詞》作「取」。

（四）付：《全宋詞》作「寄」。

祝英臺近(一)[一]　或無「近」字，又名《月底修簫譜》

春晚

宋　辛棄疾

●○○　○●●　◒●●○●　◓●○○　◓●●○●　◓◒◓●○○[二]

寶釵分。桃葉渡＼。烟柳暗南浦＼。怕上層樓(二)。十日九風雨＼。斷腸點點飛紅(三)。

◒○◒●　●◒●◒○○●[三]　◓○●[四]　◓◓◒●○○[五]　◒○●○●　◒

都無人管。倩誰喚、流鶯聲住＼。鬢邊覷＼。試把花卜歸期。纔簪又重數＼(四)。羅

●○○　◓●●○●[六]　◓◒◒●○○[七]　◒○◒●[八]　●◓●　◓○○●[九]

帳燈昏。哽咽夢中語＼。是他春帶愁來。春歸何處。卻不解、帶將愁去＼(五)。

(一)《全宋詞》調名作「祝英臺令」。

(二)怕：《詞譜》作「陌」。

(三)點點：《全宋詞》作「片片」。

(四)纔：《白香詞譜》作「重」。

(五)帶將愁去：《全宋詞》作「將愁歸去」。

【校】

［一］《詞譜》按：元高拭詞注：越調。辛棄疾詞有「寶釵分，桃葉渡」句，名《寶釵分》；張輯詞有「趁月底重修簫譜」句，名《月底修簫譜》；韓淲詞有「燕鶯語，溪岸點點飛綿」句，名《燕鶯語》，又有「卻又在、他鄉寒食」句，名《寒食詞》。

［二］第二字《詞律》注「平」聲。

［三］第二字《詞律》、《白香詞譜》注「平」聲。

［四］第一字《詞律》、《白香詞譜》注「仄」聲。

［五］第二字《詞律》注「平」聲；此句《詞譜》作上二下四句。

［六］第二字《詞律》注「平」聲，《白香詞譜》注「仄而可平」。

［七］第二字《詞律》注「平」聲。

［八］此句《詞譜》、《白香詞譜》押仄聲韻，此蓋失注。

［九］第二字《詞律》注「平」聲。又按：此體《詞譜》、《白香詞譜》以本詞爲例詞。

一叢花[一]

晚泊

本朝　吴秉仁

◐○◐●●○○[二]　◐●●○○　◐○◐●○○●[三]　◐○●　◐●○○[四]　◐●◐○[五]
重看冷暖做陰晴\。帆影隔江城\。落梅萬樹東風裏。才寒食、又過清明\。山杏香殘。
◐○◐●[六]　◐●●○○　◐○◐●●○○　◐●●○○　◐○◐●○○●[七]
谿桃紅褪。岸柳拂長亭\。拚將春老杜鵑聲\。夢破旅魂驚\。沙回烟際孤村遠。
◐○●　◐●○○[八]　◐●◐○[九]　◐○◐●[一〇]　◐●●○○
斜陽外、漁唱堪聽\。數點歸鴉。半灣流水。露鬼火星星\。

【校】

[一]《詞譜》按：調見《東坡詞》，有歐陽修、晁補之、秦觀、程垓詞可校。

[二]前後段起句《詞律》作上二下五句。

[三]第一字《詞律》注「平」聲；第三字《詞律》注「仄」聲。

[四]第一字《詞律》、《詞譜》注「仄」聲；第二字《詞譜》注「平而可仄」；第三字《詞譜》注「仄而可

平」，並云：晁補之詞「佩錦囊，曾憶奚奴」，「錦」字仄聲，「囊」字平聲。

［五］第一、三字《詞律》注「仄」聲；第二字《詞譜》注「仄而可平」；第四字《詞譜》注「平而可仄」，並云：程垓詞「青箋來約」，「箋」字平聲，「約」字仄聲。

［六］第一字《詞律》注「平」聲。

［七］第一字《詞律》注「平」聲；第三字《詞律》注「仄」聲。

［八］第一字《詞律》、《詞譜》注「仄」聲；第二字《詞譜》注「平而可仄」；第三字《詞譜》注「仄而可平」，並云：晁補之詞「寄洞庭，春色雙壺」，「庭」字平聲。

［九］第一字《詞律》注「平」聲；第二字《詞譜》注「仄而可平」；第三字《詞律》注「仄」聲；第四字《詞譜》注「平而可仄」，並云：程垓詞「歸來忍見」，「來」字平聲，「見」字仄聲。

［一〇］第一字《詞律》注「平」聲。

驀山溪[一]　又名《上陽春》

贈妓陳湘

宋　黄庭堅(一)

◐○◐●　◐●○○●　◐●●○○　●○○　◐○◐●[二]　◐○◐●　◐●●
鴛鴦翡翠。小小思珍偶＼。眉黛斂秋波。儘湖南、山明水秀＼(二)。娉娉嫋嫋(三)。恰近十

○○　◐◐●　◐◐●　◐●○○●　◐○◐●　◐●○○●
三餘。春未透＼。花枝瘦＼。正是愁時候＼。尋芳載酒＼(四)。肯落他人後＼(五)。

◐●●○○　●○○　◐○◐●　◐○◐●[三]　◐●●○○　◐◐●　◐◐●
只恐遠歸來(六)。緑成陰、青梅如豆＼。心期得處。每自不由人。長亭柳＼。君知否＼。

(一) 洪正治本《白石詩詞集》作姜夔詞，《全宋詞》據《山谷琴趣外篇》卷一斷爲黄庭堅詞。
(二) 儘：《詞譜》、《白香詞譜》作「盡」。
(三) 娉娉：《詞譜》作「婷婷」。
(四) 芳：《全宋詞》作「花」。
(五) 他：《全宋詞》作「誰」。
(六) 遠：《詞譜》作「晚」。

[四]

千里猶回首＼。

【校】

[一]《詞譜》按：《翰墨全書》名《上陽春》。金詞注：大石調。

[二]第一字《白香詞譜》注「仄而可平」；第二、三字《白香詞譜》注「平而可仄」；第四字《白香詞譜》注「平」聲，後段此句同。

[三]第一字《白香詞譜》注「平」聲；第二字《白香詞譜》注「平而可仄」。

[四]按：此體《詞譜》、《白香詞譜》以本詞爲例詞。

洞仙歌[一]

乞巧(一)

本朝 陳維崧

[二][三][四]

碧雲耿耿。見銀河低瀉＼。人在針樓曝衣罷＼。告天孫。臣本屠釣江東。疏拙甚。願以

(一)《全清詞》作「乞巧同蘧庵先生賦」。

○○◐●[五]　◐○○●●[六]◐●○○　◐●○○●○●　◐●●○○[七]◐●○

蛛絲巧借＼。　天孫含笑答。見事卿遲。大抵聰明讓聾啞＼。試看古今來。劉項孫

○　◐◐●◐○◐●[八]　●◐●　○○●○○[九]◐●●○○[一〇]◐○◐●[一一]

曹。都留做、殘編閑話＼。只賜汝、狂駭倍常年。好爛醉高歌。花天月夜＼。

【校】

[一]《詞譜》按：唐教坊曲名。此調有令詞，有慢詞。令詞自八十三字至九十三字，共三十五首。康與之詞名《洞仙歌令》；潘汸詞名《羽仙歌》；袁易詞名《洞仙詞》；《宋史·樂志》名《洞中仙》，注林鍾商調，又歇指調；金詞注大石調。慢詞自一百十八字至一百二十六字，共五首。柳永《樂章集》「嘉景」詞注般涉調，「乘興閑泛蘭舟」詞注仙呂調，「佳景留心慣」詞注中呂調。

[二]第一字《詞律》、《白香詞譜》注「平」聲；第二字《詞譜》注「仄而可平」；

[三]第一字《詞律》、《白香詞譜》注「仄」聲。《詞律》、《詞譜》與前句作上三下六句。

[四]第一字《詞譜》注「平而可仄」；第二字《詞律》、《白香詞譜》注「仄」聲。

[五]第三字《詞譜》注「平而可仄」。

[六]第二字《詞譜》注「平而可仄」；第四字《詞譜》注「仄而可平」。

[七]第一字《詞律》注「仄」聲；第二、三字《詞譜》注「仄而可平」；第四、五字《詞譜》注「平而可仄」。

[八]第一字《詞律》注「平」聲。

[九]第一、三字《詞譜》注「仄而可平」；第二字《詞律》注「仄」聲；第四、五字《詞譜》注「平而可仄」。《詞律》、《詞譜》作上五下四句。

[一〇]第一字《詞律》、《白香詞譜》注「仄」聲；第二字《詞譜》注「仄而可平」。

[一一]第一字《詞律》、《詞譜》、《白香詞譜》注「仄」聲；第三字《詞律》、《詞譜》、《白香詞譜》注「平」聲。

江城梅花引[一]

夜雪

本朝 錢繼振

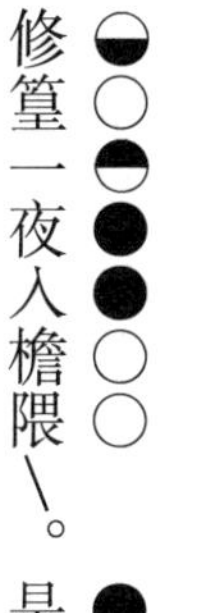

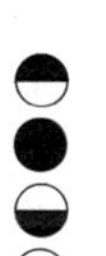

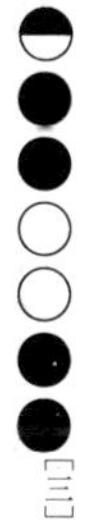

修篁一夜入檐隈\。是誰催\。雪相催\。起趁梅花獨自步閑階\。[二]雪又不停風又緊。[三]

◒◓●[四]●○○　●◒○[五]　◒○◒○●○○[六]　◓◒○[七]　◓◒○[八]　◒●◒●
梅壓竹。竹欺梅。兩相猜＼。柴門柴門不能開＼。玉成堆＼。粉成堆＼。槭槭琴瑟
◒●●[九]◒●○○[一〇]　◒●○○　◒●●○○[一一]　◒●◓○○●●[一二]　◒◒●[一三]　●○
吟不穩。洗盞傾醅＼。忽聽籬邊。剥啄響蒼苔＼。童子急將三徑掃。東溪叟。爲詩
○　●◒○[一四]
來。爲雪來＼。

【校】

[一]《詞譜》按：万俟詠《梅花引》，句讀與《江城子》相近，故可合爲一調；程垓詞換頭句藏短韻者，名《攤破江城子》；洪皓詞三聲叶者四首，每首有一「笑」字，名《四笑江梅引》；周密詞三聲叶韻者，名《梅花引》，全押平韻者，名《明月引》；陳允平詞名《西湖明月引》。

[二]第一、三字《詞律》注「仄」聲；第五字《詞律》注「平」聲。此句《詞律》、《詞譜》作四字一句、五字一句。

[三]第三字《詞律》、《詞譜》注「仄而可平」。

[四]第一字《詞律》注「仄」聲；第二字《詞律》注「平」聲。

［五］第一字《詞譜》注「仄而可平」；第二字《詞律》、《詞譜》注「仄而可平」。此句與上句，《詞譜》作六字折腰句。

［六］第一字《詞律》注「仄」聲；第三字《詞律》、《詞譜》注「仄」聲；第五字《詞律》、《詞譜》注「仄而可平」；第六字《詞譜》注「平而可仄」。此句《詞律》、《詞譜》作二字疊句、三字一句，注疊韻，例詞未押韻。

［七］第二字《詞律》注「仄」聲。

［八］第二字《詞律》、《詞譜》注「仄」聲。

［九］第一、三、五字《詞律》、《詞譜》注「仄」聲。

［一〇］第一字《詞律》注「平」聲。

［一一］第一字《詞律》注「平」聲。

［一二］第一、三字《詞律》注「仄」聲。

［一三］第一字《詞律》、《詞譜》注「平」聲；第二字《詞律》、《詞譜》注「仄」聲。

［一四］第二字《詞律》、《詞譜》注「仄」聲。此句與上句，《詞譜》作六字折腰句。

有真意齋詞譜卷中終

有真意齋詞譜卷下　長調

吴江　錢裕　友梅　選

意難忘[一]

歌妓

宋　周邦彦

◓●○○[二]　●◓○●●[三]◓●○○　◓○○●●[四]◓●●○○　○●●　●
衣染鶯黄＼。愛停歌駐拍。勸酒持觴＼。低鬟蟬影動。私語口脂香＼。蓮露滴(一)。竹
○○[五]　◓●●○○[六]　◓●○　◓○●●[七]◓●○○　◓○◓●○○[八]　●○
風涼＼。拚劇飲淋浪＼。夜漸深、籠燈就月。子細端相＼。知音見説無雙＼。解移

(一) 蓮：《詞律》、《全宋詞》作「檐」。

○●●[九]◐●○○　◐○○●●[一〇]◐●●○○　○●●　●○○　◐●●○
宮換羽。未怕周郎\。長顰知有恨。貪耍不成妝\。些個事。惱人腸\。待說與何
○[一一]　◐●○　◐○●●[一二]◐●○○[一三]
妨\(一)。又恐伊、尋消問息。瘦減容光\。

【校】

[一]《词谱》按：元高拭詞注：南呂調。

[二]第一字《詞律》注「平」聲。

[三]第四字《詞律》、《詞譜》注「仄而可平」，並云：劉辰翁詞「看雨中燈市」，「燈」字平聲。

[四]第一字《詞律》注「平」聲；第三字《詞譜》注「平而可仄」。

[五]此句與上句，《詞譜》作六字折腰句。

[六]第二字《詞譜》注「平而可仄」。

[七]第一字《詞律》注「仄」聲；第六字《詞律》注「仄而可平」。此句《詞律》作三字一句、四字一句。

(一) 待：《全宋詞》作「試」。

[八] 第一字《詞律》注「平」聲；第三字《詞律》注「仄」聲。

[九] 第二字《詞律》、《詞譜》注「平而可仄」；第四字《詞譜》注「仄而可平」，並云：林正大詞「聽子規啼月」，「子」字仄聲，「啼」字平聲。

[一〇] 第一字《詞律》注「平」聲。

[一一] 第二字《詞譜》注「平而可仄」。

[一二] 第一字《詞律》、《詞譜》注「仄」聲；第二字《詞譜》注「仄而可平」；第三字《詞譜》注「平而可仄」；第六字《詞律》注「仄而可平」。此句《詞律》作三字一句、四字一句。

[一三] 按：此體《詞律》以本詞爲例詞。

滿江紅[一]　又名《上江紅》

本意　宋　岳飛

◐●○○　◐◐●　◐○◐●　◐◐●　◐○◐●[二]　◐○◐●[三]　◐●◐○○●●　◐

怒髮衝冠。憑欄處、瀟瀟雨歇\。擡望眼、仰天長嘯。壯懷激烈\。三十功名塵與土。八

千里路雲和月＼。莫等閑、白了少年頭。空悲切＼。靖康恥。猶未雪＼。臣子恨。何時滅＼。駕長車、踏破賀蘭山缺＼。壯志飢飡胡虜肉。笑談渴飲匈奴血＼。待從頭、收

拾舊山河。朝天闕＼。

【校】

［一］《词谱》按：此調有仄韻、平韻兩體，仄韻詞，宋人填者最多，其體不一，今以柳詞爲正體，其餘各以類列，《樂章集》注仙呂調，高栻詞注南呂調；平韻詞衹有姜詞一體，宋元人俱如此填。

［二］第三字《詞譜》注「仄而可平」，第六字《詞譜》注「平」聲。

［三］第一字《白香詞譜》注「仄」聲；第三字《詞譜》、《白香詞譜》注「平」聲。

［四］第一字《詞譜》、《白香詞譜》注「仄」聲。

［五］第一字《詞譜》、《白香詞譜》注「平」聲。

［六］第一字《詞譜》、《白香詞譜》注「平」聲；第二字《白香詞譜》注「平」聲。

［七］第一字《詞譜》注「平」聲。

［八］第一、二字《詞譜》、《白香詞譜》注「平」聲。

［九］第三、四字《白香詞譜》注「平」聲；第五字《詞譜》注「仄而可平」；第六字《白香詞譜》注「仄」聲；第八字《白香詞譜》注「平」聲。此句《詞律》、《詞譜》、《白香詞譜》作上五下四句。

［一〇］第一字《白香詞譜》注「仄」聲；第三字《白香詞譜》注「平」聲。

玉漏遲[一]

詠懷　元　元好問

◐○○●●[二] ◐○◐● ◐○○●[三] ◐●○○[四] ◐◐●○○●[五] ◐●◐○●

浙江歸路杳＼(一)。西南卻羨、投林高鳥＼(二)。升斗微官。世累苦相縈繞＼。不似麒麟殿

(一) 浙：《白香詞譜》、《全金元詞》作「淅」。

(二) 卻：《全金元詞》作「仰」。

●[六]◐◐● ◐○○●[七] ○●● ◐○●●[八]◐○○● ◐◐ ◐●○○[九]●

裏。又不與、巢由同調\。時自笑\。虛名負我。半生吟嘯\。擾擾、馬足車塵。被

◐●○○[一〇]◐○○●[一一] ◐●○○[一二] ◐◐●○○●[一三] ◐●◐○●●[一四] ◐◐●

歲月無情。暗消年少\。鐘鼎山林。一事幾時曾了\。四壁秋蟲夜雨(一)。更一點、

◐○○●[一五] ○●● ◐◐●○○●[一六]

殘燈斜照\。清鏡曉\。白髮又添多少\。

【校】

[一]《詞譜》按：蔣氏《九宮譜》：黄鍾宫。

[二]第一字《詞律》注「仄」聲。

[三]第一字《詞律》、《白香詞譜》注「平」聲；第三字《詞律》、《白香詞譜》注「仄」聲；第五字《詞律》、《白香詞譜》注「平」聲。此句《詞律》、《詞譜》、《白香詞譜》作四字二句。

(一)雨：《全金元詞》作「語」。

［四］第三字《詞譜》注「平而可仄」。

［五］第二字《詞律》、《詞譜》、《白香詞譜》注「仄」聲；第三字《詞譜》注「仄而可平」。

［六］第三字《詞律》、《詞譜》、《白香詞譜》注「平」聲；第五字《詞譜》注「仄而可平」，並云：劉因詞「不似東山高卧」，「高」字平聲。

［七］第一字《詞律》、《白香詞譜》注「仄」聲；第三字《詞譜》注「仄而可平」；第四字《詞律》、《白香詞譜》注「平」聲。

［八］第二字《詞譜》注「平而可仄」；第三、四字《詞譜》注「仄而可平」，並云：張炎詞「詩夢正迷」，「夢」字仄聲，「迷」字平聲。

［九］此句《白香詞譜》作六字一句，《詞律》作二字一句、四字一句，二字句押仄聲韻。

［一〇］第一字《詞譜》注「仄而可平」；第二字《詞律》、《白香詞譜》注「仄」聲。

［一一］第一字《詞譜》注「仄」聲。

［一二］第一字《白香詞譜》注「平」聲；第三字《詞譜》注「平而可仄」，並云：何夢桂詞「何處玉堂」，「玉」字仄聲。

［一三］第二字《詞律》、《詞譜》、《白香詞譜》注「仄」聲；第三字《詞譜》注「仄而可平」，並云：何夢桂詞「滿地蒼苔不掃」，「蒼」字平聲。

〔一四〕第三字《詞律》、《白香詞譜》注「平」聲；第五字《詞譜》注「仄而可平」，並云：劉因詞「天設四時佳興」，「佳」字平聲。

〔一五〕第一字《詞律》、《白香詞譜》注「仄」聲；第四字《詞律》、《白香詞譜》注「平」聲。

〔一六〕第一字《詞律》注「平」聲；第二字《詞律》注「仄」聲。此句《詞譜》作二字一句、四字一句。

又按：此體《詞律》、《白香詞譜》以本詞爲例詞。

水調歌頭〔一〕

中秋

宋　蘇　軾

◒●◓○●〔二〕◓●●○○　◓○◒●◒●〔三〕◒●●○○　◓●◒○◒●　◓●◒○

明月幾時有。把酒問青天\。不知天上宮闕。今夕是何年\。我欲乘風歸去。又恐瓊樓

◓●〔四〕◒●●○○　◓●◓○●〔五〕◒●●○○　◓◒●〔六〕◒◓●　

玉宇。高處不勝寒\。起舞弄清影。何似在人間\。轉朱閣。低綺户。照無眠\。

◐○●◐●[七]◐●●○○　◐●◐○◐●[八]◐●◐○◐●[九]◐●●○○　◐
不應有恨何事。常向別時圓＼(一)。人有悲歡離合。月有陰晴圓缺。此事古難全＼。但
●◐○●　◐●●○○[一〇]
願人長久。千里共嬋娟＼。

【校】

[一]《詞譜》按：《碧雞漫志》屬中呂調。毛滂詞名《元會曲》。張榘詞名《凱歌》。《水調》，乃唐人大曲，凡大曲有歌頭，此必裁截其歌頭，另倚新聲也。又按：《詞律》、《詞譜》、《白香詞譜》於前段「去」、「宇」字，後段「合」、「缺」押仄聲韻，此蓋失注。

[二]第三字《詞律》、《白香詞譜》注「仄」聲。

[三]第六字《詞律》、《白香詞譜》注「仄而可平」。

[四]第三字《詞律》、《白香詞譜》注「平」聲；第五字《詞律》注「平」聲。

[五]第一、三字《詞律》、《白香詞譜》注「仄」聲。

(一) 常：《白香詞譜》作「偏」，《全宋詞》作「長」。

[六] 第三字《詞律》、《白香詞譜》注「仄而可平」。

[七] 第六字《詞律》、《白香詞譜》注「仄而可平」。此句與下句，《詞律》、《詞譜》、《白香詞譜》作四字一句、六字一句。

[八] 第三字《白香詞譜》注「平」聲。

[九] 第三字《詞律》、《白香詞譜》注「平」聲。

[一〇] 按：此體《詞律》、《詞譜》、《白香詞譜》以本詞爲例詞。

滿庭芳[一]　即《滿天霜》，又名《鎖陽臺》

春遊

宋　秦　觀(一)

◓●○○　◓○◓●[二]　◓◓◓●○○[三]　◓○◓●　◓●●○○[四]　◓●○○●●[五]　◒

曉色雲開。春隨人意。驟雨纔過還晴＼。古臺芳榭。飛燕蹴紅英＼。舞困榆錢自落。鞦

(一) 楊金本《草堂詩餘後集》卷下作王觀詞，《全宋詞》斷爲秦觀詞。

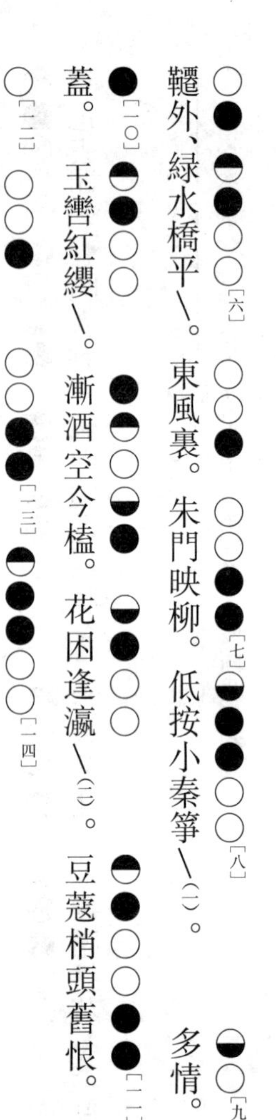

【校】

[一]《詞譜》按：此調有平韻、仄韻兩體。平韻者，周邦彦詞名《鎖陽臺》；葛立方詞有「要看黄昏庭院，横斜映霜月朦朧」句，名《滿庭霜》；晁補之詞有「堪與瀟湘暮雨，圖上畫扁舟」句，名《瀟湘夜雨》；韓淲詞有「甘棠遺愛，留與話桐鄉」句，名《話桐鄉》；吴文英詞，因蘇軾詞有「江南好，千鍾美酒，一曲滿庭芳」句，名《江南好》；張野詞名《滿庭花》。《太平樂府》注：中吕宫。高拭詞注：中吕調。仄

(一) 秦：《白香詞譜》作「琴」。
(二) 逢：《白香詞譜》、《全宋詞》作「蓬」。
(三) 欄：《全宋詞》作「闌」。

韻者，《樂府雅詞》名《轉調滿庭芳》。

［二］第一字《白香詞譜》注「平」聲。

［三］第一字《白香詞譜》注「仄」聲。

［四］第一字《白香詞譜》注「平」聲。

［五］第五字《詞譜》注「仄而可平」。

［六］第二字《白香詞譜》注「平而可仄」。

［七］第一、三字《詞譜》注「仄而可平」。

［八］第一字《白香詞譜》注「平」聲。

［九］第一字《白香詞譜》注「平」聲。

［一〇］第一字《白香詞譜》注「平」聲；第三字《白香詞譜》注「仄」聲。

［一一］第三字《詞譜》注「平而可仄」；第五字《詞譜》注「仄而可平」。

［一二］第二字《詞譜》、《白香詞譜》注「平而可仄」。

［一三］第一字《詞譜》注「平而可仄」；第三字《詞譜》注「仄而可平」。

［一四］又按：此體《白香詞譜》以本詞爲例詞。

鳳凰臺上憶吹簫[一]

離別　宋 李清照

◐●○○　◐○◐●　◐○◐●○○　●◐○◐●[二]　◐●○○　◐●◐○◐
香冷金猊。被翻紅浪。起來慵自梳頭＼(一)。任寶奩塵滿(二)。日上簾鉤＼。生怕離懷別

●[三]　◐◐●　◐●○○[四]　○○●　◐○●●[五]　◐●○○[六]　○○　◐○●
苦(三)。多少事、欲説懷休＼。新來瘦。非干病酒。不是悲秋＼。休休＼(四)。這回去

(一) 慵自：《全宋詞》作「人未」。

(二) 塵滿：《全宋詞》作「閑掩」。

(三) 離懷別苦：《全宋詞》作「閑愁暗恨」。

(四) 休休：《全宋詞》作「明朝」。

●[七]◒◓●○○[八]◓●○○　●◓○◒●[九]　◒●○○　◒●◒○◒●[一〇]

也。千萬遍陽關。也則難留\(一)。念武陵人遠(二)。烟鎖秦樓\(三)。惟有樓前流水(四)。

◒◓●　◒●○○[一一]　○○●　◒○◓◒　◓●○○[一二]

應念我、終日凝眸\。凝眸處。從今又添、一段新愁\(五)。

【校】

[一]《詞譜》按：《列仙傳拾遺》云：蕭史善吹簫，作鸞鳳之響，秦穆公有女弄玉，善吹簫，公以妻之，遂教弄玉作鳳鳴，居十數年，鳳凰來止，公爲作鳳臺，夫婦止其上，數年，弄玉乘鳳，蕭史乘龍去。調名取此。《高麗史・樂志》一名《憶吹簫》。

[二]第二字《詞律》、《白香詞譜》注「仄」聲；第四字《詞律》、《白香詞譜》注「平」聲。

(一)則：《全宋詞》作「即」。

(二)人遠：《全宋詞》作「春晚」。

(三)烟鎖秦樓：《全宋詞》作「雲鎖重樓」。

(四)惟有：《全宋詞》作「記取」。流：《全宋詞》作「緑」。

(五)又添：《詞譜》、《全宋詞》作「更數」。一段：《全宋詞》作「幾段」。

［三］第三字《詞律》、《白香詞譜》注「平」聲。

［四］第一字《詞律》、《白香詞譜》注「平」聲。

［五］第一字《詞律》、《白香詞譜》注「平」聲。

［六］第一字《詞律》、《白香詞譜》注「仄」聲。

［七］第一字《詞律》、《白香詞譜》注「仄」聲。

［八］第一字《詞律》、《白香詞譜》注「平」聲；第二字《詞律》注「仄」聲。

［九］第二字《詞律》、《白香詞譜》注「仄」聲；第四字《詞律》、《白香詞譜》注「平」聲。

［一〇］第三字《詞律》、《白香詞譜》注「平」聲。

［一一］第一字《詞律》、《白香詞譜》注「平」聲。

［一二］第一字《詞律》、《白香詞譜》注「平」聲；第五字《詞律》、《白香詞譜》注「仄」聲。此句《詞律》、《詞譜》、《白香詞譜》作四字二句。又按：此體《詞律》、《詞譜》、《白香詞譜》以本詞爲例詞。

燭影摇紅[一]　又名《憶故人》

春感

閨秀　商景蘭

春入華堂。玉階草色重重暗。寒波一片映闌干。望處如銀漢。風動花枝深淺。忽思量、時光如箭[二]。歌聲撩亂。環珮丁當[三]。繁華未斷[四]。游賞池臺。滄桑頃刻風雲換。中宵笳角惱人腸。泣向庭幃遠。何處堪留顧盼。更可憐、子規啼遍[五]。一枝殘蠟。滿壁圖書[六]。幾聲長歎[七]。

【校】

[一]《詞譜》按：宋吴曾《能改齋漫録》：王都尉（詵）有《憶故人》詞，徽宗喜其詞意，猶以不豐容宛轉爲恨，乃令大晟樂府别撰腔，周邦彦增益其詞，而以首句爲名，謂之《燭影摇紅》。王詵詞本小令，原

名《憶故人》，或名《歸去曲》，以毛滂詞有「送君歸去添凄斷」句也。若周邦彦詞，則合毛、王二體爲一闋。元趙雍詞更名《玉珥墜金環》，元好問詞更名《秋色横空》。

[二]第三、四字《白香詞譜》注「平」聲；第六字《白香詞譜》注「仄」聲。

[三]第二字《詞律》、《詞譜》注「仄而可平」；第三、四字《詞律》、《詞譜》注「平而可仄」。

[四]第一字《白香詞譜》注「平」聲。

[五]第四字《白香詞譜》注「平」聲；第六字《詞律》、《詞譜》、《白香詞譜》注「仄」聲。

[六]第二字《詞律》、《詞譜》注「仄而可平」；第三、四字注「平而可仄」。

[七]第三字《詞律》、《詞譜》注「平而可仄」。

八聲甘州[一]

秋怨

宋　柳永

●○○●●[二]●○○　◓◒●○○[三]　●○○◒●[四]　○○●●[五]◒●○○　◓●

對瀟瀟暮雨。灑江天。一番洗清秋＼。漸霜風凄緊(一)。關河冷落。殘照當樓＼。是處

(一) 緊：《全宋詞》作「慘」。

紅衰緑減(一)。苒苒物華休＼。惟有長江水。無語東流＼。不忍登高臨遠。望故鄉

渺渺(二)。歸思難收＼。歎年來蹤跡。何事苦淹留＼。想佳人、妝樓眺望(三)。誤幾回、天

際識歸舟＼。爭知我、倚闌干處。正恁凝愁＼。

【校】

[一]《词谱》按：《碧雞漫志》：《甘州》，仙吕調，有曲破，有八聲，有慢，有令。此調前後段八韻，故名「八聲」，乃慢詞也，與《甘州遍》之曲破，《甘州子》之令詞不同。《樂章集》亦注仙吕調。周密詞名《甘州》。張炎詞因柳詞有「對蕭蕭暮雨灑江天」句，更名《蕭蕭雨》。白樸詞名《宴瑶池》。

[二]第二字《詞譜》注「平而可仄」；第四字《詞律》注「仄而可平」，並云：周密詞起句「漸萋萋芳草

(一) 緑：《全宋詞》作「翠」。

(二) 渺：《詞律》、《全宋詞》作「邈」。

(三) 眺：《詞律》作「長」，《全宋詞》作「顒」。

緑江南」，「芳」字平聲。此句與下句，《詞律》、《詞譜》作八字一句。

［三］第二字《詞律》、《詞譜》注「仄而可平」。

［四］第二字《詞譜》注「平而可仄」。

［五］第一字《詞譜》注「平而可仄」；第三字《詞律》、《詞譜》注「仄而可平」。

［六］第三字《詞譜》注「平而可仄」。

［七］第一字《詞律》注「平」聲；第三字《詞律》、《詞譜》注「平而可仄」。

［八］第一字《詞律》注「仄」聲；第五字《詞律》、《詞譜》注「平而可仄」。

［九］第一字《詞律》、《詞譜》注「仄」聲；第二字《詞律》、《詞譜》注「仄而可平」。

［一〇］第二字《詞律》注「平」聲；第三字《詞譜》注「平而可仄」。

［一一］第二字《詞律》注「仄」聲。

［一二］第一字《詞律》、《詞譜》注「平」聲；第三字《詞律》、《詞譜》注「仄」聲；第六字《詞譜》注「平而可仄」。

［一三］按：此體《詞律》、《詞譜》以本詞爲例詞。

暗香[一]　又名《紅情》

詠紅豆(一)

本朝　朱彝尊

◒○◒●　●●○●●[二]◒○○●[三]　●●◒○　◒●○○●○●[四]　◒●○○
凝珠吹黍＼。似早梅乍萼。新桐初乳＼。莫是珊瑚。零亂敲殘石家樹＼(二)。記得南中

●●[五]◒◒●◒○◒●[六]　●●●◒●○○[七]◒●●○●　○●[八]　●◒
舊事。金齒屐、小鬟蠻語＼(三)。看兩岸、樹底盈盈。素手摘新雨＼(四)。延佇＼。碧雲

●[九]　◒●●●○[一〇]　●◒○●[一一]　◒○◒●[一二]　◒●◒○●○●[一三]　◒●◒○◒
暮＼。休逗入茜裙。欲尋無處＼。唱歌歸去＼。先向緑窗飼鸚鵡＼。惆悵檀郎終

(一)《全清詞》作「紅豆」。
(二)亂：《全清詞》作「落」。
(三)語：《全清詞》作「女」。
(四)此句《全清詞》作「抬素手摘新雨」。

●[一四]　◐●●　◐○○●[一五]　●●●　○●●[一六]　●○◐●[一七]

遠(一)。待寄與、相思猶阻\。燭影下、開玉合。背人偷數\(二)。

【校】

[一]《詞譜》按：宋姜夔自度仙吕宫曲，詠梅花作也。張炎以此調詠荷花，更名《紅情》。

[二]第二、四字《詞譜》注「仄而可平」，並云：張炎詞「抱孤琴思遠」，「孤」字、「思」字俱平聲。

[三]第一字《白香詞譜》注「平」聲。

[四]第一字《白香詞譜》注「平」聲。

[五]第三字《詞譜》注「平而可仄」，並云：趙以夫詞「爲問玉堂富貴」，「玉」字仄聲。

[六]第三字《詞譜》注「仄而可平」，並云：「黯消魂」，「魂」字平聲；第六字《詞譜》注「平」聲。

[七]第一、二、三字《詞譜》注「仄而可平」。

[八]第一字《詞譜》注「平而可仄」，並云：張炎詞，「憶昨」，「憶」字仄聲。

(一)終：《全清詞》作「路」。

(二)偷：《全清詞》作「暗」。

［九］第一字《詞譜》注「仄而可平」；第二字《白香詞譜》注「平」聲。

［一〇］第一字《詞譜》注「仄」聲；第四字《詞譜》注「仄而可平」，並云：張炎詞「漫認著梅花」，「梅」字平聲。

［一一］第一字《詞譜》注「仄而可平」，並云：趙以夫詞「雲弄疏影」，「雲」字平聲；第二字《詞譜》、《白香詞譜》注「平」聲。

［一二］第一字《白香詞譜》注「仄」聲；第三字《詞譜》注「仄」聲。

［一三］第一字《白香詞譜》注「平」聲。

［一四］第一字《白香詞譜》注「平」聲；第三字《詞譜》、《白香詞譜》注「平」聲。此句《詞譜》作上二下四句。

［一五］第二、三字《詞譜》注「仄而可平」，張炎詞「有羈懷、未須輕説」，「羈」字、「懷」字俱平聲。

［一六］第一、二、三字《詞譜》注「仄而可平」。

［一七］按：此體《白香詞譜》以本詞爲例詞。

聲聲慢[一]

秋情

宋　李清照

◒○◓●[二]◓●○○　○○●●◓●[三]　◓●○○[四]◒●●○○●[五]　◒○●○◓

尋尋覓覓。冷冷清清。淒淒慘慘戚戚＼。乍暖還寒。時候最難將息＼㈠。三杯兩杯淡

●[六]　●◓○　◓◒○●　◓●●[七]●○○　●●◓○○●[八]　◓●◒○◒

酒㈡。怎敵他、曉來風急＼㈢。雁過也。正傷心。卻是舊時相識＼。滿地黃花堆

●[九]　◒◒◒◒◒[一〇]●○○●[一一]　◓●○○　◓●●○◓●[一二]　◒○●○◓●[一三]

積＼。憔悴損如今㈣。有誰堪摘＼㈤。守著窗兒。獨自怎生得黑＼。梧桐更兼細雨＼。

㈠ 最：《詞譜》作「正」。

㈡ 杯：《詞譜》、《白香詞譜》、《全宋詞》作「盞」。

㈢ 曉：《詞譜》、《白香詞譜》、《全宋詞》作「晚」。

㈣ 如：《白香詞譜》作「而」。

㈤ 堪：《詞譜》作「忺」。

到黄昏、點點滴滴\。[一四]這次第。[一五]怎一個、愁字了得\。[一六]

【校】

[一]《詞譜》按：蔣氏《九宫譜》注：仙吕調。晁補之詞名《勝勝慢》。吴文英詞有「人在小樓」句，名《人在樓上》。此調有平韻、仄韻兩體，平韻者以晁補之、吴文英、王沂孫詞爲正體；仄韻者以高觀國詞爲正體。

[二]此句《詞譜》、《白香詞譜》押仄聲韻，此蓋失注。

[三]第三字《詞律》注「仄而可平」；第五字《詞律》注「平」聲。

[四]第三字《白香詞譜》注「平而可仄」。

[五]第一字《詞律》、《白香詞譜》注「平」聲；第二字《詞律》注「平」聲；第三字《詞律》注「仄而可平」。此句與上句，《詞律》、《白香詞譜》作六字一句、四字一句。

[六]第一字《詞律》注「平」聲；第三字《白香詞譜》注「仄而可平」。

[七]第二字《詞律》注「平而可仄」。

[八]第一字《詞律》注「平而可仄」；此句與上句，《詞律》作五字一句、四字一句。

［九］第一字《白香詞譜》注「仄」聲；第三字《詞律》、《白香詞譜》注「平」聲。

［一〇］第一、五字《詞律》注「仄」；第三字《詞律》注「平」聲。

［一一］第一字《詞律》注「平而可仄」。此句與上句，《詞譜》、《白香詞譜》作上三下六句。

［一二］第一、二、五、六字《詞律》注「平」聲；第三字《詞律》注「平而可仄」。

［一三］第一字《詞律》、《白香詞譜》注「平」聲。

［一四］第二字《詞律》注「平而可仄」；第四字《詞律》注「平」聲；第五字《詞律》注「仄」聲；第六、七字《詞律》注「平」聲。

［一五］第一字《詞律》注「平」聲，《白香詞譜》注「仄」聲。

［一六］第二、三字《詞律》注「平」聲。又按：此體《詞譜》、《白香詞譜》以本詞爲例詞。

倦尋芳[一]

閨夜

宋 潘元質(一)

◓○●●[二]◒●○○ ◒●○●[三] ◓●○○[四]◒●◓○○●[五] ◓●◒○○●●[六]◓
獸鐶半掩。鴛甃無塵。庭院瀟灑\。樹色沉沉。春盡燕嬌鶯姹\。蓼草池塘青漸滿。海
○◒●○○● ◓○○[七] ◓○○●●[八] ◓○○● ◓○● ○○◒●[九] ◒●○
棠軒檻紅相亞\。聽蕭聲。記秦樓夜約。彩鸞齊跨\。漸迤邐、更催銀箭。何處貪
○ ◒●○●[一〇] ◒●○○[一一] ◓●◓○○●[一二] ◒●◒○○●●[一三] ◓○◒●○○
歡。猶繫驄馬\。旋剪燈花。兩點翠眉誰畫\。香滅羞回空帳裏。月高猶在重簾
●[一四] ●○○ ●○○◓○○●[一五]
下\。恨疏狂。待歸來、碎揉花打\。

(一)《類編草堂詩餘》卷三作蘇庠詞,《詞的》卷四作蘇堅詞,《全宋詞》據《唐宋諸賢絶妙詞選》卷七斷爲潘元質詞。

【校】

[一]《詞譜》按：王雱詞注：中呂宮。潘元質詞名《倦尋芳慢》。

[二]第三字《詞譜》注「仄而可平」，並云：湯恢詞「錫簫吹暖」，「吹」字平聲。

[三]第二字《詞譜》注「仄而可平」，並云：盧祖皐詞「春晴寒淺」，「晴」字平聲。

[四]第三字《詞譜》注「平而可仄」，並云：湯恢詞：「風到楝花」，「楝」字仄聲。

[五]第三字《詞譜》注「仄」聲。

[六]第三字《詞譜》注「平」聲。

[七]第一字《詞譜》注「仄」聲。

[八]第二、三字《詞譜》注「平而可仄」；第四、五字《詞譜》注「仄而可平」，並云：盧祖皐詞「記寶帳歌慵」，「寶帳」二字俱仄聲，「歌慵」二字俱平聲。

[九]第一、二字《詞譜》注「仄」聲。

[一〇]第三字《詞譜》注「平而可仄」，並云：吴文英詞「衫袖濕遍」，「濕」字仄聲。

[一一]第一字《詞譜》注「仄」聲。

[一二]第三字《詞譜》注「仄」聲。

[一三]第三字《詞譜》注「平」聲。

〔一四〕第三字《詞譜》注「平」聲。

〔一五〕第二、三字《詞譜》注「平而可仄」，並云：盧祖皋詞「但鎮日，繡簾高卷」，「鎮日」二字俱仄聲。又按：此體《詞律》、《詞譜》以本詞爲例詞。

雙雙燕〔一〕

本意

宋 史達祖

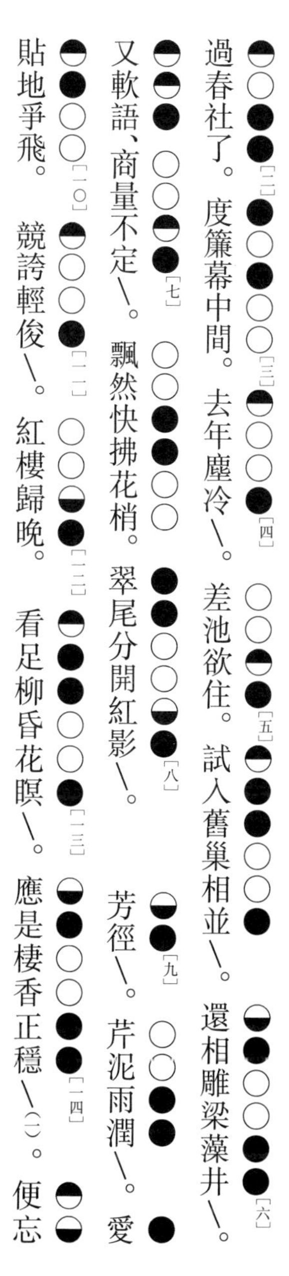

過春社了。度簾幕中間。去年塵冷＼。差池欲住。試入舊巢相並＼。還相雕梁藻井＼。又軟語、商量不定＼。飄然快拂花梢。翠尾分開紅影＼。芳徑＼。芹泥雨潤＼。愛貼地爭飛。競誇輕俊＼。紅樓歸晚。看足柳昏花暝＼。應是棲香正穩＼〔一〕。便忘

〔一〕是：《全宋詞》作「自」。

●○○◒●[一五]　○◓●●○○[一六]　◓●◓○◓●[一七]

了、天涯芳信＼。愁損翠黛雙蛾。日日畫欄獨憑＼(一)。

【校】

[一]《詞譜》按：調見《梅溪集》，詞詠雙燕，即以爲名。

[二]第一字《詞律》、《詞譜》注「仄」聲。

[三]第一字《白香詞譜》注「平而可仄」。

[四]第一字《詞律》、《詞譜》注「仄」聲。

[五]第三字《詞律》、《詞譜》、《白香詞譜》注「仄」聲。

[六]第一字《詞律》、《詞譜》、《白香詞譜》注「平」聲。

[七]第一字《詞律》、《詞譜》、《白香詞譜》注「仄」聲；第六字《詞律》注「平」聲。

[八]第五字《詞律》、《詞譜》、《白香詞譜》注「平」聲。

[九]第一字《詞律》、《詞譜》注「平」聲。

(一) 欄：《詞律》、《詞譜》、《全宋詞》作「闌」。

[一〇]第一字《白香詞譜》注「仄而可平」；第二字《詞律》、《詞譜》、《白香詞譜》注「仄」聲。

[一一]第一字《詞律》、《詞譜》注「仄」聲。

[一二]第一字《詞律》、《詞譜》注「平而可仄」；第三字《詞律》、《詞譜》注「平」聲。

[一三]第一字《詞律》、《詞譜》注「仄」聲。

[一四]第一字《詞律》、《詞譜》、《白香詞譜》注「平」聲。

[一五]第一字《詞律》、《詞譜》注「仄」聲；第六字《詞律》、《詞譜》、《白香詞譜》注「平」聲。

[一六]第二字《詞律》、《詞譜》注「平」聲；第五字《詞律》、《詞譜》注「平而可仄」。

[一七]第三字《詞律》、《詞譜》注「仄」聲；第五字《白香詞譜》注「仄」聲。又按：此體《詞律》、《詞譜》、《白香詞譜》以本詞爲例詞。

晝夜樂[一]

憶別

宋 柳永

◐○◐●○○●[二] ●◐◐ ○○●[三] ◐○●●○○[四] ◐●◐○◐●[五] ◐●◐○○

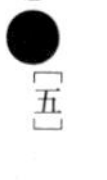

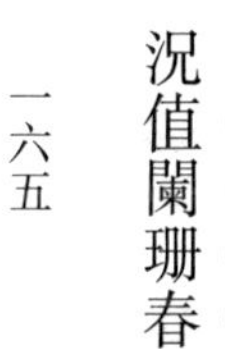

洞房記得初相遇\。便只合、長相聚\。何期小會幽歡。變作別離情緒\。況值闌珊春

●●[六]●◐◐ ●○○●[七] ◐●●○○ ●○○○●[八] ◐○◐●○○● ●

色暮。對滿目、亂花狂絮＼。直恐好風光。盡隨伊歸去＼。一場寂寞憑誰訴＼。算

○○ ◐○●[九] ◐○●●○○ ◐●◐○◐●[一〇] ◐●◐○○●●[一一] ●◐◐ ●○

前言、總輕負＼。早知恁地難拚。悔不當初留住＼(一)。其奈風流端正外。更別有、繫人

○●[一二] ◐●●○○ ●○○○●[一三]

心處＼。一日不思量。也攢眉千度＼。

【校】

[一]《詞譜》按：《樂章集》注：中呂宫。

[二]第一字《詞譜》注「仄」聲。

[三]第二、三字《詞律》注「平」聲；第五字《詞譜》注「平而可仄」。

[四]第一字《詞譜》注「平」聲。

[五]第一字《詞律》、《白香詞譜》注「仄」聲。

(一) 初：《全宋詞》作「時」。

[六]第二、六字《詞律》、《詞譜》、《白香詞譜》注「仄而可平」；第三字《詞律》、《詞譜》、《白香詞譜》注「平」聲；第四字《詞譜》注「平而可仄」；此句《詞律》、《詞譜》、《白香詞譜》押仄聲韻，此蓋失注。

[七]第四字《詞譜》注「仄而可平」；第六字《詞譜》注「平而可仄」，並云：黄庭堅詞「約雲朝、又還雨暮」，「雨」字仄聲。

[八]第二字《詞譜》注「平而可仄」，並云：黄庭堅詞「總不成行步」，「不」字仄聲。

[九]第四字《詞律》注「平」聲。

[一〇]第一字《詞律》、《詞譜》、《白香詞譜》注「仄」聲；第三字《詞譜》注「平」聲。

[一一]第三字《詞律》、《白香詞譜》注「平」聲。

[一二]第一字《詞譜》注「仄而可平」。

[一三]第四字《詞譜》注「平而可仄」。又按：此體《詞律》、《詞譜》、《白香詞譜》以本詞爲例詞。

高陽臺[一]

送翠英

宋　蔣　捷

◓●○○[二]◒○◓●[三]◒○◓●○○　◒●○○　◒○◓●○○　◒○◒●○
燕捲晴絲。蜂粘落絮。天教綰住閑愁\。閑裏清明。匆匆粉澀紅羞\㈠。燈摇縹暈茸

○●　◓◒○　◒●○○[四]　●○○　◒●○○　◒●○○　◒○◓●●○
窗冷。語朱闌、娥影分收\。好傷情。春也難留。人也難留\。芳塵滿目總悠

○[五]　●◒○◓●[六]　◒●○○[七]　◓●○○　◒○◒●○○　◒○◓●○○●
悠\㈡。問縈縈佩響㈢。還繞誰樓\。别酒纔斟。從前心事都休\。飛鶯縱有風吹轉。

◓◓○　◓●○○[八]　●○○　◒●○○　◓●○○[九]
奈舊家、苑已成秋\。莫思量。楊柳灣西。且櫂吟舟\。

㈠ 澀：《詞譜》作「濕」。

㈡ 總：《詞譜》、《全宋詞》作「芳塵滿目悠悠」。

㈢ 縈縈：《詞譜》、《全宋詞》作「縈雪」。此句《詞譜》作「爲問縈雪佩響」。

【校】

［一］《詞譜》按：高拭詞注：商調。劉鎮詞名《慶春澤慢》，王沂孫詞名《慶春宫》。又按：《詞律》調名作《慶春澤慢》；《白香詞譜》調名作《慶春澤》。

［二］第一字《詞律》注「平」聲。

［三］第一字《詞律》、《白香詞譜》注「平」聲；第三字《詞律》、《詞譜》、《白香詞譜》注「仄」聲。

［四］第一字《詞律》、《詞譜》、《白香詞譜》注「仄」聲；第六字《白香詞譜》注「平而可仄」。

［五］第一、五字《詞律》、《白香詞譜》注「平」聲；第三、七字《詞律》、《白香詞譜》注「仄」聲。

［六］第二字《詞律》、《白香詞譜》注「平」聲。

［七］第一字《詞律》注「平」聲。

［八］第一字《詞律》、《詞譜》、《白香詞譜》注「仄」聲；第二字《白香詞譜》注「平」聲。

［九］按：此體《詞譜》以本詞爲例詞。

念奴嬌[一]　又名《百字令》、《壺中天》、《湘月》、《大江東去》、《無俗念》、《酹江月》

畫壁

宋　辛棄疾

●○◐●[二]　●◐◐　◐●◐○◐●[三]　◐●◐○○●●[四]　◐●◐○◐●[五]　◐●○

野棠花落。又匆匆、過了清明時節\。剗地東風欺客夢。一枕銀屏寒怯\㈠。曲岸持

○　◐○◐●　◐●○○●　◐○◐●[六]　◐○◐●○●[七]　◐●◐●○○[八]　◐○

觴。垂楊繫馬。此地曾經別\。樓空人去。舊遊飛燕能説\。聞道綺陌東頭。行人

◐●　◐●○○●[九]　◐●◐○○●●[一〇]　◐●◐○◐●[一一]　◐●○○　◐○◐●

長見。簾底纖纖月\。舊恨春江流不盡㈡。新恨雲山千疊\。料得明朝。樽前重見㈢。

◐●○○●　◐○◐●[一二]　◐○◐●○●[一三]

鏡裏花難折\。也應驚問。近來多少華髮\。

㈠ 銀：《全宋詞》作「雲」。

㈡ 不盡：《全宋詞》作「未斷」。

㈢ 樽：《全宋詞》作「尊」。

【校】

[一]《詞譜》按：《碧雞漫志》云：大石調，又轉入道調宮，又轉入高宮大石調。姜夔詞注：雙調。元高拭詞注：大石調，又大呂調。蘇軾「赤壁懷古」詞，有「大江東去，一尊還酹江月」句，因名《大江東去》，又名《酹江月》，又名《赤壁詞》，又名《酹月》；曾覿詞名《壺中天慢》；戴復古詞有「大江西上」句，名《大江西上曲》；姚述堯詞有「太平無事，歡娛時節」句，名《太平歡》；韓淲詞有「年年眉壽，坐對南枝」句，名《壽南枝》，又名《古梅曲》；姜夔詞名《湘月》，自注即《念奴嬌》鬲指聲；張輯詞有「柳花淮甸春冷」句，名《淮甸春》；米友仁詞名《白雪詞》；張翥詞名《百字令》，又名《百字謠》；丘長春詞名《無俗念》；游文仲詞名《千秋歲》；《翰墨全書》詞名《慶長春》，又名《杏花天》。

[二]第三字《詞律》、《白香詞譜》注「平」聲。

[三]第一字《詞律》注「仄而可平」；第三字《詞譜》注「平」聲；第六字《詞律》注「平」聲；第八字《詞律》、《詞譜》、《白香詞譜》注「平」聲。此句《詞律》作上五下四句，《詞譜》、《白香詞譜》作五字一句、四字一句。

[四]第三字《詞律》注「平」聲。

[五]第五字《詞律》、《詞譜》、《白香詞譜》注「平」聲。

[六]第三字《詞律》、《詞譜》、《白香詞譜》注「平」聲。

[七]第一字《詞律》、《詞譜》注「仄」聲；第三字《詞律》、《詞譜》注「平」聲。

［八］第一字《詞律》注「平」聲；第三字《詞律》注「仄」聲。此句《詞譜》作上三下四句。

［九］第一字《詞律》注「平」聲。

［一〇］第三字《詞律》注「平」聲。

［一一］第三字《詞律》注「平」聲；第五字《詞律》、《詞譜》、《白香詞譜》注「平」聲。

［一二］第三字《詞律》、《詞譜》、《白香詞譜》注「平」聲。

［一三］第一字《詞律》注「仄」聲；第三字《詞律》、《詞譜》注「平」聲。又按：此體《詞律》以本詞爲例詞。

東風第一枝［一］

憶梅　　元　張　翥(一)

●●○○［二］○○●●［三］◐○◐●○●［四］　◐○◐●○○［五］◐◐●○◐●［六］　○○◐●

老樹渾苔。橫枝未葉。青春肯誤芳約\。背陰未返冰魂。陽梢已含紅萼\。佳人寒怯。

(一)《詞品》卷二作呂渭老詞，《全宋詞》收於呂渭老下，據《蛻巖詞》卷上斷爲張翥詞，《全金元詞》收作張翥詞。

◒◒● ◓○○●[七] ●◓◒◒●○○[八] ◒◓●○○●[九] ◓●● ◓○◓●[一〇]
誰驚起、曉來梳掠╲。是月斜花外幺禽。霜冷竹間幽鶴╲。雪淡淡、粉痕漸薄╲(一)。

◒●● ◓○◓●[一一] ◓○◓●○○[一二] ◓◒◓○◓●[一三] 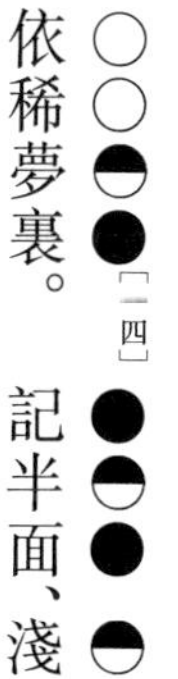
風細細、凍香又落╲。叩門喜伴金樽(二)。倚闌怕聽畫角╲(三)。依稀夢裏。記半面、淺

○○●[一五] ●◒◓ ◒●○○[一六] ◓●●○○●[一七]
窺珠箔╲。怎時得、重寫鸞箋(四)。去訪舊游東閣╲。

【校】

[一]《詞譜》按：蔣氏《九宮譜》注：大石調。

[二]第一字《詞譜》注「仄而可平」，並云：王之道詞「絳跗檀口」，「絳」字「仄」聲。

[三]第一字《詞譜》注「平而可仄」；第三字《詞譜》注「仄而可平」。

(一)雪：《白香詞譜》、《全金元詞》作「雲」。

(二)樽：《白香詞譜》、《全金元詞》作「尊」。

(三)闌：《白香詞譜》作「欄」。

(四)怎：《白香詞譜》作「恁」。

［四］第三字《詞律》注「平」聲。

［五］第一字《詞律》注「仄」聲。

［六］第一、二、五字《詞律》注「仄」聲；第三字《詞譜》注「仄而可平」，並云：王之道詞「消得東君眷與」，「東」字平聲。

［七］第一字《詞律》注「仄」聲；第三字《詞譜》注「仄而可平」；第四字《詞律》注「平」聲。

［八］第二字《詞律》、《詞譜》注「仄」聲；第四字《詞律》、《白香詞譜》注「平」聲。此句《詞律》、《詞譜》、《白香詞譜》作上三下四折腰句。

［九］第二字《詞律》、《詞譜》、《白香詞譜》注「仄」聲。

［一〇］第一字《詞律》、《白香詞譜》注「平」聲；第二、三字《詞譜》注「仄而可平」，並云：王之道詞「寓心賞、還須吟醉」，「心」字平聲；第四、六字《詞律》注「仄」聲。

［一一］第一字《詞律》、《白香詞譜》注「平」聲；第三字《詞譜》注「仄而可平」，並云：王之道詞「赴目成、便衣歌舞」，「成」字平聲；第四字《詞律》注「仄」聲。

［一二］第一字《詞律》、《白香詞譜》注「仄」聲。

［一三］第一字《詞律》、《詞譜》注「仄」聲；第二、三字《詞律》注「仄」聲；第五字《詞律》、《白香詞譜》注「仄」聲。

［一四］第一字《詞譜》注「平而可仄」。

［一五］第一、三字《詞譜》注「仄而可平」，並云：張翥詞「誰與贈、湘皋環玦」，「誰」字平聲；第四字《詞律》注「平」聲。

［一六］第二字《詞律》注「仄」聲；第四字《詞律》注「平」聲；第五字《詞譜》注「仄而可平」。

［一七］按：此體《白香詞譜》以本詞爲例詞。

解語花［一］

元宵

宋 周邦彥

◒○◓●［二］◓●○○［三］◒●○○●［四］◓○○●［五］○○●［六］◓●◓○◓●［七］○

風銷焰蠟。露浥烘爐。花市光相射＼。桂花流瓦＼（一）。纖雲散。耿耿素娥欲下＼。衣

○◓●［八］◓◓●○○◓●［九］◒◓○［一〇］◒●○○［一一］◓●○○●［一二］◒●◓○

裳淡雅＼。看楚女、纖腰一把＼。簫鼓喧。人影參差。滿路飄香麝＼。因念帝城

（一）花：《全宋詞》作「華」。

◓●[一三]●◒○◒●[一四]◒◓○●[一五]◒○◒●[一六]○○●[一七]◓●◓○○●[一八]◒○
放夜\。望千門如畫。嬉笑游冶\。鈿車羅帕\。相逢處。自有暗塵隨馬\。年光
◓●[一九]◒◓●◓○○●[二〇]◒●○[二一]◒●○○[二二]◒●○○●[二三]
是也\。惟只見、舊情衰謝\(一)。清漏移。飛蓋歸來。從舞休歌罷\(二)。

【校】

[一]《詞譜》按：王行詞注：林鍾羽。

[二]第一字《詞律》、《詞譜》、《白香詞譜》注「平」聲；第三字《詞律》、《詞譜》、《白香詞譜》注「仄」聲。

[三]第一字《詞律》、《詞譜》、《白香詞譜》注「仄」聲。

[四]第一字《詞律》、《詞譜》、《白香詞譜》注「平」聲。

[五]第一字《詞律》、《詞譜》、《白香詞譜》注「仄」聲；第三字《詞譜》注「仄而可平」。

(一)見：《白香詞譜》作「有」。

(二)從：《白香詞譜》作「任」。

［六］第一字《詞譜》注「平而可仄」；第三字《詞譜》注「仄而可平」。

［七］第三字《詞律》注「仄」聲；第五字《詞律》注「平」聲。此句與上句，《詞律》、《詞譜》、《白香詞譜》作上三下六句。

［八］第一字《詞譜》注「平而可仄」，並云：王行詞「淺黄暈柳」，「淺」字仄聲；第三字《詞律》、《白香詞譜》注「仄」聲。

［九］第三字《詞律》注「仄而可平」，《詞譜》、《白香詞譜》注「平而可仄」。

［一〇］第一字《詞律》、《白香詞譜》注「平」聲；第二字《詞律》、《詞譜》、《白香詞譜》注「仄」聲。

［一一］第一字《詞律》注「仄」聲。此句與上句，《詞律》、《詞譜》、《白香詞譜》作上三下四句。

［一二］第一字《詞律》、《白香詞譜》注「仄」聲。

［一三］第二字《詞譜》注「仄而可平」；第四字《詞譜》注「平而可仄」；第五字《詞律》注「仄」聲。

［一四］第二字《詞律》注「平」聲；第四字《詞律》、《白香詞譜》注「平」聲。

［一五］第一字《詞律》注「平」聲；第二字《詞律》注「仄」聲；第三字《詞譜》注「仄而可平」。

［一六］第一字《詞律》注「仄」聲；第三字《詞律》、《詞譜》注「平」聲。

［一七］第一字《詞譜》注「平而可仄」；第三字《詞譜》注「仄而可平」。

［一八］第三字《詞律》、《白香詞譜》注「仄」聲；第五字《詞譜》注「仄而可平」。此句與上句，《詞

律》、《詞譜》、《白香詞譜》作上三下六句。

［一九］第一字《詞律》、《詞譜》、《白香詞譜》注「平」聲；第三字《詞律》、《詞譜》、《白香詞譜》注「仄」聲。

［二〇］第六字《詞譜》注「平而可仄」，並云：吴文英詞「應剪斷、紅情緑意」，「緑」字仄聲。

［二一］第一字《詞律》注「平」聲。

［二二］第一字《詞律》注「平」聲。此句與上句，《詞律》、《詞譜》、《白香詞譜》作上三下四句。

［二三］第一字《詞律》注「平」聲。又按：此體《白香詞譜》以本詞爲例詞。

桂枝香［一］　即《疏簾淡月》

蟹

宋　唐珏

◐○◐●［二］　●◐●◐○［三］　◐◐○●　◐●○○◐●　◐○○●［四］　◐○◐●○

松江舍北＼。正水落晚汀。霜老枯荻＼。還見青筐似繡（一）。紺螯如戟＼。西風有恨無

（一）筐：《全宋詞》作「匡」。

○● ●○○ ●○○●[五] ◓○○●[六] ◒○◓● ◓◒○●[七] ●◓◓ ○○
腸斷。悵東流、幾番潮汐＼(一)。夜燈爭聚。微光挂影。誤投簾隙＼。更喜薦、新篘

●● ●◓◓○◒[八] ◓◓○● ◒●○○◒● ◓○○●[九] ◒○◓●○○● ●
玉液＼。正半殼含黃。一醉秋色＼。纖手香橙風味。有人相憶＼。江湖歲晚聽飛雪。但

○○ ◒◓○●[一〇] ◓○◒●[一一] ◒○◒● ●○○●
沙痕、空記行迹＼。至今茶鼎。時時猶認。眼波愁碧＼。

【校】

[一]《詞譜》按：調見《樂府雅詞》。張輯詞有「疏簾淡月」句，又名《疏簾淡月》。

[二]第一字《詞律》、《白香詞譜》注「平」聲；第三字《詞律》、《白香詞譜》注「仄」聲。

[三]第二字《詞律》注「仄」聲。

[四]第一字《詞律》、《白香詞譜》注「仄」聲。

[五]第四字《詞律》、《白香詞譜》注「仄而可平」。

(一) 悵：《全宋詞》作「恨」。

［六］第一字《詞律》、《白香詞譜》注「仄」聲。

［七］第一字《詞律》注「仄」聲；第二字《詞律》注「平」聲。

［八］第三字《詞譜》注「仄」聲；第五字《詞譜》注「平」聲。

［九］第一字《詞律》、《詞譜》、《白香詞譜》注「仄」聲。此句與上句，《詞律》、《詞譜》作四字一句、六字一句。

［一〇］第五字《詞律》、《詞譜》、《白香詞譜》注「仄」聲。此句《詞律》、《詞譜》作七字句。

［一一］第一字《詞律》、《白香詞譜》注「仄」聲；第三字《詞律》、《詞譜》注「平」聲。

木蘭花慢［一］

上元　本朝　朱彝尊

◐○○●●［二］●◐●［三］●○○　●◐●○○　◐○◐●　◐●○○　○○◐○◐

今年風月好。正雪霽。鳳城時＼。把魚鑰都開。鈿車溢巷。火樹交枝＼。參差鬥蛾歌

●[四] ●○○◒● ●○○[五] ◓●◒○◓●[六] ◒○◓●○○ ○○ ◒●●
後(一)。聽留家齊和、落梅詞＼(二)。翠幌低懸𦊔𦌾。紅樓不閉葳蕤＼。娥眉＼。簾卷再
○○[七] ◓●●○○[八] ●○○●●[九] ◓○◓●[一〇] ◒●○○ ○○◒○◓●[一一] ●
休垂＼。衆裏被人窺＼。乍含羞一晌。眼波又擲。鬢影相隨＼。腰肢風前轉側。卻
○○◒● ●○○[一二] ◓●○○◓●[一三] ◓○◒●○○
憑肩回睇、似沉思＼。料是金釵溜也。不知兜上鞋兒＼。

【校】

[一]《詞譜》按：《截江網》卷五無名氏《八寶妝》「是舍人才調」詞，句讀與本調同，實爲前後段無短韻之本調。《八寶妝》當是別名。

[二] 第一字《詞律》、《詞譜》注「仄」聲；第四字《詞譜》注「仄而可平」，並云：李萊老詞「向煙霞堆裹」，「堆」字平聲。

[三] 第一字《詞律》、《詞譜》注「仄而可平」，並云：張炎詞「青未了、路婆娑」，「青」字平聲。此句與

(一) 門：《全清詞》作「鬧」。

(二) 留：《全清詞》作「笛」。

下句，《詞律》、《詞譜》作六字折腰句。

［四］第三字《詞律》、《詞譜》注「仄」聲；第五字《詞律》注「仄」聲。此句《詞律》、《詞譜》作二字一句、四字一句，二字句押仄聲韻，此蓋失注。

［五］第四字《詞譜》注「仄」聲。此句《詞律》作上三下五句，《詞譜》作八字句。

［六］第三字《詞律》注「平」聲；第五字《詞律》注「仄」聲。

［七］第三字《詞譜》注「仄而可平」。

［八］第一字《詞譜》注「仄」聲。

［九］第二、四、五字《詞律》注「仄而可平」。第三字《詞律》注「平而可仄」。

［一〇］第一字《詞譜》注「平」聲；第三字《詞譜》注「仄」聲。

［一一］第三字《詞律》、《詞譜》注「仄」聲；第五字《詞律》注「仄」聲。此句《詞律》、《詞譜》作二字句、四字句，二字句押仄聲韻，此蓋失注。

［一二］第二字《詞譜》注「平而可仄」，並云：吴文英詞「更軟紅先有探芳人」，「軟」字仄聲。此句《詞律》作上三下五句，《詞譜》作八字句。

［一三］第三字《詞譜》注「平而可仄」，並云：李萊老詞「三十六梯樹杪」，「六」字仄聲；第五字《詞律》注「仄」聲。

瑞鶴仙

春情

宋　陸子逸（一）

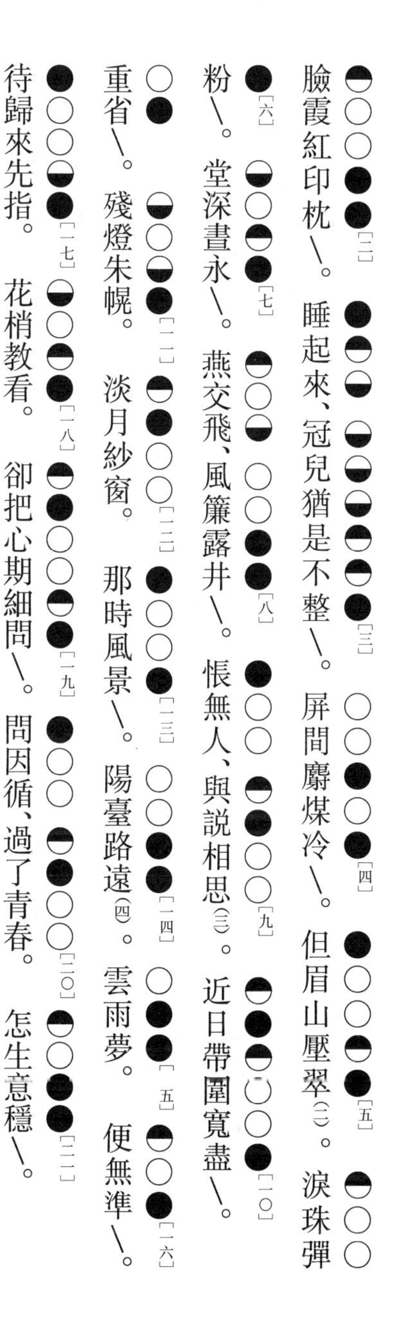

臉霞紅印枕。睡起來、冠兒猶是不整。屏間麝煤冷。但眉山壓翠（二）。淚珠彈粉。堂深晝永。燕交飛、風簾露井。悵無人、與説相思（三）。近日帶圍寬盡。

重省。殘燈朱幌。淡月紗窗。那時風景。陽臺路遠（四）。雲雨夢。便無準。待歸來先指。花梢教看。卻把心期細問。問因循、過了青春。怎生意穩。

（一）《草堂詩餘前集》卷上作歐陽修詞，《全宋詞》據《草堂詩餘》卷一斷爲陸子逸詞。

（二）山：《全宋詞》作「峰」。

（三）悵：《全宋詞》作「恨」。

（四）遠：《全宋詞》作「迴」。

【校】

［一］《詞譜》按：元高拭詞注：正宫。《夷堅志》云，乾道中，吴興周權知衢州西安縣，一日令術士沈延年邀紫姑神，賦《瑞鶴仙》牡丹詞，有「睹嬌紅一捻」句，因名《一捻紅》。

［二］第三字《詞譜》注「平而可仄」；第四字《詞譜》注「仄而可平」。

［三］第一字《白香詞譜》注「平而可仄」；第二、三字《白香詞譜》注「仄」聲；第七、八字《詞律》、《白香詞譜》注「平」聲。此句《詞律》、《詞譜》、《白香詞譜》作上五下四句。

［四］第一字《詞譜》注「平而可仄」。

［五］第一字《詞譜》注「仄而可平」；第二字《詞譜》注「平而可仄」，並云：康與之詞「聽幾聲歸雁」，「幾」字仄聲；第三字《詞律》、《詞譜》、《白香詞譜》注「平而可仄」；第四字《詞律》、《白香詞譜》注「平」聲；第五字《詞律》注「仄而可平」。

［六］第三字《詞譜》注「平而可仄」。

［七］第一字《詞律》、《白香詞譜》注「平」聲；第三字《詞律》、《白香詞譜》注「仄」聲。

［八］第一字《詞律》、《白香詞譜》注「仄」聲；第二字《詞律》、《詞譜》、《白香詞譜》注「仄而可平」；第四、五字《詞譜》注「平而可仄」；第六字《詞譜》注「仄而可平」，並云：張元幹詞「怕韶光、容易過卻」，「易」字仄聲，張榘詞，「甚探梅、也來相約」，「也」字仄聲、「相」字平聲。

［九］第二、六、七字《詞譜》注「平而可仄」；第五字《詞譜》注「仄而可平」。

［一〇］第二字《詞譜》注「仄而可平」；第三字《詞律》注「仄」聲；第四字《詞譜》注「平而可仄」。

［一一］第二字《詞譜》注「平而可仄」；第三字《詞律》、《白香詞譜》注「平」聲，《詞譜》注「平而可仄」；第四字《詞譜》注「仄而可平」，並云：歐良詞「故國雲迷，佳人日暮」，「國」字仄聲，「迷」字平聲，「佳人」二字俱平聲，「日暮」二字俱仄聲。

［一二］第一字《詞律》、《白香詞譜》注「仄」聲；第二字《詞譜》注「仄而可平」；第三、四字《詞譜》注「平而可仄」。

［一三］第一字《詞譜》注「仄而可平」；第二、三字《詞譜》注「平而可仄」。

［一四］第一字《詞譜》注「平而可仄」；第三字《詞譜》注「仄而可平」，並云：辛棄疾詞「轉頭陳跡」，「轉」字仄聲，「陳」字平聲。此句《詞律》、《詞譜》、《白香詞譜》押仄聲韻，例詞用韻，此蓋失注。

［一五］第一、二字《詞律》、《詞譜》、《白香詞譜》注「平而可仄」。

［一六］第一字《詞律》注「仄」聲；第二字《詞譜》注「平而可仄」，並云：康與之詞「花影亂」，「影」字仄聲。

［一七］第二字《詞譜》注「平而可仄」，並云：張槼詞「向鳳凰池上」，「鳳」字仄聲。

［一八］第一、三字《詞律》、《白香詞譜》注「平」聲。

[一九]第二字《詞譜》注「仄而可平」；第三、四字注「平而可仄」；第五字《詞律》、《詞譜》、《白香詞譜》注「仄」聲。

[二〇]第二、六、七字《詞譜》注「平而可仄」；第五字《詞譜》注「仄而可平」，並云：吴文英詞「看雪飛、蘋底蘆梢」，「雪」字仄聲，李昂英詞「聽歌聲，猶是未歸」，「未」字仄聲。

[二一]第一字《詞律》、《詞譜》注「仄」聲；第三字《白香詞譜》注「仄而可平」。

齊天樂[一]　又名《臺城路》、《如此江山》、《五福降中天》

蟋蟀　　宋　姜夔

◓○◓●○○●　○○●○○●[二]　◓●○○[三]◓○●●[四]◓●◓○○●[五]　○○●

庾郎先自吟愁賦＼。凄凄更聞私語＼。露濕銅鋪。苔侵石井。都是曾聽伊處＼。哀音似

●[六]　●◓●○○　◓○◓●[七]　◓●○○[八]◓○◓●●○●[九]　◓○◓◓◓●[一〇]

訴＼。正思婦無眠。起尋機杼＼。曲曲屏山。夜涼獨自甚情緒＼。西窗又吹暗雨＼。

●○○●● ◒◓◒●[一一] ◒●○○[一二] ◒○●●[一三] ◓●◒○○●[一四] ○○●●[一五]
爲誰頻斷續。相和砧杵＼。候館吟秋(一)。離宮弔月(二)。别有傷心無數＼。豳詩漫與＼。

●◒●○○ ◓○◒●[一六] ◓●○○[一七] ◓○○●●[一八]
笑籬落呼燈。世間兒女＼。寫入琴絲。一聲聲更苦＼。

【校】

［一一］《詞譜》按：周密《天基節樂次》：樂奏夾鍾宫，第一盞，觱篥起《聖壽齊天樂慢》。姜夔詞注黄鍾宫，俗名正宫。周邦彦詞有「緑蕪凋盡臺城路」句，名《臺城路》；沈端節詞名《五福降中天》；張輯詞有「如此江山」句，名《如此江山》。

［一二］第二、五字《詞譜》注「平而可仄」。此句《詞律》、《詞譜》作上二下四句。

［一三］第一字《詞律》、《白香詞譜》注「仄」聲。

［一四］第一字《詞律》、《白香詞譜》注「平」聲；第三字《詞譜》注「仄而可平」。

(一) 候：《詞譜》、《白香詞譜》、《全宋詞》作「候」。

(二) 弔：《詞譜》、《白香詞譜》作「吊」。

［五］第三字《詞律》、《白香詞譜》注「平」聲；第五字《詞譜》注「平而可仄」。

［六］第一字《詞譜》注「平而可仄」；第三字《詞譜》注「仄而可平」。

［七］第一字《詞律》、《白香詞譜》注「仄」聲；第三字《詞律》、《詞譜》、《白香詞譜》注「平」聲。

［八］第一字《詞律》注「仄」聲。

［九］第一字《詞律》、《白香詞譜》注「仄」聲；第三字《詞律》注「仄」聲。

［一〇］第一字《詞律》、《白香詞譜》注「平」聲；第二字《白香詞譜》注「平而可仄」；第三字《詞律》注「仄」聲；第四字《詞譜》注「仄」聲，《白香詞譜》注「平」聲；第五字《詞律》、《白香詞譜》注「仄」聲。

［一一］第一字《詞律》注「平」聲；第二字《詞律》注「仄」聲；第三字《詞律》、《詞譜》、《白香詞譜》注「平」聲。

［一二］第一字《詞律》、《白香詞譜》注「仄」聲。

［一三］第一字《詞律》、《白香詞譜》注「平」聲；第三字《詞譜》注「仄而可平」。

［一四］第一字《詞律》注「仄」聲；第三字《詞律》、《詞譜》、《白香詞譜》注「平」聲；第五字《詞譜》注「仄而可平」。

［一五］第一字《詞譜》注「平而可仄」；第三字《詞譜》注「仄而可平」。

［一六］第一字《詞律》、《詞譜》、《白香詞譜》注「仄」聲；第三字《詞律》、《詞譜》、《白香詞譜》注

「平」聲。

[一七] 第一字《詞律》、《白香詞譜》注「仄」聲。

[一八] 第一字《詞律》、《詞譜》、《白香詞譜》注「仄」聲。又按：此體《詞譜》、《白香詞譜》以本詞爲例詞。

雨霖鈴[一]

秋別

宋 柳 永

○○○●[二] ●○○● ●◐○●[三] ○○●●○●[四] ○○◐●[五] ◐○○●[六]

寒蟬淒切\。對長亭晚。驟雨初歇\。都門悵飲無緒(一)。方留戀處(二)。蘭舟催發\。

●●○○ ◐●● ○◐○●[七] ●◐● ◐●○○[八] ◐●○○●○●[九] ○○

執手相看。淚眼竟、無語凝咽\(三)。念去去、千里烟波。暮靄沉沉楚天闊\。多情

(一) 悵：《詞譜》、《白香詞譜》、《全宋詞》作「帳」。

(二) 方留戀處：《全宋詞》作「留戀處」。

(三) 咽：《全宋詞》作「噎」。

◐●○○●[一〇]　●◐○　●●○○●[一一]　◐○◐●○●[一二]　○●●　●○○●[一三]　◐●○

自古傷離別＼。更那堪、冷落清秋節＼。今宵酒醒何處。楊柳岸、曉風殘月＼。此去經

○[一四]○●○○　◐●○●[一五]　◐●●　○●○○[一六]　●●○○●[一七]

年。應是良辰。好景虛設＼。便縱有、千種風情(一)。待與何人説＼(二)。

【校】

[一]《詞譜》按：一名《雨霖鈴慢》，唐教坊曲名。《明皇雜録》：帝幸蜀，初入斜穀，霖雨彌日，棧道中聞鈴聲，采其聲爲《雨霖鈴》曲。宋詞蓋借舊曲名，另倚新聲也。調見柳永《樂章集》，屬雙調。

[二]第三字《詞譜》注「平而可仄」。

[三]第二字《詞譜》注「仄」聲。此句與上句，《詞律》作八字一句。

[四]第三字《詞譜》注「仄而可平」。

(一)情：《白香詞譜》「流」。

(二)待：《詞譜》、《全宋詞》作「更」。

［五］第三字《詞律》、《詞譜》、《白香詞譜》注「仄」聲。

［六］第一字《詞律》、《詞譜》、《白香詞譜》注「平」聲。

［七］第一字《詞律》、《白香詞譜》注「仄」聲；第五字《詞律》注「仄」聲。此句與上句，《詞律》、《詞譜》作六字一句、五字一句。

［八］第二字《詞律》、《詞譜》、《白香詞譜》注「仄」聲；第三字《詞譜》注「仄而可平」；第四字《詞律》、《詞譜》、《白香詞譜》注「平」聲。

［九］第一字《詞律》、《詞譜》、《白香詞譜》注「仄」聲。

［一〇］第一字《詞譜》注「平而可仄」；第三字《詞律》、《詞譜》、《白香詞譜》注「仄」聲。此句《詞律》作上三下四句。

［一一］第二字《詞律》、《詞譜》注「平」聲。

［一二］第三字《詞律》、《詞譜》、《白香詞譜》注「仄」聲。

［一三］第一字《詞譜》注「平而可仄」。

［一四］第一字《詞律》、《詞譜》、《白香詞譜》注「仄」聲。

［一五］第一字《詞律》、《詞譜》、《白香詞譜》注「仄」聲。此句與上句，《詞譜》作上二下六句，《白香詞譜》作八字一句。

[一六]第一字《詞律》、《詞譜》、《白香詞譜》注「仄」聲；第四字《詞譜》注「平而可仄」。

[一七]按：此體《詞譜》、《白香詞譜》以本詞爲例詞。

綺羅香[一]

春雨

宋　史達祖

●●○○[二]○○●●　◒●◒○○●[三]　◓●○○　◒●◓○○●[四]　◒◓◓　◓●○

做冷欺花。將烟困柳。千里偷催春暮\。盡日冥迷。愁裏欲飛還住\。驚粉重、蝶宿西

○[五]◓◒◓　◓○○●[六]　●○○　◒●○○[七]　◒○◓●◓○●[八]　◒◒◒◓◓◓[九]

園。喜泥潤、燕歸南浦\。最妨他、佳約風流。鈿車不到杜陵路\。沉沉江上望極。

◒●◒○◓●[一〇]　◒○◒●[一一]　◓●○○[一二]　◒●◓○○●[一三]　◒◓◓　◒●○○　◓◓

還被春潮晚急。難尋官渡\。隱約遥峰。和淚謝娘眉嫵\。臨斷岸、新緑生時。是落

◒●○○●　●○◓　◒●○○[一四]　●○○●●[一五]

紅、帶愁流處\。記當日、門掩梨花。剪燈深夜語\。

【校】

[一]《詞譜》按：調始《梅溪詞》。

[二]第一字《詞譜》注「仄而可平」。

[三]第三字《詞律》、《詞譜》注「平」聲。

[四]第三字《詞律》、《詞譜》、《白香詞譜》注「仄」聲。

[五]第三字《詞譜》注「仄」聲。

[六]第一字《詞譜》、《白香詞譜》注「仄」聲；第三字《詞譜》注「仄」聲；第四、六字《詞律》注「仄」聲。

[七]第二、三字《詞譜》注「平而可仄」。

[八]第三字《詞律》注「平」聲；第五字《詞律》、《詞譜》、《白香詞譜》注「仄」聲。

[九]第一、三字《詞律》、《詞譜》、《白香詞譜》注「平」聲；第二字《詞律》、《詞譜》注「平」聲；第四、五字《詞律》、《詞譜》注「仄」聲，並云：王沂孫詞「佳期渾似流水」，「流」字平；第六字《詞律》、《詞譜》、《白香詞譜》注「仄」聲。此句《白香詞譜》押仄聲韻，《詞律》、《詞譜》不押韻。

[一〇]第一、三字《詞律》、《詞譜》、《白香詞譜》注「平」聲；第五字《詞律》、《白香詞譜》注「仄」聲。

[一一]第一字《詞律》、《白香詞譜》注「平」聲，並云：王沂孫詞「舞衣吹斷」，「舞」字仄聲；第三字

《詞律》、《詞譜》、《白香詞譜》注「平」聲。

［一二］第一字《詞譜》注「仄」聲。

［一三］第三字《詞律》、《詞譜》、《白香詞譜》注「仄」聲。

［一四］第一字《詞譜》注「仄而可平」；第三字《詞律》、《白香詞譜》注「平」聲。

［一五］按：此體《詞譜》以本詞爲例詞。

永遇樂［一］　又名《消息》

綠陰　宋　蔣捷

◒●○○　◓○◒●［二］◒◓○●　◓●○○　◓○◓●　◒●○◒●［三］　◒○◒

清逼池亭。潤侵山閣。雲氣凝聚\（一）。未有蟬前。已無蝶後。花事隨流水\。西園支

●［四］◒○◒●　◓●◓○○●［五］　◒○◓○○◓●　◓◒◓◒○●［六］　◒○◓●

徑。今朝重到。半礙醉筇吟袂\。除非是、鶯身瘦小。暗中引雛穿去\。梅檐滴溜。

（一）雲：《全宋詞》作「雪」。

◒○◒●[七]◓●◒○◓●[八]◓●○○◒○◓●◒●○◓●[九]◒○◒●[一〇]◒○
風來吹斷。放得斜陽一縷\。玉子敲枰。香銷落剪。聲度深幾許\。層層離恨。淒迷
◒●◓●◓○○●[一一]◒○◓○○◓●[一二]●○◓●[一三]
如此。點破漫煩輕絮\。應難認、爭春舊館。倚紅杏處\。

【校】

[一]《词谱》按：周密《天基節樂次》：樂奏夾鍾宫，第五盞，觱篥起《永遇樂慢》。此調有平韻、仄韻兩體。仄韻者始自北宋，《樂章集》注林鍾商。晁補之詞名《消息》，自注越調。平韻者始自南宋，陳允平創爲之。

[二]第一字《詞律》注「仄」聲；第三字《詞律》注「平」聲。

[三]第四字《詞律》、《詞譜》、《白香詞譜》注「平」聲。

[四]第三字《詞律》、《白香詞譜》注「平」聲。

[五]第三字《詞律》、《白香詞譜》注「仄」聲；第五字《詞譜》注「平而可仄」。

[六]第三字《詞律》、《詞譜》注「仄」聲。此句《詞譜》作上二下四句。

[七]第三字《詞律》、《白香詞譜》注「平」聲。

[八] 第一字《詞律》、《白香詞譜》注「仄」聲；第五字《詞律》、《詞譜》注「平」聲。

[九] 第四字《詞律》、《詞譜》注「平」聲。

[一〇] 第三字《詞律》注「仄」聲。

[一一] 第三字《詞律》注「仄」聲。

[一二] 第四字《詞譜》注「平而可仄」；第六字《詞律》、《白香詞譜》注「仄」聲。

[一三] 第一字《詞譜》注「仄而可平」；第三字《詞律》、《詞譜》注「仄」聲。

送入我門來[一]

贈歌伶(一)

本朝　周稚廉

◐●○○[二]◐○◐●[三]◐○◐●○○[四]　◐●○○[五]◐●●○○　◐○◐●○○

青粉墻頭。緑珠簾畔。彩棚高矗雲端\(二)。年少彭郎。眉學小姑攢\。葵花淡寫泥金

(一)《全清詞》作「和漢茂贈歌伶彭大」。

(二) 棚：《全清詞》作「栅」。

● ●◒●○○●●○[六] ◒○●○●[七] ◓○◒●[八] ◒●○○ ◒●◓○◒●[九]

扇。更榴火低簪碧玉冠＼。鴛鴦帕偷換。息肥仙藥。香熏雙丸＼。初見十三年紀。

◓●◓○●●[一〇] ◒●○○[一一] ◓●○○[一二] ◓●●○○[一三] ◒○◓●○○●[一四] ●◓

認得髮鬆髻小。腰細衫寬＼。曲榭重逢。往事異悲歡＼。尊前譜我淋泠調(一)。與滴

●○○●●○ ●◓○◓●[一五] ◒○◒●[一六] ◓●○○

雨新梅一樣酸＼。看舞餘欲墜。歌餘微喘。不忍催完＼。

【校】

[一]《詞譜》按：調見《草堂詩餘》，宋胡浩然除夕詞，有「東風盡力，一齊吹送，入此門來」之句，取以爲名。《高麗史・樂志》，名《百寶妝》。

[二]第一字《詞律》、《詞譜》注「平」聲。

[三]第一字《詞律》、《詞譜》注「平」聲；第三字《詞律》、《詞譜》注「仄」聲。

[四]第一字《詞律》、《詞譜》注「平」聲；第三字《詞律》注「仄」聲。

(一)泠：《全清詞》作「鈴」。

［五］第一字《詞律》、《詞譜》注「仄」聲；第二字《詞譜》注「仄而可平」；第四字《詞譜》注「平而可仄」。

［六］第二字《詞譜》注「仄」聲；第六字《詞律》、《詞譜》注「平而可仄」。

［七］第一字《詞律》注「仄」聲；第三字《詞律》注「平」聲，《詞譜》注「仄而可平」；第四字《詞律》、《詞譜》注「仄」聲。

［八］第一字《詞譜》注「平」聲；第三字《詞譜》注「仄」聲。此句與上句，《詞律》、《詞譜》作三字一句、六字一句。

［九］第一、三字《詞律》、《詞譜》注「平」聲；第五字《詞律》、《詞譜》注「仄」聲。此句《詞譜》作上四下二句。

［一〇］第一、二字《詞律》、《詞譜》注「平」聲；第三字《詞律》、《詞譜》注「仄」聲。此句與上句，《詞譜》作四字三句。

［一一］第一字《詞律》、《詞譜》注「仄」聲。

［一二］第一字《詞律》、《詞譜》注「仄」聲；第二字《詞譜》注「仄而可平」；第四字《詞譜》注「平而可仄」。

［一三］第一字《詞譜》注「平」聲。

［一四］第一、三字《詞譜》注「仄」聲。

［一五］第二字《詞律》、《詞譜》注「平」聲；第四字《詞律》、《詞譜》注「仄」聲。

［一六］第一字《詞譜》注「仄」聲；第三字《詞譜》注「平」聲。

南浦［一］

春水

宋 張炎

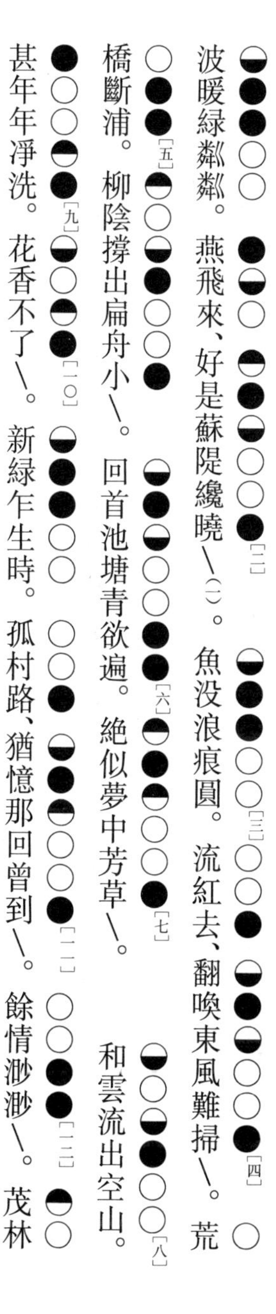

波暖緑粼粼。燕飛來、好是蘇隄纔曉＼（一）。魚没浪痕圓。流紅去、翻喚東風難掃＼。荒橋斷浦。柳陰撐出扁舟小＼。回首池塘青欲遍。絶似夢中芳草＼。和雲流出空山。甚年年淨洗。花香不了＼。新緑乍生時。孤村路、猶憶那回曾到＼。餘情渺渺＼。茂林

（一）隄：《詞譜》、《全宋詞》作「堤」。

◒●○○●[一三]◒●◒○○●●[一四]◒●◓○○●[一五]

觴詠如今悄\。前度劉郎從去後（一）。溪上碧桃多少\。

【校】

[一]《詞譜》按：唐《教坊記》有《南浦子》曲，宋詞蓋借舊曲名，另倚新聲也。

[二]第二字《詞譜》注「仄而可平」；第四字《詞譜》注「平而可仄」。

[三]第一字《詞譜》注「平」聲。

[四]第二字《詞譜》注「平而可仄」；第四字《詞譜》注「平」聲；第五字《詞譜》注「仄而可平」，並云：王沂孫詞「巴山路、蛾眉乍窺清鏡」，「眉」字平聲。

[五]第一字《詞譜》注「平而可仄」，並云：王沂孫詞「緑痕無際」，「緑」字仄聲。

[六]第一、三字《詞譜》注「平」聲。

[七]第三字《詞譜》注「仄」聲。

[八]第一字《詞譜》注「平」聲。

（一）從：《詞譜》作「歸」。

[九] 第二、三字《詞譜》注「平而可仄」；第五字《詞譜》注「仄而可平」。

[一〇] 第二字《詞譜》注「平而可仄」。此句與上句，《詞譜》作上三下六句。

[一一] 第二字《詞譜》注「仄而可平」；第三字《詞譜》注「仄」聲；第四字《詞譜》注「平而可仄」。

[一二] 第一字《詞譜》注「平而可仄」，並云：陶宗儀詞「水荇搖晚」，「水」字仄聲。

[一三] 第一字《詞譜》注「仄」聲；第三字《詞譜》注「平」聲。

[一四] 第三字《詞譜》注「平」聲。

[一五] 第一字《詞譜》注「平」聲；第三字《詞譜》注「仄」聲。又按：《詞譜》以本詞爲例詞。

望海潮[一]

洛陽懷古

宋 秦觀

◒○○●[二]◒○◒●[三]◒○◓●○○[四]　◒●◓○[五]◒○◓●[六]◒○◓●○○[七]　◒●

梅英疏淡。冰澌溶洩。東風暗換年華\。金谷俊遊。銅駝巷陌。新晴細履平沙\。長記

●○○[八]　●◓○◓●[九]◒●○○　◓●○○　◓○◒●●○○[一〇]　◒○◓●○

誤隨車\。正絮翻蝶舞。芳思交加\。柳下桃蹊。亂分春色到人家\。西園夜飲鳴

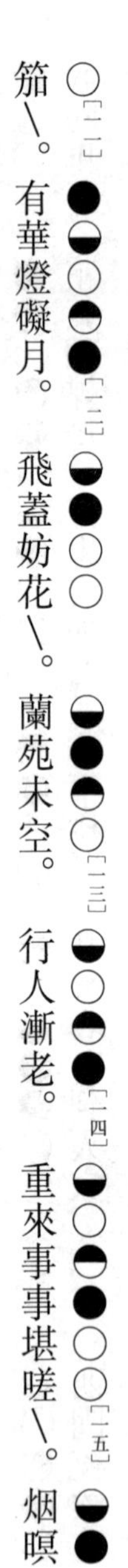

笳＼。有華燈礙月。飛蓋妨花＼。蘭苑未空。行人漸老。重來事事堪嗟＼。烟暝

●○○[一六]　●◐○◐●[一七]　◐●○○　◐●○○　◐○◐●●○○[一八]

酒旗斜＼。但倚樓極目。時見棲鴉＼。無奈歸心。暗隨流水到天涯＼。

【校】

[一]《詞譜》按：柳永《樂章集》注：仙呂調。

[二]第一字《詞律》注「平」聲。

[三]第一字《詞律》、《詞譜》、《白香詞譜》注「平」聲。

[四]第一字《詞律》注「平」聲；第三字《詞律》注「仄」聲。

[五]第一字《詞律》、《詞譜》注「平」聲；第三字《詞律》、《詞譜》注「仄」聲。

[六]第一字《詞律》、《詞譜》、《白香詞譜》注「平」聲；第三字《詞律》、《詞譜》注「仄」聲。

[七]第一字《詞律》注「平」聲；第三字《詞律》注「仄」聲。

[八]第一字《詞律》注「平」聲。

[九]第三字《詞譜》注「仄而可平」。

〔一〇〕此句《詞律》作四字一句、三字一句。

〔一一〕第一字《詞律》注「平」聲；第三字《詞律》注「仄」聲。

〔一二〕第二字《詞律》注「平」聲；第四字《詞譜》注「仄」聲。

〔一三〕第一字《詞律》、《詞譜》注「平」聲；第三字《詞律》、《詞譜》、《白香詞譜》注「仄」聲。

〔一四〕第一字《詞律》、《詞譜》注「平」聲；第三字《詞律》、《詞譜》注「仄」聲。

〔一五〕第一字《詞律》注「平」聲；第三字《詞律》注「仄」聲。

〔一六〕第一字《詞律》注「平」聲。

〔一七〕第一字《詞譜》注「平而可仄」。

〔一八〕第一字《詞律》注「仄」聲，《白香詞譜》注「平」聲；第二字《詞譜》注「仄」聲，《白香詞譜》注「平」聲；第三字《詞律》注「平」聲。此句與上句，《白香詞譜》作六字一句、五字一句。又按：此體《詞律》、《詞譜》以本詞爲例詞。

疏影[一]　又名《綠意》、《解佩環》

詠梅

宋　姜夔

○○●●[二]　●◓◒◓◓[三]　◒◓○●[四]　◓●○○[五]　◒●○○[六]　◒◒◓◓○●　◒○
苔枝綴玉\。有翠禽小小。枝上同宿\。客裏相逢。籬角黃昏。無言自倚修竹\。昭君
◓●○○●[七]　◓●●◒○○●[八]　●●◒　◓●○○[九]　◓●◓○○●[一〇]　◒
不慣胡沙遠(一)。但暗憶、江南江北\。想珮環、月下歸來(二)。化作此花幽獨\。猶
●○○◓●[一一]　●○◓●●[一二]　◒◓○●[一三]　◓●○○[一四]　◓●○○[一五]　◓●◒○○
記深宮舊事。那人正睡裏。飛近蛾綠\。莫似春風。不管盈盈。早與安排金
●[一六]　◒○●●○○●[一七]　●◓●◓○○●[一八]　●●◒　◒●○○[一九]　◓●◓○○●[二〇]
屋\。還教一片隨波去。又却怨、玉龍哀曲\。等恁時、重覓幽香。已入小窗橫幅\。

(一) 胡：《詞律》、《詞譜》作「龍」。
(二) 下：《詞律》、《詞譜》、《全宋詞》作「夜」。

【校】

［一］《詞譜》按：姜夔自度仙吕宫曲。張炎詞詠荷葉，易名《緑意》；彭元遜詞有「遺佩環浮沉澧浦」句，名《解佩環》。

［二］第一字《詞譜》注「平而可仄」。

［三］第二字《詞律》、《白香詞譜》注「仄」聲；第三字《詞譜》注「仄」聲；第四字《詞律》、《詞譜》、《白香詞譜》注「仄」聲；第五字《詞譜》注「仄」聲。

［四］第一字《詞律》、《白香詞譜》注「平」聲；第二字《詞律》、《白香詞譜》注「仄」聲。

［五］第一字《詞律》注「仄」聲。

［六］第一字《詞律》、《白香詞譜》注「平」聲。

［七］第一字《詞律》、《白香詞譜》注「平」聲；第三字《詞律》、《白香詞譜》注「仄」聲。

［八］第一字《詞律》注「仄」聲；第二、三字《詞譜》注「平而可仄」。

［九］第二字《詞譜》注「仄而可平」，並云：趙以夫詞「似天教、瑶佩瓊裾」，「天」字平聲；第三字《詞律》、《詞譜》、《白香詞譜》注「平」聲。

［一〇］第一、三字《詞律》注「仄」聲。

［一一］第一字《詞律》、《詞譜》、《白香詞譜》注「平」聲；第五字《詞律》、《詞譜》、《白香詞譜》注

「仄」聲。

［一二］第一字《白香詞譜》注「仄而可平」；第三字《詞律》注「仄」聲。

［一三］第一字《詞律》、《詞譜》注「平」聲；第二字《詞律》、《詞譜》注「仄」聲。

［一四］第一字《詞譜》、《白香詞譜》注「仄」聲。

［一五］第一字《詞律》、《白香詞譜》注「平」聲。

［一六］第一字《詞律》、《白香詞譜》注「仄」聲；第三字《詞律》注「平」聲；第五字《詞譜》注「平而可仄」。

［一七］第一字《詞律》、《白香詞譜》注「平」聲；第三字《詞譜》注「仄而可平」，並云：吴文英詞「相將初試紅鹽味」，「初」字平聲。

［一八］第一字《詞譜》注「仄而可平」；第二字《詞律》、《白香詞譜》注「仄」聲。

［一九］第二字《詞譜》注「仄而可平」，並云：趙以夫詞「醉歸來、夢斷西窗」，「歸」字平聲；第三字《詞律》注「平」聲。

［二〇］第一字《詞律》注「仄」聲；第三字《詞律》、《詞譜》注「仄」聲。又按：此體《詞律》、《詞譜》以本詞爲例詞。

内家嬌[一]　即雙調《風流子》

夜飲

木朝　萬錦雯

◒○◓●●[二]○○●[三]◓●●○○　●◓●○○[四]◒○◓●[五]◓○◒●　◒●○

清明已過了。餘寒淺。夜色淨娟娟\。把焰蠟高燒。紅分燕尾。繡簾低揭。香暖龍

○[六]　◒○●[七]◒○○●●　◓●●○○　◓●◒○[八]◒○◒●　◓○◓●　◒●

涎\。闌干外。嬌鶯分樹坐。倦蝶抱花眠\。印石痕斑。苔紋漫月(一)。舞堤影轉。柳帶

○○　◒○○◓●[九]　○◓●　◒●◓●○○[一〇]　◓●◒○◓●　◓●○○

拖烟\。閑人如我少(二)。堪嘯傲。何況勝景今偏\。念此光陰過隙。莫負晴天\。

●◓◓◒◒　◒○◓●　◒○◓●[一一]　◓●○○　◓◓◒○◒●[一二]　◒●○○

任玉笛教吹。梅花盡落。金樽不放。竹葉傾全\。只怕來朝風雨。催散良緣\。

(一) 漫：《全清詞》作「浸」。

(二) 我：《全清詞》作「吾」。

【校】

［一］《詞譜》收《内家嬌》僅柳永一體，與此體不同，此體爲雙調《風流子》。《词谱》按：雙調者，宋詞三體：有前後段兩起句不用韻者，有前段起句用韻、後段起句不用韻者，有前後段起句俱用韻者，諸體中有句讀異同，各依其體類列。

［二］第二字《詞譜》注「平而可仄」。

［三］第二字《詞譜》注「平而可仄」，並云：方岳詞「花正鬧」，「正」字仄聲。此句與後句，《詞律》、《詞譜》作上三下五句。

［四］第三字《詞譜》注「平而可仄」；第四、五字注「仄而可平」。

［五］第一字《詞譜》注「仄」聲；第三字《詞譜》注「平」聲，並云：方岳詞「飛金叵羅」，「飛」字平聲，「叵」字仄聲。

［六］第二字《詞譜》注「仄而可平」；第三字《詞譜》注「平而可仄」。

［七］第二字《詞譜》注「平而可仄」；第三字《詞譜》注「仄而可平」。此句與下句，《詞譜》作上三下五句。

［八］第三字《詞譜》注「仄」聲。

［九］此句《詞譜》作上二下三句。

[一〇] 第一字《詞譜》注「平」聲；第二字《詞譜》注「仄而可平」。此句與上句，《詞譜》作上五下四句或五字一句、四字一句。

[一一] 第二字《詞譜》注「平而可仄」；第四字《詞譜》注「仄而可平」，並云：秦觀詞「奈何綿綿」，「綿綿」二字俱平聲。

[一二] 第二字《詞譜》注「仄」聲。

沁園春[一] 又名《壽星明》

美人足

宋 劉過

洛浦凌波。爲誰微步。輕生暗塵＼。記踏花芳徑。亂紅不損。步苔幽砌。嫩綠無痕＼。襯玉羅慳。銷金樣窄。載不起、盈盈一段春＼。嬉遊倦。笑教人欵捻(一)。微褪些

(一) 欵：《全宋詞》作「款」。

◯
根＼。

◓◯◓●◯◯[九]◓◓●　◯◯◓●◯[一〇]　●◒◒◒◓[一一]　◒◯◓●　◓◯◒
有時自度歌聲。悄不覺、微尖點拍頻＼。憶金蓮移換。文鴛得侶。繡茵催

●　◓●◯◯　◓●◯◯[一二]　◒◯◓●　◓●◯◯◒●◯[一三]　◯◯●[一四]　●◓◯◒●
衮。舞鳳輕分＼。懊恨深遮。牽情半露。出没風前烟縷裙＼。知何似。似一鈎新月。

◓●◯◯
淺碧籠雲＼。

【校】

[一]《詞譜》按：金詞注：般涉調。蔣氏《十三調》注：中吕調。張輯詞，結句有「號我東仙」句，名《東仙》；李劉詞名《壽星明》；秦觀減字詞名《洞庭春色》。

[二]第二字《詞譜》注「仄而可平」。

[三]第一、二字《詞律》、《白香詞譜》注「仄」聲；第三、四字《詞律》、《白香詞譜》注「平」聲。

[四]第一、三字《詞律》、《白香詞譜》注「仄」聲；第二字《詞律》注「仄」聲。

[五]第三字《詞律》、《詞譜》、《白香詞譜》注「平」聲；第五字《詞律》、《詞譜》、《白香詞譜》注「仄」聲。

［六］此句《詞律》、《詞譜》、《白香詞譜》作七字句，例詞較諸本此體多第一字。

［七］第一字《詞譜》注「平而可仄」。

［八］第一字《詞譜》注「仄而可平」。

［九］第一字《詞律》、《白香詞譜》注「平」聲。此句《詞律》作二字一句、四字一句，皆押平聲韻。此句《詞譜》第六字押平聲韻，例詞不押韻。

［一〇］第一字《詞律》、《白香詞譜》注「仄」聲；第四字《詞譜》注「平而可仄」。

［一一］第三字《詞律》、《詞譜》、《白香詞譜》注「平」聲；第五字《詞律》、《詞譜》、《白香詞譜》注「仄」聲。

［一二］第一字《詞譜》注「平」聲。

［一三］第五字《白香詞譜》注「平」聲。

［一四］第一、二字《詞譜》注「平而可仄」。

摸魚兒[一]

「兒」或作「子」，又名《買陂塘》、《陂塘柳》、《安慶摸》

讀史

本朝　龔勝玉

●○○　●○◒●[二]　◓○○●○●[三]　◒○◒●○○●[四]　◓●◒○◓●[五]　○

檢芸編。幾行青史。閉門消盡秋雨\。江山零落如殘奕(一)。付與漁樵共語\(二)。評

●●　◓◒●[六]　◒○◓●○○●[七]　◒○◒●[八]　●◓●○○　◒○◒●　◓●

跋處\。有多少。英雄割據爭龍虎\。烟飛雲聚\。算繡嶺宫前。延秋門外(三)。往事

●○●[九]　○◓●[一〇]　◓●○○◓●[一一]　◒○○●○●[一二]　◒○◓●○○●[一三]

若朝露\。思往事。減得愁懷幾許\(四)。紛紛成敗休訴\。橫戈躍馬今安在。

(一) 奕：《全清詞》作「弈」。

(二) 共：《全清詞》作「閑」。

(三) 《全清詞》此二句作「若劉寄君臣，伯符兄弟」。

(四) 《全清詞》此二句作「思量遍添，得曠懷几許」。

◐●◐○○●[一四] ○◐●[一五] ◐◐●[一六] ◐○◐●○○●[一七] ◐○◐●[一八] ●◐●○
總被大江流去\。歸何所\。君不見。北邙高臥麒麟墓\。君須記取\(一)。看誰是誰
○[一九] ◐○◐● ◐●●○●
非。低回掩卷(二)。一醉論今古\。

【校】

[一]《詞譜》按：一名《摸魚子》，唐教坊曲名。晁補之詞有「買陂塘，旋栽楊柳」句，更名《買陂塘》，又名《陂塘柳》，或名《邁陂塘》；辛棄疾賦怪石詞，名《山鬼謡》；李治賦並蒂荷詞，有「請君試聽雙蕖怨」句，名《雙蕖怨》。

[二]第一字《詞譜》注「仄而可平」，謂：程垓詞「掩淒涼、黄昏庭院」，「黄」字平聲；第三字《詞律》、《詞譜》注「平」聲。此句與上句，《詞律》、《詞譜》、《白香詞譜》作上三下四句。

[三]第一字《詞律》注「平」聲；第三字《詞譜》注「平而可仄」。

(一)君須：《全清詞》作「吾今」。
(二)《全清詞》此句作「虧他下酒」。

［四］第一字《詞律》注「平」聲。

［五］第三字《詞律》、《白香詞譜》注「仄」聲；第五字《詞律》、《詞譜》、《白香詞譜》注「平」聲。

［六］第二字《詞律》、《詞譜》、《白香詞譜》注「仄」聲。

［七］第一字《詞律》、《白香詞譜》注「平」聲。

［八］第一字《詞律》注「平」聲；第三字《詞律》、《白香詞譜》注「仄」聲。

［九］第三字《詞譜》注「仄而可平」。

［一〇］第二字《詞律》、《詞譜》、《白香詞譜》注「平」聲。此句《詞律》、《白香詞譜》押仄聲韻。

［一一］第五字《詞律》注「仄」聲。

［一二］第一字《詞律》注「平」聲；第三字《詞譜》注「平而可仄」。

［一三］第一字《詞律》、《白香詞譜》注「平」聲。

［一四］第三字《詞律》、《白香詞譜》注「仄」聲。

［一五］第二字《詞律》、《詞譜》、《白香詞譜》注「仄」聲。

［一六］第二字《詞律》注「仄」聲。

［一七］第一字《詞律》、《白香詞譜》注「平」聲。此句與上句，《詞律》、《詞譜》、《白香詞譜》作上三下七句。

[一八]第一字《詞律》、《白香詞譜》注「平」聲；第三字《詞律》、《白香詞譜》注「仄」聲。

[一九]第一字《詞譜》注「仄而可平」。

賀新郎[一]

「郎」或作「涼」，即《金縷曲》，又名《金縷衣》、《貂裘換酒》

春晚

宋 葉夢得

◓●○○●　●○○◓◓◓◓[二]●○○●[三]　◓●◓○◓◓●[四]　◓●◓○◓

睡起啼鶯語╲。掩蒼苔、房櫳向晚。亂紅無數╲。吹盡殘花無人見(一)。惟有垂楊自

●[五]　●◓●◓○○●[六]　◓●◓○○◓●[七]　●○○　◓●○○●[八]　○●●[九]●

舞╲。漸暖靄、初回輕暑╲。寶扇重尋明月影。暗塵侵、尚有乘鸞女╲(二)。驚舊恨。遽

(一)見：《詞譜》作「問」。

(二)尚：《詞譜》作「上」。

◯●[一〇]　◒◯◓●◯◯●[一一]　●◯◯　◒◯◓●[一二]　●◯◯●[一三]　◒●◒◯◒
如許╲(一)。　江南夢斷衡皋渚╲(二)。　浪黏天、葡萄漲緑(三)。　半空烟雨╲。　無限樓前滄

◒●[一四]　◒●◒◯◓●[一五]　●◓●　◒◯◯●[一六]　◓●◒◯◯◒●[一七]　●◯◯　◓●◯◯
波意。　誰採蘋花寄取╲。　但悵望、蘭舟容與╲。　萬里雲帆何時到。　送孤鴻、目斷千山

●[一八]　◯●●[一九]　●◯●[二〇]
阻╲。　誰爲我。　唱金縷╲。

【校】

［一］《詞譜》按：葉夢得詞有「唱金縷」句，名《金縷歌》，又名《金縷曲》，又名《金縷詞》。蘇軾詞有「乳燕飛華屋」句，名《乳燕飛》；有「晚涼新浴」句，名《賀新涼》；有「風敲竹」句，名《風敲竹》。張輯詞有「把貂裘換酒長安市」句，名《貂裘換酒》。

［二］第二字《詞律》、《詞譜》、《白香詞譜》注「平」聲；第三字《詞律》、《白香詞譜》注「仄」聲；第四

(一) 遽：《詞譜》作「鎮」。
(二) 衡皋：《詞譜》作「蘅皋」，《全宋詞》作「横江」。
(三) 葡：《詞譜》作「蒲」。

字《詞律》、《詞譜》、《白香詞譜》注「仄」聲。

［三］第一字《詞譜》注「仄而可平」。

［四］第一、三字《詞譜》注「平」聲；第五字《詞律》、《詞譜》、《白香詞譜》注「平」聲；第六字《詞律》、《詞譜》注「平」聲。

［五］第三字《詞律》、《白香詞譜》注「平」聲；第五字《詞律》、《白香詞譜》注「仄」聲。

［六］第一字《詞律》、《詞譜》、《白香詞譜》注「仄而可平」；第二字《詞律》、《白香詞譜》注「仄」聲；第四字《詞律》、《白香詞譜》注「平」聲；第六字《詞譜》注「平而可仄」，並云：李玉詞「漸玉枕、騰騰夢醒」，「夢」字仄聲。

［七］第六字《詞律》注「平」聲，《詞譜》注「仄」聲。

［八］第二字《詞譜》注「平而可仄」，並云：辛棄疾詞「轉越江、剗地迷歸路」，「越」字仄聲。

［九］第一字《詞譜》、《白香詞譜》注「平而可仄」。

［一〇］第一字《詞譜》、《白香詞譜》注「仄而可平」。

［一一］第一字《詞律》注「平」聲；第三字《詞律》、《白香詞譜》注「仄」聲。

［一二］第二、三字《詞譜》、《白香詞譜》注「平而可仄」；第四字《詞律》、《白香詞譜》注「平」聲；第五字《詞譜》注「平而可仄」；第六字《詞律》、《白香詞譜》注「仄」聲；第七字《詞譜》注「仄而可平」。

〔一三〕第一字《詞譜》注「仄而可平」；第三字《詞譜》注「平而可仄」。

〔一四〕第一字《詞譜》注「平」聲；第三字《詞譜》、《白香詞譜》注「平」聲；第五字《詞譜》、《白香詞譜》注「平」聲；第六字《詞律》、《詞譜》注「平」聲。

〔一五〕第三字《詞律》、《白香詞譜》注「平」聲；第五字《詞律》、《白香詞譜》注「仄」聲。

〔一六〕第一字《詞律》、《白香詞譜》注「仄而可平」；第二字《詞律》、《白香詞譜》注「仄」聲；第四字《詞律》、《白香詞譜》注「平」聲；第六字《詞譜》注「平而可仄」，並云：「爲豁散、蠻煙瘴雨」，「瘴」字仄聲。此句《詞律》作七字一句。

〔一七〕第六字《詞律》注「平」聲。

〔一八〕第二字《詞譜》注「平而可仄」。

〔一九〕第一字《詞譜》、《白香詞譜》注「平而可仄」。

〔二〇〕第一字《詞譜》、《白香詞譜》注「仄而可平」。又按：此體《詞譜》以本詞爲例詞。

有真意齋詞譜卷下終

有真意齋詞韻序

詞韻與詩韻異，詩分一百六韻，而詞歸一十五部爲止。詞韻與曲韻又異，曲分平上去入，而詞歸平仄二音爲止。余自幼頗喜倚聲，竊怪古來韻本參差不一，非失之過繁，即失之太簡，均不足爲定律。惟吴杉亭《學宋齋詞韻》最爲切要，惜其中尚有未盡善之處，如「疏」與「疎」字，「谿」與「溪」字，既爲字典所通，一併備載，似嫌重複；又元韻之「暄」、馬韻之「耍」等字，爲詞中所習見者，不爲採入，未免闕疏。因於讀律之餘，不揣固陋，逐加考核。將複者删之，缺者增之，非敢計工拙，聊爲備採擇。倘大雅君子更有明以教我，是則余之深幸也夫。

吴江錢裕友梅自識。

有真意齋詞韻

吴江　錢裕　友梅　輯

第一部

上平

○東蝀同童僮銅桐峒筒曈侗箭中衷忠蟲終螽沖忡崇嵩菘戎絨弓躬宮融熊雄穹窮馮芃風楓豐充隆空公功工攻蒙幪濛籠襲朧聾瓏洪紅虹鴻葓叢翁匆聰驄葱通椶蓬篷蜂烘

○冬彤鼕琮淙農儂憹宗鬆

○鍾鐘松龍舂松衝容溶庸鏞墉傭鎔榕蓉封胷凶洶雍饔濃穠重從逢縫峰鋒丰縱蹤烽茸蛩邛筇慵恭供淞龔

上

○董蝀懂孔揔汞籠動

○腫種踵寵隴壠壅擁冗勇奉捧涌湧踴恐拱悚聳

去

○送鳳貢弄凍哢棟控空鞚粽偬甕洞痛仲諷夢中衆

○宋綜統

○用頌誦訟俸縫共供縱種重從

第二部

上平

○江扛矼釭厖尨窗邦降缸雙艭龐腔幢撞樁

下平

○陽暘楊揚颺羊徉洋詳翔庠祥良梁粱糧涼量香鄉商傷觴湯場房防坊方章漳樟璋彰障麞昌倡羌薑疆韁姜僵長腸張穰攘瀼瓤襄廂湘相緗驤箱將漿蔣螿亡芒鋩邙望娘牀莊妝裝常裳嘗償霜牆嬙檣鏘槍蹌斨匡筐王央殃鴦秧强芳妨狂

○唐糖堂棠塘郎廊榔浪琅狼當璫倉蒼滄罔剛綱桑喪康糠荒黄皇篁惶遑簧凰光湯汪航行杭臧囊旁卬昂藏忙忘

上

○講港蚌項

○養像象獎槳蔣兩鞅怏强仰搶愴想掌爽響敞氅丈杖仗壤攘賞紡網惘罔倣仿枉往長上

○蕩盪廣榜曩儻莽蟒黨朗慷盎晃幌蒼髒恍

去

○絳降巷撞戇

○漾樣恙颺養亮緉輛兩諒量狀讓餉向帳漲悵暢鬯釀匠障瘴嶂尚上壯裝唱創醬將訪妄望忘況貺誑旺王放舫相

○宕浪閬吭行桁葬傍藏當抗亢謗蕩曠纊喪

第三部

上平

○支巵梔枝肢移匜爲麾萎糜縻蘼醾墮觿垂陲羸吹炊披陂碑羆隨隋虧窺奇騎祇岐犧義攲宜儀匙涯皮疲兒離籬罹璃驪鸝縭蘺麗羅貲頿觜羈羇奇卑陴脾裨施斯差摛彲彌瀰雌知漪猗馳池篪褫危規衰

○脂姨彝夷痍洟師獅此咨資粢姿齎飢肌鴟絺郗瓻茨瓷尼墀坻遲私尸蓍鬐祁伊棃犂葵追龜蕤緌惟維遺纍逵夔眉嵋湄楣麋悲錐騅誰帷邳椎推

○之芝飴怡貽頤姬時塒疑嶷思司絲罳輜颸其期旗綦萁淇棊詩而欺基箕詞祠辭釐狸菑緇熙嬉嘻醫癡治持嗤慈鷀茲滋

○微薇揮輝暉徽翬禕幃韋闈圍

○違霏妃菲騑飛扉緋非肥威祈旂畿幾機譏磯璣希晞饑稀欷依衣沂巍歸

○齊臍黎妻藜梨萋淒悽低鞮隄啼提蹄題荑雞稽笄奚蹊嵇兮鷖倪霓猊醯西棲嘶犀撕梯鼙鼃躋擠迷泥谿圭閨袿奎攜畦

○灰虺恢詼魁盔隈煨偎回洄迴徊枚梅媒煤禖雷罍頹崔催堆摧裴陪培杯桅

上

○紙只枳咫抵砥是氏靡彼被毀燬委詭跪髓累妓技倚綺蟻艤觜蘂此泚徙璽屣髀爾邇婢弛豕
紫箠揣旎

○旨指底視美鄙兕几姊比軌簋晷洧矢雉死履水壘誄耒揆癸否圮唯嶲

○止時沚趾址芷市恃徵喜紀己以已似巳祀耜史駛使耳里裏鯉李理枲始峙起杞屺士仕柹俟
涘子耔梓矣擬齒恥祉滓佁

○尾娓扆豈蟣幾斐菲匪篚偉葦鬼卉

○薺鱭禮蠡澧醴體涕濟邸柢弟娣遞禰洗啓米陛堄

○賄悔磊蕾儡罪每腿匯餧琲

○海半倍

去

○寘觶避惴詈荔離豉積賜爲帔被賁累寄臂芰騎刺易議誼義譬漬智縋吹戲企翅跂施啻僞恚
睡瑞

○至摯贄鷙礩位媢魅遂燧穗醉邃祟誶粹類淚秘轡費匱餽櫃簣備愧喟嗜莉利莅膩致棄緻稚

遲治寐冀悸翠二貳恣次懿四肆駟驥器季鼻比畀庇萃悴瘁地肂示謚自墜遺

○志誌痣識值植寺嗣飼笥伺思試幟事吏字餌珥泗使厠異食饎置侍蒔忌熾意薏記

○未味貴胃謂緯彙渭魏芾沸尉熨慰畏翡蔚蜚諱既氣毅餼欷衣

○霽濟帝諦蒂劑齊嚏替剃第遞遰髢締睇棣砌妻細壻詣睨計係繼繫髻糸禊契醫謎閉嬖慧惠蕙桂嘒麗戾隸儷唳捩泥殢

○祭際歲衛螮贅毳脆帨銳綴稅說蛻斃弊幣敝篲蔽鱖蹶袂制製逝噬誓筮曳泄裔枻澨藝瘞囈滯彘例厲礪勵蠣糲憩揭世勢貰罽偈

○泰半貝沛霈狽會繪兌儈膾檜最噦翽酹薈旆

○隊半佩背妹昧瑁誨配對碓倅淬晬退潰碎內輩

○廢半肺穢吠喙刈柿末

第四部

上平

○魚漁魰初書舒紓居据裾琚車渠璩磲蕖醵蘧余蜍餘輿旟與璵畬歟譽妤予胥湑疽岨趄狙雎

鋤檽攄疏梳蔬歔徐於篨豬瀦臚閭廬蘆櫚驢諸蠩除躇儲滁屠如洳駕茹且虚墟祛葅袽

○虞愚娛嵎禺隅芻無毋蕪誣巫于迂盂雩竽汙吁衢劬臞瞿儒濡襦嚅繻醹須鬚需株誅蛛貙殊

銖殳逾窬臾腴諛覦俞歈愉揄瑜榆萸渝區驅嶇毆軀朱珠硃趨蔞鏤婁扶符鳧苻蚨夫枹雛敷麩

孚鋪俘痡殍莩諏跗膚玞夫紆輸樞姝厨蹰拘駒俱毹蟵

○模摸謨酺蒲蒱胡壺狐湖瑚鶘醐弧乎孤菰姑辜酤觚蛄箛鴣沽罛徒瘏塗荼圖菟奴駑孥筽呼

吾吴梧租盧鑪壚顱鱸轤艫爐矑蘇酥徂烏嗚逋餔晡枯麤都

上

○語籞圄敔圉齬禦吕膂旅侶佇苧紵杼宁與予煮渚汝茹暑鼠黍杵處貯褚著湑楮女敉許巨拒

距炬所楚礎齼阻俎沮舉莒敘緒序漵嶼去抒墅

○麌羽禹雨宇瑀栩詡聚甫脯斧俯府腑父武舞嫵侮憮廡鵡膴輔腐釜撫拊柱豎樹庾窳愈主麈

炷齲踽拄乳寠數矩椇取縷褸僂嶁

○姥莽土吐杜肚魯櫓擄鹵覩堵賭古鼓瞽股罟蠱賈五午伍簿部祖組虎滸塢苦怒弩努户扈怙

祜岵雇普溥浦補譜圃母牡畝否

去

○御馭語慮據鋸倨踞覷去署曙恕庶著箸翥疏飫淤除遽醵絮助豫預譽與女處

○遇寓嫗樹澍住附賻注鑄注屨句戍裕覦諭喻籲孺赴訃仆務婺霧騖鶩懼具芋數付賦傅娶摶趣駐屨

○暮慕募墓渡鍍度路露潞輅鷺賂妬蠹兔顧故固錮痼誤寤迕晤悟護瓠嫭互濩冱訴愬遡素塑祚胙阼怒布佈惡怖鋪措醋袴庫捕哺步作婦負富副

第五部

上平

○佳半街鞵牌箅柴釵差崖涯厓

○皆偕稭喈階荄堦諧骸排徘乖懷槐淮豺儕埋霾齋揩

○咍開哀埃臺擡苔儓駘該垓陔裁纔財才材萊來栽栽哉猜胎台孩頦顋皚獃

上

○蟹解澥買廌嬭罷矮擺躧

○駭楷

○海半醢愷凱塏鎧宰載殆待怠迨紿乃改亥采採綵寀彩在鼐

去

○泰半太汰蓋丐艾藹壒靄柰奈大害帶蔕外蔡賴籟瀨

○卦半懈解隘賣瘥稗眦派債曬

○怪壞瘵誡戒界介屆疥髻芥械薤瀣拜湃憊鎩殺

○夬半快邁敗蠆寨呰

○隊半塊

○代岱黛逮隶袋靆載再賽塞貸態溉概慨礙愛耐戴賚睞菜裁帥

第六部

上平

○真甄因茵湮陻姻新辛薪辰晨宸臣仁人神親申伸紳呻身賓濱燐鄰轔粼麟鱗珍陳塵津嗔秦

蓁寅紉頻蘋嬪顰銀狺誾垠巾囷筠困珉岷閩緡貧駰彬豳民

○諄惇肫椿荀郇詢峋洵恂昀純蓴醇鶉淳脣漘紃淪倫輪綸掄屯皴遵春勻旬巡馴循均鈞

○臻蓁榛莘

○文聞紋雯蚊雲芸耘紜云氳汾墳氛濆焚蕡分羣幩薰曛勳熏纁醺葷君軍芬紛○欣昕訢殷慇勤芹斤筋斷

○魂渾昆褌琨鯤鵾溫門捫孫蓀飧猻尊樽存蹲敦暾屯豚村盆奔論崙坤髡昏婚閽歕噴

○痕根跟恩吞

下平

○庚鶊更秔賡羹坑盲橫觥彭棚亨撐鐺烹琤傖槍英瑛平評苹枰坪驚京荊明盟鳴振榮瑩嶸兵兄卿生笙牲甥黥檠迎行衡珩蘅

○耕鏗甍萌氓莖丁罌鶯嚶怦伻轟鍧橙爭箏錚

○清情精菁鶄晶睛旌盈嬴瀛籝贏楹營嬰纓攖櫻晴貞楨赬成城誠盛呈程酲聲征鯖鉦正輕各令并屏傾餳榮瓊煢

○青經涇刑形型庭停亭霆渟蜓廷丁馨星腥醒婷猩惺瓶靈舲齡鴒蛉鈴醽苓櫺伶泠玲聆零翎嚀聽汀廳町冥銘溟瓶屏萍熒螢扃坰

○蒸烝承丞懲陵凌綾菱應膺鷹凭憑冰蠅繩乘澠塍升昇陞勝仍兢矜徵繒嶒凝興稱

○登燈簦楞棱僧鬙崩增憎曾罾層曾朋堋鵬肱薨能騰滕縢藤膯恒

○侵駸浸尋潯鱏林琳淋臨霖琛郴斟鍼箴沈湛砧諶愖忱任鵀壬紝深淫霪蟫心愔琴擒禽芩檎

欽衾吟金今衿襟禁音陰森參岑涔簪

上

○軫畛縝腎蜃忍矧哂緊盡儘牝窘菌引蚓靷愍憫閔敏泯殞隕黽

○準尹允筍隼蠢盾

○吻刎抆粉憤忿蘊韞醞

○隱檃謹槿巹近齔

○混渾忖本畚笨損穩遯衮閫壼悃懣

○很墾懇

○梗哽綆鯁埂丙炳秉警景境影省永皿杏荇猛艋礦冷

○耿幸倖

○靜靖穽整逞騁郢潁穎領嶺頸餅屏併頃井癭請省

○迥炯茗溟頂鼎酊挺艇町醒箵竝

○拯

○等肯

○寑寢廩懍凜稔衽枕沈審諗淰葚甚瀋噤錦稟飲品

去

○震振賑信訊迅刃認韌仞軔牣吝燐藺躪儐擯殯鬢陳慎燼晉進釁鎮覲墐櫬印趁

○稕峻濬浚儁晙駿舜蕣瞬閏潤順

○問璺汶聞運暈韻訓薰瀵糞奮慍捃郡分

○焮靳隱

○慁溷頓巽潠遜困嫩搵悶歕鈍寸坌論奔

○恨艮

○映敬竟鏡競慶更命病孟橫柄詠泳行迎

○諍迸硬

○勁倩清政正証聖鄭性姓令聘淨靚盛

○徑甯佞濘脛定錠釘訂飣罄磬聽暝瑩

○證孕賸媵乘應甑興勝凭稱凝

○嶝鐙磴贈亘鄧

○沁浸祲妊紝鵀任衽鴆枕噤禁賃蔭窨廕飲滲譖讖

第七部

上平

○元原源袁垣園援轅媛猿煩番蹯繁蘩樊繙燔蕃礬璠旛藩翻反暄喧萱諠冤鵷怨眢言軒掀騫崑犍

○寒韓翰邗單鄲丹殫簞安鞍難餐灘歎攤跚珊壇檀彈殘干乾竿玕蘭瀾闌攔看刊

○桓完丸紈岏刓端湍酸團博溥摶官棺觀冠鑾鸞巒欒歡寬鑽槃盤般拌蟠瞞謾懣墁

○刪潸關彎灣還環鬟寰圜鐶班頒斑媥扳蠻鬘顏攀頑

○山鰥綸間閒艱蕑閑嫺鷴憪慳潺孱殷湲漫

下平

○先躚前湔千阡芊箋韉濺天堅肩賢弦舷烟燕蓮憐田畋填闐鈿滇年顛牽妍研眠軿駢淵涓蠲鵑圓邊籩編懸

○仙鮮錢遷韆煎然延埏筵饘旃氈鸇邅羶扇蟬禪纏躔廛嫣連聯漣篇偏翩便緜全泉宣揎鐫儇穿川沿鉛捐鳶緣旋還娟船鞭詮銓筌荃專甎遄乾虔鍵愆褰騫權拳顴卷椽傳焉蔫

○覃潭曇壜鐔參驂南男枏諳庵含涵函婪嵐蠶簪探貪耽甔龕堪毿

○談甘柑擔三鬖藍籃慙酣憨

○鹽檐閻廉簾匳帘砭銛纖籤僉詹瞻占蟾撏幨髯黏炎霑淹尖殲漸鋟潛箝黔鈐

○添甜恬謙兼縑鶼蒹嫌拈

○咸鹹諴緘摻杉嵒喃讒

○銜巖攙衫芟監嵌

○嚴杴醃

○凡帆颿

上

○阮遠偃蹇楗巘晚挽反阪返圈菌婉卷苑晼宛綣飯

○旱坦散繖但誕瓚趲嬾侃衎罕

○緩澣短斷盌算管盥卵款煖篡纘伴滿

○潸綰板赧撰饌

○產限簡揀剗棧眼琖

○銑洗腆醌典宴殄蘮筧峴顯撚扁辮泣鉉畎犬

○獮鮮癬蘚㲋演衍踐餞展淺闡遣謇善墠翦輦璉件辯辨緬湎褊吮覸兗臠孌轉捲輭舛喘荈篆選免勉冕蒧

○感顑禫黮窞萏慘糝坎頷撼壈

○敢欖覽攬菼毯膽紞噉澹淡槧喊㨻

○琰剡錟斂撿險貶颭噞儉芡厭魘苒染陜閃諂漸

○忝點玷簟

○儼

○豏減斬

○檻艦

○范範笵犯臉

去

○願愿怨販券勸万萬蔓曼飯建堰獻憲健遠

○翰汗悍閈炭歎按案晏憚彈旰幹岸看漢爛瀾難粲婜燦璨散贊讚

○換漶惋腕貫館灌鸛冠觀竄爨玩段亂斷彖喚煥渙蒜幔漫謾半絆判泮沜畔伴

○諫澗鴈贗訕棚慢嫚患宦豢慣丱串

○襉閒莧瓣辦盼幻綻扮

○霰先蒨茜倩絢縣衒罥電殿奠淀甸佃鈿練鍊見現硯燕讌咽薦麪片殿

○線戰顫擅嬗繕膳彥唁諺譴絹狷瑗援媛院面釧掾箭煎扇煽眷倦戀變卞忭旋選傳賤羨囀便徧

○勘紺憾暗闇

○闞瞰濫纜儋啗暫擔三

○豔焰鹽灩贍髯厭饜驗苫塹斂占

○㮇忝念店坫墊僭

○釅

○陷蘸站

○鑑監懺

○梵帆泛劒欠

第八部

下平

○蕭簫艘翛佻挑貂刁凋雕彫船迢條髫跳蜩苕調驍梟澆邀聊遼憀寮寥撩僚寮漻嘹堯嶢么
蔞嘵

○宵消霄綃銷魈超朝朝潮嚻枵歊樵憔譙驕嬌喬焦蕉椒嶕饒橈蕘燒遥傜飄窰姚摇謡軺陶瑶
韶昭招飆標杓鑣瀌瓢飄苗描貓要腰鴞橋僑轎妖夭蹺漂彯翹

○肴殽爻淆交蛟菱膠鮫效教嘐巢鐃呶譊梢捎旓弰筲鞘蛸茅虓哮包胞苞脬拋泡敲抓嘲鈔庖
匏跑坳

○豪號毫嗥濠壕高膏皋羔餻篙槔勞牢醪撈蒿撓毛薅髦旄饕韜滔叨絛刀忉舠騷搔繅臊颾袍
褒陶咷桃綯逃濤掏萄糟遭槽敖嗷翱熬鼇螯曹猱操洮

上

○篠皎繳鳥蔦了蓼瞭繚竂曉杳窅嫋裊窕掉挑

○小肇兆趙旐沼夭少擾繞遶摽縹醥眇渺淼杪藐紹矯表殍悄勦燎

○巧飽卯昴狡攪爪拗鮑齩炒

○皓昊浩顥灝抱考潦討道稻腦惱瑙嫂燥掃倒擣島禱草早澡藻蚤棗皁造杲槀縞好寶保堡褓葆襖媪考槁薨

去

○嘯糶眺弔釣呌徼銚調竅料

○笑肖鞘照詔燿耀曜要召邵劭嶠轎漂噍誚妙峭俏療醮釂廟少燒

○效校教窖校覺孝罩豹爆貌稍棹淖鬧鈔

○號導翿纛悼蹈盜幬到倒告膏誥傲帽耄冐勞操造暴報漕奥譟瀑噪躁秏

第九部

下平

○歌柯哥搓磋多娑抄駝鼉陀沱跎莪哦娥峩鵝俄蛾他羅蘿攞那儺何河荷苛訶呵珂阿

○戈過渦鍋莎趖蓑梭婆皤摩魔磨麼訛騾螺波頗坡和禾科韡窩

上

○哿舸䩢柁我砢娜那荷可坷左

○果裹鬌朶鎖瑣墮垜惰妥撱麼坐祼羸跛簸叵頗禍夥火顆堁

去

○箇个賀佐左作邏餓馱大那些

○過和課唾嚩播剉挫磨愞破座臥貨涴

第十部

上平

○佳半查娃哇

下平

○麻蟆車奢賒畬邪鎁斜遮爺嗟罝蛇茶華划瓜騧蝸媧抓花譁誇夸拏竕嘉家加葭笳麚痂茄遐蝦霞瑕葩鴉椏了巴笆叉杈差艖鯊沙砂裟紗牙衙芽枒樝衺洼蛙檛杷爬琶楂些涯他

上

○馬罵者赭野也冶雅檟㛂假賈斝灑啞灺下夏廈寫瀉且社捨舍姐把寡剮瓦若惹鮓撦打耍

去

○卦半 挂畫衩

○夬半 話

○禡駕稼嫁架價假亞稏啞婭嚇罅迓訝砑詫吒奼詐榨乍蜡謝榭暇夏籍下夜射卸柘鷓炙蔗借舍赦麝貫霸欛壩杷怕華樺化跨胯

第十一部

下平

○尤疣郵憂優劉留騮流飀榴旒遛秋猷猶悠油由攸游蝣牛遒啾酋脩羞抽瘳周州洲舟鵃酬柔揉收邱鳩鬮不搜颼蒐搊篘鄒騶陬愁休貅髹儔幬疇紬稠裯籌裘求逑球賕毬仇浮謀眸牟侔矛蝥繆

○侯猴喉餱篌謳甌漚鷗樓婁彄摳韝偷頭投骰鈎溝篝句兜抔

○幽呦蚪璆樛簍

上

○有右友柳罶紐鈕杻丑肘扭朽久九玖灸韭首手守醜婦負阜缶否舅臼咎紂酉誘牖卣槱莠受壽綬酒溲帚

○厚後后母牡某拇畝瓿蔀斗蚪陡苟狗垢笱耇詬枸藕偶掊叟瞍欆藪吼剖塿走口扣叩

○黝糾赳

去

○宥又佑右祐囿侑救廄究疚冑酎宙籀晝狩獸守首臭岫袖鼬呪舊柩瘦漱皺甃縐覆溜秀繡宿僦驟僽就復糅狖柚授售

○候堠寇茂貿戊袤楙瞀豆竇逗脰鬬耨嗽嗾奏走透漚遘構媾覯姤購搆冓輳腠蔟陋漏鏤蔻

○幼謬繆

第十二部

入

○屋獨讀櫝牘瀆犢穀轂谷縠槲斛哭禿竺速餗祿鹿漉簏麓盝囿彔族蔟簇鏃暴樸僕扑撲卜濮

木沐鶩霂犖福腹複幅輻蝠伏復服馥鵩輹洑菔匐縮六陸戮逐軸舳筑柚菊鞠掬麴熟孰淑塾俶
育毓粥蹴肉祝叔蓄畜竹築蹙矗蝮覆郁彧燠澳肅宿蓿夙踘目睦穆牧滀
○沃鋈毒纛篤督酷鵠牿告褥
○燭屬矚囑獄旭勗局蜀觸辱玉溽束浴欲鴿慾躅録淥緑醁碌曲簶足贖促續俗粟蓐

第十三部

入

○覺角捔榷搉岳樂捉朔槊數斲琢卓啄剝駮邈雹璞樸確埆濁擢濯渥握幄喔葯搦犖學嚳齪
○藥躍鑰瀹龠籥略掠脚卻屩灼斫彴勺酌繳妁鑠爍若弱蒻箬綽約虐瘧杓芍削斮爵雀爝皭嚼
鵲醵韄縛戄籰攫著謔
○鐸度踱莫幕膜摸漠寞落絡烙洛珞酪樂駱託橐籜柝拓蘀飥魄作柞鑿錯各閣恪咢愕諤萼噩
鶚粕膊搏惡堊泊箔薄簿膗壑索涸鶴貉昨酢怍筰博諾霍藿郭椁臛蠖穫鑊廓鞹

第十四部

入

○質隲鑕日驛實秩帙姪悉膝一壹七漆匹吉暱逸佚溢軼鎰泆詰栗慄溧篥室疾嫉失室蜜謐必畢蓽蹕率蟀密弼乙筆茁

○術述朮秫橘聿遹卒戌恤律黜怵出

○櫛瑟蝨

○物勿弗紱黻紼不髴鬱颭熨蔚屈詘掘佛拂袚紼

○迄訖乞吃

○陌貊驀礫白帛舶伯迫百柏劇屐戟索窄嘖隙額逆客啞拍魄珀赫格砉宅擇澤翟虢蠖搦

○麥脈獲畫劃蟈馘幗檗擘辮賾責簀幘債策冊柵覈核翮隔膈革摘讁厄榏

○昔腊惜舄積脊蹟鯽迹益繹亦弈奕帟譯懌斁驛嶧掖腋易埸射釋適螫褋尺赤斥石隻炙擲刺席夕穸汐籍藉耤瘠闢辟役璧躄襞碧

○錫析裼晳淅擊激劈癖僻櫪櫟瀝皪歷的嫡甋鏑滴適檄覡鷁荻敵覿笛糴滌逖惕績勣溺寂覓

羃壁戚慼

○職織直力敕飭鷘陟食蝕息熄寔植殖識式拭軾飾極匿測惻畟憶億臆抑色嗇穡濇棘弋翊翼即喞稷逼域蜮罭閾愊仄側

○德得則勒肋忒慝刻克剋特黑墨默賊塞北或惑國劾

○緝葺十什拾褶執汁習襲隰集輯檝入廿揖挹濕及笈蟄縶立粒笠急汲給級泣吸翕戢邑悒浥

第十五部

入

○月伐筏罰拔越粤鉞樾曰厥蹶闕髮發韈謁暍歇蠍訐羯揭竭

○没骨鶻核滑勃孛咄柮突凸忽笏惚兀矹窟訥窣猝卒齕倅

○曷褐闥撻獺達遏刺辢渴達葛割輵薩捺

○末秣抹撥鉢括活聒鴰闊奪脱豁斡撮捋掇裰

○黠札扎猾八察戞頡軋圠殺

○鍺鬠刹瞎刮刷

○屑楔切竊結絜潔節血決闋缺玦訣鴂穴抉垤耊迭跌絰咥鐵餮纈擷頁襭涅揑茶截齧臬闑噎

咽撇瞥

○薛泄列蛚烈洌冽裂哲傑桀榤熱浙折舌揲折孽滅鼈絶雪悦説閲蛻爇蚋説拙啜輟掇劣埒别

轍徹撤澈孑設掣

○合閤盒鴿合答颯靸霅沓遝踏雜匝拉衲

○盍闔臘搨榻塔搭蹋闒閘榼

○葉接睫楫攝歙涉獵鬣躐捷踕聶鑷慴摺妾笈輒饁箑歃霎魘靨

○怗帖貼協叶挾俠頰鋏莢愜篋牒喋蹀諜堞氎疊蝶燮屧浹

○洽狹恰掐牐夾袷貶插

○狎柙匣鴨壓押甲呷

○業鄴鄴脅怯劫

○乏法

有真意齋詞韻終

詩餘譜式

[清]郭　鞏◎編著
王延鵬◎整理

目録

詩餘後卷目録

二字題……五六三

三字題……五八一

前言

王延鵬

清代郭鞏編纂之《詩餘譜式》是成書於康熙五十一年（一七一二）的一部詞譜。因其流布不廣、影響式微，有清一代鮮有論及者。作爲一部刊刻晚於《詞律》又早於《欽定詞譜》的詞譜，《詩餘譜式》並未沿着萬樹《詞律》開闢的道路繼續前行，卻以明代程明善的《嘯餘譜》爲宗，呈現出不同於《詞律》、《欽定詞譜》等「主調」之外的「低音」〔一〕，是康熙年間詞譜演進過程中邁向未知的一次嘗試和探索，應予以關注和重視。

一　郭鞏生平事跡述略

郭鞏，字可亭，號東園子、文水道人、鐵樹道人，生卒年不詳，史志未有傳記，相關文獻亦付之闕如。其生平事跡僅見於兄長郭鵬爲《詩餘譜式》所作之序和本人所作之《譜説》。郭鵬《詩餘式序》簡述其弟之生平，云：「余弟東園子可亭，雖讀父書，不以廊廟爲心，惟嘯傲於山林，置此身名於隱顯之間，與世

〔一〕「主調」和「低音」之謂，參見王汎森《執拗的低音》，生活・讀書・新知三聯書店，二〇二〇年。

落落，嗜古殷殷。」(一)郭鵬的記述雖僅有寥寥數筆，卻較爲鮮明地刻畫出郭鞏無心仕途、嘯傲山林的特徵。

如果説郭鵬的記載尚顯簡略的話，那麽郭鞏的自述則更爲詳實。郭鞏《譜説》稱：

余不才，幼未能讀父書以繼先人之志，賦性高傲，放情山水間，碌碌寡和者三十餘年矣。常究心於詞調聲歌之間，將先君所遺斷簡殘篇搜閲殆盡，獨闕此焉。爰求於遠近先輩家，輒取出唐人詩餘一帙，閲其所載，不過數十篇。余偶摹其式，聊爲數調。越數月，復得一册，較之昔日所得，絶不相侔，於是將向之所作者悉弊屣棄之矣。丙子春，遊楚桃源，謁羅公紫蘿先生，欵洽良久，風月之夕，輒出余之寡聞淺見者就而正之，公出其素藏《嘯餘譜》以授余，余拜而受之，細心以研究之，乃知一調之中，爲體不一，其昔之所以不侔者，今則釋然矣。然其書爲西吴張氏所纂，前半則爲詞曲宫商之式，後半即此詩餘是矣。其間按律叶聲、平仄相承，逐一詳明，但各調爲體甚繁，學者未免有考校之艱。余不揣狂瞽，摘其調中之清新雋雅者，揭而出之，分作兩層，上則臚列古名公所撰，下則將其調之平仄圈以别之，其字數句讀與其用韻之平仄悉遵古本，不過增以虚實圈法，無非

(一) 郭鞏《詩餘譜式》，《四庫未收書輯刊·拾輯》第三十册，北京出版社，一九九七年，第四四〇頁。

欲吟壇諸君子有一定之式耳,安敢自擅纂輯刪定之權,以取罪於古人乎。(一)

郭鞏生性灑脱、無心仕途,而以讀書爲樂,尤喜填詞,但由於家藏書籍中缺少詞學文獻,所以「爰求於遠近先輩家,輒取出唐人詩餘一帙,閱其所載,不過數十篇」。僅有的唐人詩餘成爲了郭鞏學詞的啓蒙教材,郭鞏「偶摹其式,聊爲數調」,進行最初填詞的訓練。數月之後,郭鞏又得一册詞集,而將昔日所作之詞與之相較,結果「絶不相侔」,因而「將向之所作者悉弊屣棄之」。直到丙子春,郭鞏出遊桃源縣時才在羅人琮家里見到《嘯餘譜》,並以此爲指導,細心研習,終有所得。有感於「各調爲體甚繁,學者未免有考校之艱」,所以郭鞏「摘其調中之清新雋雅者」,編纂成《詩餘譜式》一書。

回顧郭鞏學詞經歷,不難發現其丙子年春謁見羅紫蘿一事,具有至關重要的意義。丙子年即康熙三十五年(一六九六),對郭鞏來説,此年是其接觸詞譜的開始,而選擇《嘯餘譜》作爲學詞教材則與羅紫蘿的引導密不可分。羅紫蘿即羅人琮,據《湖南省志·人物志》記載:「羅人琮,字宗玉,清桃源縣人。父其鼎,南明福王行人司行人。清兵陷南京,其鼎回桃源,旋病篤,叮囑人琮:固守常德、澧州,西

(一) 郭鞏《詩餘譜式》,《四庫未收書輯刊·拾輯》第三十册,北京出版社,一九九七年,第四四一—四四二頁。

通雲、貴，東與長沙督師何騰蛟聯絡，以抗清兵。人琮組練團練以謀抗清。順治四年（一六四七），清兵入常德、澧州。時南明軍紀律敗壞，王進才部駐桃源，人琮走謁請肅軍紀，不聽。桃源陷落，人琮所率團練亦遣散。土棍吴虎兒，曾爲清軍嚮導，頗知人琮情狀，向人琮勒索四百金，復向清軍告密，人琮全家均被逮捕。南明亡後，人琮出獄。順治十八年（一六六一）進士，分發浙江，任寧波推官，後改陝西朝邑知縣。康熙七年（一六六八），升四川道監察御史，奏請整頓吏治，選拔遺才，以及煉鐵、鑄錢，禁止攤派火耗，並請求蠲免湖南錢糧等，均獲嘉許。十八年，京師地震，詔求直言極諫，人琮奏劾江南臬司崔維雅貪污殘暴，維雅被革職拿問。人琮亦受反誣，免職回家。」〔一〕作爲一位曾參加過反清運動，又被清廷免職回鄉的人物，羅人琮向郭鞏推薦《嘯餘譜》，或許是因其偏居湖湘，遠離當時詞壇中心，未能得見《詞律》等詞譜〔二〕。亦或許是羅人琮難忘舊邦，希望郭鞏能承《嘯餘譜》之餘續，寄故國之哀思。但無論是何種原因，在康熙三十五年到康熙五十一年的漫長歲月里，《嘯餘譜》成爲郭鞏唯一接觸的詞譜，因而郭鞏一直宗奉《嘯餘譜》，並持續受到《嘯餘譜》的影響。正因如此，郭鞏在《嘯餘譜》基礎上著手編

〔一〕湖南省地方志編纂委員會編《湖南省志・人物志》，湖南出版社，一九九二年，第一七〇——一七一頁。

〔二〕江合友認爲：「郭鞏及其所交遊的對象的詞學視野均較爲狹窄，詞學知識來源單一，故皆宗奉《嘯餘譜》。」江合友《明清詞譜史》，上海古籍出版社，二〇〇八年，第一〇七頁。

纂《詩餘譜式》也就在情理之中了。

二 《詩餘譜式》的版本

關於《詩餘譜式》的版本，郭鞏在《譜説》中曾有記載，稱：「此書原有坊本，止載虚實圈法，不載唐宋舊詞。作者見之，一望皆圈，不知端委，所以坊刻不傳。」(一) 如果郭鞏自述可信的話，《詩餘譜式》應該有一個只有譜式符號而没有例詞的版本，但這一版本尚未被發現。目前可見的《詩餘譜式》有兩種版本，現分述如下。

一爲《詩餘譜式》，中國社科院圖書館藏，四周雙邊，白口，單魚尾，《四庫未收書輯刊》據以影印。此本封面題「詩餘譜式二卷，清郭鞏撰，康熙可亭刻本」，正文版心刻「詩餘式」、卷次及「可亭」等字。共收録序跋凡例五篇，分别是韓侯振《敘》、郭鵬《詩餘式序》、郭鞏《譜説》、郭鞏《詩餘譜引》、郭鞏《譜例》。正文分「詩餘前卷」和「詩餘後卷」，前卷收歌行題、令字題、慢字題、近字題、犯字題、遍字題、兒字題、子字題、天文題、地理題、時令題、人物題共十二類，凡一百五十二體；後卷收人事題、宫室題、器用題、花木題、珍寶題、聲色題、數目題、通用題、二字題、三字題、四字題、五字題、七字題共十三類，凡二百一十

(一) 郭鞏《詩餘譜式》，《四庫未收書輯刊·拾輯》第三十册，北京出版社，一九九七年，第四四三頁。

二體；並附「如絶句八式」，共八調九體。正文上欄爲詩餘選，下欄爲詩餘譜式，上下兩欄十二行，上欄十四字，下欄十八字。

二爲《詩餘譜纂》，中國國家圖書館藏，四册，金鑲玉裝訂，黄紙本，四周雙邊，白口，單魚尾。書高二八八毫米，寬一六八毫米，半葉板框高爲一八五毫米，寬一二〇毫米。封面題「詩餘譜纂，文水東園校刊，舒嘯樓藏板」，書内有「長樂鄭振鐸西諦藏書」印，正文版心亦刻「詩餘式」、卷次及「可亭」等字。此本共收録序跋凡例三篇，分别是韓侯振《敘》、郭鞏《譜説》和郭鞏《譜例》。正文亦分「詩餘前卷」和「詩餘後卷」，内容、版式與《詩餘譜式》相同。

認真比勘後發現，除偶有漏頁外，兩種版本正文版式和内容完全相同，鑒於古籍雕版一經刻竣，便不會變動，且兩種版本正文版心處均有「詩餘式」三字，我們認爲兩種版本的正文實際上是同一雕版刻印。而兩種版本的差異主要體現在以下四個方面。

（一）題名不同。中國社科院圖書館藏本題作《詩餘譜式》，而中國國家圖書館藏本題作《詩餘譜纂》，題名略有差異。

（二）序跋差異。從收録序跋數量上看，《詩餘譜式》比《詩餘譜纂》收録的序跋多兩篇，多出的序跋爲郭鵬《詩餘式序》和郭鞏《詩餘譜引》。從序跋的字體形態看，《詩餘譜式》本中韓侯振《敘》爲手寫上板刻印形態，而《詩餘譜纂》本中韓侯振《敘》已改刻爲宋體字的形態。

（三）正文缺頁。《詩餘譜纂》本中《夏初臨》與《渡江雲》兩調中缺失一頁，缺少《雙雙燕》和《瑣窗寒》兩調全部内容及《夏初臨》一調的部分内容。而《詩餘譜式》正文完整，不存在缺頁漏頁的情況。

（四）批校圈點。《詩餘譜纂》本内多有批校圈點，其中正文天頭處共有十九處批校，批校内容主要是對例詞的增補。如前卷秦觀《如夢令》（門外緑陰千頃）一首天頭處，增補王建《如夢令》（鶯嘴啄花紅溜）作爲例詞；牛希濟《中興樂》（池塘暖碧浸晴暉）一首天頭處，增補沈自炳《中興樂》（芙蓉池上露初涼）作爲例詞；後卷白居易《憶江南》（江南好）天頭處，增補李後主《憶江南》（多少恨）作爲例詞。所增補之例詞絶大多數與程明善《嘯餘譜》内例詞相同，應是參考程明善《嘯餘譜》後補充。少數批校則同時補充詞調和例詞，如周邦彦《西平樂》（稚柳蘇晴）一首天頭處，增補柳永《晝夜樂》（洞房記得初相遇），既屬備調，又屬增體，可見批校之人對詞體有一定研究。目前雖未有文字明言批校者，但通過批校之字體與「長樂鄭振鐸西諦藏書」印判斷，批校者應爲文史學家、考古學家鄭振鐸。與天頭批校相對應，凡天頭處有批校增補，正文相應例詞也多有圈點。

結合以上四個方面的差異，特别是韓侯振《敘》的刻體形態變化和《詩餘譜纂》正文漏頁，我們認爲《詩餘譜式》是較早的版本，《詩餘譜纂》則是在《詩餘譜式》基礎上重新刊刻的版本。重刊過程中對原有序跋進行了修改完善，而《詩餘譜纂》之所以存在漏頁，應當是重印過程中出現的疏漏。

三 《詩餘譜式》的版式特色

除版本變化應予以重視外，《詩餘譜式》的版式特色尤其值得關注。郭鵬《詩餘式序》稱：「凡式列爲兩層，其下開具宜平宜仄句法，其上證以唐宋名作。一調之中各有定體，一體之中各有定數，爲虛實圈法，引宫刻羽，不爽尺寸。」(一) 此書正文分爲上下兩欄排列，上欄爲詩餘選，列舉唐宋詞名作；下欄爲詩餘譜式，開具平仄句法之譜式，上下對照，俾使讀者一目了然。茲以《詩餘譜式》第一調《洞仙歌》爲例，略作説明。

詩餘選

洞仙歌 凡四體，竝雙調、中調。

第一體 夏夜　　宋蘇　軾

冰肌玉骨，自清涼無汗。水殿風來暗香滿。繡簾開、一點明月窺人，人未寢、攲枕釵橫鬢亂。　起來攜素手，庭户無聲，時見疎星渡河漢。試問夜如何，夜已三更，金波淡、玉繩低轉。但屈指、西風幾時來，又不道、流年暗中偷換。

詩餘譜式　　郭　鞏　可亭氏較定

歌行題

洞仙歌　第一體

◐○●●四字句◐◐○○●韻，五字句◐●●○◐○●叶，七字句●○○◐●○●○○九字句○◐●●三字句◐◐◐◐◐●叶，六字句　後段●○○●●五字◐●○○四字句◐●○○●○●叶，七字句●◐◐◐◐●●○○九字句◐◐●◐○○●七字句●◐●○○●○○八字○◐●○○◐○◐叶，九字句

(一) 郭鞏《詩餘譜式》，《四庫未收書輯刊・拾輯》第三十册，北京出版社，一九九七年，第四四〇—四四一頁。

《詩餘譜式》的版式采用上下分欄的方式，上欄是例詞，下欄是圖譜，上下對照，互相印證，比其他詞譜更爲清晰直觀。郭鞏本人對這樣的排版方式頗爲滿意，他指出：「今爲兩層，則展卷洞然。如其中長句有似兩句，或兩句之有似一句，稍有不符，下層質之。譜中虛實平仄於圈，或有舛訛，以上層質之，斯無疑矣。」(一)在郭鞏看來，這樣上下對照的排版方式，不僅眉清目楚，還能夠糾正譜式中的訛誤，所以特别予以强調。

從詞譜發展史來看，上下分欄的排版方式無疑是《詩餘譜式》的一大創獲：

（一）開創性。《詩餘譜式》雖在收調和辨體上並無太多開拓，但卻在版式上開創爲上詞下譜、上下對照的先河。上下分欄的編排方式與以往前譜後詞的編排方式有明顯的區别，更加直觀，也更爲清晰，開啓了詞譜編排的新模式，在詞譜發展史上具有開創意義。

（二）唯一性。除《詩餘譜式》外，在目前可見的六七十種明清詞譜中，尚未發現採用上下分欄方式排版的詞譜。就書籍史而言，「形式的變化産生了新的意義」(二)。《詩餘譜式》形式上的變化，使得它不同於其他明清詞譜，具有唯一性和獨特性。

(一) 郭鞏《詩餘譜式》，《四庫未收書輯刊·拾輯》第三十册，北京出版社，一九九七年，第四四三頁。
(二) 詹姆斯·雷文著，孫微言譯《什麽是書籍史》，北京大學出版社，二〇二二年，第一三頁。

（三）示範性。上下分欄、上詞下譜的排版方式將例詞與譜式很好地結合在同一頁中，使得讀者在閱讀過程中省去了前後翻檢之苦，也可以在一定程度上減少譜式刊印的舛誤，對當下詞譜編修也有很好的示範作用。

四　《詩餘譜式》與《嘯餘譜》、《詞律》之關係

郭鞏《詩餘譜式》看似是清代詞譜中一個不太引人關注的個案，但如果採用進入過程的文學史研究[一]，將《詩餘譜式》歷史化，置於康熙朝詞譜發展演進的過程中來考察，特别是探究《詩餘譜式》與《嘯餘譜》、《詞律》之關係，將會對清代詞譜史有更加立體的認知。

首先是承襲《嘯餘》。關於《詩餘譜式》與《嘯餘譜》的關係，郭鞏《詩餘譜引》作了清晰地闡述：「余之刻是書也，悉遵《嘯餘》古本，删其大繁，非别有所增飾，亦不另入近來詞調。總爲初學者填詞，苦於磨對字句平仄，故爲圈法。」[二]在《譜例》中郭鞏再一次重申：「此書刻成，磨對恐未詳確，又或原本錯

（一）參蔣寅《進入「過程」的文學史研究——〈王漁洋與康熙詩壇〉導論》，《山西大學師範學院學報》二〇〇一年第一期。

（二）郭鞏《詩餘譜式》，《四庫未收書輯刊·拾輯》第三十册，北京出版社，一九九七年，第四四二頁。

訛未改正者，一依原本，闕疑不敢擅改，取罪前人。」[一]《詩餘譜式》「悉遵《嘯餘》古本」主要體現在以下四個方面：

（一）分類方式。詞調的分類體現製譜者對詞調的理解。如前所述，《詩餘譜式》採用歌行題、令字題、慢字題這樣以類相從的分類方式，而没有選擇小令、中調、長調「三分法」的分類，與《嘯餘譜》的影響息息相關。

（二）收録詞調。詞調收録情況直接體現製譜者對詞體的理解，也是梳理詞譜發展演進的重要窗口。《詩餘譜式》所收詞調均來自《嘯餘譜》。以令字題爲例，《詩餘譜式》令字題共收録《如夢令》、《調笑令》、《伊川令》、《相思兒令》、《三字令》、《探春令》、《木蘭花令》、《唐多令》、《品令》、《聲聲令》、《解珮令》、《師師令》、《六么令》、《涼州令》詞調十四個，所録詞調及順序均與《嘯餘譜》相同。

（三）選録例詞。詞譜選録例詞是考察詞譜承襲關係的重要維度。《詩餘譜式》選録的例詞全部都來自《嘯餘譜》。以收録例詞較多的《生查子》爲例，《詩餘譜式》中《生查子》一調共選録例詞四首，分别是魏承班（「煙雨晚晴天」）、牛希濟（「春山煙欲收」）、孫光憲（「暖日策花驄」）、張泌（「相見稀」）。與《御選歷代詩餘》廣搜博採不同，《詩餘譜式》中的四首例詞均爲唐五代詞，與《嘯餘譜》所

[一] 郭鞏《詩餘譜式》，《四庫未收書輯刊·拾輯》第三十册，北京出版社，一九九七年，第四四三頁。

選例詞完全相同。

（四）保留按語。《詩餘譜式》不僅在詞調、例詞上承襲《嘯餘譜》，甚至連《嘯餘譜》部分按語也完整地保留了下來。如《尋芳草》一調按語：「此調當以後段爲止，其前段句讀不同，蓋後作者偶失之耳，不足據耳。」[一] 這則按語與《嘯餘譜》中《尋芳草》調後所附之按語完全相同，可以視爲其宗奉《嘯餘譜》的典型案例。

當然，《詩餘譜式》在繼承的基礎上對《嘯餘譜》也進行了一定的增删改訂，主要體現在以下兩個方面：

（一）内容上的删繁就簡。總的來説，《詩餘譜式》内容與《嘯餘譜》基本相同，但郭鞏有感於《嘯餘譜》「爲體甚繁」，而對《嘯餘譜》中體式較多的詞調進行了删簡。他在《譜例》中强調：「每調原載數體，愚則擇其簡易之調載之，如於中更韻多者不載。」[二] 如《臨江仙》一調，《嘯餘譜》原有七體，收録和凝、閻選等人詞作共十首[三]，《詩餘譜式》僅録第一體、第二體兩體，僅收録和凝、閻選例詞兩首，在内容上更爲精簡。又如《江城子》一調，《嘯餘譜》原有四體，例詞六首[四]，《詩餘譜式》删去了第四體及該體下

[一] 郭鞏《詩餘譜式》，《四庫未收書輯刊·拾輯》第三十册，北京出版社，一九九七年，第四九二頁。

[二] 郭鞏《詩餘譜式》，《四庫未收書輯刊·拾輯》第三十册，北京出版社，一九九七年，第四四三頁。

[三] 參見程明善編著，劉尊明、李文韜整理《嘯餘譜·詩餘譜》，華東師範大學出版社，二〇二二年，第二一三—二一七頁。

[四] 參見程明善編著，劉尊明、李文韜整理《嘯餘譜·詩餘譜》，華東師範大學出版社，二〇二二年，第一六七—一七〇頁。

的三首例詞。由於《嘯餘譜》第四體前後段均與第一體相同[一]，所以郭鞏删去第四體不僅是對内容進行精簡，同時也修正了《嘯餘譜》的錯誤。對初學者來説，删減之後的《詩餘譜式》更爲精簡，也更容易理解和接受。韓侯振《詩餘譜式敘》稱：「俾讀者瞭若指掌，由是登之匋罽，公之吟壇。」[二]

（二）譜式上的面貌一新。《詩餘譜式》與《嘯餘譜》最大的區别就在於譜式符號。《嘯餘譜》所用爲文字譜，以平、仄、可平、可仄等字來標注格律。《詩餘譜式》將《嘯餘譜》所用之文字譜改爲圖形譜，用「○」表示平聲，「●」表示仄聲，「◑」表示可平可仄。與文字譜相比，圖形譜更爲直觀，便於初學。更爲重要的是郭鞏改變了版式，上欄列詩餘選，下欄列詩餘譜式，將文字與符號一一對照，顯得眉目清晰。

《詩餘譜式》從内容和譜式上對《嘯餘譜》進行了一定的增删改動，説明《詩餘譜式》雖宗奉《嘯餘譜》，但又與《嘯餘譜》有所區别，是康熙年間詞學界邁向未知的一次嘗試和探索。

其次是不識《詞律》。如果説《詩餘譜式》與《嘯餘譜》的關係有跡可循的話，那麼《詩餘譜式》與《詞

[一]《嘯餘譜》中《江城子》第四體注曰：「雙調、中調，前段與第一體同，後段同。」程明善編著，劉尊明、李文韜整理《嘯餘譜·詩餘譜》，華東師範大學出版社，二〇二二年，第一六九頁。

[二]郭鞏《詩餘譜式》，《四庫未收書輯刊·拾輯》第三十册，北京出版社，一九九七年，第四三九頁。

律》之間的關係則往往容易被忽視。《詩餘譜式》在《詞律》刊行後十年才開始編纂，且成書比《詞律》晚二十五年，本有機會參考《詞律》。但因郭鞏詞學視野所限，没能閲覽到《詞律》，而是選擇宗奉《嘯餘譜》，導致《詞律》對《嘯餘譜》的諸多批評若施於《詩餘譜式》也依然適用：

（一）分類失當。《詩餘譜式》在詞調編排上因承《嘯餘譜》以類相從的方式，分爲歌行題、令字題等不同類别。以類相從的分類方式雖便於記憶，但無法做到不交叉、不遺漏，甚至會出現互相牴牾的情況。對此萬樹有過激烈的批評，他説：「《嘯餘譜》分類爲題，意欲别於《草堂》諸刻。然題字參差，有難取義者，强爲分列，多致乖違。如《踏莎行》、《御街行》、《望遠行》，此行步之行，豈可入歌行内，而《長相思》尤爲不倫。《醉公子》、《七娘子》等是人物，豈可與他子字爲類，通用題與三字題有何分别，《惜分飛》、《紗窗恨》又不入人事、思憶之數，《天香》入聲色不入二字題，《白苧》入二字不入聲色題，《柳梢青》入三字而《小桃紅》又入聲色，《玉連環》不入珍寶，若此甚多，分列俱不確當。」[一]作爲一部晚於《詞律》刊行的詞譜，郭鞏應當是没有看過《詞律》，才在分類上完全因承了《嘯餘譜》。

（二）分體隨意。《詩餘譜式》沿襲了《嘯餘譜》的分體方式，一調之下以第一體、第二體加以區分，

[一] 萬樹《詞律・發凡》，上海古籍出版社，一九八四年，第九頁。

但又爲了删繁就簡，經常只保留其中個别體式，導致閲讀起來有時不知所云。如《聲聲慢》僅保留第一體，而略去第二、三、四體。《酒泉子》雖標明有十體，實際上僅列第一體、第七體、第十體三體。如果説《嘯餘譜》分體的失誤主要是没有統一的標準，那麽《詩餘譜式》分體則更多了一些隨意。《詞律》曾對隨意分體的情況有直接的批評〔一〕，稱其爲「此俱遵《嘯餘》而忘其爲無理者也」〔二〕。作爲一部宗奉《嘯餘譜》的詞譜，隨意分體的問題在《詩餘譜式》中依然十分明顯，可見郭鞏對《詞律》應該是一無所知的。

（三）分句粗疏。《詩餘譜式》例詞「字數句讀與其用韻之平仄悉遵古本」，如《千年調》辛棄疾「卮酒向人時」一首，句讀與《嘯餘譜》完全相同。然而《嘯餘譜》該詞之句讀實則多有舛誤，對此萬樹曾特别予以糾正。〔三〕不僅如此，萬樹更從理論上對《嘯餘譜》等詞譜的句讀問題提出批評，他指

〔一〕「近日圖譜如《歸自謡》止有第二而無第一，《山花子》、《鶴沖天》有一無二，《賀聖朝》有一三無二，《女冠子》有一二四五而無三，《臨江仙》有一四五六七而無二三，至如《酒泉子》以五列六後，又八體四十四字，九、十、十一、十二體皆四十三字，故以八居十二之後。」萬樹《詞律·發凡》，上海古籍出版社，一九八四年，第九頁。

〔二〕萬樹《詞律·發凡》，上海古籍出版社，一九八四年，第一〇頁。

〔三〕萬樹指出：「而《嘯餘》之奇，更可大粲。『更對鴟夷』作四字句，『笑寒與熱』作四字句，『總隨人甘國老』作六字句。後段結『看他們得人』作五字句，『憐秦吉了』作四字句，『吉』注可平，豈非怪事。蓋『甘國老』是甘草也，用以配後『秦吉了』鳥名作結，巧絶。作譜者不知耳。」萬樹《詞律》，上海古籍出版社，一九八四年，第二六三頁。

出：「分句之誤，更僕難宣，既未審本文之理路語氣，又不校本調之前後短長，又不取他家對證，隨讀隨分，任意斷句，更或因字訛而不覺，或因脱落而不疑，不唯律調全乖，兼致文理大謬。」(一) 然因未有機會閲覽《詞律》，所以郭鞏編修《詩餘譜式》時並未意識到《嘯餘譜》句讀存在疏漏錯訛，也未對此進行修訂完善。

概言之，身爲下層文士的郭鞏，没有機會閲覽到萬樹《詞律》，對同一時代的研究進展無從知曉，所以才會選擇尊奉《嘯餘譜》，導致《詩餘譜式》不論是編排方式，還是分體標準，亦或例詞句讀都有明顯的不足和缺陷。

五 《詩餘譜式》的價值

作爲康熙年間宗奉《嘯餘譜》的詞譜，《詩餘譜式》有著鮮明的特徵，也有著明顯的缺陷。然而，「在詞譜發展史上，一部有缺陷的詞譜並不代表没有價值」(二)。《詩餘譜式》的價值主要體現在以下方面。

(一) 萬樹《詞律·發凡》，上海古籍出版社，一九八四年，第一二頁。
(二) 張文昌《朱彝〈詞體纂論圖譜〉考論》，《中國詩學研究》第二十輯，鳳凰出版社，二〇二一年，第一二三頁。

首先,《詩餘譜式》爲清代詞譜研究提供更加豐富的資料。文獻是文學研究的基礎和前提。充分發掘稀見詞譜文獻,盡可能地追溯詞譜本來的面貌,無論是對詞譜的個案研究,還是對清代詞譜的整體考察,都有重大意義。然而因刊刻、傳播等因素的影響,一些稀見詞譜未被學界充分利用,學界對清代詞譜的關注仍主要集中在《詞律》、《欽定詞譜》等影響較大的詞譜上,進而在一定程度上影響了對詞譜文獻的整體認知和全面把握。《詩餘譜式》的發掘和整理,將爲清代詞譜研究,特別是康熙朝詞譜研究提供更爲豐富的資料,有助於夯實清代詞譜文獻的基礎,推動清代詞譜走向深入。

其次,《詩餘譜式》對於考察清代詞譜發展演進有重要價值。受到進化論的影響,大多數文學史著作都習慣與從歷史的枝蔓中梳理出綫性的演進過程,進而把各種文學現象、文學思潮放置在綫性進化的發展中去考察。但是,王汎森就指出:「我們書寫歷史,往往只著重當時的主調,而忽視了它還有一些副調、潛流,跟著主調同時並進、互相競合、互相影響,像一束向前無限延伸的『纖維叢』。如果忽略了這些同時競爭的副調、潛流,我們並不能真正了解當時的主流。」作爲一部承緒《嘯餘譜》,又成書於《詞律》與《欽定詞譜》之間的詞譜,如果單純考察其學術價值,《詩餘譜式》自然無法與《詞律》、《欽定詞譜》相媲美。但如果從明清之際之詞譜發展演進的歷程來看,《詩餘譜式》讓我們清晰地看到不同與「主調」的「低音」,既充分説明康熙年間《嘯餘譜》依然對詞壇有著廣泛影響，更真實反映出清代詞譜發展過程中的所謂「擺蕩來回」(一)，有助於我們真正進入康熙朝詞譜發展的歷史，重新思考詞譜發展多元並存過程中「主調」與「低音」的關係，從而對詞譜發展史有更爲深刻的理解。

(一)「擺蕩來回」及上引王汎森語，見《執拗的低音》，生活·讀書·新知三聯書店，二〇二〇年，第二九頁。

整理説明

一、《詩餘譜式》現存康熙可亭刻本和舒嘯樓刻本兩個版本，《四庫未收書輯刊・拾輯》第三十册據康熙可亭刻本加以影印。本次整理以康熙可亭刻本爲底本，參稽舒嘯樓刻本加以整理。

二、原書版式較爲特别，除序跋凡例及所附「如絶句八式」外，每頁均分上下兩欄，上欄爲詩餘選（即所選之例詞），下欄爲詩餘譜式（即所用之譜式），上詞下譜，一一對照，爲目前所見詞譜中唯一以此方式排版者，極具特色。然上詞下譜之版式不易排版，故本次整理對版式加以調整，將上詞下譜的版式改爲通行的前譜後詞。每調先列調名、體式，若某調有多種體式，則按照第一體、第二體次序依次整理。每體之内，將譜式列於前，例詞列於後。同時將原本位於上欄例詞詞名下的箋釋説明文字相應移到譜式部分，以便閲覽。

三、原書所用符號一仍其舊，以「○」表示平，以「●」表示仄，以「◑」表示可平可仄。

四、原書末尾所附之「如絶句八式」，今以附録形式列於最末。

五、本次整理堅持「存真」與「求是」相統一，譜式部分悉遵原書，例詞句讀亦依據譜式進行標示，故少數例詞之句讀與通行本略有區別，望讀者鑒之。整理過程中，參稽曾昭岷等編撰《全唐五代詞》（中華書局一九九九年版），唐圭璋纂、王仲聞參訂、孔凡禮補輯《全宋詞》（中華書局一九九九年版），唐圭璋編《全金元詞》（中華書局一九七九年版）。對原本中明顯有誤處，加以改正。其他異文則出校記說明。

六、本次整理以繁體豎排方式進行，異體字、通假字一般不做改動，參照古籍整理規範加以新式標點。

七、本譜的整理得到安徽大學鮑恒教授和華東師範大學朱惠國教授的關心支持，華東師範大學周智成、鄒明慧二位同學協助進行了初步的文字録入，付出了辛勤的勞動，在此一併表示誠摯的感謝。

敘

韓侯振

余既敘文多先生《清賞齋集》，未幾以公事赴。同水曾可謁余於富墟之署，出其《嘯餘譜》二册，徵序於余，余應之曰：詩餘之有體，猶之乎音之有律吕，工之有繩墨也。今夫疾呼中宫，徐呼中徵，衆竅比竹吹萬無窮者，自然之音節也。方不易矩，圓不易規，引繩削墨、萬變從心者，一定之程式也。若詩餘之爲體，比事屬詞，敲字琢句，大約與詩相等。特是曲引謡吟，不一其類；怨思調令，各異其倫。非若漢之五言，魏之樂府，唐之爲律、爲排，確乎有成法可遵也。嘗誦太白子夜一歌爲千古詞曲之祖，厥后大雅迭興，代有作者，大概皆騷人韻士含英咀華，織繡綴采，自吐其吟風詠月之餘緒。一調之中具有數體，一體之中各有異式，紛繁雜沓，不可勝紀。玩其格調，審其音韻，或一唱三歎，高下叶天籟之宜；或尺短寸長，剪裁奪天孫之巧。乃嘆不有玉律，何克正音；不有良規，何由製器。其不得任意增減，矯語拗體也，明甚。此郭子《嘯餘譜》之亟于釐訂也。今觀其採輯唐宋以來名人傑嚮，彙成一書，别其圈法，次其句讀，開無限法門，俾讀者瞭若指掌，由是登之剞劂，公之吟壇。喜者可以當歌，怒者可以當劍，思者可以當月，愁者可以當花，欝者可以當酒，夢者可以當鐘，不特作者之情形宛乎楮上，並述者之精神亦宛乎楮上，則曾可嘉惠後學，豈淺鮮哉，且是詩餘也。余嘗童而習之，白首鮮成，得是譜，開我胸襟。余雖仕，竊願于簿書之暇從子學之。時康熙歲次壬辰黃鐘月文林郎知吉水縣事加一級在山韓侯振坦軒氏書于富墟公署。

詩餘式序

郭鵬

葩經三百，皆發於性情之不容已，而後有聲，於是歌於鄉、於朝、於廟，因而區之，爲風、爲雅、爲頌。自風雅頌既亾，一變而爲《離騷》，再變而爲西漢五言、漢魏樂府，三變而爲歌行近體，四變而爲律、爲排。而凡謡吟曲引，或調、或樂、或思、或怨，不一而足，而天文、地理、時令、品物、人事、宫室、器用、花木、珍寶、聲色種種備具，而士女之鬱積無聊，仕宦之欣於所遇，莫不盤旋於楮上，宛轉於管城，而詩餘之體寓焉。夫登高作賦，臨流行吟，當其情隨事遷，亦或悲喜各異，式安用之。不知音調長短、章法繁簡，依永諧聲，動有準繩。立乎其後，以觀乎其前，思過半矣，此《嘯餘譜》所爲作也。茀自王氏之學行，士子童而習之，皓首而不能離，於是鷄林賈人急刊時藝，而此書遂廢剞劂矣。雖有聰明閎辨之士，具吟風詠月之才，又孰從而求之，且體備則籍苦浩煩，載廣則調涉駁雜，學者未獲觀火之明，已有河漢之怖，負才者不仍擱筆乎。余弟東園子可亭雖讀父書，不以廊廟爲心，惟嘯傲於山林，置此身名於隱顯之間，與世落落，嗜古殷殷。常慮後學，言不能足意，韻不能副言，取《嘯餘譜》一書而釐訂之，擇其詞調定爲譜式，凡式列爲兩層，其下開具宜平宜仄句法，其上證以唐宋名作。一調之中各有定體，一體之中各有定數，爲虚實圈法，引宫刻羽，不爽尺寸。舉所取詞調雅致，竝入縹囊；累氣蕪音，悉歸落簡。較之原編約而實該，博而有要，俾讀者一見了然，奉爲指南，以養其天倪，以暢其懷抱，以順其感遇，以齊其拂逆。夫然後遊乎唱歎之途，合乎音律之則，或聲長字縱，或節促絃急，莫不多寡合適，平仄天然，而句挾煙霞，字淩風雨矣。是猶李于鱗先生之有《唐詩選》，鐘伯敬、譚友夏兩先生之有《詩歸》，而學者靡然向風，後先折衷，不然用韻未叶，既難矯語拗體，長短失次，又不得竊附玉律，方家掩口胡盧乎。是書成而裨益吟壇，夫豈淺鮮者，諒有同美焉。歲强圉大淵獻無射之月愚兄鵬扶九氏撰。

譜説

郭鞏

粤稽古詩之作，所以道性情、該物理者也。書有曰：「詩言志，歌永言，聲依韻，律和聲。」蓋古樂府之詩歌，無非寫其志氣，大凡慷慨悲歌，皆古人托詞起興，故詩人文士嬉笑怒駡，無不寄之於一唱三歎之中，以發其懷抱也。至於詩餘一法，古人擅美於前，未必無規矩準繩，使人可法於後。余不才，幼未能讀父書以繼先人之志，賦性高傲，放情山水間，碌碌寡和者三十餘年矣。常究心於詞調聲歌之間，將先君所遺斷簡殘篇搜閲殆盡，獨闕此焉。爰求於遠近先輩家，輒取出唐人詩餘一帙，閲其所載，不過數十篇。余偶摹其式，聊爲數調。越數月，復得一册，較之昔日所得，絶不相侔，於是將向之所作者悉弊屣棄之矣。丙子春，遊楚桃源，謁羅公紫蘿先生，欵洽良久，風月之夕，輒出余之寡聞淺見者就而正之，公出其素藏《嘯餘譜》以授余，余拜而受之，細心以研究之，乃知一調之中，爲體不一，其昔之所以不侔者，今則釋然矣。然其書爲西吴張氏所纂，前半則爲詞曲宫商之式，後半即此詩餘是矣。其間按律叶聲，平仄相承，逐一詳明，但各調爲體甚繁，學者未免有考校之艱。余不揣狂瞽，摘其調中之清新雋雅者，揭而出之，分作兩層，上則臚列古名公所撰，下則將其調之平仄圈以别之，其字數句讀與其用韻之平仄悉遵古本，不過增以虛實圈法，無非欲吟壇諸君子有一定之式耳，安敢自擅纂輯删定之權，以取罪於古人乎。庶幾文人才士有時嬉笑怒罵之中信手拈來、揮翰自如，豪興自不中阻也，抑亦詩家之一助云耳。文水道人復初子郭鞏識。

引

郭　鞏

余之刻是書也，悉遵《嘯餘》古本，删其大繁，非別有所增飾，亦不另入近來詞調。總爲初學填詞，苦於磨對字句平仄，故爲圈法，其中虛者爲平，實者爲仄，虛實相平者即可平可仄，不妨照圈填去。至於所用之韻，必從唐宋舊式，平者不能易而爲仄，仄者亦不可改而用平，如《憶王孫》用仄韻則《漁家傲》矣。顧世之吟壇諸君子商其是否，恕余狂瞽，斯幸甚焉。且用一調必於題下書明某調第幾體，於是覽者無魯魚亥豕之誤矣，識者哂之。鐵樹道人可亭識。

譜例

一、此書原有坊本，止載虛實圈法，不載唐宋舊詞。作者見之，一望皆圈，不知端委，所以坊刻不傳。今爲兩層，則展卷洞然。如其中長句有似兩句，或兩句之有似一句，稍有不符，下層質之。譜中虛實平仄，於圈或有舛訛，以上層質之，斯無疑矣。

一、各調用韻之平仄必依原本，斷不能更改，如《漁家傲》用平韻則《憶王孫》矣。至其一調兩韻者，尤不能不遵爲定式也。用韻總期自然，則讀者聲入心通，無有或悖焉。

一、詩餘中有句法必如蜂腰之斷者，如《洞仙歌》後段内云「試問夜如何、夜已三更」九字成句，《唐多令》之「二十年、重度南樓」之例，則句法清新，才情更舞媚矣。

一、每調原載數體，愚則擇其簡易之調載之，如於中更韻多者不載。作者用第幾體，即於本題下書明某調第幾體，不然字句不符，將謂錯誤矣。

一、詩餘所以寫意，不拘七言八句，或簡捷如小令、單調，亢暢如長調、三疊，各抒其才，任意放懷，無所不可，非如南北曲之宫商合律、四聲用字之苦。此則詩律才思之餘，發而爲調者，才人之必不可少者也。

一、調名各種如《洞仙歌》、《調笑令》、《醜奴兒》、《思越人》、《望遠行》、《醉花陰》之類，可以即題寫意，如《賀聖朝》、《千秋歲》、《賀新郎》可以即事取題，更覺才思相稱，隨意拈來，豈不快哉。

一、此書刻成磨對恐未詳確，又或原本錯訛未改正者，一依原本，闕疑不敢擅改，取罪前人，吟壇諸君子其共諒之。

居士可亭書

歌行題

洞仙歌　凡四體，竝雙調、中調

第一體

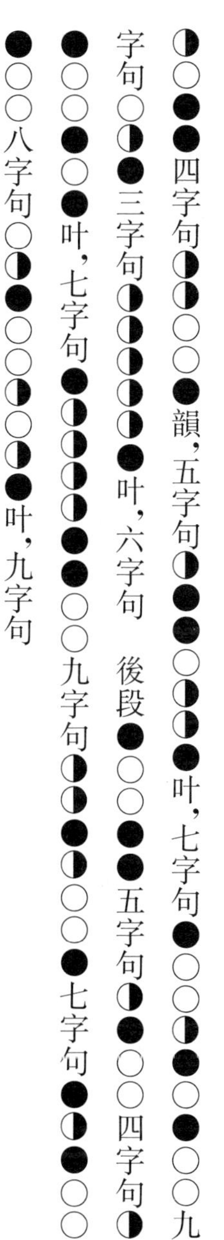

第一體

夏夜　宋　蘇　軾

冰肌玉骨，自清涼無汗。水殿風來暗香滿。繡簾開、一點明月窺人，人未寢，欹枕釵橫鬢亂。起來攜素手，庭户無聲，時見疎星渡河漢。試問夜如何，夜已三更，金波淡，玉繩低轉。但屈指，西風幾時來，又不道，流年暗中偷換。

第二體　前段與第一體同，後段亦與第一體同，唯第四句作十字

第三體　前段亦與第一體同，後段亦與第一體同，唯第五句作九字

第四體　更韻不載

水調歌頭　雙調、長調

◑○◑○●五字句◑●●○○韻，五字句◑○◑●○●六字句◑●●○○叶，五字句◑●◑○◑●六字句◑●◑○◑●六字句◑●●○○叶，五字句◑◑○●五字句◑●●○○叶，五字句　後段◑◑●三字句◑●●三字句●○○叶，三字句◑○◑●四字句◑◑◑●●○○叶，七字句◑●◑○◑●六字句◑●◑○◑●六字句◑●●○○叶，五字句◑●◑○●五字句◑●●○○叶，五字句

水調歌頭

宋蘇軾

明月幾時有，把酒問青天。不知天上宮闕，今夕是何年。我欲乘風歸去，唯恐瓊樓玉宇，高處不勝寒。起舞弄清影，何似在人間。　轉朱閣，低綺户，照無眠。不應有恨，何事長向別時圓。人有悲歡離合，月有陰晴圓缺，此事古難全。但願人長久，千里共嬋娟。

六州歌頭

三疊、長調

◐○●●四字句◐●●○○韻，五字句○●●●○●六字句●○○●○○叶，六字句●●
○○●五字句●○●○○●六字句○●●○○●六字句●○○叶，三字句　中段●●
○○●●六字句○○●●●○○叶，七字句●○○●●○●●○○叶，十字句●●●●●
○○叶，七字句●○○●四字句○●●○●●六字句●○○叶，三字句○●●○●●●
○○叶，九字句●○○●●●●八字句○●●●○○叶，六字句　又後段●●●○●●
●○○叶，九字句●●○○●●六字句○○●●●○○叶，七字句●●○○●五字句●●
●○○叶，五字句●●○○叶，四字句

六州歌頭

宋　辛棄疾

屬得疾，暴甚，醫者莫曉其狀。小愈，困卧無聊，戲作以自釋。

晨來問疾，有鶴止庭隅。吾語汝、只三事，大愁余病難扶[一]。手種青松樹，礙梅塢、妨花徑，纔數尺如人立，卻須鋤。　秋水堂前曲沼，明於鏡可照眉鬚[二]。被山頭急雨、耕壟灌泥塗。誰使吾廬、映汙渠，歎青山好，簷外竹、遮欲盡，有還無。刪竹去、吾乍可食無魚。愛扶疎、又欲爲山計，千百慮、累吾軀。凡病此、吾過矣、子奚知。口不能言臆對，雖盧扁藥石難除[三]。有要言妙道，往問北山愚，庶有瘳乎。

【校】

[一]大愁余：《全宋詞》作「太愁余」。

[二]「秋水」二句：《全宋詞》作：「秋水堂前，曲沼明於鏡，可烛眉鬚。」照：《全宋詞》作「烛」。

[三]盧扁：《全宋詞》作「扁鵲」。

踏莎行　雙調、小令，後段同

◑●○○四字句◑○◑●韻，四字句◑○◑●○○●叶，七字句◑○◑●●○○七字句◑●◑●○○●叶，七字句　後段同

踏莎行

春閨

宋　寇　準

春色將闌，鶯聲漸老。紅英落盡青梅小。畫堂人靜雨濛濛，屏山半掩餘香裊。　密約沈沈，離情杳杳。菱花塵滿慵將照。倚樓無語欲魂銷，長空黯淡連芳草。

御街行　凡二體，竝雙調、中調

第一體　後段同

◑○◑●○○●韻，七字句○●○○●叶，五字句◑○◑●●○○七字句●●◑○○●

叶，六字句◐○○●四字句◐○◐●四字句◐●○○●叶，五字句　後段同

第一體

觀郊祀　宋柳永

燔柴煙斷星河曙，寶輦回天步。端門羽衛簇雕欄，六樂舜韶先舉。鶴書飛下，鷄竿高聳，恩露均寰寓[一]。　赤霜袍爛飄香霧，喜色成春煦。九儀三事仰天顏，八彩旋生眉宇。椿齡無情，蘿圖有慶[二]，常作乾坤主。

【校】

[一]露：《全宋詞》作「霈」。

[二]情：《全宋詞》作「盡」。

第二體

前後段竝與第一體同，唯第二句皆作六字

望遠行 凡三體，竝雙調、小令

第一體 小令

◐●○○●●○韻，七字句○●○○●○叶，六字句◐○◐●●○○叶，七字句◐○○●●○○叶，七字句　後段○●●三字句●○○叶，三字句●●○○●○叶，六字句◐○○●●○○叶，七字句●○○●●○○叶，七字句

第一體

唐李珣

春日遲遲思寂寥。行客關山路遥。瓊窻時聽語鶯嬌。柳絲牽恨一條條。休暈繡，罷吹簫。貌逐殘花暗凋。同心猶結舊裙腰。忍辜風月度良宵。

第二體 中調，後段更韻

◐●○○●●○韻，七字句◐●○○○叶，五字句◐○○●●○○叶，七字句◐●●○○叶，五字句　後段○●●三字句●○○更韻，三字句●○○●○○叶，六字句●○○●●

○○叶，七字句○●◑○●◑○叶，七字句●●●○●五字句●●●○○叶，五字句

第二體　唐韋莊

欲別無言倚畫屏。含恨暗傷情。謝家庭樹錦鷄鳴。殘月照邊城。人欲別，馬頻嘶。緑槐千里長堤。出門芳草路萋萋。雲雨別來易東西。不忍別君後，卻入舊香閨。

第三體　未載

歸自謡　雙調、小令

○●●韻，三字句○●●○○●●叶，七字句◑○◑●○○●叶，七字句　後段◑○◑●○○●叶，七字句○○●叶，三字句◑○◑●○○●叶，七字句

歸自謠

宋　歐陽修

何處笛，深夜夢回情脈脈。竹風簷雨寒窗隔。離人幾歲無消息。今頭白，不眠特地重相憶。

百字謠　雙調、長調

●○○●四字句●○○◑●○○◑●韻，九字句◑●○○●●七字句○●○○●叶，六字句●●○○四字句○○○●叶，四字句●●○○●叶，五字句○○●●四字句●○●●○●叶，六字句

後段○●●●○○六字句○○●●四字句●●○○●叶，五字句○●○○○●●七字句●●●○○●叶，六字句●●○○四字句○○○●●●○○●叶，九字句●○○●●○○●○●叶，十字句

百字謡

賀人娶姑女

宋　無名氏〔一〕

太真姑女，問新來、誰與歡傳玉鏡。莫恨無人伸好語，人在藍橋仙境。一笑樽前，欣然相與〔一〕。便勝瓊漿飲。慇懃客意，耳邊説與君聽。　長記舊日君家，門闌喜動，繡褥芙蓉隱。回首龍門人得意，又報鳳樓芳信。只是相傳，房奩中物、好事鬆鬆近〔二〕。管教人道、一雙氷玉清潤。

【校】

〔一〕欣：《全宋詞》作「歡」。

〔二〕「房奩」二句：原作「房奩中好物事鬆鬆近」，《全宋詞》作「房奩中物、好事鬆鬆近」，兹從校訂。

〔一〕原本署名僅存「哀」字，《全宋詞》録作無名氏詞，兹從校訂。

塞翁吟　雙調、長調

◑●○○●五字句○●●●○○韻，六字句●●●●○○叶，六字句●●●○○叶，五字句○○●●○○●七字句○●●○○○叶，六字句●●●三字句●○○●四字句○●○○叶，四字句　後段○○叶，二字句○○●○○●●七字句○●●○○●○叶，七字句●●●○○●●七字句●○●三字句●●○○四字句●●○○叶，四字句○○●●四字句●●●○○四字句○●○○叶，四字句

塞翁吟

夏世　　宋　周邦彥

暗葉啼風雨，牕外曉色瓏璁。散水麝、小池東。亂一岸芙蓉。蘄州簟展雙紋浪，輕帳翠縷如空。夢遠別[一]，淚痕重淡，鉛臉斜紅[二]。　沖沖[三]。嗟憔悴、新寬帶結，羞艷治、都銷鏡中。有蜀紙、堪憑寄恨，等今夜，灑血書詞，剪燭親封。菖蒲漸老，早晚成花，教見薰風。

【校】

[一] 夢遠別：《全宋詞》作「夢念遠別」。

[二] 「淚痕」二句：《全宋詞》作「淚痕重，淡鉛臉斜紅」。

[三] 冲冲：《全宋詞》作「忡忡」。

水龍吟　凡三體，竝雙調、長調

◐○◐●○○六字句◐○●●○○●韻，七字句◐○◐●四字句◐○○●四字句◐○◐●叶，四字句◐●○○四字句◐○●●四字句◐○○●四字句◐○○◐●○○●●九字句◐●●○○●叶，六字句　後段◐●○○●●六字句●○○◐○◐●叶，七字句◐○◐●四字句◐○◐●四字句◐○◐●叶，四字句◐●○○四字句◐○○●四字句◐○○●叶，四字句◐○○●●○○◐●九字句●○○●叶，四字句

水龍吟

宋　陳　亮

鬧花深處層樓，畫簾半捲東風軟。春歸翠陌，平莎茸嫩，垂楊金淺。遲日催花，淡雲閣雨，輕寒輕暖。恨芳菲世界、遊人未賞，都付與、鶯和燕。　寂寞憑高念遠，向南樓、一聲歸鴈。金釵鬭草，青絲勒馬，風流雲散。羅綬分香，翠綃封淚，幾多幽怨。正銷魂、又是疎煙淡月，子規聲斷。

第二體　前段與第一體同，唯首句作七字，第二句作六字，後段亦與第一體同

第三體　前段亦與第一體同，唯第九句作八字，十句作七字，後段亦與第一體同

丹鳳吟　雙調、長調

○●○○○●六字句●●○○四字句○○○●韻，四字句●○○●四字句○●●○○●叶，六字句○○●●●○○●八字句●●○○四字句○○●叶，四字句●●○○○●六字句●●○○四字句○●○●○●叶，六字句　後段●●●○●●六字句●○●●○●

●叶，七字句●●○○●五字句●○○○●○●○●叶，九字句○○○○四字句●●●○○●叶，六字句●●○○○●●七字句●○○○●叶，五字句●○●●○●○●●叶，九字句

丹鳳吟

春恨

宋　周邦彥

迤邐春光無賴，翠藻翻池，黃蜂遊閣。朝來風暴，飛絮亂投簾幕。生憎暮景、倚墻臨岸，杏靨夭邪[一]，榆錢輕薄。晝永思惟傍枕[二]，睡起無憀，殘照猶在庭角[三]。況是別離氣味，坐來便覺心緒惡。痛飲澆愁酒，奈愁濃如酒、無計銷鑠。那堪昏暝，簌簌半簷花落。弄粉調朱柔素手，問何時重握。此時此意、長怕人道著。

【校】

[一]邪：《全宋詞》作「斜」。

[二]思惟：《全宋詞》作「惟思」。

〔三〕庭：《全宋詞》作「亭」。

瑞龍吟　三疊、長調，中段同前

○○●韻，三字句◐●●●○○六字句●○○●叶，四字句○○○●○○六字句●○●●○○●●叶，八字句　後段同前　又後段○●○○○●六字句○○○●叶，四字句○○○●四字句○●●○○○六字句○●○●叶，四字句○○●●○●○○●叶，九字句○○●○○●●七字句○○○●叶，四字句●●○○●叶，五字句●○●●○○●叶，七字句○●○○○叶，五字句○○●三字句○○○○○●叶，六字句●○●●四字句●○○●叶，四字句

瑞龍吟

春景　　宋　周邦彦〔一〕

章臺路。還是褪粉梅梢〔二〕，試花桃樹。愔愔坊陌人家，定巢燕子、歸來舊處。　黯凝

〔一〕此詞原本未署名，《全宋詞》録爲周邦彦詞，兹從校訂。

佇[二]，因念箇人癡小，乍窺門户。侵晨淺約宮黄，障風映袖，盈盈笑語。　前度劉郎重到，尋鄰尋里[三]，同時歌舞。唯有舊家秋娘，聲價如故。吟牋賦筆，猶記燕臺句。知誰伴、名園露飲，東城閑步。事與孤鴻去，探春盡是、傷離緒。宮柳低金縷。歸騎晚，纖纖池塘飛雨。斷腸院落，一簾風絮。

【校】

[一] 是：《全宋詞》作「見」。

[二] 佇：《全宋詞》作「伫」。

[三] 尋：《全宋詞》作「訪」。

金縷曲　雙調、長調

◑●○○●韻，五字句●●◑○○五字句◑●○○○●叶，六字句●●○○四字句○○●三字句◑●○○○●叶，六字句○●●○○○●叶，七字句○●●○○○●七字句●

○○○●○○●叶，八字句●●●三字句●○●叶，三字句　後段◑○●●○○●叶，七字句●●○○○●●七字句○○●●叶，四字句●●●○四字句○○●三字句●●○○○●叶，六字句●●●●○○●叶，七字句●●●○○●●七字句○○○○●○●●叶，八字句○●●三字句●○●叶，三字句

金縷曲

送五峰歸九江

宋　劉辰翁

世事如何說。但舉鞍回頭，笑問並州兒葛[一]。手障塵埃，黄花路，千里龍沙如雪。著破帽、蕭蕭餘髮，行過故人柴桑里。撫長松、潦倒山間月[二]。柳共舞[三]，命湘瑟。　春風五老多年别，看使君、神交意氣，依然晚合。袖有玉龍，提攜去，滿眼黄金臺骨，說不盡、古人癡絶。我醉看天天看我，聽秋風、吹動簷間鐵。長嘯起，兩山裂。

【校】

[一]「但舉鞍」二句：《全宋詞》作：「但舉鞍、回頭笑問，並州兒葛。」但：《全宋詞》作「似」。

[二]潦：《全宋詞》作「老」。

[三]柳：《全宋詞》作「聊」。

太常引　凡二體，竝雙調、小令

第一體

●○○●●○○韻，七字句○●●○○叶，五字句●●●○○叶，五字句○●●○○●○七字句　後段○○●●四字句○○●●四字句●●●○○叶，五字句●●●○○叶，五字句○●●○○●○叶，七字句

第一體

建康中秋夜，爲呂潛叔賦。　宋　辛棄疾

一輪秋影轉金波，飛鏡又重磨。把酒問嫦娥[一]，被白髮、欺人奈何。乘風好去，長安萬里，直下看山河。斫去桂婆娑，人道是、清光更多。

【校】

[一] 嫦：《全宋詞》作「姮」。

第二體　前段與第一體同，唯第二句作六字，後段亦與第一體同，未載詞

青門引　雙調、小令

◐●○◐●韻，五字句◐●◐○◐●叶，六字句◐○◐●●○○七字句◐○◐●◐●●○●叶，九字句　後段◐○◐●○○●叶，七字句◐●○○●叶，五字句◐○◐●○●六字

句◐○◐●○○●叶，七字句

青門引

懷舊　宋張先

乍暖還乍冷。風雨晚來方定。庭軒寂寞近清明，殘花中酒、又是去年病。樓頭畫角風吹醒，入夜重門靜。那堪更被明月，隔墻送過鞦韆影。

梅花引

雙調、小令

●○○韻，三字句●○○叶，三字句◐●○○◐●○叶，七字句●○○叶，三字句●○○叶，三字句○●●○四字句○○●○叶，五字句　後段◐○○●○○●七字句○○○●○○●七字句●○○叶，三字句●○○叶，三字句○●●○四字句●○○●○叶，五字句

梅花引

冬景　　宋　万俟雅言

曉風酸。曉霜乾。一鴈南飛人度關。客衣單。客衣單。千里斷魂，空歌行路難。寒梅驚破前村雪。寒鷄啼落前村月[一]。酒腸寬。酒腸寬。家在日邊，不堪頻倚欄[二]。

【校】

[一] 前村：《全宋詞》作「西樓」。

[二] 欄：《全宋詞》作「闌」。

東坡引

凡三體，竝雙調，小令

第一體

二段俱複出一句

◐○○●●韻，五字句◐●●○●叶，五字句◐○◐●○○●叶，七字句◐○○●●叶，五字句◐○○●●叶，五字句　後段◐○◐●四字句○○●●叶，四字句◐●

●○○●叶，六字句◑○◑●○○●叶，七字句◑○○●●叶，五字句◑○○●●叶，五字句

第一體

閨怨　宋 辛棄疾

君如梁上燕。妾如手中扇。團團青影雙雙伴。秋來腸欲斷。秋來腸欲斷。黃昏淚眼。青山隔岸。但咫尺、如天遠。病來只謝傍人勸。龍華三會願。龍華三會願。

第二體

前段同第一體，後段同第一體，唯第三句作七字

第三體

前段同第一體，後段同第一體，唯首句作五字，未載

婆羅門引

雙調、中調

◑○○●四字句◑◑○●●○○韻，七字句◑○◑●○○叶，六字句◑●◑○◑●六字句

◐●●○○叶，五字句●○○●●五字句●●○○叶，四字句　後段◐○●○叶，四字句

●◐●●○○叶，六字句●●○◐◐●六字句◐●○○叶，四字句◐○◐●四字句◐◐◐

◐●●○○叶，八字句○◐●●●○○叶，七字句

婆羅門引

別杜叔高，叔高長於楚辭。

宋　辛棄疾

落花時節，杜鵑聲裏送君歸。未消文字湘纍。只怕蛟龍雲雨，後會渺難期。更何人念我，老大傷悲。已而已而。算此意、只君知。記取岐亭買酒，雲洞題詩。爭如不見，纔相見、便有別離時。千里月、兩地相思。

陽關引

雙調、中調

●●○●○●●叶，八字句●○○●四字句○○●●○●叶，六字句●●○○●五字句●●○○●五字句●●○○●五字句●●●○●五字句

陽關引

離別　　宋　寇　準

寒草煙光闊。渭水波聲咽。春朝雨霽輕塵斂[一]。征鞍發。指青青楊柳，又是輕攀折。動黯然，知有後會甚時節。　更盡一盃酒、歌一闋。歎人生裏，難歡聚易離別[二]。且莫辭沉醉，聽取陽關徹。念故人千里，自此共明月[三]。

【校】

[一] 斂：《全宋詞》作「歛」。

[二]「歎人生」二句：《全宋詞》作「歎人生，最難歡聚易離別」。

[三]「念故人生」二句：《全宋詞》作「念故人、千里自此共明月」。

千秋歲引　雙調、中調

◐●○○四字句◐○●●四字句●●○○●○●叶，七字句○○●○●●●七字句○○●●○○●叶，七字句●○○三字句◐○●三字句●○●三字句

後段○●●○○●●叶，七字句○●●○○○●叶，七字句●●○○●○●叶，七字句○○●○○●●七字句○○●●○○●七字句●○○三字句●○●三字句○○●三字句

千秋歲引

宋　王安石

別館寒砧，孤城畫角。一派秋聲入寥廓。東歸燕從海上去，南來鴈向沙頭落。楚臺風，庾樓月，宛如昨。　無奈被些名利縛。無奈被他情擔閣。可惜風流總閒卻。當初謾留華表語，而今誤我秦樓約。夢闌時，酒醒後，思量著。

蕙蘭芳引　雙調、中調

◐●●○四字句◐○●●○○●韻，七字句◐●●○○五字句○●●○○●叶，六字句◐●◐○四字句◐●●●○○●叶，七字句●●○●●叶，五字句●●○○●●叶，六字句　後段●●○○四字句○○●四字句●●○●叶，四字句●○●○○五字句○●◐○●●叶，六字句○○○●四字句◐○●●叶，四字句○●○○●●○○●叶，九字句

蕙蘭芳引

秋懷　　宋　周邦彦

寒瑩晚空，點清鏡、斷霞孤鶩。對客館深扃，霜草未衰更緑。倦遊厭旅，但夢繞、阿嬌金屋。想故人別後，盡日空疑風竹。　塞北氍毹，江南圖障，是處温燠。更花管雲牋，猶寫寄情舊曲。音塵迢遞，但勞遠目。今夜長、爭奈枕單人獨。

華胥引 雙調、中調

◑○◑●四字句◑●○○四字句●○◑●韻，四字句◑●○○四字句○○●●○●●七字句●●●●○○六字句●●○○●叶，五字句◑●○○四字句●○○●○●六字句

後段◑●○○四字句●○○●○○●叶，七字句◑○◑●四字句◑◑○○●●叶，六字句●●○○○●六字句●○○●四字句◑●○○四字句●○○●○●叶，六字句

華胥引

秋思

宋 周邦彦

川源澄映[一]，煙月冥濛，去舟似葉。岸足沙平，蒲根水冷留鴈唼。別有孤角吟秋，對曉風嗚軋。紅日三竿，醉頭扶起寒怯[二]。

離思相縈，漸看看鬢絲堪鑷。舞衫歌扇，何人輕憐細閱。檢點從前恩愛，鳳牋盈篋[三]。愁剪燈花，夜來和淚雙疊。

【校】

［一］源：《全宋詞》作「原」。

［二］寒：《全宋詞》作「還」。

［三］鳳牋盈篋：《全宋詞》作「但鳳牋盈篋」。

江城梅花引　雙調、中調

◐○◐●●○○韻，七字句●○○叶，三字句●○○叶，三字句◐●◐○◐●●○○叶，九字句○●●○○●●七字句◐◐●三字句●○○三字句●●○叶，三字句　後段◐◐●◐●○○叶，七字句◐◐○叶，三字句◐◐○叶，三字句◐●◐●◐●●七字句◐●○○叶，四字句◐●○○○●●○○叶，九字句◐●◐○○●●七字句◐◐●三字句●○○三字句●●○三字句

江城梅花引

閨情　　　　宋　康與之(一)

娟娟霜月冷侵門[二]。怕黄昏，又黄昏。手撚一枝、猶自對芳樽。酒又不禁花又惱，漏聲遠，一更更，總斷魂。斷魂斷魂不堪聞，被半温，香半薰。睡也睡也睡不穩，難與温存，唯有牀前銀燭照啼痕。一夜爲花憔悴損，人瘦也，比梅花，瘦幾分。

【校】

[二] 冷：《全宋詞》作「又」。

千年調　雙調、中調

◐●●○○五字句◐●○○●韻，五字句◐●◐○◐●六字句◐●○○叶，四字句◐○◐

(一) 此詞《全宋詞》録爲程垓《攤破江城子》，注：「按：《類編草堂詩餘》卷二，此首誤作康與之詞。」

●四字句◐●○○四字句◐●◐●四字句◐◐○○●●叶，六字句　後段◐○◐●四字句◐●○○●叶，五字句◐◐○●●●六字句◐●○●叶，四字句◐○◐●四字句◐●◐○●叶，五字句◐○◐◐○五字句◐○◐●叶，四字句

千年調

蔗菴小閣名曰「卮言」，作此詞以嘲之。蔗菴信守鄭舜舉所作也。　宋　辛棄疾

卮酒向人時，和氣先傾倒。最要然然可可，萬事稱好。滑稽坐上，更對鴟夷，笑寒與熱[一]，總隨人、甘國老。　少年使酒，出口人嫌拗。此箇和合道理，近日方曉。學人言語，未會十分巧。看他們得人，憐秦吉了[二]。

【校】

[一]「更對」句：《全宋詞》作「更對鴟夷笑」。於「笑」字斷爲一韻。

[二]「看他們」二句：《全宋詞》作：「看他們，得人憐，秦吉了。」

中興樂　凡二體，竝雙調、小令

第一體

◐●○○◐●○韻，七字句◐◐◐●○○叶，六字句◐◐●三字句◐●●○●叶，五字句

後段◐○◐●○○●七字句○◐●三字句◐○◐●四字句◐●●●○○叶，六字句

唐　毛文錫

荳蔻花繁煙艷深。丁香軟結同心。翠鬟女。相與共淘金。

紅蕉葉裏猩猩語，鴛鴦浦。鏡中鸞舞。絲雨隔荔枝陰。

第二體

◐○◐●●○○韻，七字句◐○◐●○○叶，六字句◐●○○四字句◐●○○叶，四字句

後段◐○◐●◐○叶，六字句◐○○叶，三字句◐○◐●四字句◐○◐●四字句◐●○○叶，四字句

第二體

唐牛希濟

池塘暖碧浸晴暉。濛濛柳絮輕飛。紅藥凋來，醉夢還稀。春雲空有雁歸。珠簾垂。東風寂寞，恨郎抛擲，淚濕羅衣。

清平樂　雙調、小令

◐○◐●韻，四字句◐●○○○叶，五字句◐●◐○○●●叶，七字句◐●◐○○●叶，六字句　後段◐◐◐●○○更韻，六字句◐○◐●○○叶，六字句◐●◐○◐●六字句◐◐◐●○○叶，六字句

清平樂

唐韋莊

鶯啼殘月。繡閣香燈滅。門外馬嘶郎欲別。正是落花時節。　粧成不畫蛾眉。含愁獨倚金扉。去路香塵莫掃，掃即郎去歸遲。

迎春樂　雙調、小令

◐○◐●○○●韻，七字句◐◐●○○●叶，六字句◐○◐●○○●叶，七字句◐●●○○●叶，六字句　後段◐◐●◐○●●叶，七字句◐◐●○○○●叶，七字句◐●◐○○●六字句◐●○○●叶，五字句

迎春樂

宋　秦　觀

菖蒲葉葉知多少，唯有箇蜂兒妙[一]。雨晴紅粉齊開了，露一點嬌黃小。　早是被曉風力暴，更春共斜陽俱老。怎得花香深處，作箇蜂兒抱。

【校】

[一] 唯：《全宋詞》作「惟」。

黃鍾樂　雙調，中調，後段同

◐◐◐◐◐◐○韻，七字句◐●○○四字句◐◐○●●○○叶，七字句◐●◐○○●●七字句◐○◐●●○○叶，七字句　後段同

黃鍾樂　唐　魏承班

池塘煙暖草萋萋。惆悵閑宵，含恨愁坐思堪迷[一]。遙想玉人情事遠，音容渾似隔桃溪。　偏記同歡秋月低。簾外論心，花畔和醉暗相攜[二]。何事春來君不見，夢魂常在錦江西。

【校】

[一]「惆悵」二句：《全唐五代詞》作：「惆悵閑霄含恨，愁坐思堪迷。」宵：《全唐五代詞》作「霄」。

[二]「簾外」二句：《全唐五代詞》作：「簾外論心花畔，和醉暗相攜。」

齊天樂　雙調、長調

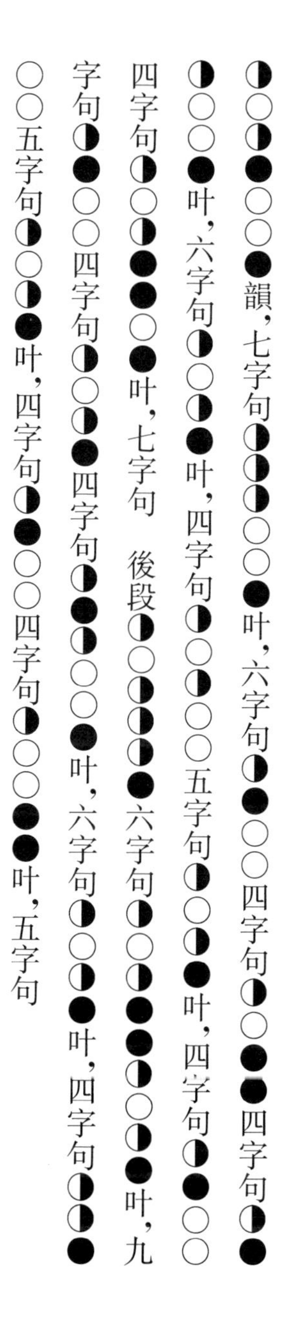

齊天樂

端午　　撰人闕〔一〕

疎疎幾點黄梅雨，佳時又逢重午〔二〕。角黍包金，香蒲切玉〔三〕，風物依然荊楚。衫裁艾虎，更釵裊朱符。臂纏紅縷，撲粉香綿，唤風綾扇小窻午。　沈湘人去已遠，勸君休對景、感時

〔一〕此詞《草堂詩餘·後集》未署名，《類編草堂詩餘》、《花草粹編》皆署周邦彦。《全宋詞》據《逃禪詞》録作楊无咎詞。

懷古[三]。謾轉鶯喉，輕敲象板，勝讀離騷章句。荷香暗度，漸引入醄醄。醉鄉湥處，臥聽江頭，畫船喧韻鼓[四]。

【校】

[一] 佳時：《全宋詞》作「殊方」。

[二] 香蒲切玉：《全宋詞》作「菖蒲泛玉」。

[三] 景：《全宋詞》作「酒」。

[四] 轉：《全宋詞》作「囀」。

永遇樂　雙調、長調

◑●○○四字句◑○○●四字句◑◑○○●韻，四字句◑●○○四字句◑○◑●四字句◑●○○●叶，五字句◑○◑●四字句◑○○●四字句◑●◑○○●叶，六字句◑◑○◑○

◐●七字句◐◐◐○◐●叶，六字句　後段◐○◐●四字句◐○◐●四字句◐●◐○○●叶，六字句◐●○○四字句○○◐◐四字句◐●○○●叶，五字句◐○◐●四字句◐○○●四字句◐●◐○○●叶，六字句◐◐●◐○◐●七字句◐○◐●叶，四字句

永遇樂

春情　　宋　解　昉(一)

風暖鶯嬌，露濃花重，天氣和煦。院落煙收，垂楊舞困，無奈堆金縷。誰家巧縱，青樓絃管，惹起夢雲情緒。憶當時、紋衾粲枕，未嘗暫孤鴛侶。芳菲易老，故人難聚。到此翻成輕誤。閬苑仙遥，蠻牋縱寫[二]，何計傳深訴。青山緑水，古今長在，唯有舊歡何處[三]。空贏得、斜陽暮草，淡煙細雨。

(一) 此詞原本未署名，《全宋詞》録爲解昉，兹從校訂。

【校】

[一] 鸞：《全宋詞》作「蠻」。

[二] 唯：《全宋詞》作「惟」。

傾盃樂　雙調、長調

◐●○○四字句◐○◐●四字句◐○◐●韻，四字句◐◐●○○●●七字句◐○◐●四字句◐○◐●叶，四字句◐○◐●○○●叶，七字句●○○三字句●○●三字句◐●●○叶，四字句◐○○●四字句◐●◐○◐●叶，六字句　後段◐◐●◐○○●叶，七字句◐◐●◐○○●●叶，八字句◐◐●◐●○○七字句◐○◐●○●叶，六字句◐●●○○●●叶，七字句◐◐●◐○○●叶，七字句◐◐◐◐●●◐○◐●叶，十字句

傾盃樂　宋柳永

禁漏花滚，繡工日永，蕙風布暖。變韶景、都門十二，元宵三五，銀蟾光滿。連雲復道凌飛

觀。聳皇居，麗佳氣，瑞煙葱蒨[一]。翠華宵幸，是處層城閬苑。龍鳳燭交光星漢。對咫尺鼇山開雉扇[二]。會樂府兩籍神仙，梨園四部絃管，向曉色、都人未散。盈萬井、山呼鼇抃，願歲歲，天仗裏、常瞻鳳輦。

【校】

[一]「聳皇居」三句：《全宋詞》作：「聳皇居麗，嘉氣瑞煙葱蒨。」佳：《全宋詞》作「嘉」。

[二]雉：《全宋詞》作「羽」。

大聖樂　雙調、長調

◐●○○四字句◐○◐●四字句◐○○●韻，四字句◐◐●◐●○○七字句◐●◐○○●六字句◐●○○叶，四字句◐◐◐○○●●七字句◐◐●○○◐●○叶，八字句◐○●●四字句◐○◐●四字句◐●○○叶，四字句　後段◐●◐●◐●六字句◐●●○○◐●○叶，八字句◐◐○○●五字句◐○●●四字句◐●○○叶，四字句◐●○○四字句◐○◐●四

字句◑●○○◑●○叶，七字句○○●三字句◑◑○◑●五字句◑●○○叶，四字句

大聖樂

初夏　　宋　康與之(一)

千朵奇峰，半軒微雨，曉來初過，漸燕子引教雛飛。菡萏暗薰芳草，池面涼多，淺斟瓊卮浮緑蟻。展湘簟雙紋生細波。輕紈舉動，團圓素月，仙桂婆娑。臨風對月恣樂，便好把千金邀艷娥。幸太平無事，擊壤鼓腹，攜酒高歌。富貴安居，功名天賦，爭奈皆由時命呵。休眉鎖，問朱顏去了，還更來麽。

西平樂　雙調、長調

◑●○○四字句◑○●●四字句◑●◑●○○叶，六字句◑●○●四字句◑○◑●四字

(一) 此詞《草堂詩餘・前集》未署名；《類編草堂詩餘》、《花草粹編》皆署康與之；《全宋詞》録作無名氏詞。

句◐○◐●○○叶，六字句◐●◐○◐●六字句◐●○○●●六字句◐○●●○○六字句◐○◐●○○叶，六字句◐●◐○◐●六字句◐◐●◐●●○○叶，八字句　後段◐○○●四字句◐●●●四字句◐●○○◐●○○叶，八字句◐◐●◐○◐●七字句◐●○○四字句◐●○○◐●◐●○○十字句◐●○○●●○叶，七字句◐●◐●四字句◐○◐●四字句◐●○○四字句◐●○○四字句◐●◐●○○叶，六字句

西平樂

宋　周邦彥

稚柳蘇晴，故溪歇雨，川迥未覺春賒。馳褐寒侵〔一〕，正憐初日，輕陰抵死須遮。歎事孤鴻盡去，身與塘蒲共晚。爭知向此征途，區區佇立塵沙〔二〕。追念朱顏翠髮，曾到處、故地使人嗟。　道連三楚，天低四野，喬木依前、臨路欹斜。重慕想、東陵晦跡，彭澤歸來，左右琴書自樂、松菊相依。何況風流鬢未華。多謝故人，親馳鄭驛，時倒融尊。勸此淹留，共過芳時，翻令倦客思家。

【校】

［一］馳：《全宋詞》作「駝」。

［二］「爭知」二句：《全宋詞》作：「爭知向此，征途迢遞，佇立塵沙。」區區：《全宋詞》作「迢遞」。

長相思　雙調、小令

◐◐○韻，三字句◐◐○叶，三字句◐●○○◐●○叶，七字句◐○◐●○叶，五字句　後段同

長相思

春閨　　唐　馮延巳〔一〕

紅滿枝，緑滿枝，宿雨厭厭睡起遲。閑庭花影移。　憶歸期，數歸期，夢見雖多相見稀。相逢知幾時。

〔一〕此詞《草堂詩餘・前集》未署名；《類編草堂詩餘》、《花草粹編》署馮延巳；《全唐五代詞》録爲馮詞而存疑；《全宋詞》録爲無名氏詞。

蕃女怨　單調、小令

◑○◑●○◑●韻，七字句◑◑◑●叶，四字句◑○○三字句○●●叶，三字句◑○○●叶，四字句●○◑●●○○更韻，七字句●○○叶，三字句

蕃女怨

二首㈠

唐　温庭筠

萬枝香雪開已遍，細雨雙燕。鈿蟬箏，金雀扇。畫梁相見，雁門消息不歸來，又飛迴。

望江怨　單調、小令

○○●韻，三字句◑●○○◑◑●叶，七字句◑◑○◑●叶，五字句◑●◑●○○●叶，七

㈠ 此調《嘯餘譜》選録温庭筠詞二首，《詩餘譜式》承襲《嘯餘譜》之標注，然實則後僅録温詞一首。

字句●○●叶，三字句◑●●○○五字句◑○○●●叶，五字句

望江怨　唐牛嶠

東風急。惜别花時手頻執。羅幃愁獨入。馬嘶殘雨春蕪濕。倚門立。寄語薄情郎，粉香和淚泣。

昭君怨　雙調，小令，後段同，亦更仄平兩韻各叶

○●◑○◑●韻，六字句◑●◑○○●叶，六字句◑●●○○更平韻，五字句●○○叶，三字句　後段同

昭君怨　豫章寄張守定叟　宋辛棄疾

長記瀟湘秋晚。歌舞橘洲人散。走馬月明中。折芙蓉。今日西山南浦。畫棟珠簾雲

雨。風景不爭多。奈愁何。

清商怨 雙調、小令

◑○◑○◑◑●韻，七字句◑◑○◑●叶，五字句◑●○○四字句◑○○●●叶，五字句　後段◑◑○○○●叶，六字句◑●●◑○◑●叶，七字句◑●○○四字句◑○○●●叶，五字句

清商怨

宋　歐陽修

關河愁思望處滿。漸素秋向晚。雁過南雲，行人回淚眼。雙鸞衾裯悔展。夜又永、枕孤人遠。夢未成歸，梅花聞塞管。

遐方怨　凡二體，有單、雙二調

第一體　單調、小令

◐●●三字句●○○韻，三字句◐●○○叶，四字句◐◐○○◐●○叶，七字句◐○◐●●○○叶，七字句◐○○●●五字句●○○叶，三字句

第一體　唐　温庭筠

憑繡檻，解羅幃，未得君書，斷腸瀟湘春雁飛。不知征馬幾時歸。海棠花謝也，雨霏霏。

第二體　後段同，不載

春雲怨　雙調、長調

◐○●●韻，四字句◐●○○●○○○●叶，九字句◐●◐●四字句◐●●●四字句◐

○○●●叶，五字句◐●○○四字句◐○◐●四字句◐●○○●○●叶，七字句◐●○○四字句◐○◐●四字句◐●◐○●叶，五字句　後段◐○◐●○○●叶，七字句◐○○◐●○○◐●叶，九字句◐●○○●○●叶，七字句◐●○●四字句◐●◐○◐○◐●八字句●●○○四字句○◐○●四字句◐●◐○◐●叶，六字句

春雲怨

上巳

宋　馮偉壽

春風惡劣。把數枝香錦、和鶯吹折。雨重柳腰，嬌困燕子，欲扶扶不得[一]。軟日烘煙，乾風收霧，芍藥荼蘼弄顏色。簾幙輕陰，圖書清潤，日永篆香絶。盈盈笑靨宫黄額。試紅鸞小扇、丁香雙結。團鳳眉心倩郎貼。教洗金罍，共看西堂、醉花新月。曲水成空，麗人何處，往事暮雲萬葉。

【校】

[一]「雨重」三句：《全宋詞》作：「雨重柳腰嬌困，燕子欲扶扶不得。」

令字題

如夢令　單調、小令

◐●◐○○●韻，六字句◐●◐○○●叶，六字句◐●●●○五字句◐●◐○◐●叶，六字句○●○●四字句◐●●○○●叶，六字句

如夢令

春景

宋　秦　觀(一)

門外緑陰千頃，兩兩黃鸝相應。睡起不勝情，行到碧梧金井。人靜人靜，風弄一枝花影。

(一) 此詞《樂府雅詞》署曹組；《草堂詩餘・前集》未署名；《類編草堂詩餘》署秦觀；《全宋詞》録作曹組詞。

調笑令 單調、小令

○●◑○●韻，五字句◑●◑○○●●叶，七字句◑○◑●○○●叶，七字句◑●◑○◑●叶，六字句◑○◑●○◑●叶，七字句◑●◑○◑●叶，六字句

調笑令

灼灼

宋秦觀

腸斷繡簾捲。妾願身爲梁上燕。朝朝暮暮長相見。莫遣恩遷情變。紅綃粉淚如何限。萬古空傳遺怨。

伊川令 單調、小令

◑○◑●○○●韻，七字句◑●○○●叶，五字句◑●◑○○●叶，六字句◑●◑○◑●叶，六字句◑○○●○●叶，六字句◑○◑●●○○七字句◑○●○○●●叶，七字句

伊川令

寄外　　宋　花仲胤妻

西風昨夜穿簾幕。閨院添消索。最是梧桐零落。迤邐秋光過卻。人情音信難托。教奴獨自守空房，淚珠與、燈花共落。

相思兒令

雙調、小令

◐●◐○○●六字句◐●●○○韻，五字句◐●◐○○●六字句◐●●○○叶，五字句後段◐●◐●○○叶，六字句◐○◐●○○叶，六字句◐○◐●○○六字句◐○◐●○○叶，六字句

相思兒令

宋　晏　殊

昨日探春消息，湖上綠波平。無奈繞堤芳草，還向舊痕生。有酒且醉瑤觥。何妨檀板新聲[一]。誰教楊柳千條，就中牽繫人情。

【校】

[一]「何妨」句:《全宋詞》作:「更何妨,檀板新聲。」

三字令 雙調、小令,後段同

○◐●三字句●○○韻,三字句●○○叶,三字句○◐●三字句●○○叶,三字句●○○三字句○●●三字句●○○叶,三字句 後段同

三字令

唐 歐陽炯[一]

春去盡[二],日遲遲,牡丹時。羅幌卷,翠簾垂。彩牋書,紅粉淚,兩心知。人不在,燕空歸,負佳期。香燼落,枕函攲。月分明,花澹薄,惹相思。

[一] 此詞原署牛希濟,《花間集》署歐陽炯,《全唐五代詞》注「當從《花間集》作歐陽炯詞」,兹從校訂。

【校】

［一］去：《全宋詞》作「欲」。

探春令　雙調、小令

◐○◐●●○●七字句◐◐●○●韻，五字句◐◐○◐●○○●八字句◐◐●○●●叶，六字句　後段◐○◐●●○●叶，七字句◐◐○◐●叶，五字句◐◐○◐●●●●●九字句◐●●●●叶，五字句

探春令

春恨

宋　晏幾道〔一〕

緑楊枝上曉鶯啼，報融和天氣。被數聲、吹入紗窻裏，又驚起、嬌娥睡。緑雲斜嚲金釵墜。惹芳心如醉。爲少年濕了、鮫綃帕上，都是相思淚。

〔一〕此詞原署「唐　晏幾道」；《全宋詞》録爲無名氏詞。今僅對作者時代予以校訂。

木蘭花令　一名《玉樓春》　雙調、小令

◐◐◐○◐◐●韻，七字句◐●○●◐◐●叶，七字句◐◐◐●◐◐●七字句◐◐◐○◐●叶，七字句　後段同

木蘭花令

閨情

唐　顾　敻(一)

月照玉樓春漏促。颯颯風摇庭砌竹。夢驚鴛被覺來時，何處管絃聲斷續。惆悵少年遊冶去，枕上兩蛾攢細緑。曉鶯簾外語花枝，背帳猶殘紅蠟燭。

唐多令　雙調、中調

◐●●○○韻，五字句◐○◐●○叶，五字句◐◐○◐●○○叶，七字句◐●◐○○●●

(一) 此詞原本未署名，《全唐五代詞》録爲顧敻作，兹從校訂。

七字句◑◑●●○○叶，六字句　後段同

唐多令

重過武昌　　宋　劉　過

蘆葉滿汀洲。寒沙帶淺流。二十年、重度南樓[一]，柳下繫船猶未穩，能幾日、又中秋。

黃鶴斷磯頭，故人曾到不[二]。舊江山、都是新愁[三]。欲買桂花重載酒[四]，終不似、少年遊。

【校】

[一]度：《全宋詞》作「過」。

[二]「故人」句：《全宋詞》作「故人今在不」。

[三]都：《全宋詞》作「渾」。

[四]重：《全宋詞》作「同」。

品令　雙調、中調

◑●○○●韻，五字句◑◑●○○●叶，六字句◑○◑●叶，四字句◑○◑●◑○○●叶，八字句◑●○○四字句◑●◑○◑●叶，六字句　後段◑○○●叶，四字句●○●三字句○○●叶，三字句◑○◑●◑○六字句◑●○○●●叶，六字句◑●○○四字句◑◑◑◑◑●叶，六字句

品令

詠茶　　宋　黄庭堅

鳳舞團團餅，恨分破、教孤另。金渠體淨，隻輪慢碾、玉塵光瑩。湯響松風，早減三分酒病。味濃香永，醉鄉路，成佳境。恰如燈下故人，萬里歸來對影。口不能言，心下快活自省。

聲聲令　雙調、中調

◑○●●四字句◑●○○韻，四字句◑○◑●●○●叶，七字句◑○◑●四字句◑○●●○○叶，六字句◑●○○●●○叶，七字句　後段◑●○○叶，四字句○●●三字句●○○叶，三字句◑○○●●○○叶，七字句◑○●●四字句●○○叶，三字句●◑○叶，三字句◑●○◑●◑○叶，七字句

聲聲令

春思　　宋　俞克成(一)

簾移碎影，香褪衣襟。舊家庭院嫩苔侵。東風過盡，暮雲鎖、綠窻淡，怕對人、閒枕剩衾。　樓底輕陰，春信斷，怯登臨。斷腸魂夢兩沉沉。花飛水遠，便從今，莫追尋。又怎

(一) 此詞《草堂詩餘・前集》未署名；楊金本《草堂詩餘・後集》作章楶詞；《類編草堂詩餘》卷二作俞克成詞；《全宋詞》於章楶、無名氏目下兩收並存。

禁、驀地上心。

解珮令

雙調、中調，後段同，唯第三句作七字

◐○○●四字句○○●●四字句◐○◐◐◐○○●韻，八字句◐●○○四字句◐◐●◐○○●叶，七字句◐○○●○○●叶，七字句　後段同

解珮令

宮詞

宋　晏幾道

玉階秋感，年華暗去，掩湥宮、團扇無情緒。記得當時，自剪下、機中輕素。點丹青、畫成秦女。　涼襟猶在，朱絃未改㈠，忍霜紈飄零何處。自古悲涼，是情事輕如雲。倚絲絃、恨長難訴。

㈠ 原本「絃」字下有小字夾注「當作顏」。

師師令　雙調、中調

◑○◑●韻，四字句◑◑○◑●叶，五字句◑○◑●●○○七字句◑●●◑○○●叶，七字句◑●◑○○●●七字句◑◑○○●叶，五字句

後段◑○◑●○○●七字句◑◑○○●叶，五字句◑○◑●●○○七字句◑●●◑○◑●叶，七字句◑●◑○○●●叶，七字句◑◑○○●叶，五字句

師師令

宋　張　先

香鈿寶珥。拂菱花如水。學粧皆道稱時宜，粉色有、天然春意。蜀綵衣長勝未起，縱亂霞垂地[一]。都城池苑誇桃李，問東風何似，不須回扇障清歌。唇一點、小於朱蘂，正值殘英和月墜。寄此情千里。

【校】

［一］霞：《全宋詞》作「雲」。

六幺令　雙調、長調

◐○◐●四字句◐●○○●韻，五字句◐○◐○◐●六字句◐●○○●叶，五字句◐●◐●◐●六字句◐●○○●叶，五字句◐○◐●叶，四字句◐○◐●四字句◐●○○●○●叶，七字句

後段◐○○●◐●六字句◐●○○●叶，五字句◐●◐●○○六字句◐●○○●叶，五字句◐●◐○◐●六字句◐●○○●叶，五字句◐○○●叶，四字句◐○○●四字句◐●○○●○●叶，七字句

六幺令

重陽　　宋　周邦彥

快風收雨，亭館清殘燠。池光靜横秋影，岸柳如新沐。聞道宜城酒美，昨日新醅熟。輕鑣相逐。衝泥策馬，來折東籬半開菊。　華堂花艷對列，一一驚郎目。歌韻巧共泉聲，間雜琮琤玉。惆悵周郎已老，莫唱當時曲。幽歡難卜。明年誰健，更把茱萸再三囑。

涼州令　雙調、長調

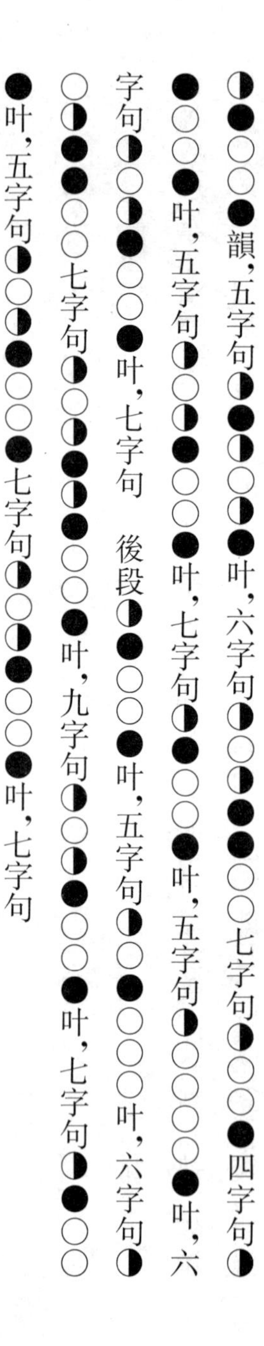

涼州令

東堂石榴　　宋　歐陽脩

翠樹芳條颭，的的裙腰初染。佳人攜手弄芳菲，綠陰紅影，共展雙紋簟。插花照影窺鸞鑑，只恐芳容減。不堪零落春晚。青苔雨後深紅點。一去門閒掩。重來卻尋朱檻。離離秋日弄輕霜，嬌紅脉脉、似見胭脂臉。人非事往眉空斂，誰把佳期賺。芳心只願長依舊，春風更放明年艷。

慢字題

聲聲慢　凡五體，竝雙調、長調

第一體

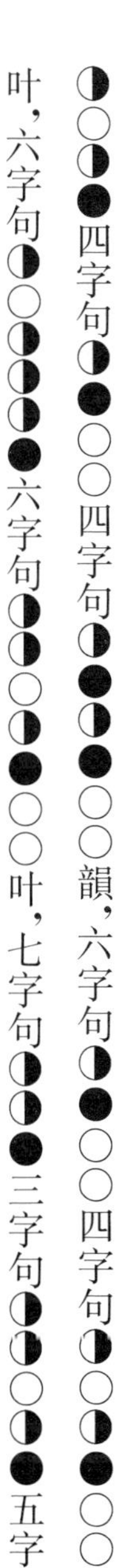

◐○◐●四字句◐●○○四字句◐●◐●○○韻，六字句◐●○○四字句◐○◐●○○叶，六字句◐○◐◐◐●六字句◐◐○◐●○○叶，七字句◐◐●三字句◐◐○◐●五字句◐●○○叶，四字句

後段◐●◐○◐●六字句◐◐○●●◐●○○叶，九字句◐●○○◐●六字句◐●○○叶，四字句◐○◐◐◐●六字句◐◐○◐●○○叶，七字句◐◐●三字句◐◐○◐●◐○叶，七字句

第一體

嘲紅木犀。自注云：余兒時嘗入京師禁中凝碧池，因書當時所見。　宋　辛棄疾

開元盛日，天上栽花，月殿桂影重重。十里芬芳，一枝金粟玲瓏。管紘凝碧池上，記當時、風月愁儂。翠華遠，但江南草木，煙鎖深宫。　只爲天姿冷澹，被西風醖釀、徹骨香濃。枉學丹蕉葉底，偷染妖紅。道人取次裝束，是自家、香底家風。又怕是，爲淒涼長在醉中。

第二體　前段與第一體同，後段亦與第一體同，唯第二句分作一句三字、一句六字，第三句作四字，四句作六字

第三體　全與第一體同

第四體　用仄韻

第五體　亦用仄韻

慶清朝慢　雙調、長調

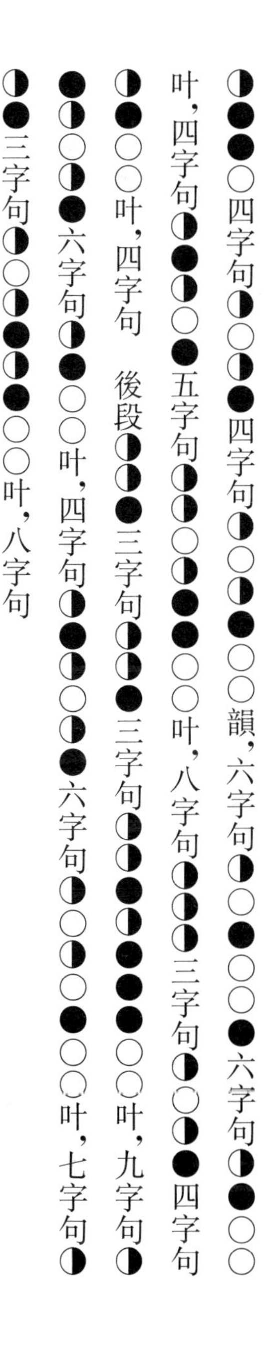

慶清朝慢

宋　王　觀(一)

調雨爲酥。催冰做水，東風分付春還。何人便將輕暖，點破殘寒。結伴踏青去，好平頭鞋子小雙鸞。煙柳外，望中秀色，如有無間。　晴則箇，陰則箇，餖飣得天氣、有許多般。須放撩

(一) 此詞原本署「宋 王冠」，《花庵詞選》署王通叟；注：「名觀，著有《冠柳集》」；《類編草堂詩餘》、《花草粹編》同；《全宋詞》録爲王觀詞，兹從校訂。

花撥柳，爭要先看。不道吴綾繡襪，香泥斜沁幾行斑。東風巧，盡收翠緑、吹在眉山。

雨中花慢　凡二體，竝雙調、長調

第一體

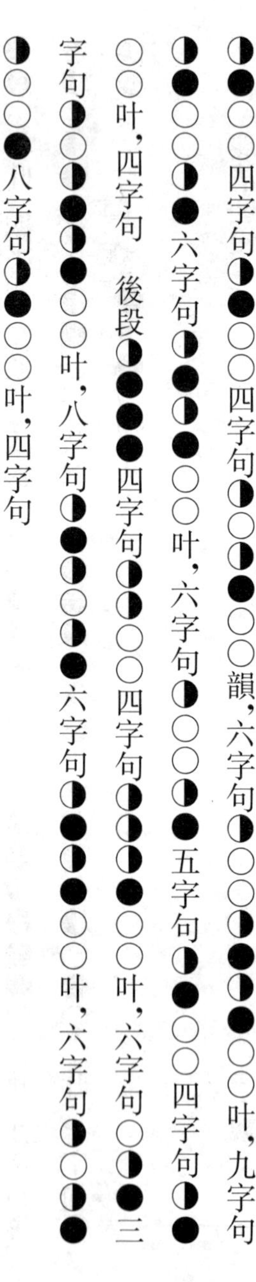
◐●○○四字句◐●○○四字句◐○◐●○○韻，六字句◐○○◐●◐●○○叶，九字句◐●○○◐●六字句◐●◐●○○叶，六字句◐○○◐●五字句◐●○○四字句◐●○○叶，四字句　後段◐●●●四字句◐◐○○四字句◐◐◐●○○叶，六字句○◐●三字句◐○◐●◐●○○叶，八字句◐●◐○◐●六字句◐●◐●○○叶，六字句◐○◐●◐○○●八字句◐●○○叶，四字句

第二體

登新樓有懷吴子似輩，子似見和，再用韻爲别。　宋　辛棄疾

馬上三年，醉帽吟鞍，錦囊詩卷長留。悵溪山舊管、風月新收。明便關河杳杳，去應日月悠

悠。笑千篇索價，未抵蒲桃，五斗涼州。　停雲老子，有酒盈尊，琴書端可消憂。渾未解[一]，傾身一飽、淅米矛頭。心似傷弓塞雁，身如喘月吳牛。曉天涼夜、月明誰伴，吹笛南樓。

【校】

[一] 解：《全宋詞》作「辨」。

石州慢　雙調、長調

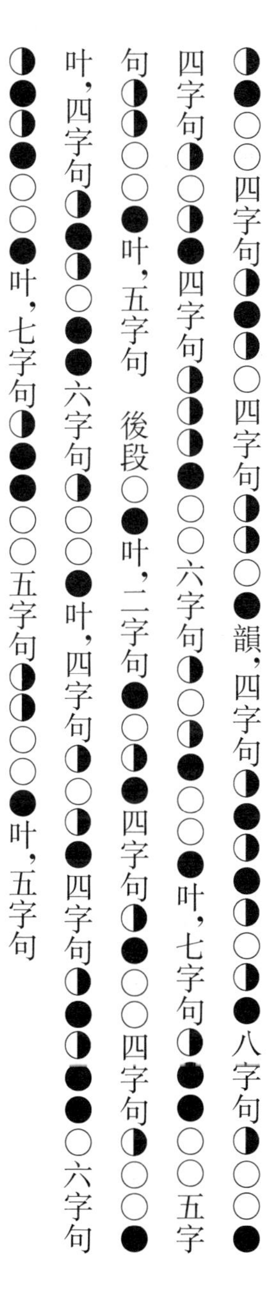

◑●○○四字句◑●◑○四字句◑◑○●韻，四字句◑●◑●◑○◑●八字句◑○○●四字句◑○◑●四字句◑◑◑●○○六字句◑○◑●○○●叶，七字句◑●●○○五字句◑◑○○●叶，五字句

後段○●叶，二字句●○◑●四字句◑●○○四字句◑○○●叶，四字句◑●◑○●●六字句◑○○●叶，四字句◑○◑●四字句◑●◑●●○六字句◑●◑●○○●叶，七字句◑●●○○五字句◑◑○○●叶，五字句

石州慢

早春感懷　宋 張元幹

寒水依痕，春意漸囘，沙際煙闊。溪梅晴照、生香冷蕊，數枝爭發。天涯舊恨，試看幾許消魂。長亭門外山重疊。不盡眼中青，怕黄昏時節。　情切。畫樓深閉，想見東風，暗消肌雪。辜負枕前雲雨，樽前花月。心期切處，更有多少凄涼，殷勤留與歸時説。到得再相逢，恰經年離別。

木蘭花慢

雙調、長調

◐○◐●●五字句◐●●三字句●○○韻，三字句◐◐●◐○五字句◐○◐●四字句◐
●○○叶，四字句◐◐◐○◐●六字句◐○○◐●●○○叶，八字句◐●◐○◐●六字句
◐○◐●○○叶，六字句　後段◐○◐●●○○叶，七字句◐●●○○叶，五字句◐◐●
○○五字句◐○◐●四字句◐●○○叶，四字句◐○◐○◐●叶，六字句◐◐○◐●●
○○叶，八字句◐●◐○◐○六字句◐○◐●○○叶，六字句

木蘭花慢

重陽

宋京鏜

算秋來景物，皆勝賞，況重陽。正露冷欲霜，輕煙不雨，玉宇開張。蜀人從來好事，遇良辰、不肯負時光。藥市家家簾幕，酒樓處處絲簧。　婆娑老子興難忘，聊復與平章。也隨分登高，茱萸綴席，菊蕊浮觴。明年未知健否，笑杜陵底事獨淒涼。不道頻開笑口，年年落帽何妨。

拜星月慢

雙調、長調

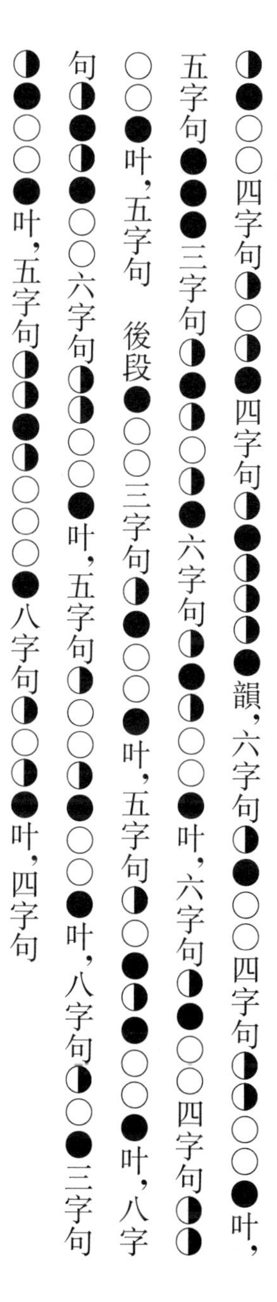

拜星月慢

秋怨　宋　周邦彦

夜色催更，清塵收露，小曲幽坊月暗。竹檻燈牕，識秋娘庭院。笑相遇，似覺瓊枝玉樹。暖日月霞光爛[一]。水眄蘭情，總平生稀見。畫圖中，舊識春風面。誰知道、自到瑤臺畔。眷戀雨潤雲温，苦驚風吹散。念荒寒、寄宿無人館。重門閉，敗壁秋蟲歎。怎奈向、一縷相思隔，溪山不斷[二]。

【校】

[一]月：《全宋詞》作「明」。

[二]「一縷」二句：《全宋詞》作：「一縷相思，隔溪山不斷。」

瀟湘逢故人慢

雙調、長調

◐○◐●四字句◐◐○◐●◐●○●韻，九字句◐○○三字句◐○○三字句◐◐◐●◐

●○○叶，八字句◑○◑●四字句●○○●◑○○叶，七字句◑○●◑○◑●七字句◑○◑●○○叶，六字句　後段◑○●三字句◑●●三字句◑◑○◑○◑●○○叶，九字句◑●○○叶，五字句◑◑●○○◑●○○叶，九字句◑○◑●四字句◑○●◑●○○叶，七字句○○●◑○○●七字句◑○◑●○○叶，六字句

瀟湘逢故人慢

初夏

宋　王安禮

薰風微動，方榴花弄色、萱草成窩。翠帷敞，輕羅試，冰簟初展、幾尺湘波。疏簾廣厦，稱瀟湘[一]、一枕南柯。引多少、夢魂歸緒，洞庭雨棹煙簑。驚回處，閑晝永，更時時[二]、燕雛鶯友相過。正緑影婆娑。況庭有幽花、池有新荷。青梅煮酒，幸隨分、贏取高歌。功名事、到頭終在，歲華忍負清和。

【校】

[一] 稱：《全宋詞》作「寄」。

［二］更：《全宋詞》作「但」。

鼓笛慢　雙調、長調

◐○◐●○○●七字句◐●◐○○●韻，六字句◐◐○○●○○●八字句◐●◐○○●叶，六字句◐●○○●五字句◐○●◐○○●叶，七字句◐○○●●五字句◐○●●四字句○○●三字句○○●叶，三字句　後段◐●○○●●六字句◐◐○●○○●叶，七字句◐○◐●四字句◐○◐●四字句◐◐○○●叶，五字句◐◐○○●五字句◐○◐●○○●叶，七字句◐○○◐●○○●○九字句◐○○●●叶，五字句

鼓笛慢

宋　秦　觀

亂花叢裏曾攜手，窮艷景、迷歡賞。到如今、誰把雕鞍鎖，定阻遊人來往［二］。好夢隨春遠，從前事、不堪思想。念香閨正杳，佳歡未偶，難留戀，空惆悵。　永夜嬋娟未滿，歎玉樓、幾時重上。那堪萬里，卻尋歸路，指陽關孤唱。苦恨東流水，桃源路、欲回雙槳。仗何人、細

與叮嚀問呵，我如今怎向。

【校】

［一］「到如今」三句：《全宋詞》作：「到如今誰把，雕鞍鎖定，阻遊人來往。」

惜餘春慢　雙調、長調

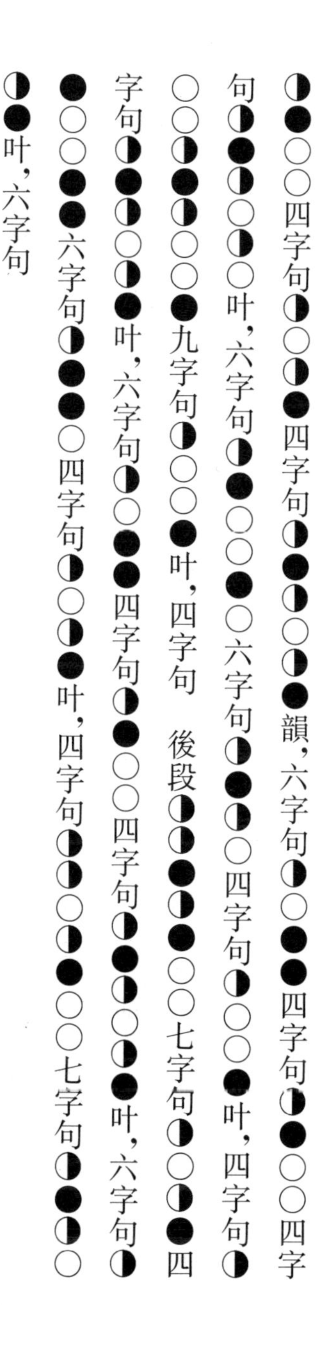
◐●○○四字句◐○◐●四字句◐●◐○◐●韻，六字句◐○●●四字句◐●○○四字句◐●◐○◐○叶，六字句◐●○○●○六字句◐●◐○四字句◐○○●叶，四字句◐○○◐●◐○○●九字句◐○○●叶，四字句　後段◐◐●◐●○○七字句◐○◐●四字句◐●◐○◐●叶，六字句◐○●●四字句◐●○○四字句◐●◐○◐●叶，六字句◐●○○●●六字句◐●●○四字句◐○◐●叶，四字句◐◐○◐●○○七字句◐●◐○◐●叶，六字句

惜餘春慢

春情　宋　魯逸仲[一]

弄月餘花，團風輕絮，露濕池塘春草。鶯鶯戀友，燕燕將雛，惆悵睡殘清曉。還是初相見時，攜手旗亭，酒香梅小。向登臨長是、傷春滋味，淚彈多少。因甚卻、輕許風流，終非長久，又說分飛煩惱。羅衣瘦損，繡被香消，那更亂紅如掃。門外無窮路岐，天若有情，和天須老。念高唐歸夢淒涼，何處水流雲遶。

浪淘沙慢

雙調、長調

◐◐◐◐○◐●七字句◐◐○●韻，四字句◐●●○◐●叶，六字句◐○◐●●●叶，六字句◐◐●○○●●叶，八字句◐○●三字句◐◐○●叶，四字句◐◐●◐○◐◐●八字句◐○◐◐●叶，五字句　後段◐●叶，二字句◐◐●◐○●叶，六字句◐◐◐◐◐○○●八字句◐

[一] 魯逸仲即孔夷。孔夷字方平，汝州龍興（今河南寶豐）人，孔旼之子。元祐隱士，自號滍皋漁父，又隱名爲魯逸仲。

●○◐●叶，五字句◐◐●●○五字句◐●○●叶，四字句◐○●●叶，四字句◐●○◐●◐○○●叶，九字句◐●○○◐●叶，七字句◐○●三字句◐○◐●叶，四字句◐○●三字句◐○○●●叶，五字句◐◐●◐●○○七字句◐○○三字句◐○◐●○○●叶，七字句

浪淘沙慢

春别

宋 周邦彦

晝陰重，霜凋岸草，霧隱城堞。南陌指車待發[一]。東門情飲乍闋。正拂面垂楊堪攬結。掩紅淚，玉手親折。念漢浦、離鴻去何許，經時音信絶。情切。望中地遠天闊。向露冷風清、無人處，耿耿寒漏咽。嗟萬事難忘，唯是輕別。翠樽未竭。憑斷雲留取、西樓殘月。羅帶光銷紋衾疊。連環解，舊香頓歇。怨歌永，瓊壺敲盡缺。恨春去、不與人期，弄夜色，空餘滿地梨花雪。

【校】

[一]指：《全宋詞》作「脂」。

近字題

好事近　雙調、小令

◐●●○○五字句◐●◐○○●韻，六字句◐●◐○○●六字句◐◐○◐●叶，五字句

後段◐○◐●●○○七字句◐●◐○●叶，五字句◐●◐○◐●六字句◐◐○◐●叶，五字句

好事近

初夏　　宋　蔣子雲

葉暗乳鴉啼，風定老紅猶落。蝴蝶不隨春去，入薰風池閣。　休歌金縷勸金巵，酒病煞如昨。簾捲日長人靜，任楊花飄泊。

訴衷情近　雙調、中調

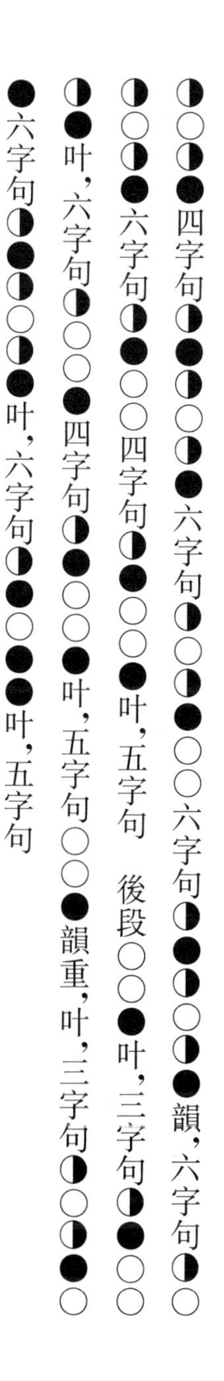

訴衷情近

夏景　　宋柳　永

景闌晝永，漸入清和氣序。榆錢飄滿閑堦，蓮葉嫩生翠沼。遥望水邊幽徑，山崦孤村，是處園林好。　閑情悄。綺陌人遊漸少[一]。少年風韻，自覺隨春老。追前好。帝城信阻天涯，目斷暮雲芳草[二]。竚立空殘照。

【校】

[一] 人遊：《全宋詞》作「遊人」。

[二]「帝城」二句：《全宋詞》作：「帝城信阻，天涯目斷，暮雲芳草。」

祝英臺近　雙調、中調

●○○三字句○●●三字句◐●◐○●韻，五字句◐●○○四字句◐●◐○●叶，五字句◐○◐●○○六字句◐○○●四字句◐○●◐○○●叶，七字句　後段◐○●叶，三字句◐◐◐●○○六字句◐○●○●叶，五字句◐●○○四字句◐●◐○●叶，五字句◐○◐●○○六字句◐○◐●四字句◐◐●●○○●叶，七字句

祝英臺近

晚春

宋　辛棄疾

寶釵分，桃葉渡。煙柳暗南浦。陌上層樓[一]，十日九風雨。斷腸點點飛紅[二]，都無人管，倩誰勸、流鶯聲住[三]。　鬢邊覷。試把花卜歸期[四]。纔簪又重數。羅帳燈昏，哽咽夢中語[五]。是他春帶愁來，春歸何處，又不解帶將愁去[六]。

【校】

[一] 陌：《全宋詞》作「怕」。

[二] 點點：《全宋詞》作「片片」。

[三] 勸：《全宋詞》作「喚」。

[四] 歸：《全宋詞》作「心」。

[五] 又：《全宋詞》作「卻」。

紅林檎近 雙調、長調

◑●○○●五字句◑○◑●○韻，五字句◑●◑○●五字句◑◑●○○叶，五字句◑○◑○◑●六字句◑●◑●○○叶，六字句◑●◑●○○叶，五字句

後段◑◑○◑●五字句◑●●○○叶，五字句◑○◑●四字句◑○◑●○○叶，六字句◑◑○◑●五字句◑○●●四字句◑○◑●◑◑○叶，七字句

紅林檎近

冬雪

宋　周邦彥

高柳春纔軟，凍梅寒更香。暮雪助清峭，玉塵散林塘。那堪飄風遞冷，故遺度幕穿牕。似欲料理新粧。呵手弄絲簧。冷落詞賦客，蕭索水雲鄉。援毫授簡，風流猶憶東梁。望虛簷徐轉，回廊未掃，夜長莫惜空酒觴。

醜奴兒近

三疊、長調

◐○◐●四字句◐●◐○●○韻，六字句◐◐●○○五字句◐●●○○●叶，六字句◐○◐●四字句◐◐●◐●○○七字句◐○◐●◐○○●八字句◐●●●叶，四字句　後段◐●●○四字句◐○◐●◐○○●八字句◐●●○四字句◐●◐○○●●七字句◐◐○○●更韻，五字句◐●○○●○●七字句◐○○●◐●○○八字句◐●●◐●○○○●叶，九字句　終段◐○○●●五字句◐●○○四字句◐●○○●○●更韻，七字句◐◐●●○○六字句○●○○四字句◐◐●○○●●叶，七字句●○●三字句◐●●○○五

字句◐◐●○○●○○●叶，九字句

醜奴兒近

博山道中效李易安體　　宋　辛棄疾

千峰雲起，驟雨一霎兒價。更遠樹斜陽，風景怎生圖畫。青旗賣酒，山那畔别有人家。只消山水光中無事，過這一霎[一]。

午醉醒時，松牕竹户、萬千瀟灑。野鳥飛來，又是一飛流萬壑[二]，共千巖爭秀。孤負平生弄泉手。歎輕衫帽[三]、幾許紅塵，還自喜、濯發滄浪依舊。人生行樂耳，身後虚名，何似生前一杯酒。便此地、結吾盧，待學淵明，更手種門前五柳。且歸去，父老約重來，問如此青山、定重來否。

【校】

[一]「只消」句：《全宋詞》作：「只消山光中，無事過一夏。」

[二]「又是」以下：《全宋詞》作：「又是一般閒暇。卻怪白鷗，覷著人、卻下未下。舊盟都在，新來莫是，别有説話。」此處「飛流萬壑」以下，實爲辛棄疾《洞仙歌》詞全文。

[三]「歎輕衫」句：《全宋詞》載辛棄疾《洞仙歌》詞作「歎輕衫短帽」。

犯字題

側犯　雙調、中調

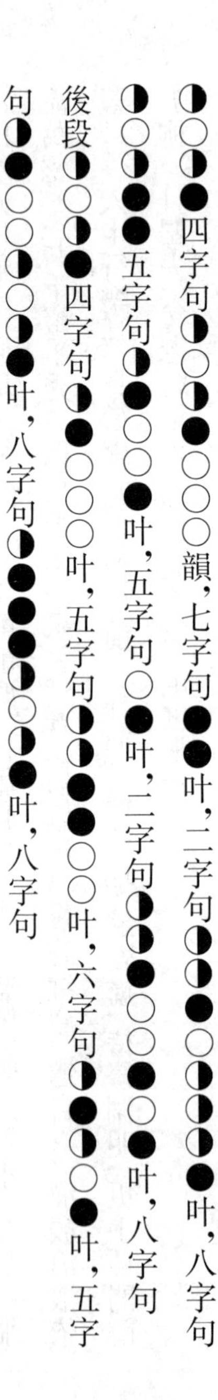

◐○◐●四字句◐○◐●○○○韻，七字句●●叶，二字句◐◐●○◐◐◐●叶，八字句◐○◐●●五字句◐●○○●叶，五字句○●叶，二字句◐◐●○○●○●叶，八字句

後段◐○◐●四字句◐●○○○叶，五字句◐◐●●○○叶，六字句◐●◐○●叶，五字句◐●○○◐○◐●叶，八字句◐●●●◐○◐●叶，八字句

側犯

夏景　　宋　周邦彦

暮霞霽雨，小蓮出水紅粧靚。風定。看步襪、江妃照明鏡。飛螢度暗草，秉燭遊花徑。人靜。攜艷質、追涼就槐影。金環皓腕，雪藕清泉瑩。誰念省滿身香，猶是舊荀令。見説

胡姬、酒壚寂靜。煙鎖漠漠、藻池苔井。

尾犯　一名《碧芙蓉》　雙調、長調

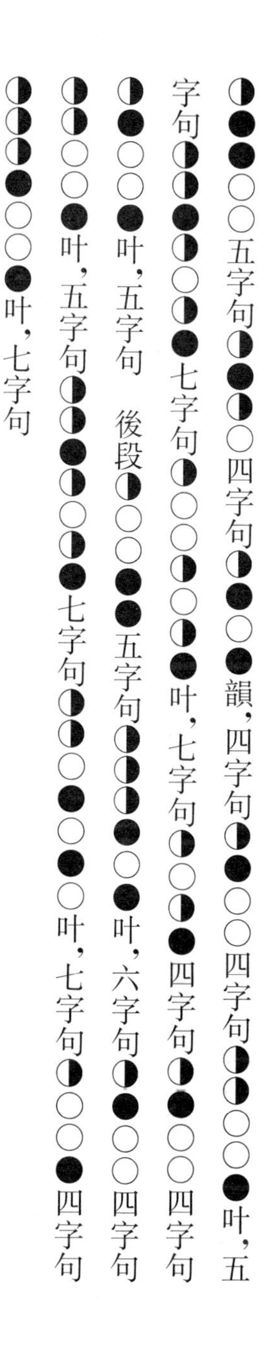

尾犯

秋懷　　宋　柳　永

夜雨滴空階，孤館夢回，情緒蕭索。一片閒愁，想丹青難貌。秋漸老、蛩聲正苦，夜將闌、燈花旋落。冣無端處，總把良宵，秪恁孤眠卻[一]。　佳人應恠我，別後寡信輕諾。

記得當初，剪香雲爲約。甚時向、深閨幽處。按新詞、流霞共酌，再同懽笑，肯把金玉珠珍博。

【校】

［一］秖：《全宋詞》作「祇」。

玲瓏四犯　雙調、長調

◑●○○四字句◑◑●○○◑●○●韻，九字句◑●○○四字句◑●●○○●叶，六字句◑●◑●○○六字句◑●◑○○●叶，六字句◑◑○◑●○●七字句◑●●○○●叶，六字句　後段◑○◑●○○●叶，七字句◑○○●○○○叶，七字句◑○◑●○○●七字句◑●◑○●五字句○○◑●◑○六字句◑◑●○○●●七字句◑◑○◑●五字句◑○◑○○●叶，六字句

玲瓏四犯

春思　　　　宋　周邦彦

穠李夭桃，是舊日潘郎、親試春艷。自別河陽，長負露房煙臉。憔悴鬢點吳霜，念想夢魂飛亂。歎畫欄玉砌都換，纔始有緣重見。　夜深偷展香羅薦，暗窗前、醉眠葱蒨[一]。浮花浪蕊都相識，誰更曾擡眼。休問舊色舊香，但認取、芳心一點。又片時一陣，風雨惡、吹分散。

【校】

[一] 蒨：《全宋詞》作「茜」。

花犯　雙調、長調

◐○○三字句●○◐●四字句◐○●○●韻，五字句◐○○●四字句◐◐●○○五字句

◐●○●叶，四字句◐○●●四字句◐◐●○○◐●●叶，八字句◐◐●◐○○●七字句

◐●○●●叶，五字句　後段◐◐◐○●○◐○○九字句◐◐●○○◐●叶，七字句◐◐●三字句◐○●◐●○●叶，七字句◐○●◐○◐●七字句◐◐●○○○●●叶，八字句◐◐●●○○●七字句◐○○●●叶，五字句

花犯

梅花　　宋　周邦彦

粉墻低，梅花照眼，依然舊風味。露痕輕綴，疑淨洗鉛華，無限佳麗。去年勝賞，曾孤倚冰盤、共宴喜[一]。更可惜、雪中高樹，香篝薰素被。　今年對花、寂匆匆相逢，似有恨依依愁悴[二]。凝望久[三]，青苔上、旋看飛墜。相將見、脆圓薦酒[四]，人正在空江煙浪裏。但夢想一枝瀟灑，黃昏斜照水。

【校】

[一]「去年」二句：《全宋詞》作：「去年勝賞曾孤倚，冰盤共宴喜。」

［二］「今年」二句：《全宋詞》作：「今年對花最匆匆，相逢似有恨、依依愁悴。」
［三］凝：《全宋詞》作「今」。
［四］圓：《全宋詞》作「丸」。

遍字題

甘州遍　雙調、中調

◐○●三字句◐●●○○韻，五字句●○○叶，三字句◐○◐●四字句◐○◐●四字句◐○◐○●○○叶，七字句　後段○◐●三字句●○○叶，三字句◐○◐●○●六字句◐●●○○叶，五字句◐○●三字句◐○●○○叶，五字句●○○叶，三字句◐○◐●四字句◐●●○○叶，五字句

甘州遍　唐　毛文錫

春光好，公子愛閑遊。足風流。金鞍白馬，雕弓寶劍，紅纓錦襜出長鞦。花蔽膝，玉銜頭。尋芳逐勝歡宴，絲竹不曾休。美人唱，揭調是甘州。醉紅樓，堯年舜日，樂聖永無憂。

哨遍　凡二體，竝雙調、長調

第一體

◑●◑○四字句◑●◑○四字句◑●○○●韻，五字句◑◑○◑●◑○◑八字句◑○○◑◑○●叶，七字句◑◑◑◑○●○○●九字句◑○◑●◑○●叶，七字句◑◑●○○五字句◑◑◑◑四字句◑◑◑◑◑◑六字句◑◑○◑●●○○八字句◑◑●○○◑◑◑八字句◑●○○四字句◑◑◑◑四字句◑○◑●叶，四字句

後段◑◑◑○○五字句◑○◑●◑○●叶，七字句◑●○◑●五字句◑○○●○●叶，六字句◑◑●○○五字句◑○◑●四字句◑○◑●○○●七字句◑◑●●○五字句◑○●●四字句◑○◑●○○六字句◑●○◑●◑◑◑八字句◑◑●○◑●◑◑八字句●○○●◑○●叶，七字句◑○◑●○●六字句◑●○○●五字句◑○◑●○○●●八字句◑●○○◑●叶，六字句◑○◑●●○○七字句◑○○◑●○●叶，七字句

第一體

歸去來　宋　蘇軾

爲米折腰，因酒棄家，口體交相累。歸去來、誰不遣君歸。覺從前皆非今是。露未晞、征夫指予歸路。門前笑語喧童稚。嗟舊菊都荒，新松暗老，吾年今已如此。但小牕容膝閉柴扉。策杖看、孤雲暮鴻飛，雲出無心。鳥倦知還，本非有意。噫、歸去來兮，我今忘我兼忘世。親戚無浪語。琴書中、有真味，步翠麓崎嶇。泛溪窈窕，涓涓暗谷流春水。觀草木欣榮，幽人自感，吾生行且休矣。念寓形宇内復幾時。不自覺皇皇欲何之。委吾心、去留惟計，神仙知在何處。富貴非吾願，但知臨水登山嘯詠，自引壺觴自醉，此生天命更何疑。且乘流、遇坎還止。

第二體

前段與第一體同，唯第六句作八字，後段亦與第一體同，唯首句至第六句用平韻；又，第十三句至第十七句改作，第十三句、十四句皆五字，十五句七字，十六句六字，十七句八字

兒字題

蝴蝶兒　雙調、小令

◑●○三字句●○○韻，三字句◑○◑●●○○叶，七字句◑○◑●○叶，五字句　後段◑●○○●五字句○○●●○叶，五字句◑○◑●●○○叶，七字句◑○●●叶，五字句

蝴蝶兒

唐　張　泌

蝴蝶兒。晚春時。阿嬌初著淡黃衣，倚牕學畫伊。　還似花間見，雙雙對對飛。無端和淚拭燕脂。惹教雙翅垂。

醜奴兒　一名《採桑子》，一名《羅敷媚》　雙調、小令，後段同

◐○◐●○○●七字句◐●○○韻，四字句◐●○○叶，四字句◐●○○◐●○叶，七字句　後段同

醜奴兒　石晉　和凝

蝤蠐嶺上訶梨子，繡帶雙垂。椒户閑時。競學樗蒲賭荔枝。　叢頭鞋子紅編細，裙窣金絲。無事嚬眉。春思飜教阿母疑。

促拍醜奴兒　雙調、中調

◐●●○○韻，五字句◐●◐◐●○○叶，七字句◐○◐●○◐●七字句◐○○●◐○●●八字句◐●○○叶，四字句　後段◐●●○○叶，五字句◐○○◐●○○叶，七字句◐○◐●○○●七字句◐○●●◐○◐●八字句◐●○○叶，四字句

促拍醜奴兒

元 元好問

朱麝室中香，可憐兒、初浴蘭湯。靈椿未老丹桂秀，東鄰西舍、排家助喜，沽酒牽羊。天與讀書郎，便安排富貴文章。高門自有容車日，明年且看、青衫竹馬，雁雁成行。

粉蝶兒 凡二體，竝雙調、中調

第一體

◐●○○四字句◐○◐●○●韻，六字句◐○◐◐○◐●叶，七字句◐○◐○◐●六字句◐○◐●叶，四字句◐◐○◐◐◐○◐●叶，九字句 後段◐◐◐○四字句◐○◐◐○○叶，六字句◐○○◐○◐●叶，七字句◐○○○●●六字句◐○◐●叶，四字句◐◐●◐◐◐○○●叶，九字句

第一體

宋 毛滂

雪偏梅花，素光都共奇絕。到牕前、認君時節。下重幃、香篆冷，蘭膏明滅。夢悠揚、空遶

斷雲殘月。　沈郎帶寬，同心放開重結。　褪羅衣、楚腰一捻。　正春風、新著摸，花花葉葉。粉蝶兒、這回共花同活。

第二體　未録

黃鶯兒　雙調、長調

◐○◐●○○●韻，七字句◐●○○◐●●○八字句◐◐○○●○○●叶，八字句◐●●

●○○六字句◐●○○●叶，五字句◐○◐●○○六字句◐●○○○●●●叶，八字句

後段○●叶，二字句◐●●○○五字句◐●○○●叶，五字句◐○◐●◐●○○八字句◐

○◐○◐●叶，六字句◐◐●●○○六字句◐●○○●叶，五字句◐●◐●○○六字句◐

●○○●叶，五字句

黄鸎兒

詠鸎

宋 柳 永

園林晴晝春誰主。暖律潛催、幽谷暄和。黄鸝翩翩、乍遷芳樹。觀露濕縷金衣，葉映如簧語。曉來枝上綿蠻，似把芳心、湥意低訴。無據。乍出暖煙來，又趁遊蜂去。恣狂蹤跡、兩兩相呼，黄昏霧吟風舞[一]。當上苑柳濃時，別館花湥處。此際海燕偏饒，都把韶光與。

【校】

[一] 黄昏：《全宋詞》作「終朝」。

摸魚兒

雙調、長調

◐○◐◐○◐●七字句◐◐◐◐○●韻，六字句◐○◐●○○●七字句◐●◐○○●叶，六字句○◐●叶，三字句◐◐●◐○◐●●○●叶，十字句◐○◐●叶，四字句◐◐●

○○五字句◐○◐●四字句◐●◐○●叶，五字句　後段◐○●◐○○○◐●九字句◐○◐◐○●叶，六字句◐○●●○○●七字句◐●◐○○●叶，六字句○◐●叶，三字句◐◐●◐○◐●○○●叶，十字句◐○●●叶，四字句◐●●○○五字句◐○◐●四字句◐●◐○●叶，五字句

摸魚兒

宋　辛棄疾

淳熙己亥，自湖北漕移湖南，同官王正之置酒小山亭，爲賦。

更能消、幾番風雨，匆匆春又歸去。惜春長怕花開早，何況落紅無數。春且住，且說道、天涯芳草迷歸路。怨春不語。算只有殷勤，畫簷蛛網，盡日惹飛絮。　長門事、準擬佳期又誤，娥眉曾有人妒。千金縱買相如賦，脉脉此情誰訴。君莫舞。君不見、玉環飛燕皆塵土。閑愁最苦。休去倚危欄，斜陽正在，煙柳斷腸處。

子字題

搗練子　單調、小令

○●●三字句●○○韻，三字句◐●○○●●○叶，七字句◐●○○○●●七字句◐○◐●●○○叶，七字句

搗練子

秋閨　　宋　秦　觀（一）

心耿耿，淚雙雙。皓月清風冷透牕。人去秋來宮漏永，夜深無語對銀缸。

（一）此詞《草堂詩餘·前集》未署名；《全宋詞》收作無名氏詞，注「《類編草堂詩餘》卷一誤作秦觀詞」。

甘州子　單調、小令

◑○◑●●○○韻，七字句○◑●三字句●○○叶，三字句◑○◑●●○○叶，七字句◑●●○○叶，五字句○●●三字句◑●●○○叶，五字句

甘州子　唐　顧　夐

每逢清夜與良晨，多悵望，足傷神。雲迷水隔意中人，寂寞繡羅茵。山枕上，幾點淚痕新。

西溪子　凡二體，竝單調、小令

第一體

◑●◑○○●韻，六字句◑●◑○○●叶，六字句●○○三字句○◑●更韻，三字句○●●叶，三字句◑●●○●●叶，六字句●○○更韻，三字句●○○叶，三字句

第一體

唐 牛嶠

捍撥雙盤金鳳。蟬鬢玉釵搖動。畫堂前，人不語。絃解語。彈到昭君怨處，翠蛾愁[一]，不擡頭。

【校】

[一]蛾：《全唐五代詞》作「娥」。

第二體

◐●◐○○●韻，六字句◐●◐○○●叶，六字句●○○三字句○◐●更韻，三字句●◐●叶，三字句◐●◐○○●叶，六字句◐●●○○更韻，五字句●○○叶，三字句

第二體

唐 毛文錫

昨日西溪遊賞。芳樹奇花千樣。瑣春光，金樽滿，聽絃管。嬌妓舞衫香暖。不覺到斜暉，馬馱歸。

醉公子(一)

雙調、小令，後段同，亦更仄平兩韻各叶

◐◐○◐●韻，五字句◐○○●●叶，五字句◐●●○○更韻，五字句◐○◐●○叶，五字句　後段同

醉公子

唐　顧　夐

岸柳垂金線。雨晴鶯百囀。家住緑楊邊。往來多少年。　馬嘶芳草遠。高樓簾半捲。斂袖翠蛾攢。相逢爾許難。

生查子

凡四體，竝雙調、小令，與《醉花間》相近

第一體

後段同

◐◐◐◐○五字句◐●○○●韻，五字句◐●●○○五字句◐●○○●叶，五字句　後段同

(一) 原本作「醉翁子」，誤，據《全唐五代詞》校訂。

第一體

唐　魏承班

煙雨晚晴天，零落花無語。難話此時心，梁燕雙來去。　琴韻對薰風，有恨和情撫。腸斷斷絃頻，淚滴黃金縷。

第二體

◑◑◑◑○五字句◑●○○●韻，五字句◑●●○○五字句●●○○●叶，五字句　後段●◑○三字句○●●叶，三字句○●○○●叶，五字句●●●○○五字句◑●○○●叶，五字句

第二體

唐　牛希濟[一]

春山煙欲收，天澹稀星小。殘月臉邊明，別淚臨清曉。　語已多，情未了，迴首猶重道。記得緑羅裙，處處憐芳草。

[一] 此詞原本未署名，《全唐五代詞》録爲唐牛希濟，兹從校訂。

第二體

◑●●○○五字句◑○○○●韻，五字句◑●●○○五字句○●○○●叶，五字句　後段○○●●●○○七字句●●○○●叶，五字句◑●●○○五字句●●○○●叶，五字句

第三體　　　唐　孫光憲〔一〕

暖日策花驄，嚲鞚垂楊陌。芳草惹煙青，落絮隨風白。　誰家繡轂動香塵，隱映神仙客。狂殺玉鞭郎，咫尺音容隔。

第四體　後段同

○●○三字句●○●三字句◑●○○●韻，五字句◑●●○○五字句◑●○○●叶，五字句　後段同

〔一〕此詞原本未署名，《全唐五代詞》録爲唐孫光憲，兹從校訂。

第四體

唐張　泌

相見稀，喜相見，相見還相遠。檀畫荔枝紅，金蔓蜻蜓軟。　魚雁疎，芳信斷，花落庭陰晚。可惜玉肌膚，銷瘦成慵懶。

酒泉子　凡十三體，竝雙調、小令

第一體

◐●◐○韻，四字句◐●◐○○●六字句●○○三字句○●●三字句●○○叶，三字句
後段◐○◐●○○●更韻，七字句◐○○●●叶，五字句●○○三字句○●●叶，三字句●○○不叶韻，三字句

第一體

唐　毛熙震

鈿匣舞鸞。隱映艷紅修碧。月梳斜，雲鬢膩，粉香寒。　曉花微斂輕呵展，裊釵金燕軟。日初昇，簾半捲，對殘粧。

第二以至第六未載

第七體

◐●◐○韻，四字句○●●○○●●韻，七字句●○○三字句○●●叶，三字句●○○叶，三字句　後段◐○◐●●○○叶，七字句◐●●○○●●七字句●○○三字句○●●三字句●○○叶，三字句

第七體

唐　張　泌

春雨打牕。驚夢覺來天氣曉。畫堂深，紅焰小，背蘭缸。　酒香噴鼻懶開缸。惆悵更無人共醉。舊巢中，新燕子，語雙雙。

第八、第九未載

第十體

●●○○四字句○●●○○●六字句●○●●●○○韻，七字句●○○叶，三字句　後段◐○◐●●○○叶，七字句●●◐○○●六字句◐○◐●●○○叶，七字句●○○叶，三字句

第十體　唐張　泌

紫陌青門，三十六宮春色。御溝輦路暗相通。杏花風[一]。　咸陽沽酒寶釵空。笑指未央歸去。插花走馬落殘紅。月明中。

【校】

[一] 花：《全唐五代詞》作「園」。

女冠子　凡五體，竝雙調、小令

第一體

◑◑◑●四字句◑●◑○◑●●○○韻，九字句◑●○○●五字句◑○●●○叶，五字句　後段◑○○●●五字句◑●●○○叶，五字句◑●○○●五字句●○○叶，三字句

第一體

唐韋莊

四月十七，正是去年今日、别君時。忍淚佯低面，含羞半斂眉。　不知魂已斷，空有夢相隨。除卻天邊月，没人知。

第二以至第五未載

贊浦子　雙調、小令

◐●○○●五字句○○●●○韻，五字句◐●○○●五字句○●●●○叶，五字句　後段
◐●◐○◐●六字句◐○◐●○○叶，六字句◐●○○●五字句○○●●○叶，五字句

贊浦子

唐　毛文錫

錦帳添香睡，金鑪換夕薰。懶結芙蓉帶，慵拖翡翠裙。　正是桃夭柳媚，那堪暮雨朝雲。宋玉高唐意，裁瓊欲贈君。

繡帶子　雙調、小令

◐●●○○韻，五字句◐●●○○叶，五字句◐●◐○◐●六字句◐●○○○叶，五字句　後段◐●●○○叶，五字句◐◐●◐●○○叶，七字句◐○◐●四字句◐○◐◐四字句◐●○○叶，四字句

繡帶子

宋　黄庭堅

小院一枝梅。衝破曉寒開。晚到芳園遊戲，滿袖帶香囘。玉酒覆銀盃。盡醉去、猶待重來。東鄰何事，驚吹怨笛，雪片成堆。

更漏子

雙調、小令，後段同，亦更仄平兩韻各叶

◑◑◑三字句◑◑●韻，三字句◑●◑○◑●叶，六字句◑●●三字句●○○更韻，三字句◑○◑●○叶，五字句　後段同

更漏子

唐　温庭筠

玉鑪香，紅蠟淚。偏照畫堂秋思。眉翠薄，鬢雲殘。夜長衾枕寒。梧桐樹，三更雨。不道離情正苦。一葉葉，一聲聲，空階滴到明。

山花子 凡二體，竝雙調、小令

第一體

◐●○○●●○韻，七字句◐○◐●●○○叶，七字句◐●◐○◐●六字句○○○叶，三字句 後段◐●◐○○●●七字句◐○◐●●●○叶，七字句◐●◐○○●●七字句●○○叶，三字句

第一體 石晉 和凝

銀字笙寒調正長。水紋簟冷畫屏涼。玉腕重金扼臂，澹梳粧。幾度試香纖手暖，一迴嘗酒絳脣光。佯弄紅絲蠅拂子，打檀郎。

第二體 一名《添字浣溪沙》 後段同

◐●◐◐●●○韻，七字句◐○○●●○○叶，七字句◐●◐○◐◐●七字句●○○叶，三字句 後段同

第二體

石晉和凝

鶯錦蟬縠馥麝臍，輕裾花草曉煙迷。鸂鶒鬭金紅掌墜，翠雲低。星靨笑隈霞臉畔，蹙金開襜襯銀泥。春思半和芳草嫩，緑萋萋。

漁歌子　雙調，小令，後段同

●◐○三字句○●●韻，三字句◐○◐●●○●叶，七字句◐◐◐三字句◐◐◐三字句◐●◐○◐●叶，六字句　後段同

漁歌子

唐顧敻

曉風清，幽沼緑，倚欄凝望珍禽浴。畫簾垂，翠屏曲，滿袖荷香馥郁。好攄懷，堪寓目。身閒心靜平生足。酒盃湥，光影促。名利無心較逐。

七娘子　雙調、小令，後段同

◐○◐●○○●韻，七字句◐○●●○○●叶，七字句◐●○○四字句◐○○●叶，四字句◐○◐●○○●叶，七字句　後段同

七娘子

賀人子晬

宋　吳　申

君家諸子燕山盛。去年兩見門弧慶。銀蠟燒花，寶香熏燼。晬盤珠玉還相映。耳邊好語憑君聽。此兒不與群兒竝。右執干戈，左持金印。功名當似王文正。

破陣子　雙調、中調，後段同

◐●◐○◐●六字句◐◐◐●○○韻，六字句◐●◐○○●●七字句◐●○○◐●○叶，七字句◐○○●○叶，五字句　後段同

破陣子

峽石道中有懷吴子似縣尉　　宋　辛棄疾

宿麥畦中雉雊[一]，桑葉陌上蠶生[二]。騎火須防花月暗，玉唾長攜彩筆行。隔墻人笑聲。莫説弓刀事業，依然詩酒功名。千載圖中今古事，萬石溪頭長短亭。小塘風浪平。

【校】

[一]雊：《全宋詞》作「鷕」。

[二]桑葉：《全宋詞》作「柔桑」。

行香子

雙調、中調，後段同，唯首句及第二句無韻，亦有有韻同前者

◑●○○韻，四字句◑●○○叶，四字句◑○◑◑●○○叶，七字句◑○◑●四字句◑●○叶，四字句●◑○●四字句○●●三字句●○○叶，三字句　後段同

行香子

與泗守過南山晚歸作　　宋　蘇　軾

北望平川。野水荒灣，共尋春、飛步孱顏。和風弄袖，香霧縈鬢。正酒酣後[一]，人語笑，白雲間。　飛虹落照，相將歸去，澹涓涓、玉宇清閒。何人無事，宴坐空山。望長橋上，燈火亂，使君還。

【校】

[一] 後：《全宋詞》作「時」。

八六子　雙調、中調

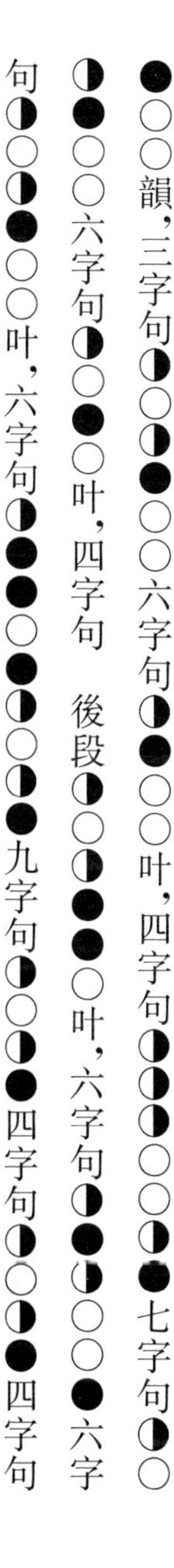

◑○◑●◑○◑●八字句◑○◑●●○叶，六字句●○○叶，三字句◑○◑◑◑○叶，六字句

八六子

春怨　　宋　秦觀

倚危亭，恨如芳草萋萋，剗盡還生。念柳外青驄別後，水邊紅袂分時，愴然暗驚。無端天與娉婷。夜月一簾幽夢，春風十里柔情。怎奈向、歡娛漸隨流水，素絃聲斷，翠綃香減。那堪片片飛花弄晚，濛濛殘雨籠晴。正銷凝，黃鸝又啼數聲。

南歌子

一名《南柯子》　單調、小令

◑●○○●五字句●○○●○韻，五字句◑●●○○叶，五字句◑○○●●五字句●○○叶，三字句

南歌子

唐 温庭筠

轉盼如波眼，娉婷似柳腰。花裏暗相招，憶君腸欲斷，恨春宵。

第二體

◐●○◐●五字句○○●●○韻，五字句◐○◐●●○○叶，七字句◐●◐○○●●○○叶，九字句

第二體

唐 張 泌

岸柳拖煙綠，庭花照日紅。數聲蜀魄入簾櫳。驚斷碧牕殘夢、畫屏空。

南鄉子 凡四體，有單、雙二調，竝小令

第一體 單調

◐●○○韻，四字句◐○◐●●○○叶，七字句◐●●○○●●更韻，七字句○●叶，二字

句◐●◐○○●●叶，七字句

第一體

唐　歐陽炯

岸遠沙平。日斜歸路晚霞明。孔雀自憐金翠尾。臨水。認得行人驚不起。

第二體　單調

◐●○○韻，四字句◐○◐●●○○叶，七字句◐●◐○○●●更韻，七字句○○●叶，三字句◐●◐○○●●叶，七字句

第二體

唐　歐陽炯

嫩草如煙。石榴花發海南天。日暮江亭春影綠。鴛鴦浴。水遠山長看不足。

第三體　單調

○●●三字句●○○韻，三字句◐○◐●●○○叶，七字句◐●○○●●●更韻，七字句

○○●叶，三字句◑●◑●○●●叶，七字句

第三體

唐李珣

煙漠漠，雨淒淒。岸花零落鷓鴣啼。遠客扁舟臨野渡。思鄉處。潮退水平春色暮。

第四體 雙調，後段同

◑●●○○韻，五字句◑●○○●●○叶，七字句◑●◑○○●●七字句○○叶，二字句

◑●○○◑●○叶，七字句　後段同

第四體

重陽

宋蘇軾

霜降水痕收。淺碧鱗鱗露遠洲。酒力漸消風力軟，颼颼。破帽多情卻戀頭。　佳節若爲酬。但把清樽斷送秋。萬事到頭都是夢，休休。明日黄花蝶也愁。

天仙子　凡二體，有單調二首

第一體　單調、小令

◐●◐○○●●韻，七字句◐◐◐◐○◐●叶，七字句◐○○●●○○七字句○◐●叶，三字句◐○●叶，三字句◐●◐○○●●叶，七字句

第一體

唐　皇甫松

晴野鷺鷥飛一隻。水葓花發秋江碧。劉郎此日別天仙，登綺席。淚珠滴，十二晚峰高歷歷。

第二體　未載

風流子　一名《内家嬌》　凡二體，有單、雙二調

第一體　單調、小令

◐●◐○○●韻，六字句◐●◐○◐●叶，六字句◐●○三字句●○○三字句◐●◐○◐

●叶，六字句◐●○●叶，四字句◐●◐○○●叶，六字句

第一體

唐 孫光憲

茅舍槿籬溪曲。雞犬自南自北。菰葉長，水葓開，門外春波漲緑。聽織、聲促，軋軋鳴梭穿屋。　金絡玉銜嘶馬。繫向緑楊陰下。朱户掩，繡簾垂，曲院水流花榭。歡罷、歸也，猶在九衢湥夜。（其二）

第二體　雙調、長調

◐○◐●●五字句○○●◐●●○○韻，八字句●◐●●○五字句◐○○●四字句◐○◐●四字句◐●○○叶，四字句◐○○●三字句◐○○●●五字句◐●●○○叶，五字句◐●●○四字句◐○◐●四字句◐○○●四字句◐●○○叶，四字句　後段◐○○◐●五字句◐○●◐◐●●○○叶，九字句◐●●○○●六字句◐●○○叶，四字句◐○○●●五字句◐○●●四字句◐◐◐◐四字句◐●○○叶，四字句◐●◐○●●六字句◐●○○叶，四字句

第二體

初春　　宋秦　觀

東風吹碧草，年華換、行客老滄洲。見梅吐舊英，柳摇新緑，惱人春色，還上枝頭。寸心亂，北隨雲黯黯，東逐水悠悠。斜日半山，暝煙兩岸，數聲横笛，一葉扁舟。　青門同攜手，前歡記、渾似夢裏揚州。誰念斷腸南陌，回首西樓。算天長地久，有時有盡，奈何綿綿，此恨無休[一]。擬待倩人説與，生怕伊愁[二]。

【校】

[一] 無：《全宋詞》作「難」。

[二] 伊：《全宋詞》作「人」。

江城子　一名《江神子》　凡三體，有單、雙二調

第一體　單調、小令

◐○◐●●○○韻，七字句●○○叶，三字句●○○叶，三字句◐◐◐◐◐●●○○叶，九字句◐●◐○●●●七字句○●●●○○叶，六字句

第一體　唐牛嶠

鵁鶄飛起郡城東。碧江空。半灘風。越王宮殿、蘋葉藕花中。簾捲水樓漁浪起，千片雪、雨濛濛。

第二體　單調、小令

◐◐○◐●◐●韻，七字句●○○叶，三字句●○○叶，三字句◐◐◐◐◐●●○○叶，九字句◐●◐○○●○七字句◐○●●●○○叶，七字句

第二體　唐　歐陽炯

晚日金陵岸草平。落霞明。水無情。六代繁華、暗逐逝波聲。空有姑蘇臺上月，如西子鏡照江城。

第三體　單調、小令

◐○○○◐●○韻，七字句◐○○●◐●○○叶，八字句◐●○○◐●●○○叶，九字句◐●◐○○●●七字句◐◐◐●○○叶，六字句

第三體　唐　牛嶠

極浦煙消水鳥飛。離筵分首時、送金巵。渡口楊花、狂雪任風吹。日暮空江波浪急，芳草岸、雨如絲。

河滿子　單、雙二調

第一體　單調、小令

◐●○○◐●六字句◐○◐●○○韻，六字句◐●◐○○●六字句◐○◐●○○叶，六字句◐●◐○◐●六字句◐○◐●○○叶，六字句

第一體

唐　毛文錫

紅粉樓前月照，碧紗牕外鶯啼。夢斷遼陽音信，那堪獨守空閨。恨對百花時節，王孫緑草萋萋。

第二體　單調、小令

◐●◐○◐●六字句◐○◐●○○韻，六字句◐●◐○○●●七字句◐○◐●○○叶，六字句◐●◐○◐●六字句◐○◐●○○叶，六字句

第二體　唐　孫光憲

冠劍不隨君去，江河還共恩深。歌袖半遮眉黛慘，淚珠旋滴衣襟。惆悵雲愁雨怨，斷魂何處相尋。

卜算子　雙調、小令，用平韻即《巫山一段雲》

卜算子　後段同

◑◑◑●○五字句◑●○○●韻，五字句◑●○○●●○七字句◑●○○●叶，五字句

後段同

第一體

春情　宋秦　觀

春透水波明，寒峭花枝瘦。極目煙中百尺樓，人在樓中否。四和裊金鳧，雙陸思纖手。擬倩東風浣此情，情更濃如酒。

天文題

鶴冲天　雙調、小令

○●●三字句●○○韻，三字句◐●●○○叶，五字句◐○◐●●○○叶，七字句◐●●○○五字句　後段◐○●更韻，三字句◐○●叶，三字句◐●●○○●叶，六字句◐○◐●●○○更韻，七字句◐●●○○叶，五字句

鶴冲天

宋　歐陽脩

梅謝粉，柳拖金，香滿舊園林。養花天氣半晴陰，花好卻愁深。　花無數。愁無數，花好卻愁春去。戴花持酒祝東風，千萬莫匆匆。

杏花天　雙調、小令，後段同

◐◐◐●○○●韻，七字句◐●●○○◐●叶，七字句◐○◐●○○●叶，七字句◐●◐○◐●叶，六字句　後段同

杏花天

宋　朱敦儒

淺春庭院東風曉[一]。細雨打、鴛鴦寒峭。花尖望見鞦韆了，無路踏青鬬草。　人別後、碧雲信杳。對好景、愁多歡少。等他燕子傳音耗。紅杏開時未到[二]。

【校】

[一]淺：《全宋詞》作「殘」。

[二]時：《全宋詞》作「也」。

鷓鴣天 雙調、小令

○●●三字句●○○叶，三字句◑●◑●●○○叶，七字句◑○◑●○○●七字句◑●
○○◑●○叶，七字句

鷓鴣天

春閨

宋秦　觀(一)

無一語，對芳樽，安排腸斷到黃昏。甫能炙得燈兒了，雨打梨花深閉門。(二)

(一) 此詞《草堂詩餘·前集》未署名；《類編草堂詩餘》、《花草粹編》皆録爲秦觀詞；《全宋詞》録爲無名氏詞。

(二) 此處詞文僅爲原詞下闋，上闋爲：「枝上流鶯和淚聞。新啼痕間舊啼痕。一春魚鴈無消息，千裏關山勞夢魂。」

地理題

浪淘沙　凡二體，有單調、雙調

第一體　單調、小令，即七言絶句，首句末用平韻

第二體　雙調、小令　一名《賣花聲》

◑●●○○韻，五字句◑●○○叶，四字句◑○◑●●○○叶，七字句◑●◑○○●●七字句◑●○○叶，四字句　後段同

第二體

閨情　宋 康與之

蹙損遠山眉。幽怨誰知。羅衾滴盡淚臙脂。夜過春寒愁未起，門外鴉啼。　惆悵阻佳期。

人在天涯。東風頻動小桃枝。正是銷魂時候也，撩亂花飛。

浣溪沙　雙調、小令

第一體

◐●○○◐●○韻，七字句◐○◐●●○○叶，七字句◐○○●●○○叶，七字句　後段

◐●◐○○●●七字句◐○◐●●○○叶，七字句◐○◐●●○○叶，七字句

浣溪沙

唐　薛昭蘊

粉上依稀有淚痕。郡庭花落斂黃昏。遠情湥恨與誰論。　記得去年寒食日，延秋門外卓金輪。日斜人散暗銷魂。

時令題

洛陽春　一名《一絡索》　雙調、小令，後段同

◐●◐○○●韻，六字句◐○○●叶，四字句◐○◐●●○○七字句◐◐●○○●叶，六字句　後段同

洛陽春

宋　陳師道

素手拈花纖軟，生香相亂。卻須詩力與丹青，恐俗手、難成染。　一顧教人微倩。那堪親見。不辭紫袖拂清塵，也要識、春風面。

畫堂春　雙調、小令

◑○◑●●○○韻，七字句◑○◑●○○叶，六字句◑○◑●●○○叶，七字句◑●○○叶，四字句　後段◑●◑○●●六字句◑○◑●○○叶，六字句◑○◑●●○○叶，七字句◑●○○叶，四字句

畫堂春

春怨　宋　徐　俯(一)

落紅鋪徑水平池。弄晴小雨霏霏。杏花憔悴杜鵑啼，無奈春歸。　柳外畫樓獨上，凭欄手撚花枝。放花無語對斜暉。此恨誰知。

(一)此詞《草堂詩餘·前集》未署名；《花草粹編》録爲徐俯詞；《淮海長短句》、《淮海詞》俱載此詞，《全宋詞》收作秦觀詞。

海棠春

雙調、小令，後段同

◑○◑●○○●韻，七字句◑●●◑○○●叶，七字句◑●○○○五字句◑●○○●叶，五字句　後段同

海棠春

春曉　宋秦　觀〔一〕

流鶯牕外啼聲巧〔二〕。睡未足、把人驚覺。翠被曉寒輕，寶篆沈煙裊。宿醒未解宫娥報。道別院、笙歌會早。試問海棠花，昨夜開多少。

〔一〕此詞《草堂詩餘·前集》未署名；《類編草堂詩餘》署秦觀作；《樂府雅詞·拾遺》闕名；《全宋詞》録爲無名氏詞。

【校】

[一]「流鶯」句：《全宋詞》作「曉鶯窗外啼春曉」。

洞天春 雙調、小令

◐◐◐◐◐●韻，六字句◐●◐○◐●叶，六字句◐●○○◐◐●叶，七字句◐◐○○●叶，五字句 後段◐○◐●◐●叶，六字句◐●◐○◐●叶，六字句◐●○○四字句◐○○●四字句◐●◐●叶，四字句

洞天春

宋 歐陽脩

鶯啼緑樹聲早。檻外殘紅未掃。露點珍珠遍芳草。正簾幃清曉。 鞦韆宅院悄悄，又是清明過了。燕蝶輕狂，柳絲撩亂，春心多少。

月宮春　雙調、小令

◐○○●○○○韻，七字句◐○◐○○叶，五字句◐○◐●●○○叶，七字句◐○◐●○叶，五字句　後段◐●○○●●●七字句◐○◐●●○○叶，七字句◐●○○◐●六字句◐○◐●○叶，五字句

月宮春　唐　毛文錫

水晶宮裏桂花開，神仙探幾囘。紅芳金蕊繡重臺。低傾瑪瑙盃。　玉兔銀蟾爭守護，嫦娥姹女戲相偎。遥聽鈞天九奏，玉皇親看來。

武陵春　雙調、小令，後段同

第一體

◐●◐○○●●七字句◐●●○○韻，五字句◐●○○◐●○叶，七字句◐●●○○叶，

五字句　後段同

第一體

燈夜觀雪既而月復明　　宋　毛　滂

風過氷簷環佩響，宿霧在華茵。賸落瑶花襯月明。嫌怕有纖塵。　鳳口銜燈金炫轉，人醉覺寒輕。但得清光解照人。不負五更春。

錦堂春　雙調、小令

◑●◑○◑●六字句◑○◑●●○韻，六字句◑○◑●○○●七字句◑●●○○叶，五字句　後段同

錦堂春

閨怨　　宋　趙令時

樓上縈簾弱絮，牆頭礙月低花。年年春事關心事，腸斷欲棲鴉。舞鏡鸞衾翠減，啼珠鳳蠟紅斜。重門不鎖相思夢，隨意繞天涯。

錦帳春　雙調、中調，後段同

◐●○○四字句◐○○●韻，四字句◐◐●◐○◐●叶，七字句○○○三字句○●●三字句◐◐○●●叶，五字句◐○○●叶，四字句　後段同

錦帳春

杜叔高席上作[一]　宋　辛棄疾

春色難留，酒杯常淺，更舊恨、新愁相間。五更風，千里夢，看飛紅幾片。只般庭院[二]。

[一]《全宋詞》作「席上和叔高韻」。

幾許風流，幾般嬌懶。問相見、何如不見。燕飛忙，鶯語亂，恨重簾不捲。翠屏平遠。

【校】

［一］只：《全宋詞》作「這」。

玉堂春 雙調、中調

◑○○●韻，四字句◑●◑○◑●叶，六字句◑●○○四字句◑●○○更韻，四字句◑●○○四字句◑●○○●五字句◑●○○●○○叶，七字句　後段◑●○○◑●六字句◑○◑○○叶，五字句◑●○○四字句◑●○○●五字句◑●○○●●○叶，七字句

玉堂春

宋　晏　殊

斗城池館。二月風和煙暖。繡户珠簾，日影初長。玉轡金鞍，繚繞沙堤路，幾處行人映緑楊。　小檻朱闌回倚，千花浥露香。脆管清絃，欲奏新翻曲。依約林間坐夕陽。

謝池春　雙調、中調

第一體　後段同，惟首句末用仄字、不叶韻

◐●○○四字句◐●◐○●●韻，六字句◐●◐◐○◐●叶，七字句◐○◐●四字句◐◐○○●叶，五字句◐○◐◐○◐●叶，七字句　後段同

第一體　宋陸游

賀監湖邊，初繫放翁歸棹。小疎林[一]、時時醉倒。春眠驚起，聽啼鶯催曉。歎功名、誤人堪笑。朱橋翠徑，不許京塵飛到。掛朝衣、東歸欠早。連宵風雨，卷殘紅如掃。恨尊前、送春人老。

【校】

[一] 疎：《全宋詞》作「園」。

越溪春　雙調、中調

◐●◐○○●●七字句◐●●○○韻，五字句◐○◐●○○●七字句◐●◐◐●○○叶，七字句◐●○○四字句◐○◐○四字句◐●○○叶，四字句　後段◐○◐●○○叶，六字句◐●●○○叶，五字句◐○◐●◐●●●八字句◐○◐●○○叶，六字句◐●●○○●七字句◐●●○○叶，五字句

越溪春

宋　歐陽脩

三月十三寒食日，春色遍天涯。越溪閬苑繁華地，傍禁垣、珠翠煙霞。紅粉牆頭，鞦韆影裏，臨水人家。　歸來晚駐香車。銀箭透牕紗。有時三點兩點雨霽，朱門柳細風斜。沉麝不燒金鴨冷，籠月照梨花。

鳳樓春　雙調、中調

◐●●●○韻，五字句◐●○○叶，四字句●○○叶，三字句◐○◐●●○○叶，七字句◐

●●●●○叶，六字句◑●◑○○●●七字句◑●●○○叶，五字句　後段●○○叶，三字句◑●○○叶，四字句◑○○●四字句◑○○●四字句◑○◑●○○叶，六字句◑●◑○四字句◑◑◑●●○○叶，七字句◑○○●四字句◑●○○叶，四字句

鳳樓春　唐　歐陽炯

鳳髻緑雲叢。深掩房櫳。錦書通。夢中相見覺來慵。匀面淚、臉朱融[一]，因想玉郎何處去，對淑景誰同。　小樓中。春思無窮。倚欄顒望，闇牽愁緒，柳花飛起東風。斜日照簾，羅幌香冷粉屏空。海棠零落，鶯語殘紅。

【校】

[一] 朱：《全唐五代詞》作「珠」。

塞垣春　雙調、長調

◑●○○●韻，五字句◑◑●●○●叶，六字句◑○◑●四字句◑○◑●四字句◑◑○●

四字句◐●○◐●○○●叶，八字句◐●●○○●叶，六字句●◐○○◐●六字句◐○◐●○●叶，六字句　後段◐●●○○五字句◐○◐○◐○●叶，七字句◐●●○○五字句◐○◐◐●叶，五字句◐◐◐◐◐◐●○○九字句◐◐◐○○●叶，六字句◐●◐○●五字句◐○○●●叶，五字句

塞垣春

宋　周邦彦

暮色分平野。傍葦岸、征帆卸。煙村極浦，樹藏孤館，秋景如畫。漸別離氣味難禁也。更物象、供瀟灑。念多才[一]、渾衰減，一懷幽恨難寫。　追念綺牕人，天然自、風韻嫻雅。竟夕起相思，謾嗟怨遙夜。又還將、兩袖珠淚沉吟，向寂寥寒燈下。玉骨爲多感，瘦來無一把。

【校】

［一］才：《全宋詞》作「材」。

漢宮春　凡二體，竝雙調、長調

第一體

◑●○○韻，四字句◑◑○◑●五字句◑●○○叶，四字句◑◑○○◑●六字句◑●○○叶，四字句◑○◑●●○○七字句◑●○○叶，四字句◑◑●◑○◑●七字句◑○●●○○叶，六字句　後段◑●○○◑●六字句◑◑○●○五字句◑●○○叶，四字句◑○◑○◑●六字句◑●○●叶，四字句◑○◑●四字句◑◑○◑●○○叶，七字句◑●●◑○◑●七字句◑○◑●○○叶，六字句

第一體

上元前一日立春　　宋　京　鏜

暖律初回。又燒燈市井，賣酒樓臺。誰將星移萬點，月滿千街。輕車細馬隘通衢，蹴起香埃。今歲好、土牛作伴，挽留春色同來。　不是天公省事，要一時壯觀，特地安排。何妨綵樓鼓吹，綺席樽罍[一]。良宵勝景，語邦人、莫惜徘徊。休笑我、痴頑不去，年年爛醉金釵。

【校】

[一] 樽：《全宋詞》作「尊」。

第二體

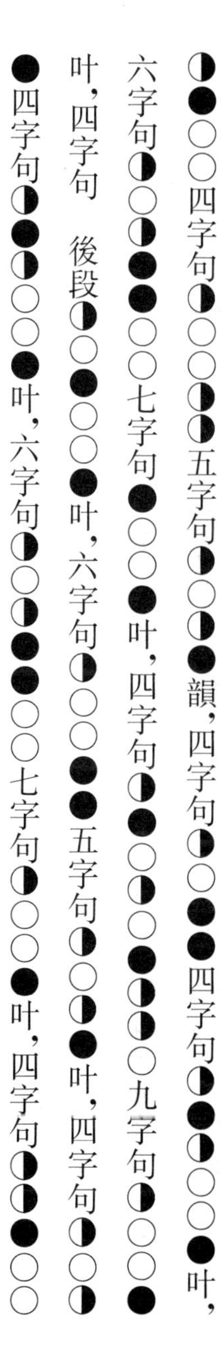
◐●○○四字句◐○○◐◐五字句◐○◐●韻，四字句◐○●●四字句◐●◐○○●叶，六字句◐○◐●●○○七字句●○○●叶，四字句◐●○◐○●◐◐○九字句◐○○●叶，四字句　後段◐○●○○●叶，六字句◐○○●●五字句◐○◐●叶，四字句◐○◐●四字句◐●◐○○●叶，六字句◐○◐●●○○七字句◐○○●叶，四字句◐◐●○○●●七字句◐●◐○○●叶，六字句

第二體

元宵　　宋 康與之

雪海沉沉[一]，峭寒收建章，雪殘鳷鵲。華燈照夜，萬井禁城行樂。春隨鬢影映參差，柳絲梅萼，丹禁香、鼇峰對聳三山，上通寥廓。　春衫繡羅香薄。步金蓮影下，三千綽約。冰輪

桂滿，皓色冷浸樓閣[二]。霓裳帝樂奏昇平，天風吹落。留鳳輦、通宵宴賞，莫放漏聲閑卻。

【校】

[一] 雪：《全宋詞》作「雲」。

[二] 浸：《全宋詞》作「侵」。

燕臺春[一]　雙調、長調

◑●●○四字句◑○◑●四字句◑○◑●○○韻，六字句◑●○○四字句◑○◑●○○叶，六字句◑○◑●○○叶，六字句◑◑○◑●五字句◑○◑●四字句◑○◑●四字句◑●○○叶，四字句　後段◑○◑●四字句◑●○○四字句◑○◑●四字句◑●○○叶，四字句◑○◑●四字句◑○◑●○○叶，六字句◑●○○四字句◑○◑●四字句◑●○○

(一) 調名《全宋詞》作「燕臺春慢」。

叶，四字句●○○叶，三字句◐●○◐●五字句◐●○○叶，四字句

燕臺春

春景　　宋張先

麗日千門，紫煙雙闕，瓊林又報春回。殿閣風微，當時去燕還來。五侯池館屏開，探芳菲走馬[一]。重簾人語，轔轔車幰[二]，遠近輕雷。雕觴霞灩，翠幙雲飛。楚腰舞柳，宮面粧梅。金猊夜煖，羅衣暗裛香煤。洞府人歸，笙歌院落，燈火樓臺。下蓬萊，猶有花上月，清影徘徊。

【校】

[一]「探芳菲」句：《全宋詞》作「探芳菲、走馬天街」。

[二]車幰：《全宋詞》作「綉軒」。

帝臺春　雙調、長調

◐●●韻，三字句●○○三字句◐◐●叶，三字句◐●◐○四字句◐●○○四字句◐○○●叶，四字句◐●○○◐●●七字句◐◐●◐○○●叶，七字句●○○三字句◐●○○四字句◐○●●叶，四字句　後段○○●叶，三字句○●●叶，三字句◐●●叶，三字句◐○●叶，三字句◐◐●○○五字句◐○○○四字句◐●◐○○●叶，六字句◐●◐○●◐●七字句◐◐◐◐◐○○叶，七字句◐◐●○○五字句◐◐○○●五字句

帝臺春

宋　李景元[一]

芳草碧。色萋萋，遍南陌。飛絮亂紅[二]，也似知人，春愁無力。憶得盈盈拾翠侶。共攜賞、鳳城寒食。到今來，海角逢春，天涯行路[三]。　愁旋釋。還似織。淚暗拭。又偷滴。

[一] 此詞《全宋詞》作者署李甲，小傳注「字景元」。

謾遍倚危欄[三]，儘黃昏也。只是暮雲凝碧。拚則而今已拚了，忘則怎生便忘得。又還問鱗鴻，試重尋消息。

【校】

[一] 飛：《全宋詞》作「暖」。

[二] 行路：《全宋詞》作「爲客」。

[三] 「謾遍倚」句：《全宋詞》作「謾佇立、遍倚危闌」。

絳都春 雙調、長調

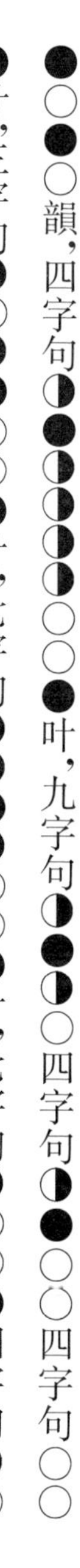

●○●○韻，四字句◑●◑◑◑◑○○●叶，九字句◑●◑○四字句◑●○○四字句○○

●叶，三字句◑○◑●○○●叶，七字句◑◑●◑○○●叶，七字句◑○○●四字句◑○

◑●四字句◑○○●叶，四字句　後段○●叶，二字句◑○◑●四字句◑○◑◑◑○○●

●叶，九字句◑●◑○四字句◑●◑○○◑●叶，七字句◑○◑●○○●叶，七字句◑●

●◐○○●叶，七字句◐○◐●○○六字句◐○◐●叶，四字句

絳都春

上元　　宋　丁仙現

融和又報。乍瑞靄霽色、皇州春早。翠幰競飛，玉勒爭馳，都門道。鼇山綵結蓬萊島。向晚色、雙龍嗡照[一]。絳綃樓上，彤芝蓋底，仰瞻天表。　縹緲。風傳帝樂，慶三殿共賞，羣仙同到。迤邐御香，飄滿人間聞嬉笑。須臾一點星毬小，漸隱隱、鳴梢聲杳。遊人月下歸來，洞天未曉。

【校】

[一] 嗡：《全宋詞》作「銜」。

沁園春 雙調、長調

第一體

◐●○○四字句◐◐○○四字句◐○◐○韻，四字句◐◐○◐●五字句◐◐●●四字句◐○○●四字句◐●○○叶，四字句◐●○○四字句◐○◐●四字句◐●○○◐●○叶，七字句○○●三字句◐◐○◐●五字句◐○○○叶，四字句　後段◐○◐●○○叶，六字句◐◐●○○◐●○叶，八字句◐◐○◐●五字句◐●◐●四字句◐○◐●四字句◐●○○叶，四字句◐●○○四字句◐○◐●四字句◐●○○◐●○叶，七字句○○●三字句◐◐○◐●五字句◐●○○叶，四字句

第一體

帶湖新居將成　宋 辛棄疾

三徑初成，鶴怨猿驚，稼軒未來。甚雲山自許，平生意氣，衣冠人笑，抵死塵埃。意倦須還，

身閑貴早，豈爲蓴羹鱸鱠哉。秋江上，看驚弦雁避，駭浪船回。東岡更葺茅齋。好都把軒牕臨水開。要小舟行釣，先應種柳，疎籬護竹，莫礙觀梅。秋菊堪餐，春蘭可佩，留待先生手自栽。沉吟久，怕君恩未許，此意徘徊。

人物題

河瀆神　雙調、小令

◐●●○○韻，五字句◐○◐●○○叶，六字句◐○◐●●○○叶，七字句◐○◐●○○叶，六字句　後段◐○◐●○○●更韻，七字句◐○◐●○●叶，六字句◐●◐○○●叶，六字句◐○○●○●叶，六字句

河瀆神　唐　温庭筠

孤廟對寒潮。西陵風雨蕭蕭。謝娘惆悵倚蘭橈。淚流玉筯千條。　暮天愁聽思歸樂。早梅香滿山郭。回首兩情蕭索。離魂何處漂泊。

二郎神　雙調、長調

第一體

◐○◐●四字句◐●◐○◐●韻，六字句◐◐●◐○五字句◐●◐○○●◐○○●叶，十字句◐●◐○○●●七字句◐◐●◐○◐●叶，七字句◐●●◐○◐●七字句◐●◐○○●叶，六字句　後段○●叶，二字句◐○◐●○○○●叶，八字句◐○○○○●●八字句◐●●◐○○●叶，七字句◐●◐○○●●七字句◐○●○○●●叶，七字句◐◐●○○◐●○○九字句◐○○●叶，四字句

第一體

七夕　宋　柳永

炎光謝過，暮雨芳塵輕灑。乍露冷風清，庭户爽天如水、玉鉤遥掛。應是星娥嗟久阻，敘舊約飈輪欲駕。極目處、微雲暗度，耿耿銀河高瀉。　閑雅。須知此景、古今無價。運巧思、穿針樓上女，擡粉面、雲鬟相亞。鈿合金釵私語處，算誰在、回廊影下。願天上人間、占得

歡娱，年年今夜。

鵲橋仙 雙調、小令

◐○◐●四字句◐○◐●四字句◐●◐○◐●韻，六字句◐○◐●●○○七字句◐◐●

◐○◐●叶，七字句　後段同

鵲橋仙

七夕

宋 秦 觀

纖雲弄巧，飛星傳恨，銀漢迢迢暗度。金風玉露一相逢，便勝卻、人間無數。柔情似水，佳期如夢，忍顧鵲橋歸路。兩情若是久長時，又豈在、朝朝暮暮。

臨江仙　雙調、小令，後段同

第一體

◐◐◐◐○○●七字句◐○◐●○○韻，六字句◐○◐●●○○叶，七字句◐○◐●●○○叶，七字句　後段同

第一體　石晉　和凝

海棠香老春江晚，小樓霧縠涳濛。翠鬟初出繡簾中。麝煙鸞珮惹蘋風。碾玉釵搖鸂鶒戰，雪肌雲鬢將融。含情遙指碧波東。越王臺殿蓼花紅。

第二體　小令，後段同，唯首句末用仄字、不叶韻

◐●◐○◐●○韻，七字句◐○◐●○○叶，六字句◐○◐●●○○叶，七字句◐○◐●四字句◐●●○○叶，五字句　後段同

第二體

唐　閻選

十二高峰天外寒。竹梢輕拂仙壇。寶衣行雨在雲端。畫簾深殿，香霧冷風殘。欲問楚王何處去，翠屏猶掩金鸞。猿啼明月照空灘。孤舟行客，驚夢亦艱難。

瑞鶴仙　雙調、長調

◐○○●●韻，五字句◐◐●○○五字句◐○○●叶，四字句◐◐◐○●叶，五字句◐◐○◐●五字句◐○◐●叶，四字句◐○◐○叶，四字句◐◐●○○◐●叶，七字句◐◐○◐●○○七字句◐○◐○◐●叶，六字句　後段○●叶，二字句◐○○●四字句◐○○○四字句◐○◐●叶，四字句◐○◐●四字句○●●三字句◐○●叶，三字句●○○三字句◐●◐○◐●六字句◐●○○●●叶，六字句◐◐○◐●○○七字句◐○◐●叶，四字句

瑞鶴仙

宋　康與之

瑞煙浮禁苑。正絳闕春回，新正方半。冰輪桂花滿。溢花衢歌市，芙蓉開遍。龍樓兩觀，

見銀燭、星毬有爛。捲珠簾、盡日笙歌，盛集寶釵金釧。堪羨。綺羅叢裏，蘭麝香中，正宜遊翫。風柔夜暖。花影亂，笑聲喧。鬧蛾兒，滿路成團打塊。簇著冠兒鬬轉。喜皇都、舊日風光，太平再見。

菩薩蠻　一名《重疊金》，一名《子夜歌》，又與《醉公子》相近　並雙調、小令

◐○◐●○○●韻，七字句◐○◐●○○●叶，七字句◐●●○○更韻，五字句◐○◐●○叶，五字句　後段◐○○●●更韻，五字句◐●○○●叶，五字句◐●●○○更韻，五字句◐○◐●○叶，五字句

菩薩蠻　此詞乃百代詞曲之祖　唐李白

平林漠漠煙如織。寒山一帶傷心碧。暝色入高樓。有人樓上愁。　玉階空佇立。宿鳥歸飛急。何處是歸程[一]。長亭連短亭[二]。

【校】

［一］歸：《全唐五代詞》作「回」。

［二］連：《全唐五代詞》作「接」。

人事題

思帝鄉　凡三體，竝單調、小令

第一體

○●●三字句●○●韻，三字句◑●○○○●六字句●○○叶，三字句◑●○○●●六字句●○○叶，三字句◑●○○○●六字句●○○叶，三字句

第一體　唐韋莊

雲髻墜，鳳釵垂。髻墜釵垂無力，枕函欹。翡翠屏深月落，漏依依。説盡人間天上，兩心知。

第二體

◐●○韻，三字句◐○○●○叶，五字句◐●◐◐◐●六字句●○○叶，三字句◐●○○●●六字句●○○叶，三字句◐●○○●五字句●○○叶，三字句

第二體

唐 韋莊

春日遊。杏花吹滿頭。陌上誰家年少，足風流。妾擬將身嫁與，一生休。縱被無情棄，不能羞。

第三體

○○韻，二字句◐○○●○叶，五字句◐●◐○◐◐六字句●●○叶，三字句◐●○○●●六字句◐○●●○叶，五字句◐●◐●◐●六字句●○○叶，三字句

第三體

唐 孫光憲

如何。遣情情更多。永日水晶簾下[一]，斂羞蛾。六幅羅裙窣地，微行曳碧波。看盡滿池

疎雨，打團荷。

【校】

［一］水晶：《全唐五代詞》作「水堂」。

思越人　雙調、小令

●○○三字句○●●三字句◐○◐●○○韻，六字句◐●◐○○●●七字句◐○◐●○○叶，六字句　後段◐○◐●○○●更韻，七字句●○●三字句○●○叶，三字句◐●◐○○●●七字句◐○◐●○●叶，六字句

思越人　唐　孫光憲

古臺平，芳草遠，館娃宮外庭㴱[一]。翠黛空留千載恨，教人何處相尋。綺羅無復當時事。露花點，滴香淚。惆悵遥天横淥水。鴛鴦對對飛越[二]。

【校】

〔一〕庭：《全唐五代詞》作「春」。

〔二〕越：《全唐五代詞》作「起」。

憶江南　一名《謝秋娘》　單調、小令

○○●三字句◑●●○○韻，五字句◑●◑○○●●七字句◑○◑●○○○叶，七字句◑●●○○叶，五字句　後二首同

憶江南　三首　　唐　白居易

江南好，風景舊曾諳。日出江花紅勝火，春來江水緑如藍。能不憶江南。

江南憶，最憶是杭州。山寺月中尋桂子，郡亭枕上看潮頭。何日更重遊。

江南憶，其次憶吴宫。吴酒一杯春竹葉，吴娃雙舞醉芙蓉。早晚復相逢。

憶王孫

一名《豆葉黄》　單調、小令，改用仄韻後，加一疊即《漁家傲》

◐○◐●●○○韻，七字句◐●○○◐●○叶，七字句◐●○○●●○叶，七字句●○○叶，三字句◐●○○◐●○叶，七字句

憶王孫

春景　　宋秦觀[一]

萋萋芳草憶王孫，柳外樓高空斷魂。杜宇聲聲不忍聞，欲黄昏。雨打梨花空掩門。

[一] 此詞《草堂詩餘・前集》未署名；《花庵詞選》署李重元作；《全宋詞》據《花庵詞選》收作李重元詞，注「又誤作秦觀詞」。

憶秦娥

一名《秦樓月》　雙調、小令，亦有用平韻者

◑◑●韻，三字句◑○◑●○●●叶，七字句○●●複出，三字句◑○●○四字句◑○○●叶，四字句　後段◑○◑●○○●叶，七字句◑○◑●○○●叶，七字句○○●複出，三字句◑○○●四字句◑○○●叶，四字句

憶秦娥

唐李白

簫聲咽。秦娥夢斷秦樓月。秦樓月。年年柳色。灞陵傷別。　樂游原上清秋節。咸陽古道音塵絶。音塵絶。西風殘照，漢家陵闕。

憶漢月

◑●◑●○○●韻，六字句◑●○○◑●叶，六字句◑○◑●○○○七字句◑●◑○◑●叶，六字句　後段◑○○●●五字句◑●●◑○○●叶，七字句◑○◑●●○○七字句◑●●○○●叶，六字句

憶漢月　雙調、小令

宋　歐陽脩

紅豔幾枝輕裊。早被東風開了[一]。倚煙啼露爲誰嬌，故惹蝶憐蜂惱。　多情遊賞處，留戀向、緑叢千繞。酒闌歡罷不成歸，腸斷月斜春老。

【校】

[一] 早：《全宋詞》作「新」。

憶帝京　雙調、中調

◑○◑●○○●韻，七字句◑●◑○◑●叶，六字句◑●●○○五字句◑●○○●叶，五字句◑●○○○五字句◑●○○●叶，五字句　後段◑◑●◑●◑○叶，七字句◑◑◑○◑○●叶，七字句◑●○○四字句◑○◑●四字句◑●◑◑○◑●叶，七字句◑●●○○五字句◑●○○●叶，五字句

憶帝京　慶壽

宋　黄庭堅

鳴鳩乳燕春閒暇。化作緑陰槐夏。壽酒舞紅裳，羅鴨飄香麝[一]。醉此洛陽人，佐郡深儒雅。況座上、玉麟金馬。更莫問、鶯老花謝，萬里相依，千金爲壽，未厭玉燭傳清夜。不醉欲言歸，笑殺高陽社。

【校】

[一] 羅：《全宋詞》作「睡」。

憶舊遊　雙調、長調

◑◑○◑●五字句◑●○○四字句◑●○○韻，四字句◑●○○●五字句◑○○●●五字句◑●○○叶，四字句◑○●◑○●六字句◑●●○○叶，五字句◑◑●○○五字句◑○◑●四字句◑●○○叶，四字句　後段◑◑◑○●五字句◑◑●○○◑●○○叶，九字句◐●●○●五字句◐◐○○●五字句◐●○○叶，四字句◐○◐●◐●六字句◐●●○○叶，五字句◐◐●○○五字句◐○◐●◐◐○叶，七字句

憶舊遊

秋恨　　宋　周邦彦

記愁橫淺黛，淚洗紅鉛，門掩秋宵。墜葉驚離思，聽寒蛩夜泣，亂雨瀟瀟。鳳釵半脱雲鬢，牕影燭花搖[一]。漸暗竹敲涼，疎螢照曉，兩地魂銷。　迢迢問音信，道徑底花陰，時認鳴鑣。也擬臨朱户，歎因郎憔悴，羞見郎招。舊巢更有新燕，楊柳拂河橋。但滿眼京塵，東風竟日吹露桃。

【校】

[一]花：《全宋詞》作「光」。

望梅花　凡二體，有單、雙二調，竝小令

第一體　單調

◐●◐○◐●韻，六字句◐●◐○○●叶，六字句◐●◐○○●●叶，七字句◐●◐○○●叶，六字句◐●◐○○●●叶，七字句◐●◐○○●叶，六字句

第一體

石晉　和凝

春草全無消息。臘雪猶餘蹤跡。越嶺寒枝香自折[一]。冷豔奇芳堪惜。何事壽陽無處覓。吹入誰家橫笛。

【校】

[一] 折：《全唐五代詞》作「拆」。

第二體　雙調

◐○◐●●○○七字句◐◐●◐○●●七字句◐●○○◐●○叶，七字句　後段◐●●●○叶，五字句◐●○○●●○叶，七字句◐●●○○叶，五字句

第二體　　唐 孫光憲(一)

數枝開與短墻平。見雪蕚、紅跗相映。引起誰人邊塞情。　簾外欲三更。吹斷離愁月正明。空聽隔江聲。

望仙門　雙調、小令

◐○◐●●○○韻，七字句●○○叶，三字句◐○◐●●○○叶，七字句●○○叶，三字句　後段◐●○○●五字句◐○◐●○○叶，六字句◐○◐●●○○叶，七字句●●○複

(一) 此詞原本未署名，《全唐五代詞》録爲孫光憲作，茲從校訂。

出，三字句◑●●○○叶，五字句

望仙門

宋　晏殊

玉池波浪碧如鱗。露蓮新。清歌一曲翠眉嚬。舞華茵。　滿酌蘭英酒，須知獻壽千春。太平無事荷君恩。荷君恩。齊唱望仙門。

望江南

一名《望江梅》，即《夢江南》後加一疊　雙調、小令，後段同，唯更前韻

○◑●三字句◑●●○○韻，五字句◑●◑○○●●七字句◑○◑●●○○叶，七字句◑●●○○叶，五字句　後段同

望江南

南唐　李後主

多少恨，昨夜夢魂中。還似舊時遊上苑，車如流水馬如龍。花月正春風。　多少淚，斷臉復橫頤。心事莫將和淚説，鳳笙休向淚時吹。腸斷更無疑。

望海潮　凡二體，竝雙調、長調

第一體

◐○◐●四字句◐○○●四字句◐○◐●○○韻，六字句◐●◐○四字句◐○◐●四字句◐○◐●○○叶，六字句◐●●○○叶，五字句◐◐◐◐●五字句◐●○○叶，四字句◐●○○四字句◐○◐●●○○叶，七字句　後段◐○◐●○○叶，六字句◐◐○◐●五字句◐●○○叶，四字句◐●◐○四字句◐○◐●四字句◐○◐●○○叶，六字句◐○●○○叶，五字句◐○◐◐●五字句◐○○○叶，四字句◐●○○◐●●○○叶，九字句

第一體

錢塘　　宋柳　永

東南形勝，三吴都會，錢塘自古繁華。煙柳畫橋，風簾翠幙，參差十萬人家。雲樹繞堤沙。怒濤卷霜雪，天塹無涯。市列珠璣，户盈羅綺、競豪奢。　重湖疊巘清佳[一]。有三秋桂子，十里荷花。羌笛弄晴，菱歌泛夜，嬉嬉釣叟蓮娃。千騎擁高牙。乘時聽簫鼓[二]，吟賞

煙霞。異日圖將好景，鳳池誇[三]。

【校】

[一]佳：《全宋詞》作「嘉」。

[二]時：《全宋詞》作「醉」。

[三]鳳池誇：《全宋詞》作五字一句「歸去鳳池誇」。

望梅

雙調、長調

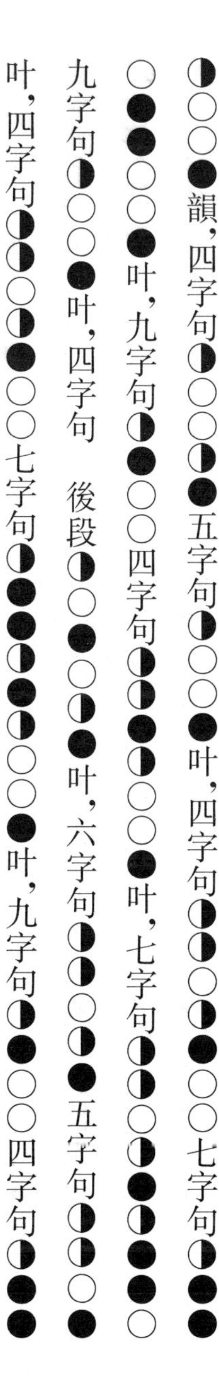

望梅

小春　　宋柳永

小寒時節。正同雲暮慘，勁風朝冽。信早梅、偏占陽和，向日處、凌晨數枝先發。時有香來，望明豔遥知非雪。展礲金嫩蘂、弄粉素英，旖旎清徹。仙姿更誰竝列，有幽光照水，踈影籠月。且大家、留倚欄干，鬬醁醑飛看、錦箋吟閱，桃李春花，料比此、芬芳俱別。見和羹大用，莫把翠條謾折。

望湘人

雙調、長調

◐○○◐●五字句◐●◐○四字句◐○○◐●●●韻，六字句◐●○○四字句◐○◐●四字句◐●◐○◐●叶，六字句●●○○四字句◐○○●四字句◐○◐●叶，四字句◐◐○◐●○○七字句◐●◐○○●叶，六字句　後段◐●◐○◐●叶，六字句◐◐○◐●五字句◐○○●叶，四字句◐◐●○○五字句◐●◐○◐●叶，六字句◐●●●◐○○●叶，八字句◐●◐○○●叶，六字句◐◐●◐●○○七字句◐●◐○◐●叶，六字句

望湘人

春思

宋 賀鑄

厭鶯聲到枕，花氣動簾，醉魂愁夢相半。被惜餘薰，帶驚剩眼，幾許傷春春晚。淚竹痕鮮，佩蘭香老。湘天濃暖。記小江、風月佳時，屢約非煙遊伴。須信鸞絃易斷。奈雲和再鼓，曲終人遠。認羅襪無蹤，舊處弄波清淺。青翰棹艤、白蘋洲畔。儘目臨皋飛觀。不解寄、一字相思，幸有歸來雙燕。

夢江口

單調、小令

○◐●三字句◐●●○○五字句◐●◐○○●●七字句◐○◐●●○○叶，七字句◐●●○○叶，五字句

夢江口

唐 温庭筠

千萬恨，恨極在天涯。山月不知心裏事，水風空落眼前花。摇曳碧雲斜。

夢揚州　雙調、長調

●○○三字句◐◐○◐●○○叶，七字句◐●◐○四字句●●○◐○○叶，六字句◐○●◐○◐●七字句◐●◐●○○叶，六字句○○●三字句●○●三字句◐○◐●○○叶，六字句　後段◐●○○●○叶，六字句◐●●○○五字句◐●○○叶，四字句◐●○○四字句◐●●◐○○叶，六字句◐○◐●○○●七字句◐●○◐●○○叶，七字句○●●三字句◐○◐●四字句◐●○○叶，四字句

夢揚州　宋　秦　觀

晚雲收。正柳塘、煙雨初休。燕子未歸，惻惻清寒如秋。小欄外東風軟透，繡幃花密香稠。江南遠，人何處，鷓鴣啼破春愁。　長記曾陪燕遊。酬妙舞清歌，麗錦纏頭。殢酒困花[一]，十載因誰淹留。醉鞭拂面歸來晚，望樓翠、簾捲金鉤。佳會阻，離情正亂，頻夢揚州。

【校】

[一] 困：《全宋詞》作「爲」。

賀聖朝 雙調、小令，後段同，唯首句作六字(一)

◑○◑●○○●韻，七字句◑○○○●叶，五字句◑○◑●四字句◑○○●四字句◑○○●叶，四字句

賀聖朝

春暮　　宋　葉清臣

滿斟綠醑留君住。莫匆匆歸去。三分春色，二分愁悶，一分風雨[一]。　花開花謝都來幾日[二]。且高歌休訴。知他來歲，牡丹時候，相逢何處。

(一) 後段首句實作八字，此誤。

【校】

[一]「三分」三句：《全宋詞》作：「三分春色二分愁，更一分風雨。」

[二]「花開」句：《全宋詞》作：「花開花謝，都來幾許。」曰，作「許」。

賀明朝(一)　凡二體，竝雙調、中調

第一體

◐●◐○○●●韻，七字句◐○◐●◐○●●叶，八字句◐○●●●○○●八字句●○○●○●○●叶，八字句　後段◐○◐●○○●叶，七字句◐◐○○四字句○●●○●叶，五字句◐◐○◐●五字句◐●◐○◐●○●叶，八字句

第一體

唐　歐陽炯

憶昔花間相見後。只憑纖手、暗拋紅豆。人前不解、巧傳心事，別來依舊、辜負春晝。碧

(一) 此調僅見五代歐陽炯詞二首，無宋詞。原調名誤作《賀聖朝》，茲從《全唐五代詞》校訂。

羅衣上蹙金繡，覩對鴛鴦，空裛淚痕透。想韶顏非久，終是爲伊、只恁偷瘦。

第二體

◑●◑○○●●七字句◑●◑○○○●叶，六字句◑●◑○○●六字句◑◑○○●●六字句◑●●◑○●叶，六字句　後段◑○◑●○○●叶，七字句◑◑●◑○◑●●◑●叶，十字句◑◑○◑●叶，五字句◑●◑○◑●●●叶，八字句

第二體

唐　歐陽炯

憶昔花間初識面。紅袖半遮粧臉。輕轉石榴裙帶，故將纖纖玉指，偷撚雙鳳金線。碧梧桐鎖湥湥院。誰料得兩情、何日教繾綣。羡春來雙燕，飛到玉樓、朝暮相見。

賀新郎

第一體　雙調、長調

◑●○●●韻，五字句◑○○◑○◑●七字句◑○○●叶，四字句◑●○○●◑●七字句◑●◑○◑●叶，六字句◑◑●○○○●叶，七字句◑●◑○○●●七字句◑◑○◑●●●●叶，八字句◑◑●三字句◑○●叶，三字句　後段◑○◑●○○●叶，七字句◑◑○◑◑◑○七字句◑○◑●叶，四字句◑●◑○四字句◑◑●三字句◑◑◑○◑●叶，六字句◑◑●◑○◑●叶，七字句◑◑◑○○●●七字句◑○◑●◑◑●叶，七字句◑●●三字句◑◑●叶，三字句

賀新郎

夏景　　宋蘇　軾

乳燕飛華屋。悄無人、槐陰轉午[一]，晚涼新浴。手弄生綃白團扇，扇手一時似玉。漸困倚、孤眠清熟。簾外誰來推繡户，枉教人、夢斷瑶臺曲。又卻是，風敲竹。石榴半吐紅巾

蹙。待浮花、浪蘂都盡，伴君幽獨。穠豔一枝，細看取，芳心千重似束。又恐被、秋風驚緑。若待得君來向此，花前對酒不忍觸。共粉淚，兩蔌蔌[二]。

【校】

[一] 槐：《全宋詞》作「桐」。

[二] 蔌蔌：《全宋詞》作「簌簌」。

醉太平 雙調、小令，後段同

◐●●○韻，四字句◐○●○叶，四字句◐○◐●○○叶，六字句◐○○●○叶，五字句

後段同

醉太平 宋 劉潛夫[一]

情高意真[一]。眉長鬢青。小樓明月調箏。寫春風數聲。　思君憶君。魂牽夢縈。翠綃

[一] 此詞《全宋詞》録爲劉過詞，調名《四字令》。

香暖雲屏。更那堪酒醒。

【校】

［一］高：《全宋詞》作「深」。

醉花間　雙調、小令，與《生查子》相近

◐○●三字句◐○●三字句◐●○○●五字句◐●●○○五字句◐●○○●五字句　後段◐○○●●五字句◐●○○●五字句◐○●●○五字句◐●○○●叶，五字句

醉花間　唐　毛文錫

深相憶。莫相憶。相憶情難極。銀漢是紅牆，一帶遥相隔。　金盤珠露滴。兩岸榆花白。風摇玉佩清，今夕爲何夕。

醉桃源　一名《阮郎歸》　雙調、小令

○○●●○○七字句◐○○●○叶，五字句◐○○◐●●○○叶，七字句◐○○●○叶，五字句　後段◐●●三字句●○○叶，三字句◐○◐●○叶，五字句◐○◐●●○○叶，七字句◐○◐●○叶，五字句

醉桃源　宋　歐陽脩

南園春半踏青時。風和聞馬嘶。青梅如豆柳如眉，日長蝴蝶飛。花露重，草煙低。人家簾幙垂。鞦韆慵困解羅衣。畫梁雙燕棲。

醉花陰　雙調、小令，後段同

◐◐◐◐○●●七字句◐●◐○●五字句◐●●○○五字句◐●◐○◐●○○●叶，九字句　後段同

醉花陰

重陽　　宋婦　李清照

薄霧濃雲愁永晝。瑞腦噴金獸[一]。佳節又重陽，寶枕紗廚、半夜秋初透[二]。　東籬把酒黄昏後。有暗香盈袖。莫道不銷魂，簾捲西風、人似黄花瘦。

【校】

[一] 噴：《全宋詞》作「消」。

[二] 秋：《全宋詞》作「涼」。

醉紅粧[一]　雙調、小令

◑○◑●●○●韻，七字句●○○三字句●◑○三字句◑●◑●●○○叶，七字句○●●

[一] 此調原本作《醉紅樓》，然僅見張先詞一首，《全宋詞》作《醉紅粧》，兹從校訂。

三字句●○○叶，三字句　後段◐○◐●●○○叶，七字句●○●三字句●○○叶，三字句◐●◐○○●●七字句○◐●三字句●○○叶，三字句

醉紅粧

宋　張　先

瓊林玉樹不相饒。薄雲衣，細柳腰。一般粧樣百般嬌。眉兒秀，總如描[一]。東風搖草雜花飄[二]。恨無計，上青條。更起雙歌郎且飲，郎未醉，有金貂。

【校】

[一]「眉兒」句：《全宋詞》作：「眉眼細，好如描。」

[二]雜：《全宋詞》作「百」。

醉落魄　雙調、小令

◐●●●四字句◐○●◐○○●七字句◐○◐●○○●七字句◐●○○四字句◐●◐○

●叶，五字句　後段◐○◐●○○●七字句◐○◐●◐○●七字句◐○◐●○○●七字句◐●○○四字句◐●◐○●五字句

醉落魄

詠茶　　宋　黄庭堅(一)

紅牙板歇。韶聲斷、六幺初徹。小槽酒滴珍珠竭[一]。紫玉甌圓，淺浪泛春雪。　香牙嫩蕋清心骨。醉中襟量與天闊。夜闌似覺歸仙闕。走馬章台，踏碎滿街月。

【校】

[一] 珍：《全宋詞》作「真」。

(一) 此詞《草堂詩餘·後集》未署名；《類編草堂詩餘》、《花草粹編》皆署黄庭堅作；《全宋詞》録爲無名氏詞。

醉春風　雙調、中調，後段同

◑●○○●五字句◑◑○◑●五字句◑○◑●●○○七字句●●●此句連疊三字◑●○●四字句◑○◑●四字句◑○○●四字句　後段同

醉春風

春閨　　　　宋　趙德仁〔一〕

陌上清明近。行人難借問。風流何處不歸來〔二〕，悶悶悶。回雁峰前，戲魚波上，試尋芳信。　夜永蘭膏燼〔三〕。春睡何曾穩。枕邊珠淚幾時乾，恨恨恨。唯有牕前，過來明月，照人方寸。

〔一〕此詞《樂府雅詞・拾遺》、《草堂詩餘・前集》均未署名；《全宋詞》録作無名氏詞。

【校】

[一] 歸來：《全宋詞》作「來歸」。

[二] 永：《全宋詞》作「久」。

醉蓬萊　雙調、長調

◐◐○◐●五字句◐●○○四字句◐●○●四字句◐●○○四字句◐◐○◐●五字句◐
●○○四字句◐○◐●四字句◐●○○●叶，五字句◐●○○四字句◐○◐●四字句◐
○◐●叶，四字句　後段◐●◐○◐○◐●八字句◐●○○四字句◐○○●四字句◐●
◐○四字句◐◐○○●五字句◐●◐○四字句◐○○●四字句◐◐○◐●五字句◐●
○○四字句◐○◐●四字句◐○○●四字句

醉蓬萊

上巳

宋 葉夢得

問春風何事，斷送繁紅，便拚歸去。牢落征途，笑行人羈旅。一曲陽關，斷雲殘靄，做渭城朝雨。欲寄離愁，綠陰千囀，黄鸝空語。　遥想湖邊、浪摇空翠，絃管風高，亂花飛絮。曲水流觴，有山翁行處[一]。翠袖朱欄，故人應也，弄畫船煙浦。會寫相思，尊前爲我，重翻新句。

【校】

[一]翁：《全宋詞》作「公」。

相見歡

一名《上西樓》　雙調、小令

◑○◑●○○六字句●○○三字句◑●◑○◑●六字句●○○三字句　後段◑◑●三字句◑○◑三字句●○○三字句◑●○○四字句◑●●○○五字句

相見歡

唐　薛昭蘊

羅襦繡袂香紅。畫堂中。細草平沙蕃馬，小屏風。　捲羅幕。凭粧閣，思無窮。暮雨輕煙，魂斷隔簾櫳。

萬年歡

雙調、長調

◐●○○四字句◐◐○◐●五字句◐◐○●四字句◐●○○四字句◐●◐○◐●六字句◐●◐○◐●六字句◐◐●◐○◐●叶，七字句◐○●◐●○○七字句◐○◐●○●叶，六字句　後段◐○◐●四字句◐○◐◐○◐●七字句◐●○●四字句◐●○○四字句◐●◐○○●六字句◐●◐○◐●六字句◐○●◐○○●七字句◐◐●◐●○○七字句◐○◐●○●六字句

萬年歡

元宵　　　　宋　胡浩然

燈月交光，漸輕風布煖，先到南國。羅綺嬌容，十里絳紗籠燭。花豔驚郎醉目。有多少、佳人如玉。春衫袂、整整齊齊，内家新樣粧束。　歡情未足。更闌謾句牽舊恨，縈亂心曲。悵望歸期，應是紫姑頻卜。暗想雙眉對蹙。斷絃待、鸞膠重續。休迷戀、野草閑花，鳳簫人在金谷。

歸朝歡

雙調、長調

◐◐◐◐○◐●七字句◐●●○○●●叶，七字句◐○◐●●○○七字句◐○◐●○○●叶，七字句◐◐○●●叶，五字句◐○◐●○○●叶，七字句◐○○三字句◐○◐●四字句◐●◐○●叶，五字句　後段同

歸朝歡

春遊　　宋　馬莊父

聽得提壺沽美酒。人道杏花深處有。杏花狼藉鳥啼風，十分春色今無九。麝煤銷永晝。青煙飛上庭前柳。畫堂深，不寒不煖，正是好時候。　團團寶月憑纖手。暫借歌喉招舞袖。珍珠滴破小槽紅[一]，香肌縮盡纖羅瘦。投分須白首。黃金散與親和舊。且銜杯，壯心未落，風月長相守。

【校】

［一］珍：《全宋詞》作「真」。

宮室題

夜遊宮　雙調、小令

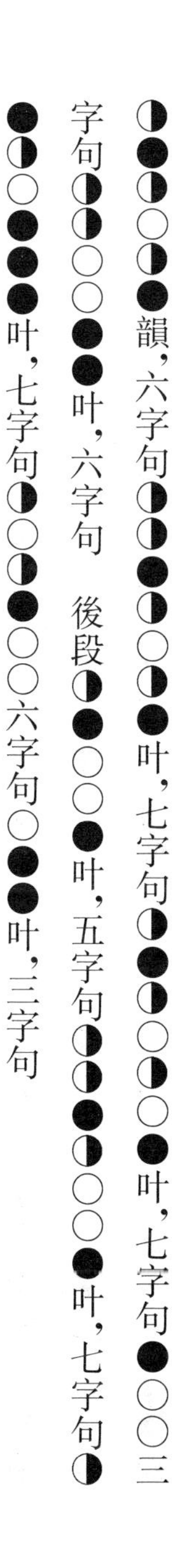

◑●◑○◑●韻，六字句◑◑●◑○◑●叶，七字句◑●◑○◑○●叶，七字句●○○三字句◑◑○○●●叶，六字句　後段◑●○○●叶，五字句◑◑●◑○○●叶，七字句◑●◑○●●●叶，七字句◑○◑●○○六字句○●●叶，三字句

夜遊宮

宮詞　　宋　陸　游

獨夜寒侵翠被。奈幽夢、不成還起。欲寫新愁淚濺紙。憶承恩，歎餘生、今至此。　蔌蔌燈花墜。問此際、報何人事[二]。咫尺長門過萬里。恨君心、似危欄，難久倚。

【校】

［一］何人：《全宋詞》作「人何」。

慶春宮　雙調、長調

◑●◑○四字句◑○◑●四字句◑○◑●○○韻，六字句◑●○○四字句◑○◑●四字句◑○◑●○○叶，六字句◑○◑●四字句◑◑●◑◑◑○叶，七字句◑○◑●四字句◑●○○◑●○○叶，八字句　後段◑○◑●○○叶，六字句◑●○○四字句◑●○○叶，四字句◑●○○四字句◑○◑●四字句◑○◑●○○叶，六字句◑○○●四字句◑◑●◑●◑○叶，七字句◑○○●四字句◑●○○◑●○○叶，八字句

慶春宮

秋怨

宋　周邦彥

雲接半岡［一］，山圍寒野，路回漸轉孤城。衰柳啼鴉，驚風驅雁，動人一片秋聲。倦途休駕，

淡煙裏、微茫見星。塵埃憔悴，生怕黄昏、離思牽縈。　華堂舊日逢迎。花豔參差，香霧飄零。絃管當頭，偏憐嬌鳳，夜深簧暖笙清。眼波傳意，恨密約、匆匆未成。許多煩惱，只爲當時、一餉留情。

【校】

［一］半：《全宋詞》作「平」。

寂高樓　雙調、中調

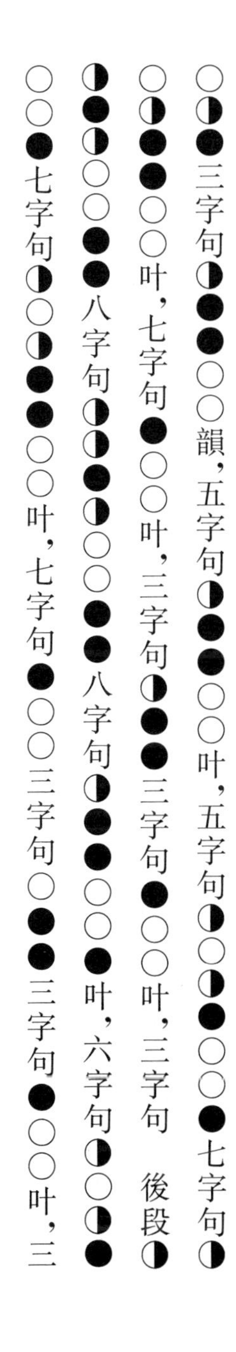

㝡高樓

醉中有索四時歌，爲賦。　宋　辛棄疾

長安道，投老倦遊歸。七十古來稀。藕花雨濕前湖夜，桂枝風澹小山時。怎消除，須殢酒，更吟詩。也莫向、竹邊辜負雪[一]。也莫向、柳邊辜負月[二]。閒過了、總成癡。種花事業無人問，惜花情緒只天知。笑山中，雲出早，鳥歸遲。

【校】

[一][二] 辜：《全宋詞》作「孤」。

過秦樓　雙調、長調

◐●○○四字句◐○◐●四字句◐●◐○○●韻，六字句◐○◐●四字句◐●○○四字句◐●◐○◐●叶，六字句◐●◐●○○六字句◐●○○四字句◐○○○叶，四字句◐○○●●五字句◐○○●四字句◐○◐●叶，四字句　後段◐◐●◐●○○七字句◐

○○●四字句◑●◑○○●叶，六字句◑○●●四字句◑●○○四字句◑●◑○○●叶，
六字句◑●○○●○○●叶，八字句◑◑◑○○●叶，六字句◑◑○●●五字句◑●○○
●●叶，六字句

過秦樓

夏景　　宋　周邦彦

水浴清蟾，葉喧涼吹，巷陌馬聲初斷。閒依露井，笑撲流螢，惹破畫羅輕扇。人靜夜久凭欄，愁不歸眠，立殘更箭。歎年華一瞬，人今千里，夢沈書遠。　空見説、鬢怯瓊梳，容銷金鏡，漸懶趂時勻染。梅風地溽，虹雨苔滋，一架舞紅都變。誰信無憀、爲伊才減。江淹情傷荀倩。但明河影下，還看稀星數點。

燕春臺

雙調、長調，此調與前卷《燕臺春》同

高陽臺　雙調、長調

◐●○○四字句◐○◐●四字句◐○◐●○○韻，六字句◐●○○四字句◐○◐●○○叶，六字句◐○◐●○○●七字句◐◐○◐●○○叶，七字句◐○○◐●五字句◐○◐●○○叶，六字句

後段◐○◐●○○叶，六字句◐◐○◐●五字句◐●○○叶，四字句◐●○○四字句◐○◐●○○叶，六字句◐○◐●○○●七字句◐●○◐●○○叶，七字句●○○●●○○七字句◐●○○叶，四字句

高陽臺

春思　　宋　僧皎然〔一〕

紅入桃腮，青回柳眼，韶華已破三分。人不歸來，空教草怨王孫。平明幾點催花雨，夢半闌、欹枕初聞。問東君因甚，將春老卻閑人〔二〕。　東郊十里香塵〔三〕，旋安排玉勒，整頓雕

〔一〕此詞《類編草堂詩餘》署僧如晦作；《全宋詞》據《陽春白雪》作王觀詞。

輪。趂取芳時，共尋島上紅雲。朱衣引馬黃金帶，算到頭、總是虛名。莫闲愁、一半悲秋，一半傷春。

【校】

[一] 卻：《全宋詞》作「了」。

[二] 香塵：《全宋詞》作「香塵滿」，多一「滿」字，失叶。

鳳凰閣　雙調、中調

◐◐○◐●五字句◐○◐●韻，四字句◐○◐●◐○●叶，七字句◐●◐○◐●六字句◐●○●叶，四字句◐●●◐○◐●叶，七字句　後段◐○○●四字句◐●◐○◐●叶，六字句◐○◐●◐○●叶，七字句○●●三字句◐○○◐●○●叶，七字句◐◐●◐○◐●叶，七字句

鳳凰閣

傷春　宋　葉清臣(一)

遍園林緑暗，渾如翠幄。下無一片是花萼。可恨狂風横雨，忒煞情薄。盡底把、韶華送卻。楊花無奈，是處穿簾透幕。豈知人意正蕭索。春去也，只般愁[一]、没處安著。怎奈向、黄昏院落。

【校】

[一] 只：《全宋詞》作「這」。

遶佛閣　雙調、長調

◐○◐●韻，四字句◐◐◐●○●○●叶，八字句◐●○●叶，四字句◐○◐●○○●○

(一) 此詞《草堂詩餘・前集》未署名；《類編草堂詩餘》、《花草粹編》署葉清臣作；《全宋詞》録爲無名氏詞。

●叶，九字句◑○●●叶，四字句◑◑◑●○◑◑●叶，八字句◑◑○●叶，四字句◑○●●四字句◑●◑●叶，五字句

後段◑●◑○●五字句◑●◑○○●●叶，七字句◑●◑○◑○○●●叶，九字句◑◑●○○五字句◑●○●叶，四字句◑○◑●叶，四字句◑◑●○○五字句◑●○●叶，四字句◑○○●○○●叶，七字句

遶佛閣

旅況

宋　周邦彦

暗塵四斂。樓觀迥出、高映孤館。清漏將短。厭聞夜久、籤聲動書幔。桂華又滿。閑步露草、偏愛幽遠。花氣清婉。望中迤邐，城陰渡河岸[一]。倦客最蕭索，醉倚斜橋穿柳線。還似汴堤、虹梁橫水面。看浪颭春燈，舟下如箭。此行重見。歎故友難逢，羈思空亂。兩眉愁、向誰舒展。

【校】

[一]渡：《全宋詞》作「度」。

器用題

荷葉杯

第一體　單調

◑●◑○○●韻，六字句○●叶，二字句●○○更韻，三字句◑○◑●◑○●七字句◑●●○○叶，五字句

第一體　唐　温庭筠

楚女欲歸南浦。朝雨。濕愁紅。小船搖漾入花裏，波起隔西風。

第二體　單調

◑●◑○○●韻，六字句○●叶，二字句◑●●○○更韻，五字句◑○◑●●○○叶，七字

句◑○○叶，三字句○○○複出，三字句

第二體 唐 顧 敻

歌發誰家筵上。寥亮。别恨正悠悠。蘭釭背帳月當樓。愁摩愁，愁摩愁[一]。

【校】

[一]摩：《全唐五代詞》作「麼」。

第三體 雙調，後段同，亦更仄平兩韻各叶

◑●◑○◑●韻，六字句○●叶，二字句◑●●○○更韻，五字句◑○◑●●○○叶，七字句◑●●○○叶，五字句 後段同

第三體 唐 韋 莊

絶代佳人難得。傾國。花下見無期。一雙愁黛遠山眉。不忍更思惟。閑掩翠屏金鳳。

殘夢。羅幕畫堂空。碧天無路信難通。惆悵舊房櫳。

上行杯

第一體　雙調、小令

◐●◐○◐●六字句◐◐●◐●○○韻，七字句◐●●◐○○●●不叶韻，七字句　後段◐○●●四字句●○○三字句○●●更韻，三字句◐●叶，二字句◐●叶，二字句◐●○○叶前段韻，四字句

第一體　唐　孫光憲

草草離亭鞍馬，從遠道、此地分襟[一]，燕宋秦吴千萬里。　無辭一醉。野棠開，江草濕。佇立。沾泣。征騎駸駸。

【校】

［一］襟：《全唐五代詞》作「衿」。

第二體

◑●◑○◑●韻，六字句◑◑◑◑○○●叶，七字句◑●○○○●●叶，七字句　後段◑◑◑●四字句●○○三字句○●●更韻，三字句◑●叶，二字句◑●●叶，三字句◑◑◑●叶，四字句

第二體

唐　孫光憲

離棹逡巡欲動，臨極浦、故人相送。去住心情知不共。　金船滿捧。綺羅愁，絲管咽。迴別。帆影滅。江浪如雪。

鳳啣杯　雙調、中調

◐●○○○◐●韻，七字句◐◐●◐○○●叶，七字句◐◐●○○五字句◐○◐●○○●叶，七字句◐◐●○○●叶，六字句　後段●○○三字句◐◐●叶，三字句◐○◐●○○●叶，七字句◐◐●○○五字句◐○◐●○○●叶，七字句◐◐●○○●叶，六字句

鳳啣杯

宋　柳　永

追悔當初孤深願。經年價、兩成幽怨。任越水吴山，似屏如障堪遊翫。奈獨自、慵擡眼。賞煙花，聽絃管。圖歡娱、轉加腸斷。縱時展丹青[一]，强拈書信頻頻看。又爭似、親相見。

【校】

[一] 縱：《全宋詞》作「更」。

尉遲杯　雙調、長調

○○●韻，三字句◐◐●◐●○○●叶，八字句◐○◐●○○六字句◐●◐○◐●叶，六字句◐○◐●四字句◐◐●○○◐◐●叶，八字句◐○○◐●○○七字句◐○○●○●叶，六字句　後段◐◐◐●○○六字句◐◐●◐○◐●○●叶，九字句◐●○○●◐●七字句◐●●◐○◐●叶，七字句◐○●◐○◐●七字句◐○●○○●●●叶，八字句◐◐○◐●○○七字句◐○◐●○●叶，六字句

尉遲杯

離別

宋　周邦彦

隋堤路。漸日晚、密靄生滨樹。陰陰淡月籠沙，還宿河橋滨處。無情畫舸，都不管、煙波隔南浦。等行人、醉擁重衾，載將離恨歸去。　因念舊客京華，長偎傍、疎林小檻歡聚。冶葉倡條俱相識，仍慣見、珠歌翠舞。如今向、漁村水驛，夜如歲、焚香獨自語。有何人、念我無憀，夢魂凝想鴛侶。

花木題

後庭花

第一體　後段同

◐○◐●○○●韻，七字句◐○○●叶，四字句◐◐◐◐○◐●叶，七字句◐◐○●叶，四字句　後段同

第一體　唐　毛熙震

鶯啼燕語芳菲節，瑞庭花發。昔時歡宴歌聲揭。管絃清越。　自從陵谷追遊歇。畫梁塵黦。傷心一片如珪月。閑鎖宮闕。

滿宮花

第一體　後段同

◐◐○三字句○●●韻，三字句◐●◐○○●叶，六字句◐○◐●●○○七字句◐●◐○○●叶，六字句　後段同

滿宮花

唐尹鶚

月沉沉，人悄悄。一炷後庭香裊。風流帝子不歸來，滿地禁花慵掃。　離恨多，相見少。何處醉迷三島。漏清宮樹子規啼，愁鎖碧牕春曉。

木蘭花

凡二體，竝雙調、小令

第一體　後段同

●○○三字句○●●韻，三字句◐●◐○○●●叶，七字句◐●●三字句●○○三字句◐

◑◑◑○◑●叶，七字句　後段同

第一體

唐　毛熙震

掩朱扉，鉤翠箔。滿院鶯聲春寂寞。勻粉淚[一]，恨檀郎，一去不歸花又落。對斜暉，臨小閣。前事豈堪重想着。金帶冷，畫屏幽，寶帳慵薰蘭麝薄。

【校】

[一] 勻：原作「白」，《花間集》、《全唐五代詞》皆作「勻」，兹從校訂。

第二體　前段與第一體同

後段◑◑◑◑○◑●叶，七字句◑●◑○○●●叶，七字句◑○◑●●○○七字句◑◑◑◑○◑●叶，七字句

第二體

唐　魏承斑

小芙蓉，香旖旎。碧玉堂深清似水。閉寶匣，掩金鋪，倚屏拖袖愁如醉。遲遲好景煙花媚。曲渚鴛鴦眠錦翅。凝然愁望靜相思，一雙笑靨嚬香蕊。

第三體　後段與第二體同，唯更前韻

◐●◐○○●●韻，七字句◐●◐○○●●叶，七字句○●●三字句●○○三字句◐●◐○○●●叶，七字句　後段與第二體同

第三體

唐　韋　莊

獨上小樓春欲暮。愁望玉關芳草路。消息斷，不逢人，卻斂細眉歸繡户。坐看落花空歎息。羅袂濕斑紅淚滴。千山萬水不曾行，魂夢欲教何處覓。

減字木蘭花　雙調、小令，後段同，亦更仄平兩韻各叶

◑○◑●韻，四字句◑●◑○○●●叶，七字句◑●○○更韻，四字句◑●○○●●○叶，七字句　後段同

減字木蘭花

長沙道中壁上婦人題字，若有恨者，用其意爲賦。　宋　辛棄疾

盈盈淚眼。往日青樓天樣遠。秋月春花。輸與尋常姊妹家。水村山驛。日暮行雲無氣力。錦字偷裁。立盡西風雁不來。

偷聲木蘭花　雙調，小令，後段同，亦更仄平兩韻各叶

◑○◑●○○●韻，七字句◑●◑○○●●叶，七字句◑●○○更韻，四字句◑●○○◑○○叶，七字句　後段同

偷聲木蘭花　宋　張　先

雪籠瓊苑梅花瘦。外院重扉聯寶獸。海月新生。上得高樓沒奈情[一]。簾波不動銀釭小[二]。今夜夜長爭得曉。欲夢高唐。祇恐覺來添斷腸。

【校】

[一]沒：《全宋詞》作「無」，夾注「一作『沒』」。

[二]銀：《全宋詞》作「凝」，夾注「一作『銀』」。

雨中花　凡二體，竝雙調、小令

第一體

◐●◐○◐●韻，六字句◐●◐○◐●叶，六字句◐●○○四字句◐○◐●四字句◐●○○●叶，五字句　後段◐●◐○○●●叶，七字句◐○◐○○●叶，六字句◐◐●○○五字句◐○◐●四字句◐●○○●叶，五字句

雨中花

餞別　宋　歐陽脩

千古都門行路。能使離歌聲苦。送盡行人，花殘春晚，又到君東去。醉藉落花吹暖絮。多少曲堤芳樹。且攜手留連，良辰美景，留作相思處。

一叢花

雙調、中調，後段同

○○◐●●○○韻，七字句◐●●○○叶，五字句◐○◐●○○●七字句○◐●◐●○○叶，七字句◐●◐○四字句◐○◐●四字句◐●●○○叶，五字句　後段同

一叢花

宋　張先

傷高懷遠幾時窮[一]。無物似情濃。離心正引千絲亂[二]，更南陌[三]、飛絮濛濛。嘶騎漸遥，征塵不斷，何處認郎蹤。　雙鴛池沼水溶溶。南北小橈通。梯横畫閣黄昏後，又還是、斜月簾櫳[四]。沉恨細思，不如桃李，猶解嫁春風[五]。

【校】

［一］高：《全宋詞》作「春」。

［二］心：《全宋詞》作「愁」。

［三］南：《全宋詞》作「東」。

［四］斜：《全宋詞》作「新」。

［五］春：《全宋詞》作「東」。

鬬百花　雙調、中調

◑●◑○◑●韻，六字句◑●◑○○●叶，六字句◑○◑●○○六字句◑●◑○○●叶，六字句◑●○○四字句◑●◑●○○六字句◑●●○○●叶，六字句◑●○○○叶，五字句

後段◑●○○四字句◑●◑○◑●叶，六字句◑◑◑●四字句◑○●○○●叶，六字句◑●○○四字句◑○◑●○○六字句◑●◑○○●叶，六字句

鬬百花

春恨　　宋柳永

煦色韶光明媚。輕靄低籠芳樹。池塘淺蘸煙蕪，簾幙閒垂風絮。春困厭厭，拋擲鬬草工夫，冷落踏青心緒。終日扃朱户。遠恨綿綿，淑景遲遲難度。年少傅粉，依前醉眠何處。深院無人，黄昏乍拆鞦韆[一]，空鎖滿庭花雨。

【校】

[一] 拆：原作「折」，《樂章集》、《草堂詩餘》、《全宋詞》皆作「拆」，茲從校訂。

滿路花

「滿」上一有「促拍」二字　雙調、中調

◑◑◑◑◑五字句◑●○○●韻，五字句◑◑○◑●五字句◑○●叶，三字句◑○●●四字句◑●○○●叶，五字句◑◑○◑●叶，五字句◑●○○四字句◑○◑●○●叶，六字句　後段◑○◑●四字句◑●○○●叶，五字句◑◑○◑●五字句○○●叶，三字句◑○

◑●四字句◑●○○●叶，五字句◑●○○●叶，五字句◑◑◑◑◑○◑●◑●叶，十字句

滿路花

宋 周邦彦

金花落燼燈，銀礫鳴窗雪。庭深微漏斷[一]，行人絶。風扉不定，竹圃琅玕折。玉人新間闊。著甚悰情，更當恁地時節。無言欹枕，帳底流清血[二]。愁如春後絮，來相接。知他那裏，爭信人心切。除共天公説。不成也還、似伊無箇分別。

【校】

[一] 庭：《全宋詞》作「夜」。

[二] 清：原作「情」，《片玉集》、《草堂詩餘》、《全宋詞》皆作「清」，兹從校訂。

滿園花　雙調、小令

◑●○○●韻，五字句◑◑○◑●叶，五字句◑○○◑●◑◑●叶，八字句◑◑●◑○五字句●●○○●叶，五字句◑●○○●叶，五字句◑●◑●●五字句◑●○○○叶，六字句　後段◑●○◑○○●●叶，八字句◑◑○○●叶，五字句◑●●○○●叶，六字句◑○●◑○五字句◑●○○●叶，五字句○○●叶，三字句◑●◑◑●●●七字句◑○●●叶，四字句

滿園花

宋　秦　觀

一向沉吟久。淚珠盈襟袖。我當初不合、苦撋就。慣縱得軟頑，見底心先有。行待癡心守。甚捻著脉子，倒把人來僝僽。　近日來、非常羅皂醜。佛也須眉皺。怎掩得衆人口，待收了孛羅。罷了從來斗。從今後。休道共我夢見也，不能得勾。

一枝花　雙調、中調

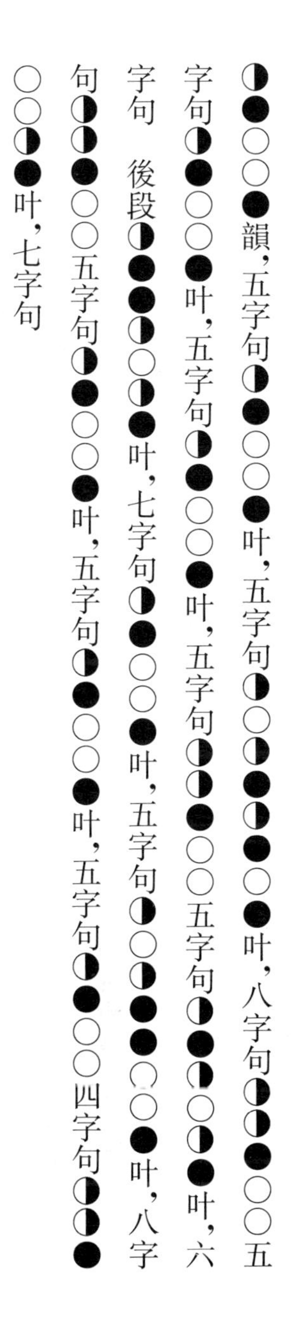
◐●○○●韻，五字句◐●○○●叶，五字句◐○◐●◐●○●叶，八字句◐◐●○○五字句◐●○○●叶，五字句◐●○○●叶，五字句◐◐●○○五字句◐●◐○◐●叶，六字句　後段◐●●◐○◐●叶，七字句◐●○○●叶，五字句◐○◐●●○○●叶，八字句◐◐●○○五字句◐●○○●叶，五字句◐●○○●叶，五字句◐●○○四字句◐◐●○○◐●叶，七字句

一枝花

醉中戲作　　宋　辛棄疾

千丈擎天手。萬卷懸河口。黄金腰下印、大如斗。任千騎弓刀[一]，揮霍遮前後。百計千方久。似鬬草兒童，贏箇他家偏有。　算枉了、雙眉長皺[二]。白髮空回首。那時閒説向、山中友。看丘隴牛羊，更辨賢愚否。且自栽花柳。怕有人來，但只道、今朝中酒。

【校】

[一] 任：《全宋詞》作「更」。

[二] 「雙眉」句：《全宋詞》作「雙眉長恁皺」。

掃地花　雙調、長調

◐○◐●四字句◐◐●○○◐○○●韻，九字句◐○◐●四字句◐◐○◐●五字句◐○◐●叶，四字句◐●○○四字句◐●○○◐●叶，六字句◐○●叶，三字句◐●◐○○●○●叶，八字句

後段◐◐○●●叶，五字句◐◐●○○五字句◐●◐●叶，四字句◐○◐●四字句◐○○●●五字句◐○○●叶，四字句◐●○○四字句◐●◐○◐●叶，六字句◐○●叶，三字句◐◐○●○○●叶，七字句

掃地花

春恨

宋　周邦彦

曉陰翳日，正霧靄煙橫、遠迷平楚。暗黃萬縷，聽鳴禽按曲，小腰欲舞。細遶回堤，駐馬河

橋避雨。信流去。一葉怨題[一]、今在何處。春事能幾許。任占地持杯，掃花尋路。淚珠濺俎。歎將愁度日，病傷幽素。恨入金徽，見説文君更苦。黯凝竚。掩重闗、遍城鐘鼓。

【校】

[一]「一葉」句：《全宋詞》作「想一葉怨題」。

解語花　雙調、長調

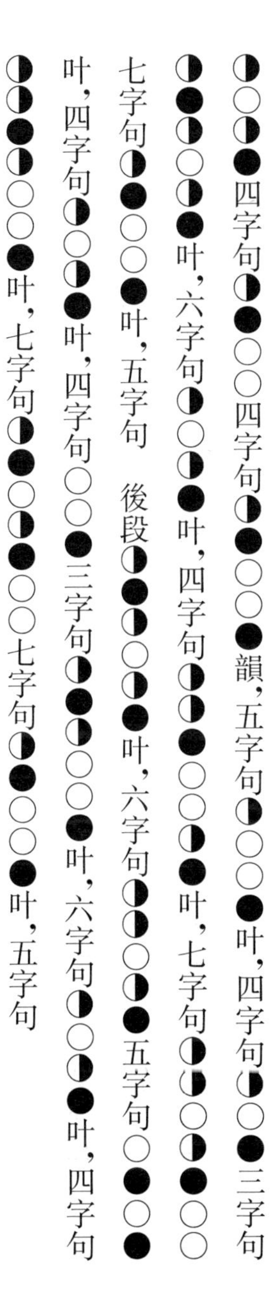

◐○◐●四字句◐●○○四字句◐●○○●韻，五字句◐○○●叶，四字句◐○●三字句

◐●◐○◐●叶，六字句◐○◐●叶，四字句◐◐●○○◐●叶，七字句◐◐○◐●○○

七字句◐●○○●叶，五字句　後段◐●◐○◐●叶，六字句◐◐○◐●五字句○●○●

叶，四字句◐○◐●叶，四字句○○●三字句◐●◐○○●叶，六字句◐○◐●叶，四字句

◐◐●◐○○●叶，七字句◐●○◐●○○七字句◐●○○●叶，五字句

解語花

元宵　宋　周邦彥

風銷焰蠟，露浥烘爐，花市光相射。桂華流瓦。纖雲散，耿耿素娥欲下。衣裳淡雅。看楚女、纖腰一把。簫鼓喧、人影參差，滿路飄香麝。因念都城放夜。望千門如晝，嬉笑游冶。鈿車羅帕。相逢處，自有暗塵隨馬。年年是也[一]。唯只見、舊情衰謝。清漏移、飛蓋歸來，從舞休歌罷。

【校】

[一] 年年：《全宋詞》作「年光」。

御帶花　雙調、長調

◑○◑●○○●七字句◑●○◑○●韻，六字句◑○◑●四字句◑◑○◑●●○○●叶，九字句◑◑○○◑●●七字句◑◑○●叶，四字句○○●三字句◑○◑●四字句◑●◑

○●叶，五字句　後段◑◑○○四字句●●●●●○○七字句◑◑○●叶，四字句◑○◑●四字句◑◑●○○◑○◑●叶，九字句◑●○○四字句◑◑●◑○●●叶，七字句◑○●○○●●七字句◑●◑○●叶，五字句

御帶花

元宵

宋　歐陽脩

青春何處風光好，帝里偏愛元夕。萬重繒綵，構一屏峰嶺、半空金碧。寶檠銀釭耀絳幕，龍虎騰擲。沙堤遠，雕輪繡轂，爭走五王宅。　雍雍熙熙，作晝會樂府神姬[一]，海洞仙客。拽香搖翠，稱執手行歌、錦街天陌。月淡寒輕，漸向曉、漏聲寂寂。當年少，狂心未已，不醉怎歸得。

【校】

［一］「雍雍」二句：《全宋詞》作「雍容熙熙晝，會樂府神姬」。

楊柳枝

第一體　雙調

◐●○○●●○韻，七字句●○○叶，三字句◐○◐●●○○叶，七字句●○○叶，三字句　後段◐●◐○○●●更韻，七字句○○●叶，三字句●○◐●●○○叶，七字句●○○叶，三字句

第二體　唐顧敻

秋夜香閨思寂寥。漏迢迢。鴛幃羅幌麝煙銷。燭光搖。　正憶玉郎遊蕩去。無尋處。更聞簾外雨瀟瀟。滴芭蕉。

連理枝　雙調、中調，後段同

◐●○○●韻，五字句◐●○○●叶，五字句◐◐◐◐四字句◐○◐○四字句◐○◐●

叶，四字句◐◐○◐●●○○八字句◐◐○◐●叶，五字句　後段同

連理枝

慶壽　宋晏殊

緑樹鶯聲老。金井生秋早。不寒不煖，裁衣按曲，天時正好。况蘭堂逢著壽筵開，見爐香縹緲。組繡呈纖巧。歌舞誇年妙[一]。玉酒頻傾，朱絃翠管，移宮易調。獻金杯重疊祝長生，永逍遥奉道。

【校】

[一]年：《全宋詞》作「妍」。

金蕉葉

雙調，中調，後段同

◐○◐●○○●韻，七字句◐○◐◐○○●叶，七字句◐◐◐◐四字句◐○◐●○○●叶，七字句◐●◐○◐●叶，六字句　後段同

金蕉葉

夜宴　宋柳永

厭厭夜飲平陽第。添銀燭、旋呼佳麗。巧笑難禁，豔歌無間聲相紀。準擬幕天席地。金蕉葉泛金波霽。未更闌、已盡狂醉。就中有箇，風流暗向燈光底。惱遍兩行珠翠。

新荷葉

雙調、中調

◐●○○四字句◐○◐●○○韻，六字句◐●○○四字句◐○◐●○○叶，六字句○○●三字句◐○◐●◐●○○叶，八字句◐○◐●四字句◐○◐●○○叶，六字句　後段◐●○○四字句◐○◐●○○叶，六字句◐●○○◐○◐●○○叶，十字句◐○◐●四字句◐○●◐●○○叶，七字句◐◐●●●○◐●○●叶，十字句

新荷葉(一)

採蓮　　宋　僧仲殊(二)

雨過回塘[一]，圓荷嫩緑新抽。越女輕盈，畫橈穩泛蘭舟。波光豔，粉紅相間、脉脉嬌羞[二]。菱歌隱隱，漸遥依約凝眸[三]。堤上郎心，波間粧影遲留。不覺歸時、暮天碧襯蟾鉤[四]。風蟬噪晚，餘霞映[五]、幾點沙鷗。漁笛、不道有人、獨倚危樓。

【校】

[一]塘：《全宋詞》作「廊」。

[二]「波光」句：《全宋詞》作：「芳容豔粉，紅香透、脈脈嬌羞。」

[三]凝：《全宋詞》作「回」。

[四]暮：《全宋詞》作「淡」。

[五]映：《全宋詞》作「際」。

(一) 此調趙抃詞名《折新荷引》。

(二) 此詞《全宋詞》録爲趙抃詞。

風中柳　雙調、中調，後段同

◑●○○四字句◑●◑○◑●韻，六字句◑◑○◑○◑●叶，七字句◑○◑●四字句◑◑○○●叶，五字句◑◑◑●○○●叶，七字句　後段同

風中柳　閨情

宋　孫夫人

銷減芳容，端的爲郎煩惱。鬢慵梳、宮粧草草。別離情緒，待歸來都告。怕傷郎、又還休道。利鎖名韁，幾阻當年歡笑。更那堪、鱗鴻信杳。蟾枝高折，願從今須早。莫辜負、鳳幃人老。

山亭柳　雙調、中調

◑●○○韻，四字句◑●●○○叶，五字句◑●●●○○叶，六字句◑●◑○○●六字句

◑○○●○○叶，六字句◑●◑○◑●六字句◑●○○叶，四字句　後段◑○◑●○○●七字句◑○◑●●○○叶，七字句◑○●●○○叶，六字句●●◑○◑●六字句◑○◑●○○叶，六字句◑●◑○◑●六字句◑●○○叶，四字句

山亭柳

贈歌者

宋　晏　殊

家住西秦。賭博藝隨身。花柳上、鬬尖新。偶學念奴聲調，有時高遏行雲。蜀錦纏頭無數，不負辛勤。　數年來往咸京道，殘杯冷炙謾銷魂。衷腸事、託何人。若有知音見採，不辭遍唱陽春。一曲當筵淚落[一]，重掩羅巾。

【校】

[一] 淚落：《全宋詞》作「落淚」。

珍寶題

滴滴金　雙調、小令，後段同

◐○◐●○○●韻，七字句●○○三字句◐○●叶，三字句◐●○○◐◐●叶，七字句◐◐○○●叶，五字句　後段同

滴滴金　宋晏　殊

梅花漏泄春消息。柳絲長，草芽碧。不覺星霜鬢邊白。念時光堪惜。　蘭堂把酒留嘉客[一]。對離筵，駐行色。千里音塵便踈隔。合有人相憶。

【校】

[一]酒：原作「家」，今從《全宋詞》校訂。

一籮金　雙調，中調，後段同

◑◑◑◑○◑●韻，七字句◑●○○四字句◑●○○●叶，五字句◑●◑○○●●叶，七字句◑○◑●○○●叶，七字句　後段同

一蘿金

宋　李石才[一]

武陵春色濃如酒。遊冶才郎，初試花間手。絳蠟燭殘人靜後。眉峰便作傷春皺。　一霎風狂和雨驟。柳嫩花柔，渾不禁僝僽。明日餘香知在否。粉羅猶有殘紅透。

(一) 此詞原本未署名，《全宋詞》録爲李石才詞，茲從校訂。

聲色題

杏園芳

雙調、小令，後段同，唯前句作七字，又末用仄字、不叶韻

◐○◐●○○韻，六字句◐○◐●○○叶，六字句◐○◐●●○○叶，七字句●○○叶，三字句　後段同

杏園芳

唐　尹鶚

嚴粧嫩臉花明。教人見了關情。含羞舉步越羅輕。稱娉婷。　終朝咫尺窺香閣，迢遥似隔層城。何時休遺夢相縈。入雲屏。

早梅芳　雙調、中調，後段同，唯第九句作三字

◐◐○三字句◐◐●韻，三字句◐●○○●叶，五字句◐○◐●四字句◐●○○◐◐●叶，七字句◐○○●●五字句◐●○○●叶，五字句●◐○◐●五字句◐◐◐◐●叶，五字句　後段同

早梅芳

宋　周邦彦

花竹深，房櫳好。夜闃無人到。隔牕寒雨，向壁孤燈弄餘照。淚多羅袖重，意密鶯聲小。正魂驚夢怯，門外已知曉。　去難留，話未了。早促登長道。風披宿霧，露洗初陽射林表。亂愁迷遠覽，苦語縈懷抱。謾回頭，更堪歸路杳。

滿庭芳　雙調、長調

◐●○○四字句◐○◐●四字句◐◐○●○○韻，六字句◐○◐●四字句◐●●○○叶，五字句◐●◐○◐●六字句◐◐●◐●○○叶，七字句◐○◐◐○◐●七字句◐●●

○○叶，五字句　後段○○叶，二字句◐●●◐○◐●七字句◐●○○叶，四字句◐◐◐○○五字句◐●○○叶，四字句◐●◐○◐●六字句◐◐●◐●○○叶，七字句◐●●◐○◐●七字句◐●●○○叶，五字句

滿庭芳

晚景

宋秦　觀

山抹微雲，天連衰草，畫角聲斷譙門。暫停征棹，聊共飲離樽[一]。多少蓬萊舊事，空回首、煙靄紛紛。斜陽外、寒鴉數點，流水遶孤村。　銷魂。當此際、香囊暗解，羅帶輕分。謾贏得秦樓、薄倖名存[二]。此去何時見也，襟袖上、空染啼痕。傷情處、高城望斷，燈火已黄昏。

【校】

[一] 飲：《全宋詞》作「引」。樽：《全宋詞》作「尊」。

[二]「謾贏得」句：《全宋詞》作「謾贏得、青樓薄幸名存」。秦：《全宋詞》作「青」。

倦尋芳[一] 雙調、長調

◐○◐●四字句◐○○○四字句◐◐○●韻，四字句◐●○○四字句◐●◐○◐●叶，六字句●○○三字句○◐●三字句◐○◐●○○●叶，七字句◐○○●○○●●八字句◐○○●叶，四字句　後段◐○◐○○●●七字句◐●○○四字句◐●○●叶，四字句◐○○○四字句◐●◐○○●叶，六字句◐●◐○○●●七字句◐○◐●○●●叶，七字句◐○○●○○六字句◐○○●叶，四字句

倦尋芳

春景

宋　王元澤

露晞向晚，簾幙風輕，小院閒晝。翠徑鶯來，驚下亂紅鋪繡。倚危樓，登高榭，海棠著雨胭脂透[二]。算韶華，又因循過了，清明時候。　倦游燕、風光滿目，好景良辰，誰共攜手。恨

[一]《全宋詞》王雱詞調名《倦尋芳慢》。

被榆錢，買斷兩眉長鬪。憶得高陽人散後[二]。落花流水仍依舊。這情懷、對東風，盡成消瘦。

【校】

[一] 著：《全宋詞》作「經」。

[二] 憶得高陽：《全宋詞》作「憶高陽」。

秋蘂香　雙調、小令

◑●◑○◑●韻，六字句◑●◑○○●叶，六字句◑○◑●○○●叶，七字句◑●◑○◑●叶，六字句　後段◑○◑●○○●叶，七字句◑○◑三字句◑○◑●○○●叶，七字句◑●◑○◑●叶，六字句

秋蕊香

宋 晏幾道

池苑清陰欲就。還傍送春時候。眼中人去歡難偶。誰共一杯芳酒。朱欄碧砌皆如舊。記攜手。有情不管別離久。情在相逢終有。

天香 凡二體，竝雙調、長調

第一體

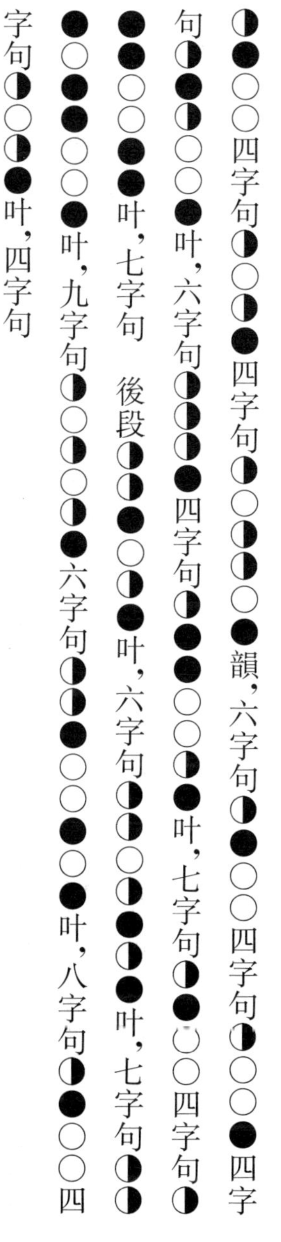

第一體

冬景　　宋　王　觀(一)

雪瓦鴛鴦[一]，風簾翡翠，今年早是寒少。矮釘明牕，側開朱户，斷莫亂教人到。重冷未解，雲共雪、商量不少。青帳垂氈，要密縫、放圍宜小[二]。　呵梅弄粧試巧。繡羅衣、瑞雲芝草。伴我語同語，笑時同笑。已被金樽勸酒。又唱個新詞故相惱。盡道窮冬，元來怎好。

【校】

[一] 雪：《全宋詞》作「霜」。

[二]「青帳」二句：《全宋詞》作：「青帳垂毡要密，紅爐收圍宜小。」

(一) 此詞原本署「宋　王充」，《草堂詩餘前集》未署名；《花草粹編》署王通叟作；《全宋詞》録作王觀詞，兹從校訂。

雪梅香　雙調、長調

◐○●三字句◐○◐●●○○韻，七字句◐◐○◐●五字句○○◐●○○叶，六字句◐●○○○○●七字句◐●○●●○○叶，七字句◐○○●●○○七字句◐●○○叶，四字句

後段◐○◐◐●五字句◐●○○四字句◐●○○叶，四字句○●○○四字句◐○◐●○○叶，六字句●●○○●◐●七字句◐○◐●●○○叶，七字句◐◐●○○●●七字句◐●○○叶，四字句

雪梅香

秋思　　宋　柳　永

景蕭索，危樓獨立面晴空。動悲秋情緒，當時宋玉應同。漁市孤煙裊寒碧，水村殘葉舞愁紅。楚天闊、浪浸斜陽，千里溶溶。　臨風想佳麗[一]，别後愁顏，鎮斂眉峰。可惜當年，頓乖雨跡雲蹤。媚態妍姿正歡洽[二]，落花流水忽西東。無憀恨、相思意盡，分付征鴻[三]。

【校】

［一］「臨風」句：《全宋詞》於「風」斷爲一韻。

［二］媚：《全宋詞》作「雅」。

［三］「無憀」二句：《全宋詞》作：「無憀恨、相思意，盡分付征鴻。」

桂枝香

一名《疎簾淡月》　凡二體，竝雙調、長調

第一體

◑○◑●韻，四字句◑◑●◑○五字句◑◑●叶，四字句◑●◑●◑●六字句◑○◑●叶，四字句◑○◑●○○●叶，七字句◑○○◑○○●叶，七字句●○○●四字句◑○◑●四字句◑◑○●叶，四字句

後段◑◑●◑○◑●叶，七字句◑◑○●四字句◑◑○●叶，四字句◑●◑○◑●六字句◑○○●叶，四字句◑●◑●○○●叶，七字句◑◑○◑○●叶，七字句◑○◑●四字句○◑◑◑四字句◑○○●叶，四字句

第一體

宋 張宗端

梧桐雨細。漸滴作秋聲，被風驚碎。潤逼衣篝線裊，蕙爐沉水[一]。悠悠歲月天涯醉。一分秋、一分憔悴。紫簫吹斷，素牋恨切，夜寒鴻起。又何苦、凄涼客裏。草堂春緑[二]，竹溪空翠。落葉西風吹老，幾番塵世[三]。從前諳盡江湖味。聽商歌、歸興千里。露侵宿酒，疎簾淡月，照人無寐。

【校】

[一]「潤逼」二句：《全宋詞》作：「潤逼衣篝，線裊蕙爐沉水。」

[二]「草堂」句：《全宋詞》作「負草堂春緑」。

[三]「落葉」二句：《全宋詞》作：「落葉西風，吹老幾番塵世。」

綺羅香 雙調、長調

◑●○○四字句◑○●●四字句◑●◑○○●韻，六字句◑●○○四字句◑●◑○◑●

叶，六字句◐◐◐◐●○○七字句◐◐●◐○◐●叶，七字句◐○○◐●○○七字句◐○◐●◐○●叶，七字句　後段◐○◐●●六字句◐●○○●五字句◐○○●叶，四字句◐●○○四字句◐●◐○○●叶，六字句◐◐●◐●○○七字句◐◐◐◐○◐●叶，七字句◐◐◐◐○○○七字句◐○○●●叶，五字句

綺羅香

春雨　　宋　史達祖

做冷欺花，將煙困柳，千里偷催春暮。盡日冥迷，愁裏欲飛還住。驚粉重、蝶宿西園，喜泥潤、燕歸南浦。寂妨他[一]、佳約風流，鈿車不到杜陵路。　沈沈江上望極，還被春潮急，難尋官渡。隱約遥峰，和淚謝娘眉嫵。臨斷岸、新緑生時，是落紅、帶愁流處。記當日、門掩梨花，剪燈深夜話[二]。

【校】

[一] 他：《全宋詞》作「它」。

［二］話：《全宋詞》作「語」。

賀聖朝影　雙調、小令，後段同，唯首句末用仄字、不叶韻

◐●○○◐●○韻，七字句●○○叶，三字句◐○◐●●●○叶，七字句●○○叶，三字句　後段同

賀聖朝影

宋　歐陽脩

白雪梨花紅粉桃。露華高。垂楊慢舞綠絲條［一］。草如袍。　風過小池輕浪起，似江皋。千金莫惜買香醪。且陶陶。

【校】

［一］條：《全宋詞》作「絛」。

虞美人影　一名《桃源憶故人》　雙調、小令，後段同

◐○◐●○○●韻，七字句◐●◐○◐●叶，六字句◐●◐○◐●叶，六字句◐●○○●叶，五字句　後段同

虞美人影

春閨　宋秦觀(一)

碧紗影弄東風曉。一夜海棠開了。枝上數聲啼鳥。粧點知多少。妬雲恨雨腰肢褭。眉黛不堪重掃。薄倖不來春老。羞帶宜男草。

梀影　雙調、長調

◐○●●韻，四字句◐○○●●五字句◐◐○●叶，四字句◐●○○四字句◐●○○四字

(一) 此詞《草堂詩餘・前集》未署名；《類編草堂詩餘》署秦觀作；《全宋詞》録作歐陽修詞。

句◐◐●◐○●叶，六字句◐○◐●○○●七字句◐◐●◐○○●叶，七字句◐◐○◐●五字句◐○◐●四字句◐○○●叶，四字句　後段◐●○○◐●六字句◐○◐●●◐◐○●叶，九字句◐●◐○●●叶，六字句◐○●●◐○○●叶，八字句◐○◐●○○●叶，七字句◐◐●◐○◐●叶，七字句◐◐○◐●○○七字句◐●◐○◐●叶，六字句

棘影

送尹簿之平江

元　鄧光薦[一]

瑶尊醮翠。短長亭送別，風戀晴袂。臘樹迎春，一路清寒，能消幾日羈思。霜華不借陽關柳[二]，悄莫繫、行人嘶騎。對梅花一笑，分攜勝約，別來相寄[三]。人物仙蓬妙韻，瑞鸞歛迅翼、聊憩香枳。見説使君好語，先傳付與、芙蓉清致[四]。客來欲問荊州事，但細語、岳陽樓記。夢故人、剪燭西牕，已隔洞庭煙水。

[一] 鄧郯，字光薦，號中齋，廬陵（今江西吉安）人。景定三年（一二六二）進士。祥興時，歷官禮部侍郎。厓山兵潰，爲張宏範所得，教其次子，得放還。有《中齋集》。其詞爲《全宋詞》收録。

【校】

［一］借：《全宋詞》作「惜」。

［二］「對梅花」三句：《全宋詞》作：「對梅花、一笑分攜，勝約別來相寄。」

［三］「見説」二句：《全宋詞》作：「見説使君，好語先傳，付與芙蓉清致。」

青衫濕　雙調、小令

◑○◑●○○●七字句◑●●○○韻，五字句◑○◑●◑○◑●八字句◑●○○叶，四字句　後段◑○◑●四字句◑○◑●四字句◑○○○叶，四字句◑○◑●◑○●●八字句◑●○○叶，四字句

青衫濕

感舊　　宋　吴彦高

南朝千古傷心地，還唱後庭花。舊時王謝、堂前燕子，飛入人家。　恍然在遇，天姿勝雪，宮鬢堆鴉。江州司馬、青衫濕淚，同是天涯。

青玉案

第一體　後段同，唯第二句作七字

◑○◑●○○●韻，七字句◑◑●○○●叶，六字句◑●◑○○●●叶，七字句◑○○●四字句◑○◑●四字句◑●○○●叶，五字句　後段同

第一體

春景　宋　賀　鑄

凌波不過橫塘路。但目送、芳塵去。錦瑟年華誰與度[一]。月樓花院[二]，綺牕朱户[三]。唯有春知處。碧雲冉冉衡皋暮[四]，綵筆新題斷腸句。試問閒愁都幾許[五]。一川煙草，滿城風絮。梅子黄時雨。

【校】

[一]年華：《全宋詞》作「華年」。

［二］樓：《全宋詞》作「橋」。

［三］綺：《全宋詞》作「瑣」。

［四］碧：《全宋詞》作「飛」。衡：《全宋詞》作「蘅」。

［五］試：《全宋詞》作「若」。

小桃紅　雙調、中調，後段同

◐●○○●韻，五字句◐●○○●叶，五字句◐●○○四字句◐○◐●四字句◐○○●叶，四字句◐◐○◐●●○○八字句◐◐○◐●叶，五字句　後段同

小桃紅

詠美人畫眉　宋　劉　過(一)

晚入紗牕靜。戲弄菱花鏡。翠袖輕勻，玉纖彈去，小粧紅粉。畫行人、愁外兩青山，與尊前

(一) 原僅存「劉」字，《全宋詞》録作劉過詞，兹從校訂。

離恨。　宿酒醺難醒。笑記香肩竝。暖借香腮[一]，碧雲微透，暈眉斜印。㝡多情、生怕外人猜，拭香津微揾。

【校】

[一] 香：《全宋詞》作「蓮」。

滿江紅

第一體

◑●○○四字句◑○●◑○◑●韻，七字句◑○○◑●◑○○●九字句◑●◑○○●●七字句◑○◑●○○●叶，七字句◑◑○◑●●○○八字句●○●叶，三字句　後段◑◑●三字句◑◑●叶，三字句◑◑●三字句◑◑●叶，三字句◑◑◑●五字句◑○◑●叶，四字句◑●◑○○●●七字句◑○◑●○○●叶，七字句◑◑◑◑●●○○八字句○○●叶，三字句

第一體

杜鵑　宋　康與之

惱殺行人，東風裏、爲誰啼血。正青春未老、流鶯方歇。蝴蝶枕前顛倒夢，杏花枝上朦朧月。問天涯何事苦關情，思離別。聲一喚，腸千結。閩嶺外，江南陌。正長堤楊柳，翠條堪折。鎮日叮嚀千百遍，只將一句頻頻説。道不如歸去不如歸，傷情切。

第二體　後段與第一體同

◑●○○四字句◑○●◑○◑●韻，七字句◑◑●◑○◑●七字句◑●◑●叶，四字句◑●◑○○●●七字句◑○◑●○○●叶，七字句◑◑○◑●●○○八字句○○●叶，三字句　後段同

第二體

春閨　宋　周邦彦

晝日移陰，攬衣起、春幃睡足。臨寶鑑、緑雲繚亂[一]，未忺粧束。蝶粉蜂黄都退了。枕痕

一線紅生玉[二]。背畫欄、脉脉悄無言，尋棋局。　重會面，何时卜。無限事[三]，縈心曲。想秦箏依舊，尚鳴金屋。芳草連天迷遠望，寶香薰被成孤宿。寂苦是、蝴蝶滿園飛，無心撲[四]。

【校】

[一] 繚：《全宋詞》作「撩」。

[二] 玉：《全宋詞》作「肉」。

[三] 何時：《全宋詞》作「猶未」。

[四] 心：《全宋詞》作「人」。

第三體　前段與第二體同，後段亦與第一體同，唯第八句作八字

燭影摇紅　雙調、長調

◑●●○四字句◑○◑●○○●韻，七字句◑○◑●●○○七字句◑●○○●叶，五字句

●●◑○◑●叶，六字句◑○◑◑○◑●叶，七字句◑○◑●四字句◑●○○四字句◑○◑●叶，四字句　後段同

燭影摇紅

元宵　　宋張掄

雙闕中天，鳳樓十二春寒淺。去年元夜奉宸遊，曾侍瑶池宴。玉殿珠簾盡捲。擁羣仙、蓬壺閬苑。五雲深處，萬燭光中，揭天絲管。　馳隙流年，恍如一瞬星霜换。今宵誰念泣孤臣，回首長安遠。可是塵緣未斷。謾惆悵、華胥夢短。滿懷幽恨，數點寒燈，幾聲歸雁。

數目題

一剪梅　雙調、中調

◑●○○◑●○韻，七字句◑●○○四字句◑●○○叶，四字句◑○◑●●○○七字句◑●○○四字句◑●○○叶，四字句　後段同

一剪梅

離別

宋婦　李清照

紅藕香殘玉簟秋。輕解羅裳，獨上蘭舟。雲中誰寄錦書來。雁字回時，月滿西樓。　花自飄零水自流。一種相思，兩處閑愁。此情無計可消除，纔下眉頭，卻上心頭。

兩同心　此調亦有用平韻者，竝雙調、中調，後段同，唯首句作六字

◐●○○四字句◐○○●韻，四字句◐○◐◐●○○七字句◐◐●◐○◐●叶，七字句◐◐◐●○○七字句◐◐○●叶，四字句　後段同

兩同心

宋　柳　永

竚立東風，斷魂南國。花光媚、春醉瓊樓，蟾彩過[一]、夜遊香陌。憶當時、酒戀花迷，役損詞客。　別有眼長腰搦。痛憐深惜。鴛衾冷[二]、夕雨淒淒[三]，錦書斷、暮雲凝碧。想別來，好景良時，也應相憶。

【校】

[一] 過：《全宋詞》作「迴」。

[二] 衾冷：《全宋詞》作「會阻」。

[三] 淒淒：《全宋詞》作「淒飛」。

三臺　雙調、長調

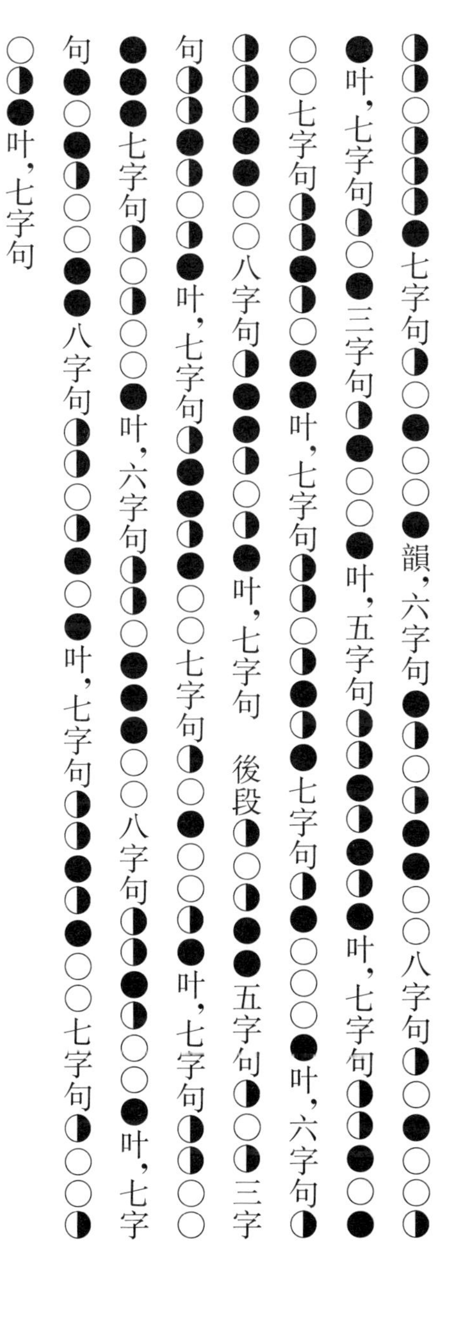

三臺

清明　　宋　万俟雅言

見梨花初帶夜月，海棠半含朝雨。內苑春、不禁過青門，御溝漲、潛通南浦。東風靜，細柳垂金縷。望鳳闕、非煙非霧。好時代、朝野多懽，徧九陌、太平簫鼓。乍鶯兒百囀斷續，燕子飛來飛去。近緑水、臺榭映鞦韆，鬬草聚、雙雙遊女。　餳香更酒冷，踏青路，會暗識夭桃朱户。向晚驟、寶馬雕鞍，醉襟惹、亂花飛絮。正輕寒輕煖漏永，半陰半晴雲暮。禁火天、已是試新粧，歲華到、三分佳處。清明看、漢宮傳蠟炬。散翠煙、飛入槐府。斂兵衛、閶闔門開，住傳宣、又還休務。

四園竹　雙調、中調

◐○◐●四字句◐●●○○韻，五字句◐○◐●四字句◐●◐○四字句◐●○○叶，四字句○●○三字句○◐●三字句◐○◐●◐○六字句◐○○●叶，四字句　後段●○○叶，三字句◐○◐●○○六字句◐○◐●○○叶，六字句◐◐○○○○六字句◐◐○○●●○叶，七字句◐○◐●◐◐●七字句◐○◐●○叶，五字句

四園竹

秋怨

宋 周邦彥

浮雲護月，未放滿朱扉。鼠搖暗壁，螢度破牕，偷入書幃。秋意濃，閑竚立，庭柯影裏好風，襟袖先知[一]。　夜何其。江南路遶重山，心知謾與前期。奈何燈前墮淚，腸斷蕭娘舊日書。辭猶在紙雁信絶[二]，清宵夢又稀。

【校】

[一]「閑竚立」三句：《全宋詞》作：「閑竚立，庭柯影裏。好風襟袖先知。」

[二]「腸斷」以下：《全宋詞》作：「腸斷蕭娘，舊日書辭。猶在紙。雁信絶，清宵夢又稀。」

六醜

雙調、長調

●◐○◐●五字句◐◐●◐○○●韻，七字句◐○●○四字句◐○○●●五字句◐●○●叶，四字句◐●○○●五字句◐○◐●四字句◐◐○◐●叶，五字句◐◐◐◐○◐●

叶，七字句◐●◐○四字句◐○◐●四字句◐○●○○●叶，六字句◐◐○◐●五字句◐●○●叶，四字句　後段◐○◐●叶，四字句◐◐○◐●叶，五字句◐●○○◐○◐●叶，八字句◐○●●○●叶，六字句◐◐○◐●◐○◐●叶，九字句◐○●三字句◐○◐●叶，四字句◐●◐◐●●○◐●九字句◐○○●叶，四字句○○●三字句◐◐○●叶，四字句◐◐○◐●○○●八字句◐○◐●叶，四字句

六醜

落花

宋　周邦彦

正單衣試酒，悵客裏、光陰虛擲。願春暫留，春歸如過翼。一去無跡。爲問家何在[一]，夜來風雨，送楚宮傾國[二]。釵鈿墮處遺香澤。亂點桃蹊，輕翻柳陌。多情更誰追惜。但蜂媒蝶使，時叩牕槅[三]。東園岑寂。漸蒙籠暗碧。靜遶珍叢底、成歎息。長條故惹行客，似牽衣待話、別情無極。殘英小、强簪巾幘。終不似、一朵釵頭顫裊[四]，向人欹側。漂流處，莫趁潮汐。恐斷鴻、尚有相思字，何由見得。

【校】

[一]家：《全宋詞》作「花」。

[二]送：《全宋詞》作「葬」。

[三]槅：《全宋詞》作「隔」。

[四]「終不似」兩句：《全宋詞》作：「終不似一朵，釵頭顫裊。」

八聲甘州　雙調、長調

◑◑○◑●◑○◑八字句◑◑●○○韻，五字句◑◑○◑●五字句◑○◑●四字句◑●○○叶，四字句◑●○○○●六字句◑●●○○叶，五字句◑●○○●五字句◑●○○叶，四字句

後段◑●◑○◑●六字句◑◑○◑●五字句◑●○○叶，四字句◑◑○◑●五字句◑●●○○叶，五字句◑◑○◑○◑●七字句●●○◑●●○○叶，八字句◑◑◑◑○◑●七字句◑●○○叶，四字句

八聲甘州

送參寥子　　宋　蘇　軾

有情風、萬里捲潮來，無情送潮歸。問錢塘江上，西河浦口[一]，幾度斜暉。不用思量今古，俯仰昔人非。誰似東坡老，白首忘機。　記取西湖西畔，正暮山好處，空翠煙霏。算詩人相得，如我與君稀。約他年、東還海道，願謝公雅志莫相違。西州路、不應回首，爲我沾衣。

【校】

[一]河：《全宋詞》作「興」。

十二時　三疊、長調

◐○○◐○◐●七字句◐●◐○○●叶，六字句◐◐●◐○○●叶，七字句◐●◐○○●叶，六字句◐●◐○四字句◐○◐●四字句◐●○○●叶，五字句◐●●◐●○○七字句

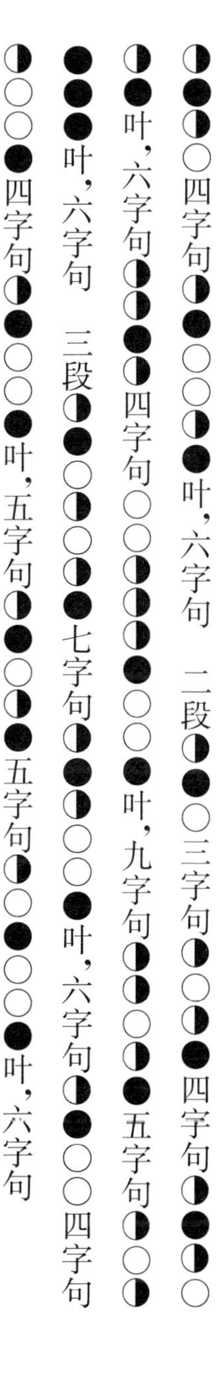

十二時

秋夜

宋　柳　永

晚晴初、淡煙籠月，風透蟾光如洗。覺翠帳、涼生秋思。漸入微寒天氣。敗葉敲窗，西風滿院，睡不成還起。更漏咽、滴破憂心，萬感竝生，都在離人愁耳。天怎知，當時一句，做得十分縈繫。夜永有時，分明枕上、覷著孜孜地。燭暗時酒醒，元來又是夢裏。睡覺來、披衣獨坐，萬種無憀情意。怎得伊來，重諧雲雨，再整餘香被。祝告天發願，從今永無拋棄。

千秋歲　凡三體，竝雙調、中調

第一體

◐○◐●韻，四字句◐●○○●叶，五字句○◐●三字句○○●叶，三字句○○○●●五字句◐●○○●叶，五字句◐◐●三字句◐○◐●○○●叶，七字句　後段◐◐○○●叶，五字句◐○○○●叶，五字句○●●三字句○○●叶，三字句◐◐○◐●五字句◐●○○●叶，五字句◐●●三字句◐○◐●○○●叶，七字句

第一體

宋　秦觀

水邊沙外。城郭輕寒退[一]。花影亂，鶯聲碎。飄零疎酒盞，離別寬衣帶。人不見，碧雲暮合空相對。　憶昔西池會。鵷鷺同飛蓋[二]。攜手處，今誰在。日邊清夢斷，鏡裏朱顏改。春去也，落紅萬點愁如海。

【校】

[一] 輕：《全宋詞》作「春」。

[二] 鴛鷺：《全宋詞》作「鵷鷺」。

第二體　前段與第一體同，唯第三、第四句合作七字，後段亦與第一體同

第三體

◐●◐○四字句◐○◐●韻，四字句◐●◐○◐◐●叶，七字句◐○●◐◐◐●七字句◐◐◐○◐●叶，七字句●○○三字句◐○●三字句◐○●叶，三字句　後段◐●◐○○●●叶，七字句◐●◐○○◐●叶，七字句◐●○○●○●叶，七字句◐○●◐○◐●七字句◐○◐●○○●叶，七字句●○○三字句●◐●三字句◐○●叶，三字句

第三體　宋　王安石

別館寒砧，孤城畫角。一派秋聲入寥廓。東歸燕從海上去，南來雁向沙頭落。楚臺風，庾

樓月，宛如昨。　無奈被些名利縛。無奈被他情擔閣。可惜風流總閒卻。當初謾留華表語，而今誤我秦樓約。夢回時[一]，酒醒後，思量著。

【校】

［一］回：《全宋詞》作「闌」。

通用題

摘得新　單調、小令

◐●○韻，三字句◐○◐●○叶，五字句◐○○●●五字句●○○叶，三字句◐○◐●◐●七字句●○○叶，三字句

摘得新

唐　皇甫松

摘得新。枝枝葉葉春。管絃兼美酒，寂關人。平生都得幾十度，展香茵。

柳初新　雙調、長調

◐○◐●○○●韻，七字句◐●●○○●叶，六字句◐○◐●四字句◐○◐●四字句◐●

●○◐●叶，六字句◐●◐○○●叶，六字句◐◐○◐○○●七字句　後段◐●○○◐●叶，六字句◐○○◐○○●叶，七字句◐○○●四字句◐○◐●四字句◐●◐○◐●叶，六字句◐◐●○○●叶，六字句◐◐○◐○◐●叶，七字句

柳初新

早春　　宋　柳　永

東郊向曉星杓亞。報帝里、春來也。柳臺煙眼，花勻露臉，漸覺緑嬌紅姹。粧點層臺芳榭。運神功、丹青無價。　別有堯堦試罷。新郎君、成行如畫。杏園風細，桃花浪暖，競喜羽遷鱗化。遍九陌、將遊冶[一]。驟香塵、寶鞍驕馬。

【校】

［一］將遊冶：《全宋詞》作「相將遊冶」。

玉燭新　雙調、長調

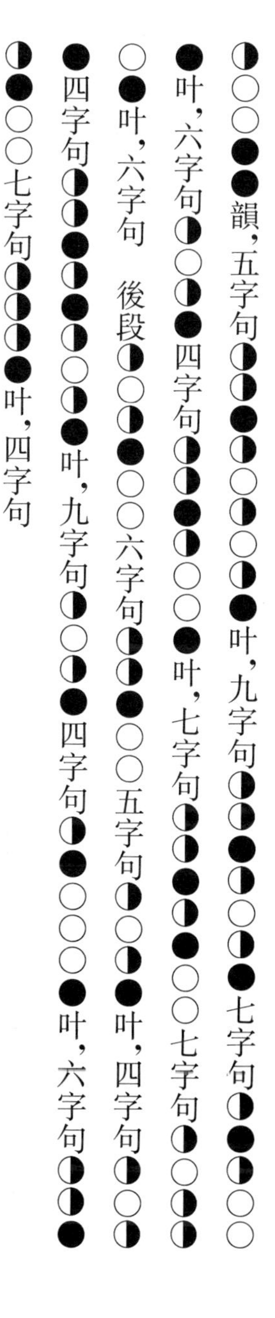
◐○○●●韻，五字句◐◐●◐○◐○◐●叶，九字句◐◐●◐○◐●七字句◐●◐○○●叶，六字句◐○◐●四字句◐◐●◐○○●叶，七字句◐◐●◐●○○七字句◐○◐◐○●叶，六字句　後段◐○◐●○六字句◐◐●○○五字句◐○◐●叶，四字句◐○◐●四字句◐◐●◐●◐○◐●叶，九字句◐○◐●四字句◐●○○○●叶，六字句◐◐●◐●○○七字句◐◐◐●叶，四字句

玉燭新
梅花　　宋　周邦彦

溪源新臘後。見數朵江梅，剪裁初就。暈酥砌玉芳英嫩，故把春心輕漏。前村昨夜，想弄月、黄昏時候。孤岸峭、疎影横斜，濃香暗沾襟袖。　樽前付與多才，問嶺外風光，故人知否。壽陽謾鬬，終不似、照水一枝清瘦。風嬌雨秀。亂插繁花盈首[一]。須信道、羌管無情，看看又奏。

【校】

[一]「亂插」句：《全宋詞》作「好亂插、繁花盈首」。

殢人嬌　雙調、中調

◐●○○四字句◐●◐○◐●韻，六字句◐●●◐○◐●叶，七字句◐○◐●四字句●○○◐●叶，五字句○●●三字句◐○◐○○●叶，六字句　後段◐●○○四字句◐○●●叶，四字句◐◐●◐○○●叶，七字句◐○●●四字句◐◐○○●叶，五字句○●●三字句◐●◐○○●叶，六字句

殢人嬌

上壽　　宋　晏殊

玉樹微涼，漸覺銀河影轉。林葉靜、疎紅欲徧。朱簾細雨，尚遲留歸燕。嘉慶日，多少世人良願。　楚竹驚鸞，秦箏起雁。縈舞袖、急翻羅薦。雲迴一曲，更輕櫳檀板。香炷遠，同祝

壽期無限。

念奴嬌

一名《百字令》，一名《赤壁詞》、《大江東去》、《酹江月》，皆因蘇軾詞而稱之也

第一體

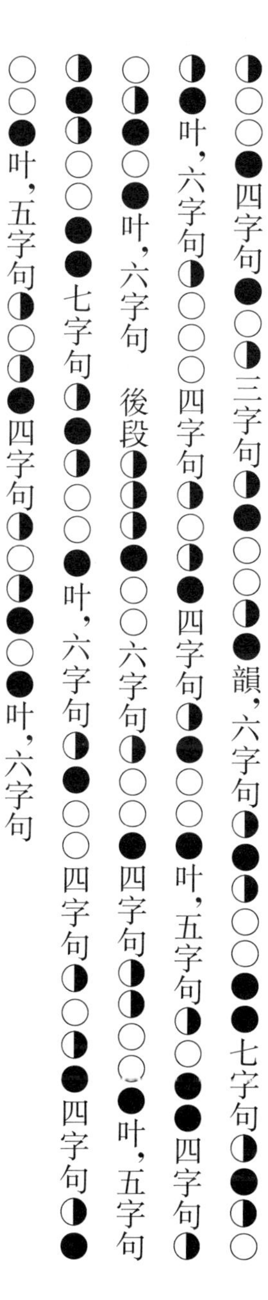

第一體

宋　張孝祥

朔風吹雨，送凄涼，天意垂垂欲雪[一]。萬里南荒雲霧滿，弱水蓬萊相接。凍合龍岡，寒侵桐柱[二]，碧海冰澌結。憑高一笑，問君何處炎熱。　家在楚尾吴頭，歸期猶未，對此驚時

節。記得年時貂帽暖[三]，鐵馬千羣觀獵。狐兔成車，歌鐘殷地，歸踏層城月。持盃且醉，不須北望淒切。

【校】

[一]「送淒涼」二句：《全宋詞》作：「送淒涼天氣，垂垂欲雪。」

[二]桐：《全宋詞》作「銅」。

[三]記：《全宋詞》作「憶」。

第三體

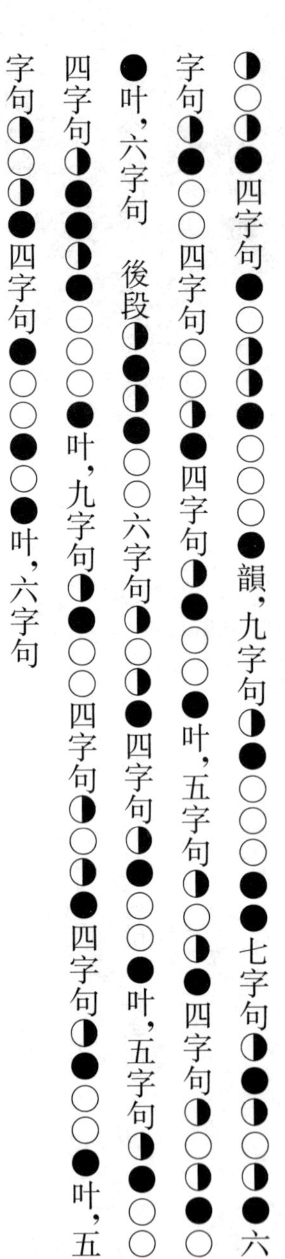

第三體

詠月　　宋　范元卿

尋常三五，問今夕何夕、嬋娟都勝。天闊雲收崩浪靜[一]，溔碧琉璃千頃。銀漢無聲，冰輪直上，桂濕扶疏影。綸巾玉麈，庾樓無限清興。　誰念江海飄零，不堪回首，驚鵲南枝冷。萬點蒼山，何處是、脩竹吾廬三徑。香霧雲鬟，清輝玉臂，醉了愁重醒。參橫斗轉，轆轤聲斷金井。

【校】

［一］闊：《全宋詞》作「豁」。

第五體

◐○○●四字句◐◐○●●五字句◐○◐●韻，四字句◐●◐○○●●七字句◐●◐○○●叶，六字句◐●○○四字句◐○◐●四字句◐●○○●叶，五字句◐○◐●◐○◐●○●叶，十字句　後段◐●◐●○○六字句◐○○●●五字句◐○○●叶，四字句◐●

◐○●●●七字句●●●○○●叶，六字句●●○○四字句◐○◐●四字句◐●○○●叶，五字句◐○◐●四字句◐○◐●○●叶，六字句

第五體

風情　宋 朱敦儒(一)

別離情緒，奈一番好景，一番愁慼[一]。燕語鶯啼人乍遠，還是他鄉寒食。桃李無言，不堪攀折，總是風流客。東君也自、恠人冷淡蹤跡。　花豔草草春工，酒隨花意薄，疎狂何益。除卻清風並皓月，脉脉此情誰識。料得文君，重簾不捲，只等閒消息[二]。不如歸去，受他真個憐惜。

【校】

[一] 愁：《全宋詞》作「悲」。

(一) 原署「宋婦 朱希真」。《全宋詞》録作宋朱敦儒，注「別本誤作朱秋娘」，茲從校訂。

〔二〕只：《全宋詞》作「且」。

第九體

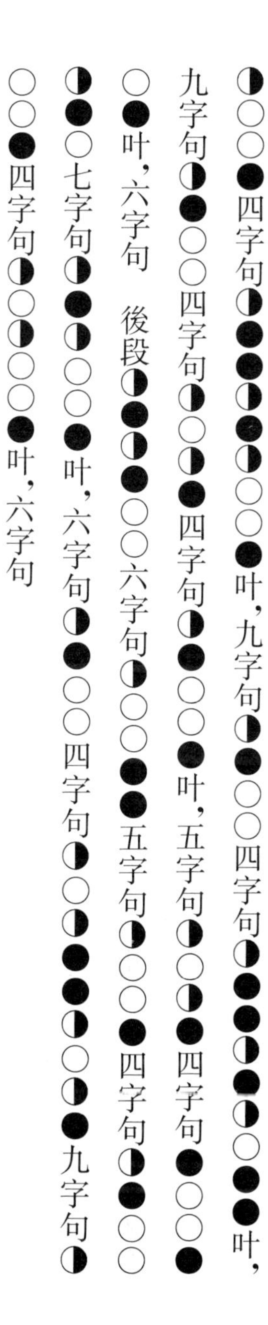

第九體

赤壁懷古

宋　蘇　軾

大江東去，浪淘盡、千古風流人物。故壘西邊，人道是、三國周郎赤壁。亂石穿空，驚濤拍岸，捲起千堆雪。江山如畫，一時多少豪傑。

遙想公瑾當年，小喬初嫁了，雄姿英發。羽扇綸巾、談笑間，檣艣灰飛煙滅。故國神遊，多情應笑我、早生華髮。人生如夢，一樽還酹江月。

惜分飛　雙調、小令，後段同

◐●◐○○●●韻，七字句◐●◐○◐●叶，六字句◐●○○●叶，五字句◐○◐●○○●叶，七字句　後段同

惜分飛　宋毛滂

淚濕欄干花著露。愁到眉峰碧聚。此恨平分取。更無言語空相覷。　斷雨殘雲無意緒[一]。寂寞朝朝暮暮。今夜山深處。斷魂分付潮回去。

【校】

[一] 斷：《全宋詞》作「短」。

霜葉飛　雙調、長調

◐○◐●韻，四字句◐◐●○○◐◐○●叶，九字句◐○◐●●○○七字句◐◐○◐●叶，五字句◐◐●◐○◐●叶，七字句◐○◐●○○●叶，七字句◐◐●○○五字句◐●●○○●●七字句◐◐○●叶，四字句

後段◐◐◐●○○六字句◐○◐●四字句◐●○◐○●叶，六字句◐○◐●●○○七字句◐●○○●叶，五字句◐◐●○○●叶，七字句◐○○●○○●叶，七字句◐●◐○◐●六字句◐●○○四字句◐○◐●叶，四字句

霜葉飛

秋思

宋　周邦彦

露迷衰草。疎星掛、涼蟾低下林表。素娥青女鬭嬋娟，正倍添悽悄。漸颯颯、丹楓撼曉。橫天雲浪魚鱗小。見皓月相看[一]，又透入、清輝半餉，特地留照。迢遞望極關山，波穿千里，度日如歲難到。鳳樓今夜聽西風[二]，奈五更愁抱。想玉匣、哀絃閉了。無心重理相

思調。念故人[三]、牽離恨，屏掩孤顰，淚流多少。

【校】

[一] 見皓月：《全宋詞》作「似故人」。

[二] 西：《全宋詞》作「秋」。

[三] 念故人：《全宋詞》作「見皓月」。

解蹀躞　雙調、中調

◑●◑○○●●七字句◑○◑●韻，四字句◑○◑●四字句◑○◑◑●叶，五字句◑◑◑●○○六字句◑○◑●○●六字句◑○◑●叶，四字句　後段◑○●叶，三字句◑●◑○○●叶，六字句◑○◑◑●叶，五字句◑○◑●○○◑◑●叶，九字句◑◑◑●○○六字句◑○◑●○○六字句◑○○●叶，四字句

解蹀躞

秋思　　宋　周邦彦

候館丹楓吹盡，面旋隨風舞。夜寒霜月，飛來伴孤旅。還是獨擁秋衾，夢餘酒困都醒，滿懷離苦。甚情緒。淚念淩波微步。幽房暗相遇。沈珠都作[一]、秋宵枕前雨。此恨音驛難通，待憑征雁歸時，帶將愁去。

【校】

[一] 沈：《全宋詞》作「淚」。

解連環

雙調、長調

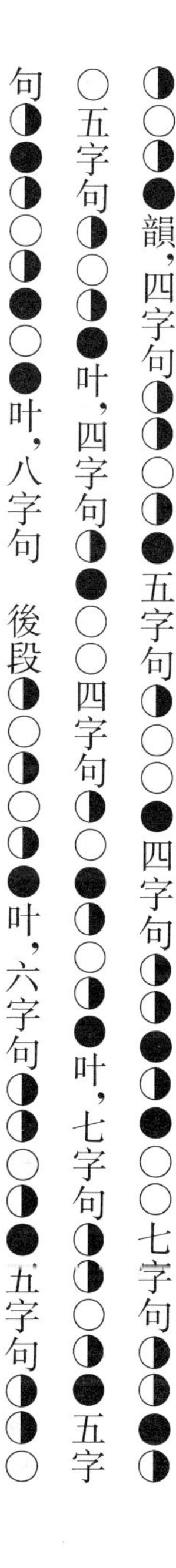
◐○◐●韻，四字句◐◐○◐●五字句◐○○●四字句◐◐●◐●○○七字句◐◐●◐○五字句◐○◐●叶，四字句◐●○○四字句◐○●◐○◐●叶，七字句◐◐○◐●五字句◐●◐○◐●○●叶，八字句　後段◐○◐○◐●叶，六字句◐◐○◐●，五字句◐◐○

●叶，四字句◑●◑●○○六字句◑◑●○○◑◑○●叶，九字句◑●○○四字句◑◑●
◑○○●叶，七字句◑◑○◑○◑●七字句◑○◑●叶，四字句

解連環

閨情　　宋　周邦彦

怨懷難託。嗟情人斷絶，信音遼邈。信妙手、能解連環，似風散雨收，霧輕雲薄。燕子樓空，暗塵鎖、一床絃索。想移根換葉。盡是舊時、手種紅藥。　汀洲漸生杜若。料舟移岸曲，人在天角。記得當日音書，把閒語閒言、盡總燒卻。水驛春迴，望寄我、江南梅萼。拚今生、對花對酒，爲伊淚落。

二字題

漁父　單調、小令

◑●○○●●○韻，七字句◑○◑●●○○叶，七字句○●●三字句●○○叶，三字句◑●○○●●○叶，七字句

漁父

石晉　和　凝

白芷汀寒立鷺鷥。蘋風輕剪浪花時。煙冪冪，日遲遲。香引芙蓉惹釣絲。

河傳　凡十二體，竝雙調、小令

第一體

◑◑◑●韻，四字句◑●◑○四字句◑○○●叶，四字句●○○●四字句◑◑●●叶，四字句◑○○●●叶，五字句　後段◑○◑●○○●叶，七字句○○●叶，三字句◑●○◑●叶，五字句◑○○●○●叶，六字句◑○○●●叶，五字句

第一體

唐張泌

渺莽雲水。惆悵暮帆，去程迢遞。夕陽芳草，千里萬里。雁聲無限起。覺魂悄斷煙波裏[一]。心如醉。相見何處是。錦屏香冷無睡。被頭多少淚。

【校】

[一] 覺：《全唐五代詞》作「夢」。

第二體

○●韻，二字句◑○○●叶，四字句●●○○四字句●○◑●●○○叶，七字句○○叶，二字句●○○叶，三字句　後段◑○◑●○○●更韻，七字句◑◑●叶，三字句◑●○○●叶，五字句◑○◑●●○○更韻，七字句○○叶，二字句◑○◑●○叶，五字句

第二體

唐　張　泌

紅杏。交枝相映。密密濛濛。一庭濃豔倚東風。香融。透簾櫳。　斜陽似共春光語。蝶爭舞。更引流鶯妬。魂銷千片玉樽前。神仙。瑤池醉暮天。

第三體

●●韻，二字句○●叶，二字句◑○◑●四字句◑○○●叶，四字句●○◑三字句●○○三字句◑●◑○○●●叶，七字句　後段◑◑◑◑◑●更韻，七字句●◑●叶，三字句◑●◑○●叶，五字句◑◑○更韻，三字句◑◑○叶，三字句◑○叶，二字句◑○◑●○叶，五字句

第三體

唐顧敻

曲檻。春晚。碧流紋細，綠楊絲軟。露花鮮，杏枝繁，鶯囀、野蕪平似剪。直是人間到天上。堪遊賞。醉眼疑屏障。對池塘。惜韶光。斷腸。爲花須盡狂。

孤鸞

雙調、長調

◐○○●韻，四字句◐◐●○○五字句◐○○●叶，四字句◐●○○四字句◐●●○○●
叶，六字句◐◐◐○◐●六字句◐◐○●○○●叶，七字句◐●◐○◐●六字句◐●○○
●叶，五字句　後段◐◐○◐○◐●●叶，八字句◐◐●○○◐◐○●叶，九字句◐●
○○●五字句◐◐○◐●叶，五字句◐○◐○◐●六字句◐◐○●○○●叶，七字句◐●
◐○●●六字句◐◐○○●叶，五字句

孤鸞

早梅

宋 朱敦儒(一)

天然標格。是小萼堆紅，芳姿凝白。淡竚新粧，淺點壽陽宮額。東君相留厚意，倩年年、與傳消息。昨日前村雪裏，有一枝先拆。　念故人、何處水雲隔。縱驛使相逢、難寄春色。試問丹青手，是怎生描得。曉來一番雨過，更那堪、數聲羌笛。歸去和羹未晚，勸行人休摘。

南浦

雙調、長調

◐○◐●四字句◐◐○◐●●○○韻，八字句◐●◐○○●六字句◐●●○○叶，五字句
◐●◐○○●六字句◐◐○○●●○○叶，八字句◐◐○◐●◐○◐●九字句◐●●
○○叶，五字句　後段◐●◐○○●六字句◐◐○◐●●○○叶，八字句◐●◐○○●六

(一)《百家詞》本《樵歌》不載此詞，《四印齋所刻詞》本入「補遺」；《全宋詞》録作無名氏詞。

字句◑●●○○叶，五字句◑●○○○●●七字句◑○◑●●○○叶，七字句◑●○◑●◑○七字句◑●●○○叶，五字句

南浦

旅況

宋　魯逸仲㈠

風悲畫角，聽單于、三弄落譙門。投宿駸駸征騎，飛雪滿孤村。酒市漸閑燈火，正敲牕、亂葉舞紛紛。送數聲驚雁、下離煙水，嘹唳度寒雲。　好在半朧溪月，到如今、無處不銷魂。故國梅花歸夢，愁損緑羅裙。爲問暗香閑豔也，相思萬點付啼痕〔一〕。算翠屏應是兩眉，餘恨倚黄昏〔二〕。

【校】

〔一〕「爲問」二句：《全宋詞》作：「爲問暗香閑豔，也相思、萬點付啼痕。」

㈠ 此詞《文體明辯・詩餘》署「宋 魯」，闕其名；《嘯餘譜》補署魯逸仲；《全宋詞》録作孔夷詞。魯逸仲即孔夷，爲其隱名。

[一]「算翠屏」二句：《全宋詞》作：「算翠屏應是，兩眉餘恨倚黄昏。」

春霽　雙調、長調

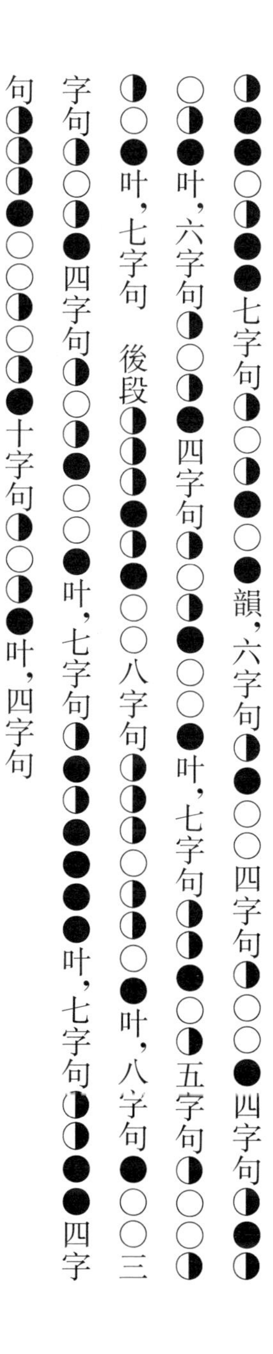

◐●●○◐●●七字句◐○◐●○●韻，六字句◐●○○四字句◐○○●四字句◐●◐○◐●叶，六字句◐○◐●四字句◐○◐●○○●叶，七字句◐◐●○◐五字句◐○○◐◐○●叶，七字句

後段◐◐◐●◐●○○八字句◐◐◐○◐◐○●叶，八字句●○○三字句◐○◐●四字句◐○◐●○○●叶，七字句◐●◐●●●●叶，七字句◐◐●●四字句◐◐◐●○○◐○◐●十字句◐○◐●叶，四字句

春霽

春晴

宋　胡浩然

遲日和融乍雨歇，東郊嫩草凝碧[一]。紫燕雙飛，海棠相襯，粧點上林春色。點然望極。困人天氣渾無力。又聽得園苑，數聲鶯囀柳陰直。　當此暗想、故國繁華，儼然遊人、依舊南

陌。院深沈，梨花亂落，那堪如練點衣白。酒量頓寬洪量窄。算此情景，除非殢酒狂歡、恣歌沈醉，有誰知得。

【校】

［一］「遲日」二句：《全宋詞》作：「遲日融和，乍雨歇東郊，嫩草凝碧。」和融：《全宋詞》作「融和」。

［二］「又聽得」二句：《全宋詞》作：「又聽得。園苑，數聲鶯囀柳陰直。」

西河　雙調、長調

◑◑●韻，三字句●○◑●○●叶，六字句◑○◑●●○○七字句◑○◑●叶，四字句◑○◑●●○○七字句◑○○●○●叶，六字句◑○●○◑●六字句◑◑○◑○●叶，六字句◑○◑●四字句◑○○◑○◑●叶，七字句◑○◑●●○○七字句◑○◑●○●叶，六字句　後段◑○◑●◑◑●七字句◑◑○◑●○●叶，七字句◑●◑○○●叶，六字句◑○○◑●○○○●叶，九字句◑●○○○◑●叶，七字句

西河

金陵懷古　　宋　周邦彦

佳麗地。南朝盛事誰記。山圍故國遶清江，髻鬟對起。怒濤寂寞打孤城，風檣遥度天際。斷岸樹[一]、猶倒倚。莫愁艇子曾繫。空遺舊跡，鬱蒼蒼、霧沉半壘。夜深月過女牆來，傷心東畔淮水[二]。酒旗戲鼓甚處市。想依稀、王謝鄰里。燕子不知何世。入尋常、巷陌人家相對，如説興亾斜陽裏[三]。

【校】

[一] 岸：《全宋詞》作「崖」。

[二] 畔：《全宋詞》作「望」。

[三] 「入尋常」二句：《全宋詞》作：「入尋常巷陌人家，相對如説興亡，斜陽裏。」

薄倖　雙調、長調

◑○◑●韻，四字句◑◑●◑○◑●叶，七字句◑◑●○○五字句◑◑●●●○○●叶，

八字句◐◐○◐●○○七字句◐○◐●○○●叶，七字句◐◐●◐○◐○◐○九字句○●◐○○●叶，六字句　後段◐●●○○●六字句◐◐●◐○◐●叶，七字句◐○◐◐●◐○○●九字句◐○◐●○○●叶，七字句◐◐○◐●◐○◐●九字句◐○●●○○●叶，七字句◐○◐●四字句◐●◐●◐●叶，六字句

薄倖

春晴

宋　賀　鑄

淡粧多態[一]。更的的、頻回眄睞。便認得琴心，先許與綰合歡雙帶[二]。記畫堂、風月逢迎，輕顰淺笑嬌無奈。向睡鴨爐邊、翔鴛屏裏，羞把香羅偷解[三]。　自過了、收燈後，都不見、踏青挑菜。幾回憑雙燕、丁寧深意，往來翻恨重簾礙。約何時再、正春濃酒煖，人閑晝永無聊賴。慵慵睡起，猶有花稍日在[四]。

【校】

[一] 淡粧：《全宋詞》作「艷真」。

［二］「便認得」二句：《全宋詞》作：「便認得，琴心先許，與寫合歡雙帶。」

［三］「向睡鴨」二句：《全宋詞》作：「便翡翠屏開，芙蓉帳掩，與把香羅偷解。」

［四］稍：《全宋詞》作「梢」。

白苧 雙調、長調

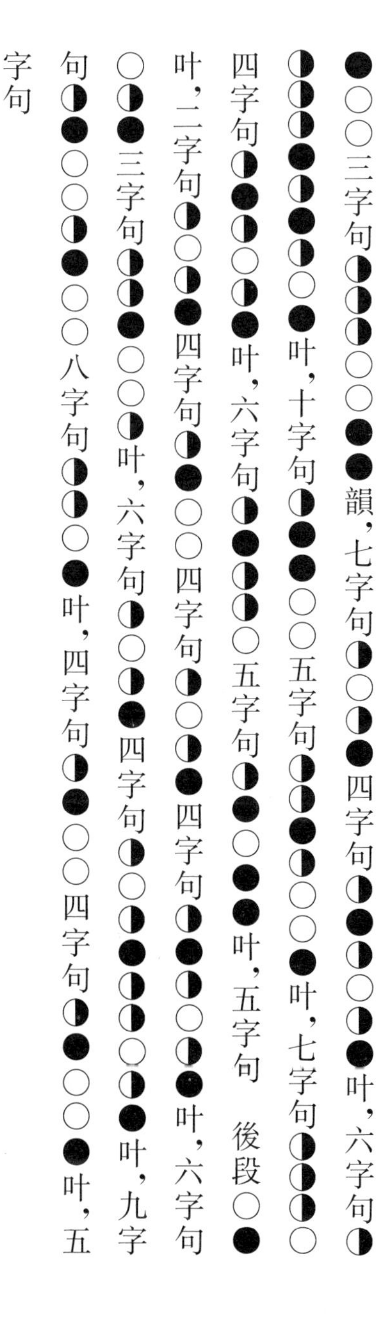
●○○三字句◐◐◐○○●●韻，七字句◐○◐●四字句◐●◐○◐●叶，六字句◐
◐◐◐●◐●◐○●叶，十字句◐●●○○五字句◐◐●◐○○●叶，七字句◐◐◐○
四字句◐●◐○◐●叶，六字句◐●◐◐○五字句◐●○●●叶，五字句　後段○●
叶，二字句◐○◐●四字句◐●○○四字句◐○◐●四字句◐●◐○◐●叶，六字句
○◐●三字句◐◐●○○◐叶，六字句◐○◐●四字句◐○◐●◐◐○◐●叶，九字
句◐●○○◐●○○八字句◐◐○●叶，四字句◐●○○四字句◐●○○●叶，五
字句

白苧

冬景

宋　柳　永〔一〕

繡簾垂，畫堂悄，寒風淅瀝。遥天萬里，黯淡同雲羃羃。漸紛紛、六花零亂散空碧。姑射宴瑶池，把碎玉零珠抛擲。林巒望中，高下瓊瑶一色〔一〕。嚴子陵釣臺，歸路迷蹤跡〔二〕。追惜。燕然畫角，寶籥珊瑚〔三〕，是時丞相，虚作銀城换得。當此際，偏宜訪袁安宅。醺醺醉了，任他釵舞困、玉壺傾側。又是東君、暗遣花神，先報南國。昨夜江梅，漏泄春消息。

【校】

〔一〕色：《全宋詞》作「白」。

〔二〕「嚴子陵」二句：《全宋詞》作「嚴子陵釣臺迷蹤跡」。

〔三〕籥：《全宋詞》作「鑰」。

〔一〕此詞《全宋詞》收入「宋人依託神仙鬼怪詞」，署名紫姑作，注：「此首原見《類編草堂詩餘》卷四，題柳永作。《碧雞漫志》卷二引其下半片首尾各句，云：世傳紫姑神作。」

大酺　雙調、長調

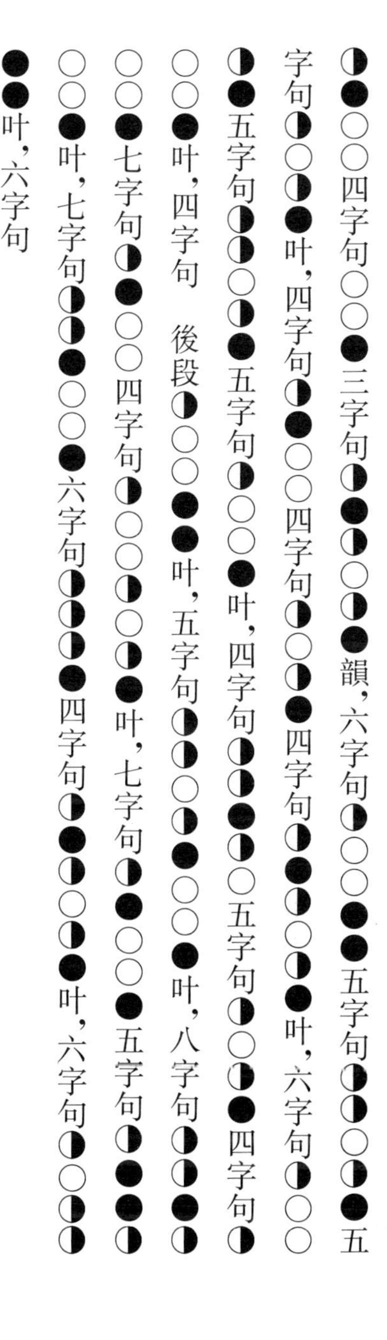
◐●○○四字句○○●三字句◐●◐○◐●韻，六字句◐○○●●五字句◐◐○◐●五字句◐○◐●叶，四字句◐●○○四字句◐○◐●四字句◐●◐○◐●叶，六字句◐○○◐●五字句◐◐○◐●五字句◐○○●叶，四字句◐◐●◐○五字句◐○◐●四字句◐○○●叶，四字句

後段◐○○●●叶，五字句◐◐○◐●○○●叶，八字句◐◐●◐○○●七字句◐●○○四字句◐○○◐○◐●叶，七字句◐●○○●五字句◐●●◐○○●叶，七字句◐◐●○○●六字句◐◐◐●四字句◐●◐○◐●叶，六字句◐○◐◐●●叶，六字句

大酺

春雨

宋　周邦彥

對宿煙收，春禽靜，飛雨時鳴高屋。牆頭青玉旆，洗鉛霜都盡，嫩梢相觸。潤逼琴絲，寒侵枕障，蟲網吹粘簾竹。郵亭無人處，聽簷聲不斷，困眠初熟。奈愁極頓驚，夢輕難記，自憐

幽獨。行人歸意速。寂先念、流潦妨車轂。怎奈向、蘭成憔悴，衛玠清羸，等閒時、易傷心目。未恠平陽客，雙淚落、笛中哀曲。況蕭索、青蕪國。紅糝鋪地，門外荊桃如菽。夜遊誰共秉燭[一]。

【校】

[一] 誰共：《全宋詞》作「共誰」。

多麗　雙調、長調

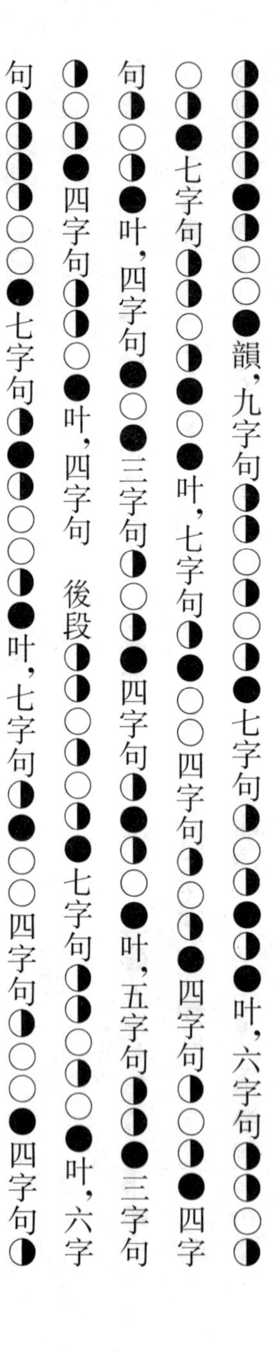

○○●○●叶，七字句●○●三字句◐○◐●四字句◐●◐○●叶，五字句◐○●三字句◐●◐○四字句◐◐◐●叶，四字句

多麗

春景

宋 聶冠卿

想人生、美景良辰堪惜。向其間、賞心樂事，古來難是並得[一]。況東城、鳳臺沁苑，泛晴波、淺照金碧。露洗華桐，煙霏絲柳，緑陰摇曳，蕩春一色。畫堂迴，玉簪瓊佩，高會盡詞客。清歡久，重燃絳蠟，别就瑶席。　有翩若驚鴻體態，暮爲行雨標格。逞朱脣、緩歌妖麗，似聽流鶯亂花隔。慢舞縈回，嬌鬟低嚲，腰肢纖細困無力。忍分散，彩雲歸後，何處更尋覓。休辭醉，明月好花，莫謾輕擲。

【校】

［一］古來：《全宋詞》作「就中」。

戚氏　三疊、長調

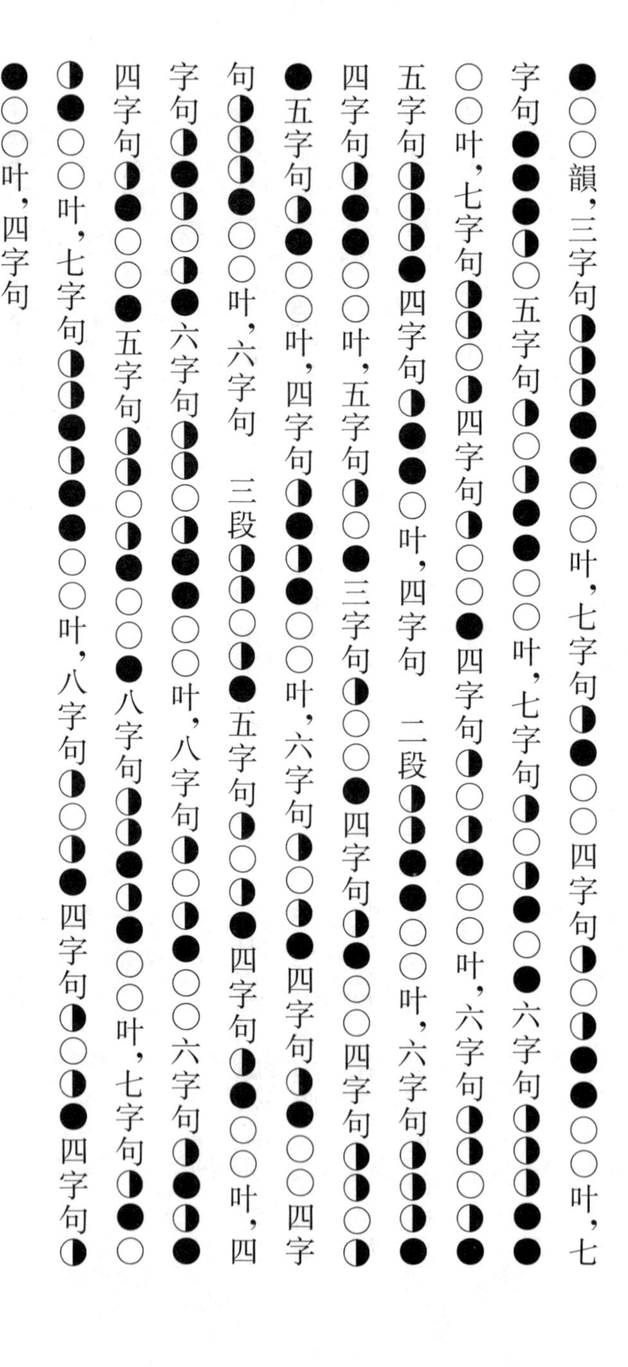

●○○韻，三字句◐◐◐●●○○叶，七字句◐●○○四字句◐○◐●●○○叶，七字句●●●◐○五字句◐○◐●●○○叶，七字句◐○◐●○●六字句◐◐◐●●○○叶，七字句◐◐○◐四字句◐○○●四字句◐○◐●○○叶，六字句◐◐○◐●五字句◐◐◐●四字句◐●●○叶，四字句

二段◐◐●●○○叶，六字句◐◐◐●四字句◐●●○○叶，五字句◐○●三字句◐○○●四字句◐●○○四字句◐◐○◐●五字句◐●○○叶，四字句◐●◐●○○叶，六字句◐○◐●四字句◐●○○四字句◐◐◐●○○叶，六字句

三段◐◐○◐●五字句◐○◐●四字句◐●○○叶，四字句◐●◐○◐●六字句◐◐○◐●●○○叶，八字句◐○◐●○○六字句◐●◐●四字句◐●○○●五字句◐◐○◐●○○●八字句◐◐●◐●○○叶，七字句◐●○◐●○○叶，七字句◐◐●◐●●○○叶，八字句◐○◐●四字句◐○◐●四字句◐●○○叶，四字句

戚氏

秋夜

宋 柳　永

晚秋天。一霎微雨灑庭軒。檻菊蕭疏，井桐零亂惹殘煙[一]。淒然望江關[二]。飛雲黯淡夕陽間。當時宋玉悲感，向此臨水與登山。遠道迢遞，行人淒楚，倦聽隴水潺湲。正蟬鳴敗葉，蛩響衰草，相應聲喧[三]。孤館度日如年。風露漸變，悄悄至更闌。長天靜[四]，絳河清淺，皓月嬋娟。思綿綿夜永，對景那堪，屈指暗想從前[五]。未名未祿，綺陌紅樓，往往經歲遷延。帝里風光好，當年少日，暮宴朝歡。况有狂朋恠侶，遇當歌、對酒競留連。別來迅景如梭，舊遊似夢，煙水程何限。念名利、憔悴長縈絆。追往事、空慘愁顏。漏箭移、稍覺輕寒。聽嗚咽[六]、畫角數聲殘。對閑牕畔，停針向曉，抱影無眠。

【校】

[一] 桐：《全宋詞》作「梧」。

[二]「淒然」句：《全宋詞》作：「淒然。望江關。」

[三] 聲喧：《全宋詞》作「喧喧」。

［四］靜：《全宋詞》作「淨」。

［五］「思綿綿」三句：《全宋詞》作：「思綿綿。夜永對景，那堪屈指，暗想從前。」

［六］聽：《全宋詞》作「漸」。

三字題

訴衷情　凡四體，有單調、雙調，竝小令

第一體　單調

◑●○○○●●七字句●○○韻，三字句◑◑●三字句◑●●○○叶，五字句◑●●○○叶，五字句○○叶，二字句◑○○●●叶，五字句●◑○叶，三字句

第一體

唐　韋　莊

碧沼紅芳煙雨靜，倚蘭橈[一]。垂玉珮。交帶裊纖腰。鴛夢隔星橋。迢迢。越羅香暗銷。墜花翹。

【校】

［一］蘭：《全唐五代詞》作「欄」。

第三體　雙調

◐○◐●●○○韻，七字句◐●●○○叶，五字句○○○三字句●○○叶，三字句◐●●○○叶，五字句　後段◐●●○○叶，五字句●○○叶，三字句◐○◐●●○○叶，七字句●○○叶，三字句

第三體

唐　毛文錫

桃花流水漾縱橫。春晝彩霞明。劉郎去，阮郎行。惆悵恨難平。愁坐對雲屏。算歸程。何時攜手洞邊迎。訴衷情。

定西番　雙調、小令

◑●◑○○●六字句○●●三字句●○○韻，三字句●○○叶，三字句　後段◑●◑○○●六字句◑○◑●○叶，五字句◑●◑○◑●六字句●○○叶，三字句

定西番

唐　孫光憲

帝子枕前秋夜，霜幄冷，月華明。正三更。　何處戍樓寒笛，夢殘聞一聲。遙想漢關萬里，淚縱橫。

烏夜啼　雙調、小令

◑○●●○○韻，六字句●○○叶，三字句◑●◑○四字句◑●●○○叶，五字句

後段○●●三字句○●●三字句●○○叶，三字句●●◑○四字句◑●●○○叶，五字句

烏夜啼

山行約范先生不至　宋 辛棄疾

山頭醉倒山公。月明中。記得昨宵，歸路笑兒童。　溪欲轉，山已斷，兩三松。一段可憐，風月欠詩翁。

薄命女　一名《長命女》　單調、小令

◑◑●韻，三字句◑●○○○●●叶，七字句◑●○○●叶，五字句◑◑○○●●六字句◑●○○●○叶，六字句◑●◑○○●●叶，七字句◑●○○●叶，五字句

薄命女

石晉 和凝

天欲曉。宮漏穿花聲繚繞。牕裏星光少。冷霞寒侵帳額[一]，殘月光沈樹杪。夢斷錦幃空悄悄。强起愁眉小。

【校】

［一］霞：《全唐五代詞》作「霧」。

感恩多 凡二體，竝雙調、小令

第一體

●○○●●韻，五字句◑●○○●叶，五字句●○○●○更韻，五字句●○○叶，三字句

後段◑●◑○◑●六字句●○○叶，三字句●○○複出一句●●○○四字句●●○●○叶，五字句

第一體

唐 牛嶠

兩條紅粉淚。多少香閨意。強攀桃李枝。斂愁眉。

陌上鶯啼蝶舞，柳花飛。柳花飛。願得郎心，憶家還早歸。

玉蝴蝶　凡三體，竝雙調、小令

第一體

◑○◑●○○韻，六字句◑◑◑◑○叶，五字句◑●●○○叶，五字句○○●●○叶，五字句　後段◑○○●●叶，五字句◑●●○○叶，五字句◑●●○○叶，五字句●○○●○叶，五字句

第一體

唐　温庭筠

秋風凄切傷離。行客未歸時。塞外草先衰。江南雁到遲。　芙蓉凋嫩臉，楊柳墮新眉。搖落使人悲。斷腸誰得知。

第三體　長調

◑●◑○○●六字句◑○◑●◑●○○韻，八字句◑●◑○◑●六字句◑●○○叶，四字句◑○●◑○◑●七字句○◑●◑●○○叶，七字句●○○叶，三字句◑○◑

●四字句◑●○○四字句　後段○○叶，二字句◑○○●四字句◑○○●四字句◑
●○○叶，四字句◑●○○四字句◑○◑●●○○叶，七字句●○○◑○◑●七字
句◑◑●◑●○○叶，七字句●○○叶，三字句◑○○●四字句◑●○○叶，四字句

第三體

春遊　宋　柳　永

漸覺東郊明媚[一]，夜來膏雨、一洗塵埃。滿目殘桃淺杏[二]，露染煙裁[三]。銀塘靜、魚鱗簟展，煙岫翠、龜甲屏開。殷晴雷。雲中鼓吹，游徧蓬萊。徘徊。隼旟前後[四]，三千珠履，十二金釵。雅俗熙熙，下車成宴盡春臺。好雍容、東山妓女，堪笑傲、北海樽罍[五]。且追陪。鳳池歸去，那更重來。

【校】

[一] 東：《全宋詞》作「芳」。

[二] 殘：《全宋詞》作「淺」。

［三］煙：《全宋詞》作「風」。
［四］隼：《全宋詞》作「集」。
［五］樽：《全宋詞》作「尊」。

春光好　凡二體，竝雙調、小令

第一體

○◑●三字句●○○韻，三字句●○○叶，三字句◑●◑○○●六字句●○○叶，三字句　後段◑●◑○◑●六字句◑○◑●◑○叶，六字句◑●◑○○●●七字句●○○叶，三字句

第一體　石晉　和凝

紗牕暖，畫屏閑。嚲雲鬟。睡起四肢無力，半春閒［一］。　玉指剪裁羅勝，金盤點綴酥山。窺舞湥心無限事，小眉彎。

【校】

[一] 閒：《全唐五代詞》作「間」。

點絳脣 雙調、小令

◑●○○四字句◑●◑●○○●韻，七字句◑○◑●叶，四字句◑●○○●叶，五字句

後段◑●◑○四字句◑●○○●叶，五字句○○●叶，三字句◑○○●叶，四字句◑●○○●叶，五字句

點絳脣

詠草 宋 林逋

金谷年年，亂生春樹誰爲主。餘花落處。滿地和煙雨。 又是離歌，一闋長亭暮。王孫去。萋萋無數。南北東西路。

紗窗恨　凡二體，竝雙調

第一體

◑○●●○○●韻，七字句●○○更韻，三字句◑○◑●○○●叶，七字句●○○叶，三字句　後段◑○●三字句●◑○●四字句◑◑◑◑●○○叶，七字句◑●○○四字句●○○叶，三字句

第一體

唐　毛文錫

新春燕子還來至。一雙飛。壘巢泥濕時時墜。涴人衣。　後園裏，看百花發，香風拂，繡户金扉。月照紗牕，恨依依。

戀情深　雙調，小令

◑●◑○○●●韻，七字句◑○○●叶，四字句◑○◑●●○○更韻，七字句●○○叶，三

字句　後段◐○◐●●○○叶，七字句◐●●○○叶，五字句◐●●○○●六字句●○○叶，三字句

戀情深

唐　毛文錫

滴滴銅壺寒漏咽。醉紅樓月。宴餘香殿會鴛衾。蕩春心。　真珠簾下曉光侵。鶯語隔瓊林。寶帳欲開慵起，戀情深。

歸國謠　凡二體，竝雙調、小令

第一體

○●韻，二字句◐●◐○○●●叶，七字句◐◐◐◐○●叶，六字句◐◐○●●叶，五字句　後段◐◐●○○●叶，六字句◐○○●●叶，五字句◐◐◐●○●叶，六字句◐○○●●叶，五字句

第一體　唐　温庭筠

香玉。翠鳳寶釵垂簶簌。鈿筐交勝金粟。越羅春水緑。畫堂照簾殘燭。夢餘更漏促。謝娘無限心曲，曉屏山斷續。

柳含煙　凡二體，竝雙調、小令

第一體

◐○●三字句●○○韻，三字句◐●○○●●六字句●○◐●●○○叶，七字句●○○叶，三字句　後段◐●○○●●更韻，七字句◐●○○●●叶，六字句◐○◐●●○○再更韻，七字句●○○叶，三字句

第一體　唐　毛文錫

河橋柳，占芳春。映水含煙拂路，幾囘攀折贈行人。暗傷神。　樂府吹爲橫笛曲，能使離腸斷續。不如移植在金門。近天恩。

謁金門　雙調、小令

○◐●韻，三字句◐●◐○○●叶，六字句◐●◐○○●●叶，七字句◐○○●●叶，五字句　後段◐●◐○◐●叶，六字句◐●◐○◐●叶，六字句◐●◐○○●●叶，七字句◐○○●●叶，五字句

謁金門　二首

唐　韋　莊[一]

空相憶。無計得傳消息。天上嫦娥人不識。寄書何處覓。　春睡覺來無力[二]。不忍把伊書跡。滿院落花春寂寂，斷腸芳草碧。

春雨足。染就一溪新綠。柳外飛來雙羽玉。弄晴相對浴。　樓外翠簾高軸。倚遍闌干幾

[一]「空相憶」一首載《花間集》，爲韋莊作。「春雨足」一首載《草堂詩餘·前集》，次於「空相憶」一首後，未署名；《全唐五代詞》據《類編草堂詩餘》作韋莊詞；《全宋詞》以《類編草堂詩餘》爲誤收而録作無名氏詞。

曲[二]。雲淡水平煙樹簇，寸心千里目。

【校】

[一] 春：《全唐五代詞》作「新」。

[二] 闌：《全唐五代詞》作「欄」。

聖無憂　雙調、小令

◐●○○●五字句◐○●●○○韻，六字句◐○◐●○○●七字句◐●●○○叶，五字句　後段◐●◐○○●六字句◐◐◐●○○叶，六字句◐○◐●○○●七字句◐●●○○叶，五字句

聖無憂　宋　歐陽脩

此路風波險，十年一別須臾。人生聚散長如此，相見且歡娛。好酒能消光景，春風不染

髭須。爲公一醉花前倒，紅袖莫來扶。

玉聯環

雙調，小令，與《玉樹後庭花》相近

◐○◐●○○●韻，七字句◐○◐●叶，四字句◐○◐●●○○七字句◐●●○○●叶，六字句　後段◐●◐○○●叶，六字句◐○◐●叶，四字句◐○◐●●○○七字句◐●●○○●叶，六字句

玉聯環

宋　張　先

來時露浥衣香潤[一]。綵縧垂鬢。卷簾還喜月相親，把酒與[二]、花相近。西去陽關休問。未歌先恨。玉峰山下水長流，流水盡、情無盡。

【校】

[一] 浥：《全宋詞》作「裛」。

［二］與：《全宋詞》作「更」。

喜遷鶯

第一體　小令

○○●三字句●○○韻，三字句◑●●○○叶，五字句◑○○●●○○叶，七字句◑●●○○叶，五字句　後段●●○三字句○●●三字句◑●◑○○●六字句◑○◑●●○○叶，七字句◑●●○○叶，五字句

第一體　唐　薛昭蘊

金門晚［一］，玉京春。駿馬驟輕塵。樺煙深處白衫新。認得化龍身。　九陌喧，千户啓，滿袖桂香風細。杏園歡宴曲江濱，自此占芳辰。

【校】

[一]晚：《全唐五代詞》作「曉」。

第二體　小令，前段與第一體同，未載

第三體　長調

◑○◑●韻，四字句◑◑●◑◑五字句◑○○●叶，四字句◑●○○四字句◑○◑●四字句◑●◑○○●叶，六字句◑●◑○○●六字句●●◑○○●叶，六字句●●●三字句●◑○◑●五字句◑○○●叶，四字句　後段○●叶，二字句◑●●◑●◑○七字句◑●○○●叶，五字句◑●○○四字句◑○○●四字句◑●◑○○●叶，六字句◑◑●○●●六字句◑●◑○○●叶，六字句◑○●三字句◑◑○◑●五字句◑○◑●叶，四字句

第三體

端午　　撰人闕〔一〕

梅霖初歇。正絳色海榴〔一〕，爭開佳節〔二〕。角黍包金，香蒲切玉，是處玳筵羅列。鬭巧盡輸年少，玉腕綵絲雙結。艤綵舫，見龍舟兩兩，波心齊發。　奇絕。難畫處、激起浪花，翻作湖間雪〔三〕。畫鼓轟雷〔四〕，紅旗掣電〔五〕，奪罷錦標方徹。望中水天日暮，猶自珠簾高揭〔六〕。棹歸晚〔七〕，載荷香十里，一鉤新月。

【校】

〔一〕正：《全宋詞》作「乍」。

〔二〕佳：《全宋詞》作「時」。

〔三〕翻：《全宋詞》作「飛」。

〔四〕轟：《全宋詞》作「喧」。

〔一〕此詞《樂府雅詞・拾遺》、《草堂詩餘・後集》未署名；《全宋詞》作黃裳詞，題「端午泛湖」，注：「别又誤作吴禮之詞，見《西湖遊覽志餘》卷三。」

［五］掣：《全宋詞》作「閃」。

［六］珠：《全宋詞》作「朱」。

［七］棹歸：《全宋詞》作「歸棹」。

眼兒媚　一名《秋波媚》　雙調、小令，後段同，唯句首不用仄字、不叶韻

◐●○○●◐○韻，七字句◐●●○○叶，五字句◐○◐●四字句◐○◐●四字句◐●○○叶，四字句　後段同

眼兒媚

春景　宋　王元澤㈠

楊柳絲絲弄輕柔。煙縷織成愁。海棠未雨，梨花先雪，一半春休。　而今往事難重省。歸

㈠ 此詞《文體明辯·詩餘》署「宋 王」；《嘯餘譜》補署王元澤；《草堂詩餘·前集》未署名；《花草粹編》署王元澤；《全宋詞》録作無名氏詞，注「別本誤作王雱詞」。

夢繞秦樓。想思只在，丁香枝上，豆蔻梢頭。

朝中措　雙調、小令

◑○◑●●○○韻，七字句◑●●○○叶，五字句◑●◑○◑●六字句◑○◑●○○叶，六字句　後段◑○◑●四字句◑●◑○四字句●●○○叶，四字句◑●◑○◑●六字句◑○◑●○○叶，六字句

朝中措

平山堂　　宋　歐陽脩㈠

平山欄檻倚晴空[二]。山色有無中。手種堂前楊柳[三]，別來幾度春風。文章太守，揮毫萬字，一飲千鐘。行樂直須年少，樽前看取衰翁。

㈠　此詞原署「唐　歐陽脩」，今僅對朝代作校訂。

【校】

[一]欄：《全宋詞》作「闌」。

[二]楊：《全宋詞》作「垂」。

柳梢青　凡二體，用平仄兩韻，竝雙調、小令

第一體

○●○○韻，四字句○○○●○●○○叶，八字句○●◐●四字句◐○◐●四字句◐●○○叶，四字句　後段◐○◐●○○叶，六字句◐◐●○●○○叶，七字句◐●●●四字句◐○◐●四字句◐●○○叶，四字句

第一體

春景　宋秦　觀(一)

岸草平沙。吳王故苑、柳裊煙斜。雨後輕寒，風前香軟，春在梨花。行人一棹天涯。酒醒處、殘陽亂鴉。門外鞦韆，牆頭紅粉，深院誰家。

第二體

前後段竝與第一體同，唯後用仄韻

西江月

凡二體，竝雙調、小令

第一體

後段同

◑◑◑○◑●六字句◑○●●○○韻，六字句◑○◑●●○○叶，七字句◑●◑○◑●叶

(一) 此詞《草堂詩餘・前集》未署名；《花草粹編》署秦觀；《全宋詞》録作仲殊詞，注「《類編草堂詩餘》卷一此首誤作秦觀詞」。

轉上聲，六字句　後段同

第一體

春夜　　宋蘇　軾

照野瀰瀰淺浪，橫空曖曖微霄[一]。障泥未解玉驄驕。我欲醉眠芳草。可惜一溪明月，莫教踏碎瓊瑤[二]。解鞍欹枕綠楊橋。杜宇數聲春曉。

【校】

[一] 曖曖：《全宋詞》作「隱隱」。

[二] 碎：《全宋詞》作「破」。

第二體

前段與第一體同，後段亦與第一體同，惟更前段韻

第二體

勸酒　宋　黄庭堅

斷送一生惟有，破除萬事無過。遠山横黛蘸秋波。不飲傍人笑我[一]。花病等閒瘦弱，春愁没處遮攔。杯行到手莫留殘。不道月斜人散。

【校】

[一] 傍：《全宋詞》作「旁」。

燕歸梁　雙調、小令

◑●○○◑●○韻，七字句◑●○○叶，四字句◑○◑●●○○叶，七字句○◑●三字句●○○叶，三字句　後段◑○◑●○○●七字句◑○◑●○○叶，六字句◑◑●●●○○叶，七字句◑◑●●○○叶，六字句

燕歸梁

宋　柳　永

織錦裁篇寫意深。字直千金[一]。一回披翫一愁吟。腸成結，淚盈襟。　幽歡已散前期遠，無聊賴[二]、是而今。密憑歸燕寄芳音[三]。恐冷落、舊時心。

【校】

[一]直：《全宋詞》作「值」。

[二]聊：《全宋詞》作「憀」。

[三]燕：《全宋詞》作「雁」。

少年遊

凡四體，竝雙調、小令，後段同，惟首句末用仄字、不叶韻

第一體

◑○◑◑●○○韻，七字句◑●●○○叶，五字句◑◑◑○四字句◑○○◑四字句◑●●○○叶，五字句　後段同

第一體　宋　林少瞻

霽霞散曉月猶明。疎木掛殘星。山逕人稀，翠蘿深處，啼鳥兩三聲。霜華重逼雲裘冷，心共馬蹄輕。十里青山，一溪流水，都做許多情。

第二體　**第三體**　前段與第一體同

第四體　前(一)段與第二體同，後段同

應天長　雙調、小令

◑○◑●○○●韻，七字句◑●◑○○●●叶，七字句●○◑三字句◑◑●叶，三字句◑●◑○○●●叶，七字句　後段●○○三字句○●●叶，三字句◑●◑○○●叶，六字句◑●◑○◑●叶，六字句◑◑○○●叶，五字句

(一) 原脱「前」字，據《嘯餘譜》補訂。

應天長

唐　韋　莊

綠槐陰裏黃鸝語[一]。深院無人春晝午。畫簾垂，金鳳舞。寂寞繡屏香一炷。碧天雲，無定處，空有夢魂來去。夜夜綠窗風雨。斷腸君信否。

【校】

[一]鸝：《全唐五代詞》作「鶯」。

尋芳草

雙調、小令，後段同，惟首句末用平字、不叶韻

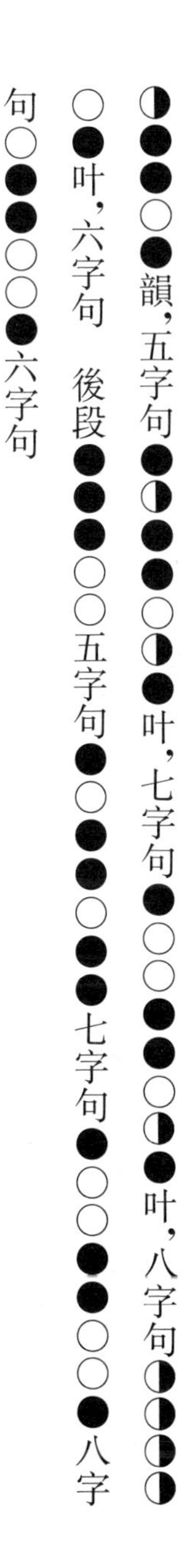

尋芳草(一)

嘲陳辛叟憶内　宋　辛棄疾

有得許多淚。更閒卻、許多鴛被。枕頭兒、放處都不是。舊家時、怎生睡。更也沒書來，那堪被、雁兒調戲。道無書、卻有書中意。排幾個、人人字。按：此調當以後段爲止，其前段句讀不同，蓋後作者偶失之耳，不足據耳。

怨王孫　雙調、小令

◐◐◐●四字句◐○◐●韻，四字句◐●○○四字句◐○●●叶，四字句○●◐●○○更韻，六字句●○○叶，三字句　後段◐○◐●○○●再更韻，七字句○◐●叶，三字句●◐○◐●叶，五字句◐○●●◐●六字句●●○○三更韻，四字句●○○叶，三字句

(一) 此調僅見辛棄疾詞，又名《王孫信》。

怨王孫

春景　　宋婦　李清照(一)

夢斷漏悄。愁濃酒惱。寶枕生寒，翠屏向曉。門外誰掃殘紅。夜來風。　玉簫聲斷人何處。春又去，忍把歸期負。此情此恨此際，擬托行雲。問東君。

戀繡衾

雙調、小令

◐●○○●●○韻，七字句◐○○◐●●○叶，七字句◐●◐○◐●六字句◐○◐◐●◐○叶，七字句　後段◐○◐●○○●七字句◐◐○◐●◐○叶，七字句◐◐●○○●六字句●○○◐●◐○叶，七字句

(一) 此詞《草堂詩餘·前集》卷上次於李清照《武陵春》詞後，未署名；《全宋詞》據以録作無名氏詞，注：「此首別誤作李清照詞，見《類編草堂詩餘》卷二。」

戀繡衾

退閑　宋　陸　游

不惜貂裘換釣篷。嗟時人、誰識放翁。歸棹借、風輕穩[一]，數聲聞、林外暮鐘。幽棲莫笑蝸廬小，有雲山、煙水萬重。半世向、丹青看，喜如今、身在畫中。

【校】

[一] 風輕：《全宋詞》作「樵風」。

芳草渡　雙調、小令

○○●三字句●○○韻，三字句○○●三字句●○○叶，三字句◐○◐●●○○叶，七字句○●●三字句○●●三字句●○○叶，三字句　後段◐◐●更韻，三字句○●●叶，三字句◐●◐○◐●叶，六字句○○●三字句●○○叶前段韻，三字句○○●三字句●○●叶後段韻，三字句●○○叶前段韻，三字句

芳草渡

宋　歐陽脩[一]

梧桐落，蓼花秋。煙初冷，雨纔收。蕭條風物正堪愁。人去後，多少恨，在心頭。燕鴻遠。羌笛怨。渺渺澄波一片。山如黛，月如鉤。笙歌散。夢魂斷[二]，倚高樓。

【校】

[二] 夢魂：《全唐五代詞》作「魂夢」。

夜行船　雙調、小令

◐●◐○○●韻，六字句◐●●◐○◐●叶，七字句◐○◐●●○○七字句●○○●○○●叶，七字句　後段●◐●◐○○●●叶，八字句◐◐●◐○○●叶，七字句◐●○○○

[一] 此詞載馮延巳《陽春集》，《全唐五代詞》録爲馮詞；又載《歐陽文忠公近體樂府》，《全宋詞》入歐陽修存目詞，注爲馮延巳詞。

●●七字句●○○●○○●叶，七字句

夜行船

宋　歐陽脩

憶昔西都歡縱。自別後、有誰能共。伊川山水洛川花，細尋思、舊遊如夢。記今日相逢情愈重[一]。愁聞唱、畫樓鐘動。白髮天涯逢此景，倒金樽、殢誰相送。

【校】

[一]「記今日」句：《全宋詞》作「今日相逢情愈重」。

虞美人　凡二體，竝雙調、小令

第一體　後段同，亦更仄平兩韻各叶

◐○◐●○○●韻，七字句◐●○○●叶，五字句◐○◐●●○○更韻，七字句◐●◐○◐●六字句●○○叶，三字句　後段同

第一體

舊感　　　南唐　李後主

春花秋月何時了。往事知多少。小樓昨夜又東風。故國不堪回首，月明中。雕欄玉砌應猶在[一]，只是朱顏改。問君都有幾多愁。恰似一江春水，向東流。

【校】

[一] 欄：《全唐五代詞》作「闌」。應猶：《全唐五代詞》作「依然」。

瑞鷓鴣

第一體　小令，前段即七言絕句，後段同，惟首句末用仄字、不叶韻

第二體　中調

◐○◐●●○○韻，七字句◐○◐●●○○叶，七字句◐●○○◐●○○●九字句◐●

○○●●○叶，七字句　後段◑○◑●○○●七字句◑○◑●○○叶，六字句◑○◑●○○六字句◑●○○●五字句●○○叶，三字句◑●○○●●○叶，七字句

第二體

詠紅梅　宋　晏殊

越娥紅淚泣朝雲。越梅從此學妖頻[一]。臘月初頭、庾嶺繁開後，特染妍華贈世人。前溪昨夜湥湥雪，朱顏不掩天真。何時驛使西歸，寄與相思客，一枝新。報道江梅別樣春。

【校】

[一] 頻：《全宋詞》作「嚬」。

小重山　一名《小沖山》　雙調、小令

◑●○○◑●○韻，七字句◑○○●●五字句●○○叶，三字句◑○◑●●○○叶，七字

句○◐●三字句◐●●○○叶，五字句　後段◐●●○○叶，五字句◐○○●●五字句●○○叶，三字句◐○◐●●○○叶，七字句○◐●三字句◐●●○○叶，五字句

小重山

唐　韋　莊

一閉昭陽春又春。夜寒宮漏永，夢君恩。卧思塵事暗消魂[一]。羅衣濕，紅袂有啼痕。歌吹隔重閽。遶庭芳草緑，倚長門。萬般惆悵向誰論。凝情立，宮殿欲黄昏。

【校】

[一] 塵：《全唐五代詞》作「陳」。

接賢賓　雙調、小令

◐○◐●●○○韻，七字句◐○●◐○叶，五字句○○●●四字句◐●●●○○叶，六字句　後段◐○◐●○○●七字句◐○◐●○○叶，六字句◐●◐○○●●七字句◐○◐●○○叶，六字句●○○三字句○●●三字句◐●●○○叶，五字句

接賢賓　唐　毛文錫

香韉鏤襜五花驄。值春景初融。流珠噴沫，躞蹀汗血流紅。少年公子能乘駿，金鑣玉轡瓏璁。爲惜珊瑚鞭不下，驕生百步千蹤。信穿花，從拂柳，向九陌追風。

感皇恩　凡二體，有平仄兩韻，竝雙調、中調

第一體

◐●○○●●○韻，七字句◐○○●●五字句●○○叶，三字句◐○○●●○○叶，七字句○○●三字句◐●◐●○○叶，六字句　後段◐●●○○叶，五字句◐○◐●●●○○叶，八字句◐○◐●●○○七字句○○●三字句●○●三字句●○○叶，三字句

第一體

安車訪趙閱道同遊湖山　宋　張先

廊廟當時共代工。睢陵千里約，遠相從[一]。欲知賓主與誰同。宗枝內，黃閣舊、有三

公。　廣樂起雲中。湖山看畫軸、兩仙翁。武林佳話幾時窮[二]。元豐際，德星驟[三]，照江東。

【校】

[一] 遠相：《全宋詞》作「越過」。

[二] 佳話：《全宋詞》作「嘉語」。

[三] 驟：《全宋詞》作「聚」。

釵頭鳳　雙調，中調，後段同

○○●韻，三字句○○●叶，三字句◐○◐●○○●叶，七字句○○●更韻，三字句

○○●叶，三字句◐○◐●四字句◐○○●叶，四字句●●●叶，此句連疊，三字句

後段同

釵頭鳳

憶舊　　宋陸　游

紅酥手。黄藤酒[一]。滿城春色宫牆柳。東風惡。歡情薄。一懷愁緒，幾年離索。錯錯錯。春如舊。人空瘦。淚痕紅浥鮫綃透[二]。桃花落。閑池閣。山盟雖在，錦書難託。莫莫莫。

【校】

[一] 藤：《全宋詞》作「縢」。

[二] 綃：《全宋詞》作「綃」。

蘇幙遮　凡二體，並雙調，中調

第一體

●○○三字句○●●韻，三字句◐●◐○四字句◐◐○◐●叶，五字句◐●◐○○●●

叶，七字句◑●○○四字句◑◑○◑●叶，五字句　後段●○○三字句○●●叶，三字句◑◑◑○◑●○○●叶，九字句◑●◑○○●●叶，七字句●○◑●○○●叶，七字句

第一體

風情

宋　周邦彥(一)

隴雲沈，新月小。楊柳梢頭，能有春多少。試著羅裳寒尚峭。簾捲青樓，占得東風早。翠屏深，香篆裊。流水落花，不管劉郎到。三疊陽關聲漸杳。斷雲只怕巫山曉。

繫裙腰

雙調，中調，後段同，惟首句末用仄字，不叶韻，末句作七字

◑○◑●●○○韻，七字句○◑●●○○六字句◑○◑●○○●七字句◑●○○叶，四字

(一) 此詞《草堂詩餘・後集》未署名；《花草粹編》、《類編草堂詩餘》、《片玉集・補遺》皆作周邦彥詞，《全宋詞》録作無名氏詞。

句◑○●●○○叶，六字句　後段同

繫裙腰

宋　張先

惜霜淡照夜雲天[一]。朦朧影、畫勾欄。人情縱似長情月，筭一年年。又能得、幾番圓。
欲寄江西題葉字，流不到、五亭前。東池始有荷新緑，尚小如錢。問何日藕、幾時蓮。

【校】

[一] 淡：《全宋詞》作「蟾」。

定風波

凡二體，並雙調、中調

第一體

此體兩段並用平韻，又前段及後段第二句以前中用仄韻，又後段第四、第五句別用仄韻

◑●○○◑●○韻，七字句◑○◑●●○○叶，七字句◑●◑○●●更韻，七字句○●叶，二字句◑○◑●●○○叶，七字句　後段◑●○○○●●叶，七字句○●叶，二字句◑

○◐●●○○叶，七字句◐●◐○○●●更韻，七字句○●叶，二字句◐○◐●●○○叶，七字句

第一體　　宋 葉夢得(一)

破萼初驚一點紅。又看青子映簾櫳。冰雪肌膚誰復見。清淺。尚餘疎影照晴空。惆悵年年桃李伴。腸斷。祇應芳信負東風。待得微黄春亦暮。煙雨。半和飛絮作濛濛。

漁家傲

即《憶王孫》改用仄韻後，加一疊　雙調、中調，後段同

◐●◐○○●●韻，七字句◐○◐●○○●叶，七字句◐●◐○○●●叶，七字句○●●叶，三字句◐○◐●○○●叶，七字句　後段同

(一) 此詞原未署名，《全宋詞》録爲葉夢得作，兹從校訂。

漁家傲

春景　　宋　王安石

平岸小橋千嶂抱。揉藍一水縈花草[一]。茅屋數間窗窈窕。塵不到。時時自有春風掃。　午枕覺來聞語鳥。攲眠似聽朝雞早。忽憶故人今總老。貪夢好。茫茫忘了邯鄲道。

【校】

[一]揉：《全宋詞》作「柔」。

贊成功　雙調、中調，後段同

◐◐◐●四字句●●○○韻，四字句◐○◐●●○○叶，七字句◐○◐●四字句◐●○○叶，四字句○○●●四字句◐●○○叶，四字句　後段同

贊成功

唐 毛文錫

海棠未坼，萬點深紅。香包緘結一重重。似含羞態，邀勒春風。蜂來蝶去，任遶芳叢。
昨夜微雨，飄灑庭中。忽聞聲滴井邊桐。美人驚起，坐聽晨鐘。快教折取，戴玉瓏璁。

獻衷心 凡二體，並雙調、中調

第一體

●◐○◐●五字句◐●○○韻，四字句○●●三字句●○○叶，三字句◐◐○◐●五字句
◐●○○叶，四字句○◐●三字句○●●三字句●○○叶，三字句　後段○●●三字句●
○○叶，三字句◐○◐●●○○叶，七字句◐●○◐●◐●○○叶，九字句○●●三字句
○●●三字句●○○叶，三字句

獻衷心

唐 歐陽炯

見好花顏色，爭笑東風。雙臉上，晚粧同。閉小樓深閣[一]，春景重重。三五夜，偏有恨，月

明中。情未已，信曾通，滿衣猶自染檀紅。恨不如雙燕，飛舞簾櫳。春欲暮，殘絮盡，柳條空。

【校】

［一］閣：《全宋詞》作「閤」。

錦纏道　雙調、中調

◐●○○四字句◐●◐○◐●韻，六字句◐◐○◐○◐●叶，七字句◐○◐●○○●叶，七字句◐●○○四字句◐●○○●叶，五字句　後段●◐◐◐○五字句◐○◐●叶，四字句◐◐◐◐○○●叶，七字句●◐○◐●○○七字句●◐○◐●五字句●●○○●叶，五字句

錦纏道

春景

宋 宋 祁(一)

燕子呢喃，景色乍長春晝。覩園林、萬花如繡。海棠經雨胭脂透。柳展宮眉，翠拂行人首。向郊原踏青，恣歌攜手。醉醺醺、尚尋芳酒。問牧童、遥指孤村，道杏花深處[一]，那裏人家有。

【校】

[一]「問牧童」以下：《全宋詞》作：「問牧童、遥指孤村道：杏花深處，那裏人家有。」

看花回

雙調，中調，後段同，惟第四句作六字

◐●○○◐●○韻，七字句◐●○○叶，四字句◐○◐●○○●七字句◐◐◐◐●○○

(一)此詞《全宋詞》據《草堂詩餘·前集》録作無名氏詞，注：「此首別又誤作宋祁詞，見《類編草堂詩餘》卷二；別又誤作歐陽修詞，見《草堂詩餘·正集》卷二宋祁詞注。」

叶，七字句◐○○●●五字句●●○○叶，四字句　後段同

看花回

覺悟　宋柳　永

屈指勞生百歲期。榮瘁相隨。利牽名惹逡巡過，奈兩輪、玉走金飛。紅顔成白首[一]，極品何爲。塵事常多雅會稀。忍不開眉。畫堂歌管深深處，難忘酒盞花枝。醉鄉風景好，攜手同歸。

【校】

[一] 首：《全宋詞》作「髮」。

隔浦蓮

雙調、中調

◐◐◐◐◐●韻，六字句◐●○○●叶，五字句◐●○○●五字句○○●三字句○○●

叶，三字句◑◑○◑●叶，五字句○○●三字句●●○三字句◑●◑○●叶，五字句　後段○○●●四字句◑○○●○●叶，六字句○○●●四字句◑●◑○◑●叶，六字句◑●◑○◑●●●叶，七字句○●叶，二字句◑○○●○●叶，六字句

隔浦蓮

夏景

宋　周邦彥

新篁搖動翠葆。曲徑通深窈。夏果收新膽[一]，金丸落，驚飛鳥。濃靄迷岸草。蛙聲鬧。驟雨鳴，池沼水亭小[二]。　浮萍破處，簷花簾影顛倒。綸巾羽扇，醉卧北窻清曉[三]。屏裏吳山夢自到。驚覺，依前身在江表[四]。

【校】

[一]膽：《全宋詞》作「脆」。

[二]《全宋詞》將「水亭小」三字歸下闋，爲下闋第一韻句，上闋末句作「驟雨鳴池沼」。

[三]醉：《全宋詞》作「困」。

［四］前：《全宋詞》作「然」。

風入松　凡二體，並雙調、中調

第一體　後段同，惟第四句作七字

◐○◐●●○○韻，七字句◐●○○叶，四字句◐○◐●○○●叶，七字句◐○◐●○○叶，六字句◐●◐○○●六字句◐○◐●○○叶，六字句　後段同

第一體

春晚　宋　康與之

一宵風雨送春歸。緑暗紅稀。畫樓整日無人到，與誰同撚花枝。門外薔薇開也，枝頭梅子酸時。　玉人應是數歸期。翠斂愁眉。塞鴻不到雙魚遠，歎樓前、流水難西。新恨欲題紅葉，東風滿院花飛。

剔銀燈　雙調、中調，後段同，惟第二句作六字

◑●◑○◑●韻，六字句◑●●◑○◑●叶，七字句◑◑◑○四字句◑○◑●四字句◑●◑○○●叶，六字句◑○○●叶，四字句◑◑●●○○●叶，七字句　後段同

剔銀燈

春景

宋　柳　永

何事春工用意。繡畫出、萬紅千翠。豔杏夭桃，垂楊芳草，各鬬雨膏煙膩。如斯佳致。早晚是、讀書天氣。　漸漸園林明媚。便好安排歡計。論籃買花[一]，盈車載酒，百琲千金邀妓。何妨沈醉。有人伴、日高春睡。

【校】

[一] 籃：《全宋詞》作「檻」。

上西平　雙調、中調

●○○三字句○●●三字句●○○韻，三字句◐○●◐●○○叶，七字句◐○●●四字句◐●◐●●○○叶，七字句◐◐●◐○◐◐●○○叶，十字句　後段○○●三字句○○●三字句○●●三字句●○○叶，三字句◐○●◐●○○叶，七字句◐○◐●四字句◐○◐●●○○叶，七字句◐○●●四字句●○○◐●○○叶，七字句

上西平

會稽秋風亭觀雪　　宋　辛棄疾

九衢中，盃逐馬，帶隨車。問誰解、愛惜瓊華。何如竹外，靜聽窣窣蟹行沙。自憐是、海山頭、種玉人家。　紛如鬬，嬌如舞，纔整整，又斜斜。要圖畫、還我漁蓑。凍吟應笑，羔兒無分謾煎茶。起來極目，向彌茫[一]、數盡歸鴉。

【校】

[一] 瀰：《全宋詞》作「彌」。

過澗歇 雙調、中調

◐●◐●◐◐●韻，七字句◐◐○○四字句◐●◐○◐●叶，六字句●○●叶，三字句◐●○○○●六字句◐●○○●叶，五字句◐●●三字句◐●◐○◐◐●叶，七字句 後段 ◐●○◐●五字句◐◐◐◐●○○●叶，八字句○○◐◐●叶，五字句◐●○○四字句●●○○四字句●○●●四字句◐●◐●○○●叶，七字句

過澗歇

夏景

宋 柳 永

淮楚曠望極千里，火雲燒空[一]，盡日西郊無雨。厭行旅。數幅輕帆旋落，艤棹蒹葭浦。避畏景，兩兩舟人夜湥語。此際爭可便，恁奔利名[二]、九衢塵裏，衣冠冒炎暑。回首江鄉，

月觀風亭，水邊石上，幸有散髮披襟處。

【校】

［一］起首一段，《全宋詞》作：「淮楚。曠望極，千里火雲燒空……」

［二］「此際」二句：《全宋詞》作：「此際爭可，便恁奔名競利去。」

驀山溪　凡三體，並雙調、中調

第一體　後段同

◐○◐●四字句◐●○○●韻，五字句◐●●○○五字句◐◐◐◐○◐●叶，七字句◐○◐●四字句◐●●○○五字句○●●叶，三字句○○●叶，三字句◐●○○●叶，五字句　後段同

第一體

春景　　宋　黃庭堅

鴛鴦翡翠，小小思珍偶。眉黛斂秋波，儘湖南[一]、山明水秀。娉娉嫋嫋，恰似十三餘，春未透。花枝瘦，正是愁時候。　尋芳載酒[二]，肯落誰人後。祇恐遠歸來，緑成陰、青梅如豆。心期得處，每自不由人，長亭柳。君知否。千里猶囘首。

【校】

[一] 儘：《全宋詞》作「盡」。

[二] 芳：《全宋詞》作「花」。

拂霓裳　雙調、中調

●○○韻，三字句◑○◑●●○○叶，七字句○◑●三字句◑○◑●●○○叶，七字句◑○○●●五字句◑●●○○叶，五字句●○○叶，三字句◑○◑◑●●○○叶，八字句後段◐○◐●四字句◐◐●●○○叶，六字句◐◐●三字句◐○◐●●○○叶，七字句◐○○●●五字句◐●●○○叶，五字句●○○叶，三字句◐◐◐◐●●○○叶，八字句

拂霓裳

宋　晏　殊

笑秋天[一]。晚荷花上露珠圓[二]。風日好，數行新雁貼寒煙。銀簧調脆管，瓊柱撥清絃。捧觥船。一聲聲、齊唱太平年。人生百歲，離別易、會逢難。無事日，剩呼賓友啓芳筵。星霜催緑鬢，風露損朱顏。惜清歡。又何妨、沈醉玉樽前[三]。

【校】

[一] 笑：《全宋詞》作「樂」。

[二] 上：《全宋詞》作「綴」。

[三] 樽：《全宋詞》作「尊」。

爪茉莉　雙調、中調

◐●○○四字句◐○◐●●韻，五字句○○●三字句●○○●叶，四字句◐○●●四字句◐●●○○◐●叶，七字句◐○◐◐●○○七字句◐○●○●●叶，六字句

後段◐○●○四字句●○◐◐○●叶，六字句○●●三字句●○○●叶，四字句○○●●四字句●○◐●○●叶，六字句◐◐○◐●◐○◐●叶，九字句◐○◐○●●叶，六字句

爪茉莉　秋夜

宋　柳　永

每到秋來，轉添甚況味。金風動，冷清清地。殘蟬噪晚，甚聒得、人心欲碎，更休道、宋玉多悲，石人也、須下淚[一]。　衾寒枕冷，夜迢迢、更無寐。湥院靜，月明風細。巴巴望晚，怎生捱、更迢遞。料我兒、只在枕頭根底。等人睡、來夢裏。

【校】

［一］「石人」句：《全宋詞》作「石人、也須下淚」。

離別難　雙調、中調

◐●◐●○○韻，六字句◐○◐●○○叶，六字句◐○○●●更韻，五字句◐●◐◐●叶，五字句●○○●●●○○叶首句韻，八字句○●●再更韻，三字句○○●叶，三字句◐○◐●●○○叶首句韻，七字句　後段○●●三更韻，三字句○○●叶，三字句○●○四更韻，三字句◐○◐●○○叶，六字句◐●○○●五更韻，五字句●○○○●叶，五字句◐○◐●○○叶，四更韻，六字句○●●六更韻，三字句○○●叶，三字句●○◐●●○○叶四更韻，七字句

離別難

唐　薛昭蘊

寶馬曉鞴雕鞍。羅幃乍別情難。那堪春景媚，送君千萬里。半粧珠翠落、露華寒。紅蠟

燭，青絲曲。偏能鈎引淚闌干。良夜促。香塵緑。魂欲迷。檀眉半斂愁低。未別心先咽。欲語情難説。出芳草、路東西。摇袖立。春風急。櫻花楊柳雨淒淒。

夏雲峰　雙調、中調

●○○韻，三字句◐●●◐●◐●○○叶，九字句◐●◐○◐●六字句◐●○○叶，四字句◐○○●四字句○●●三字句◐●○○叶，四字句◐●●◐○◐●●○○叶，十字句

後段◐○◐●○○叶，六字句●○●三字句◐○◐●○○叶，六字句◐●◐○◐●六字句◐●○○叶，四字句●○○●四字句◐◐●◐●○○叶，七字句◐●●○○●●七字句◐●○○叶，四字句

夏雲峰

夏景　　宋　柳　永

宴堂深。軒檻雨、輕壓暑氣低沈。花洞彩舟泛斝，坐遶清潯。楚臺風快，湘簟冷，永日披

襟。坐久覺、疎絃脆管換新音[一]。　越娥蕙態蘭心[二]。逞妖豔，泥歡邀寵難禁[三]。筵上笑歌間發，舄履交侵。醉鄉歸處，須盡興、滿酌高吟。向此免、名韁利鎖，虛費光陰。

【校】

[一]「疎絃」七字：《全宋詞》作：「疎絃脆管，時換新音。」

[二]蕙態蘭心：《全宋詞》作「蘭態蕙心」。

[三]泥：《全宋詞》作「昵」。

意難忘　雙調、長調

◐●○○韻，四字句◐◐○◐●五字句◐●○○叶，四字句◐○○●●五字句◐●●○○叶，五字句○●●三字句○●○叶，三字句◐●●○○叶，五字句◐●○◐○◐●七字句◐●○○叶，四字句　後段◐○◐●○○叶，六字句◐◐○◐●五字句◐●○○叶，四字句◐○○●●五字句◐●●○○叶，五字句○●●三字句●○○叶，三字句◐●●○○

叶，五字句◐◐◐◐○◐●七字句◐●○○叶，四字句

意難忘

贈妓

宋 周邦彦

鶯染衣黄[一]。愛停歌駐拍，勸酒持觴。低鬟蟬影動，私語口脂香。蓮露滴[二]，風竹涼。拚劇飲淋浪。夜漸深、燈籠就月，仔細端相[三]。　知音見説無雙。解移宮换羽，未怕周郎。長顰知有恨，貪耍不成粧。些個事，惱人腸，試説與何妨。又恐伊、尋消問息，瘦減容光。

【校】

[一] 鶯染衣黄：《全宋詞》作「衣染鶯黄」。

[二] 蓮：《全宋詞》作「檐」。

[三] 仔：《全宋詞》作「子」。

玉漏遲　雙調、長調

◐○○●●五字句◐○◐●◐○○●韻，八字句◐●○○四字句◐●◐○◐●叶，六字句◐●◐○◐●六字句◐◐●◐○○●叶，七字句○●●叶，三字句◐○◐●◐○○●叶，八字句　後段◐◐◐●○○六字句◐◐●○○◐○◐●叶，九字句◐●○○四字句◐◐◐○◐●叶，六字句◐●◐○●●六字句◐○●◐○◐●叶，七字句○●●叶，三字句◐○●○○●叶，六字句

玉漏遲

春景

宋　宋　祁（一）

杏花飄禁苑[一]，須知自古[二]、皇都春早。燕子來時，繡陌漸熏芳草[三]。蕙圃夭桃過雨[四]，

（一）此詞《草堂詩餘・前集》未署名；《類編草堂詩餘》署宋祁；《全宋詞》據《花草粹編》録爲韓嘉彦詞，注：「《草堂詩餘・前集》卷上此首作無名氏。《類編草堂詩餘》卷三誤作宋祁詞。別又誤入吴文英《夢窗詞集》。」

弄碎影[五]、紅篩清沼[六]。深院悄。緑楊影裏[七]、鶯聲低巧[八]。早是賦得多情，更對景臨風[九]、鎮辜歡笑。數曲欄干，故人謾勞登眺[一〇]。天際微雲過盡[一一]，亂峰鎖、一竿斜照[一二]。歸路杳[一三]。東風淚零多少。

【校】

[一] 飄禁苑：《全宋詞》作「消散盡」。

[二] 古：《全宋詞》作「昔」。

[三] 熏：《全宋詞》作「鋪」。

[四] 夭：《全宋詞》作「妖」。

[五] 碎影：《全宋詞》作「笑臉」。

[六] 清：《全宋詞》作「碧」。

[七] 影裏：《全宋詞》作「巷陌」。

[八] 低：《全宋詞》作「爭」。

[九] 對景臨風：《全宋詞》作「遇酒臨花」。

［一一〇］登：《全宋詞》作「凝」。

［一一一］過盡：《全宋詞》作「盡處」。

［一一二］斜照：《全宋詞》作「修竹」。

［一一三］歸路杳：《全宋詞》作「間琅玕」。

夏初臨　雙調、長調

◑●○○四字句◑○○●四字句◑○◑●○○韻，六字句◑●○○四字句◑○◑●○○叶，六字句◑○◑●●○叶，六字句●◑○◑●○○叶，七字句◑○◑●四字句◑○◑○四字句◑●○○叶，四字句

後段◑○◑●四字句◑●○○四字句◑○◑●四字句◑●○○叶，四字句◑○◑●四字句◑○◑●○○叶，六字句◑●○○叶，四字句●○◑◑●○○叶，七字句●○○叶，三字句◑○◑○四字句◑●○○叶，四字句

夏初臨

夏景

宋　劉巨濟

泛水新荷，舞風輕燕，園林夏日初長。庭樹陰濃，雛鶯學弄新簧。小橋飛入橫塘。跨青蘋、綠藻幽香。朱欄斜倚，霜紈未搖，衣襟先涼[一]。　歌慣稀遇，怨別多同，路遥水遠，煙淡梅黃。輕衫短帽，相攜洞府流觴。況有紅粧。醉歸來、寶蠟成行。拂牙床。紗廚半開，月在迴廊。

【校】

[一] 襟：《全宋詞》作「袂」。

雙雙燕

雙調、長調

◑○●●四字句◑◑●○○五字句◑○◑●韻，四字句◑○◑●四字句◑●◑○◑●叶，六字句◑●◑○◑●叶，六字句◑◑●○○◑●叶，七字句◑○◑●○○六字句◑●◑○

◑●叶，六字句　後段◑●○○◑●叶，六字句◑◑●○○五字句◑○○●叶，四字句◑○◑●四字句◑●◑○◑●叶，六字句◑●◑○◑●叶，六字句◑◑●◑○◑●叶，七字句◑◑◑●○○六字句◑●◑○◑●叶，六字句

雙雙燕

詠燕　宋　史達祖

過春社了，度簾幕中間，去年塵冷。差池欲往，試入舊巢相並。還相雕梁藻井。又軟語、商量不定。飄然快拂花梢，翠尾分開紅影。　芳徑芹泥雨潤。愛貼地爭飛，競誇輕俊。紅樓歸晚，看足柳昏花暝。應自棲香正穩。便忘了、天涯芳信。愁損翠黛雙蛾，日日畫欄獨凭。

瑣窗寒

雙調、長調

◑●○○四字句●○●●四字句◑○○●韻，四字句◑○●●四字句◑●◑○◑●叶，六

字句●○◐◐◐◐○七字句◐○◐●○○●叶，七字句◐◐○◐●五字句◐○◐●四字句◐○○◐叶，四字句　後段○●叶，二字句○○●三字句◐◐●○○五字句◐○●●叶，四字句◐○●●四字句◐●◐○○●叶，六字句●◐●◐●◐○七字句◐○◐●○◐●叶，七字句◐○○◐●○○七字句◐●○○●叶，五字句

瑣窗寒

寒食　　　　宋　周邦彦

暗柳啼鴉，單衣竚立，小簾朱户。桐花半畝，靜鎖一庭愁雨。灑空堦、更闌未休[一]，故人剪燭西窗語。似楚江暝宿，風燈零亂，少年羈旅。　遲暮，嬉游處。正店舍無煙，禁城百五。旗亭喚酒，付與高陽儔侶。想東園、桃李自春，小脣秀靨今在否。到歸時、定有殘英，待客攜樽俎。

【校】

［一］更：《全宋詞》作「夜」。

渡江雲　雙調、長調

◐○○●●五字句◐○◐●四字句◐●●○○韻，五字句◐○○●●五字句◐●○○◐●●○○叶，九字句◐○●●四字句◐◐●◐●○○叶，七字句◐◐○◐○◐●七字句◐●●○○叶，五字句　後段○◐叶，二字句●○◐●四字句◐○●○四字句●◐○◐●五字句○●○三字句◐○◐●四字句◐●○○叶，四字句◐○◐●○○●七字句◐◐●◐●○○叶，七字句○●●三字句◐○◐●○○叶，六字句

渡江雲

春景　宋　周邦彦

晴嵐低楚甸，暖回雁翼，陣勢起平沙。驟驚春在眼，借問何時、委曲到山家。塗香暈色，盛粉飾、爭作妍華。千萬絲、陌頭楊柳，漸漸可藏鴉。　堪嗟。清江東注，畫舸西流，指長安日下。愁宴闌，風翻旗尾，潮濺烏紗。今朝正對初絃月，傍水驛、深艤蒹葭。沈恨處，時時自剔銀花。

無俗念　雙調、長調

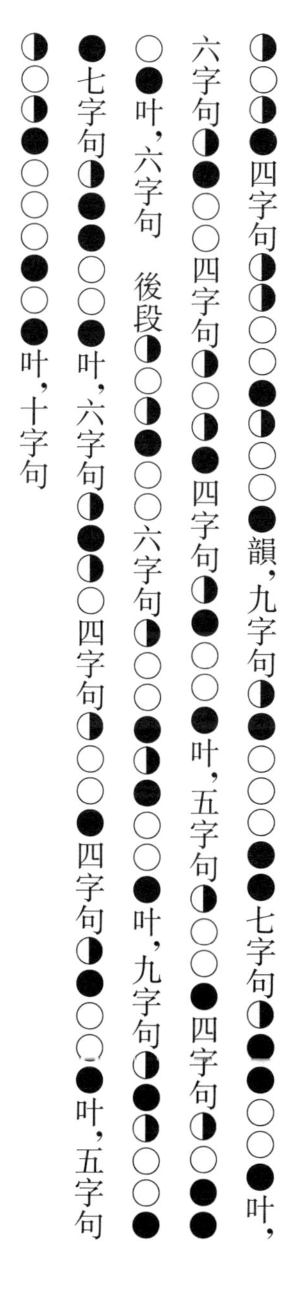

無俗念

元　庚　集

十年牕下，見古今成敗，幾多豪傑。誰會誰能誰不濟，故紙數行明滅。亂葉西風，遊絲春夢，轉轉無休歇。爲他憔悴，不知有甚干涉。　寥寥無住閒身，盡虚空界、一片中宵月。雲去雲來無定相，月亦本無圓缺。非色非空，非心非佛，教我如何説。不妨跬步，蟾蜍飛上銀闕。

慶春澤　雙調、長調

◐●○○四字句◐○●●四字句◐○◐●○○韻，六字句◐●○○四字句◐○◐●○○叶，六字句◐○◐●四字句◐○◐●四字句◐○◐●○○叶，六字句○○○◐●○○七字句◐●○○叶，四字句　後段◐○◐●○○●七字句●◐○◐●◐●○○叶，九字句◐●○○四字句◐○◐●○○叶，六字句◐○◐●○○●七字句●○◐◐●○○叶，七字句●○○◐●○○七字句◐●○○叶，四字句

慶春澤

上元　　宋　劉叔安

燈火烘春，樓臺浸月，良宵一刻千金。錦步承蓮，彩雲簇仗難尋，蓬壺影動，星逑轉映，兩行寶珥瑶簪。恣嬉遊、玉漏聲催，未歇芳心。　笙歌十里誇張地，記年時行樂、憔悴而今。客裏情懷，伴人閑笑閒吟。小桃未靜劉郎老，把相思、細寫瑶琴。怕歸來，紅紫欺風，三徑成陰。

大江乘　雙調、長調

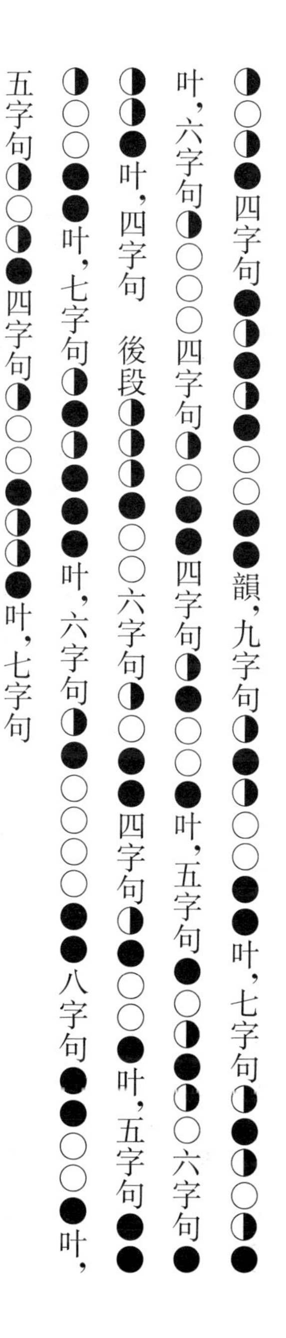
◐○◐●四字句●◐●◐●○○●●韻，九字句◐●◐○○●●叶，七字句◐●◐○◐●叶，六字句◐○○○四字句◐○●●四字句◐●○○●叶，五字句●○◐●◐○六字句●◐◐●叶，四字句　後段◐◐◐●○○六字句◐○●●四字句◐●○○●叶，五字句●●◐○○●●叶，七字句◐●◐●●●叶，六字句◐●○○○●●八字句●●○○●叶，五字句◐○◐●四字句◐○○●◐◐●叶，七字句

大江乘

送鄭縣尹　　宋　阮槃溪(一)

東陽四載，但好事、一一爲民做了。談笑半閒風月裏，管甚訟庭生草。甌茗爐香，菜羹淡飯，此外無煩惱。問侯何苦自饑，只要民飽。　猶念甘旨相違，白雲萬里，不得隨昏曉。暫捨蒼生

(一) 此詞作者名原本僅署「阮」字，《全宋詞》作阮槃溪，兹從校訂。

歸定省，回首又看父老。聽得乖崖、文章力薦，道此官員好。且來典憲，中書還二十四考。

莊椿歲　雙調、長調

◑○◑●○○六字句◑○◑●○○●韻，七字句◑○◑●四字句○○●●四字句○○◑●叶，四字句●●●●○○●八字句●○○●叶，四字句●○○●●五字句○◑●○○●○○●叶，九字句　後段◑●○●●●六字句●◑○◑○◑●叶，七字句○○◑●四字句◑○○●四字句◑○○●叶，四字句●●○○四字句●○○●四字句○○○●叶，四字句●○●●●○○七字句○●●○○●叶，六字句

莊椿歲

壽趙丞相　宋　方味道(一)

綸巾少駐家山，北牕睡覺南薰起。黄庭細看，長生秘訣，神仙奇趣。奈此蒼生、願蘇炎熱，

(一) 此詞作者名原本僅署「方」字，《全宋詞》録作方味道，兹從校訂。

仰爲霖雨。趑丹心未老，將整頓乾坤、手爲經理。好是今年慶事。抱奇孫、一門佳氣。蓬山振佩，麟符重錫，褒綸新美。玉樹參庭，桂枝分種，香浮蘭芷。看他年、接武三槐，長是伴、莊椿歲。

宴清都　雙調、長調

◐●○○四字句◐○●●四字句◐◐◐◐○●韻，六字句◐○◐●四字句●○●●四字句●○○●叶，四字句◐○◐●○●叶，六字句◐◐●◐○◐●叶，七字句◐◐○三字句○●○●○●六字句●●○●叶，四字句　後段○●叶，二字句◐●○○四字句◐●●●四字句○●○●叶，四字句◐○◐●四字句○○●●四字句◐●○●叶，四字句○◐●○○●叶，六字句◐●●○●◐●叶，七字句◐◐●◐●○○七字句◐○◐●叶，四字句

宴清都

春閨　　宋　何籀

細草沿堦，輭紅日薄，蕙風輕藹微暖。東君靳惜，桃英尚小，柳芽猶短。羅幃繡幙高捲。早已是、歌慵笑懶。凭畫樓，那更天遠山遠，水遠人遠。堪怨。傳粉疎狂，竊香俊雅，無計拘管。青絲絆馬，紅纓繫羽，甚處迷戀。無言淚珠零亂。翠袖儘、重重漬遍。故要得、別後思量，歸時覷見。

晝錦堂

雙調、長調

◑●○○四字句◑●◑●四字句◑◑◑●○○韻，六字句◑●◑○◑●六字句◑●○○叶，四字句◑◑○○○●●七字句◑○◑●●○○叶，七字句○○●三字句◑●◑○四字句◑○◑●○○叶，六字句　後段○○叶，二字句○●●三字句○◑●三字句◑○◑●○○叶，六字句◑●○○●●六字句●●○○叶，四字句◑○◑●○○●七字句◑○◑●●○○叶，七字句○○●三字句◑●◑○◑●六字句◑●○○叶，四字句

畫錦堂

閨情

宋　周邦彦

雨洗桃花，風飄柳絮，日日飛滿雕簷。懊恨一春幽恨，盡屬眉尖。愁聞雙飛新燕語，更堪孤枕宿醒忺。雲鬟亂，獨步畫堂，輕風暗觸珠簾。　多猒。晴晝永，瓊户悄，香銷金獸慵添。自與蕭郎别後，事事俱嫌。短歌新曲無心理，鳳簫龍管不曾拈。空惆悵，長是每年三月，病酒懨懨。

雨霖鈴

雙調、長調

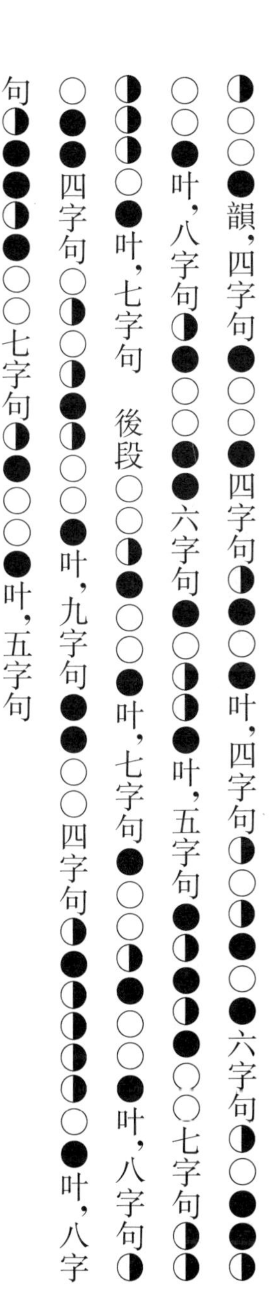

雨霖鈴

秋別　　宋　柳永

寒蟬淒切，對長亭晚，驟雨初歇。都門帳飲無緒，方留戀處、蘭舟催發。執手相看淚眼，竟無語凝咽。念去去、千里煙波，暮靄沉沉楚天闊。　多情自古傷離別，更那堪、冷落清秋節。今宵酒醒，何處楊柳岸、曉風殘月。此去經年，應是良辰好景虛設。便縱有、千種風情，更與何人說。

花心動　雙調、長調

◑●○○四字句●○○○○●○○●韻，九字句◑●◑○四字句○●○○四字句◑●◑○○●叶，六字句◑○◑●○○●七字句○◑●◑○◑●叶，七字句◑○●三字句◑○◑●四字句●○○●叶，四字句　後段◑●◑○◑●叶，六字句◑◑●○○五字句●○○●叶，四字句◑●◑○四字句◑●○○四字句◑●◑○◑●叶，六字句◑○◑●○○●七字

句◐○○●○○●叶，七字句●○●三字句◐○◐◐◐●(一)叶，六字句

花心動

春夢

宋女 阮逸才

仙苑春濃，小桃開、枝枝已堪攀折。乍雨乍晴，輕暖輕寒，漸近賞花時節。柳搖臺榭東風軟，簾櫳靜、幽禽調舌。斷魂遠，閒尋翠徑，頓成愁結。　此恨無人共説。還立盡黄昏，寸心空切。强整繡衾，獨掩朱扉，簟枕爲誰鋪設。夜長宫漏傳聲遠，紗窻映、銀缸明滅。夢回處，梅梢半籠淡月。

夜飛鵲

雙調、長調

◐○◐◐●五字句◐●○○韻，四字句◐◐●●○○叶，六字句◐○◐●◐○●七字句

(一) 原本作「◐○◐◐◐●●」，多一符號，據《嘯餘譜》校訂。

○○◐●○○叶，六字句◐◐◐○●●六字句◐○○◐●五字句◐●○○叶，四字句◐○◐●四字句●○○◐●○○叶，七字句　後段◐●◐○◐●六字句◐●●○○五字句◐●○○叶，四字句◐●◐○◐●六字句◐○◐●四字句◐●○○叶，四字句◐○◐●四字句●○○◐●○○叶，七字句●○○◐●五字句○○●●四字句◐●○○叶，四字句

夜飛鵲

離別　　宋　周邦彥

河橋送人處，涼夜何期。斜月遠墮餘輝。銅盤燭淚已流盡，霏霏涼露霑衣。相將散離會處，探風前津鼓，樹梢參旗。驊騮會意[一]，縱揚鞭、亦自行遲。迢遞路回清野，人語漸無聞，空帶愁歸。何意重紅滿地，遺鈿不見，斜徑都迷。兔葵燕麥，向斜陽[二]、影與人齊。但徘徊班草，唏噓酹酒，極望天西。

【校】

［一］騮：《全宋詞》作「驄」。

［二］斜：《全宋詞》作「殘」。

金明池

雙調、長調

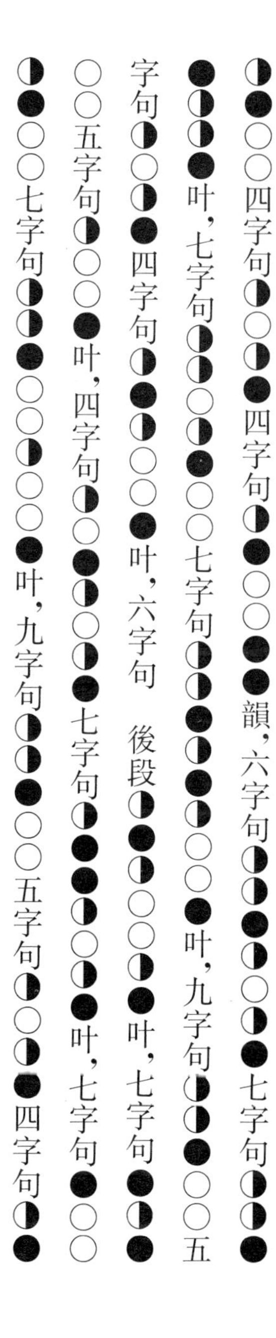

金明池

春遊　　宋　秦觀

瓊苑金池，青門紫陌，似雪楊花滿路。雲日淡、天低晝永，過三點、兩點細雨。好花枝、半出牆頭，似悵望、芳草王孫何處。更水遶人家，橋當門巷，燕燕鶯鶯飛舞。怎得東君長爲主。把緑鬢朱顔，一時留住。佳人唱、金衣莫惜，才子倒、玉山休訴。況春來、倍覺傷心，念故國情多、新年愁苦。縱寶馬嘶風，紅塵拂面，也則尋芳歸去。

蘭陵王

三疊、長調

●○●三字句◐●◐○◐●叶，六字句◐○●◐●◐○七字句◐●○○◐◐●叶，七字句◐○○●●叶，五字句◐●◐○◐●叶，六字句◐○●◐●◐○七字句◐●○○◐◐●叶，七字句　二段◐○◐◐●叶，五字句◐○●○○◐◐○●叶，九字句◐○◐●○○●叶，七字句◐○◐◐●五字句◐○◐●四字句◐●◐●◐●●叶，七字句◐○●○●叶，五字句　後段◐●叶，二字句●○●叶，三字句◐◐●○○五字句○◐◐●叶，四字句◐

○◑●○○●叶，七字句◑●●三字句◑●◑○○●叶，六字句◑○◑●四字句◑◑◑●◑○○●叶，七字句

蘭陵王

春恨　　宋　張元幹

捲珠箔。朝雨輕陰乍閣。欄干外、煙柳弄晴，芳草侵堦映紅藥。東風如許惡，吹落梢頭嫩萼。屏山掩、沈水倦薰，中酒心情怕盃勺。　尋思舊京洛。正年少疎狂，歌笑迷著。障泥油壁催梳掠。曾馳道同載，上林攜手，燈夜初過早共約，又爭信漂泊。　寂寞。念行樂。任粉淡衣襟，音斷絃索，瓊枝壁月春如昨。悵別後，華表那回雙鶴。相思前事，除夢魂裏暫忘卻[二]。

【校】

[一]「相思」二句：《全宋詞》作：「相思除是、向醉裏、暫忘卻。」

寶鼎現　三疊、長調

◑○○●●●六字句◑●◑○◑●韻，六字句◑◑●○○◑●七字句◑●◑○○●●叶，七字句◑◑●●○○◑●八字句◑●○○◑●叶，六字句◑●●◑○◑●叶，七字句◑●○○◑●叶，六字句

二段◑◑◑●○○●叶，七字句◑○◑○◑○●叶，七字句◑●●○○●●七字句◑●◑○●●○叶，七字句●◑●三字句◑◑○◑●叶，五字句◑●◑○◑●叶，六字句◑◑●○○◑●七字句◑●◑○◑●叶，六字句

後段◑●○○四字句◑◑●◑○○●叶，七字句◑○○◑●五字句◑●◑○◑●六字句◑●●●○○●叶，七字句◑●○○○叶，五字句◑◑●◑●○○七字句◑●○○●●叶，六字句

寶鼎現

上元

宋 康與之（一）

夕陽西下暮靄，紅隘春風羅綺〔一〕。乘麗景、華燈爭放，濃欲燒空連錦砌。覩皓月、浸嚴城如畫，花影寒籠絳蘂。漸掩映、芙蓉萬頃，迤邐齊開秋水。　太守無限行歌意。擁麾幢、光動珠翠。傾萬井、歌臺舞榭，瞻望朱輪駢鼓吹。控寶馬，耀貔貅千騎。銀燭交光數里。似亂簇、寒星萬點，擁入蓬壺影裏。　宴閣多才，環豔粉、瑶簪珠履。恐看看丹詔，催奉宸遊燕侍〔二〕。便趂早、占通宵醉。緩引笙歌妓。任畫角、吹老寒梅，月滿西樓十一〔三〕。

【校】

〔一〕「夕陽」二句：《全宋詞》作：「夕陽西下，暮靄紅隘，香風羅綺。」。

〔二〕「恐看看」二句：《全宋詞》作：「恐看看、丹詔催奉，宸遊燕侍。」

〔三〕滿：《全宋詞》作「落」。

（一）此詞《全宋詞》録爲范周作，注云：「按此首原見《樂府雅詞拾遺》卷下，題康伯可（康與之）作。據《中吳紀聞》卷五，此首乃范周作。」

四字題

霜天曉角　雙調、小令

◐○◐●韻，四字句◐●○○●叶，五字句◐●●◐○◐六字句○◐○◐●叶，五字句

後段◐○○●●叶，五字句◐○○●●叶，五字句◐●●○○●六字句◐●●○○●叶，六字句

霜天曉角

旅興　　宋　辛棄疾

吳頭楚尾。一棹人千里。休説舊愁新恨，長亭今如此[一]。　宦遊吾倦矣，玉人留我醉，明日落花寒食，得且住、爲佳耳。

【校】

［一］「長亭」句：《全宋詞》作「長亭樹、今如此」。

傳言玉女　雙調、中調

◐●○○四字句◐●◐○◐●韻，六字句◐○○●四字句●◐○◐●叶，五字句○◐●●四字句◐●◐○○●叶，六字句◐○○●四字句◐○○●叶，四字句　後段◐●○○四字句●○○三字句●◐●叶，三字句◐○◐●四字句●◐●◐●叶，五字句○○●◐四字句◐●◐○◐●叶，六字句◐○◐●◐○○●叶，八字句

傳言玉女

元宵

宋　胡浩然［一］

一夜東風，不見柳梢殘雪［二］。御樓煙煖，對鼇山綵結［三］。簫鼓向曉，鳳輦初回宮闕。千門

［一］此詞《草堂詩餘・後集》未署名；《樂府雅詞》、《花庵詞選》、《花草粹編》皆作晁沖之；《全宋詞》據《樂府雅詞》録爲晁詞，注：「此首別作胡浩然詞，見《類編草堂詩餘》卷二。別又誤作孫洙詞，見《花鏡雋聲》卷七。」

燈火，九逵風月[三]。　繡閣人人，乍嬉遊，困又歇。艷粧初試[四]，把珠簾半揭。嬌羞向人[五]，手撚玉梅低說。相逢長是[六]、上元時節。

【校】

[一]不見：《全宋詞》作「吹散」。

[二]對：《全宋詞》作「正」。綵：《全宋詞》作「對」。

[三]逵：《全宋詞》作「街」。

[四]艷粧初試：《全宋詞》作「笑勻妝面」。

[五]羞：《全宋詞》作「波」。

[六]長：《全宋詞》作「常」。

魚游春水　雙調、中調

宋徽宗政和中，一中貴人使越州回，得調於古碑，因無名無譜，不知何人作也。録以進，御命大晟府填腔。因詞中語，賜名《魚游春水》。又云：東京防河，卒於汴河上，掘地得之，蓋唐人語也。

◐◐○◐●韻，五字句◐●◐○○●●叶，七字句◐○○●四字句◐●◐○○●叶，六字句◐●○○●●○七字句◐◐◐●◐◐●叶，七字句◐●◐○四字句◐○◐●叶，四字句

後段◐●○○◐●叶，六字句◐●◐○○◐●叶，七字句◐○○●○○六字句◐○◐●叶，四字句◐○◐●○○●七字句◐●○○○◐●叶，七字句◐◐◐◐四字句◐○◐●叶，四字句

魚游春水

春景　　撰人闕(一)

秦樓東風裏。燕子還來尋舊壘。餘寒猶峭[一]，紅日薄侵羅綺。嫩草方抽碧玉茵[二]，媚柳輕拂黃金縷[三]。鶯囀上林，魚游春水。幾曲欄干遍倚[四]。又是一番新桃李。佳人應恠歸遲[五]，梅粧淚洗。方簫聲絶沈孤雁[六]，望斷清波無雙鯉[七]。雲山萬里，寸心千里。

【校】

[一]猶峭：《全唐五代詞》作「微透」。

[二]「嫩草」句：《全唐五代詞》作「嫩筍才抽碧玉簪」。

[三]「媚柳」句：《全唐五代詞》作「細柳輕窣黃金縷」。

[四]幾：《全唐五代詞》作「屈」。

[五]「佳人」句：《全唐五代詞》作「佳人應念歸期」。

(一)此詞《樂府雅詞・拾遺》、《花草粹編・前集》皆未署名；《類編草堂詩餘》亦闕名；《花草粹編》署「越州碑陰詞」；《全唐五代詞》據《唐詞紀》卷十一署名作唐無名氏；《全宋詞》據《樂府雅詞・拾遺》署作宋無名氏。

〔六〕「方簫聲」句：《全唐五代詞》作「鳳簫聲杳沈孤雁」。

〔七〕「望斷」句：《全唐五代詞》作「目斷澄波無雙鯉」。

氏州第一　雙調、長調

◐●○○四字句○◐●●四字句◐○●◐●●韻，六字句◐●○○四字句◐○◐●四字句○●◐○●●叶，六字句◐●○○四字句◐●●○○◐●叶，七字句◐●○○四字句◐○◐●四字句◐○○●叶，四字句　後段◐●○○○●●叶，七字句●◐●◐●◐●叶，七字句◐●○○四字句◐○◐●叶，四字句●●◐○●叶，五字句◐○◐○◐●六字句○○●三字句◐○◐●四字句◐●○○四字句●◐○○○●●叶，七字句

氏州第一

宋　周邦彥

波落寒汀，村渡向晚，遥看數點帆小。亂葉翻鴉，驚楓破雁〔一〕，天角孤雲縹緲。官柳蕭疏，甚上掛〔二〕、微微殘照。景物關情，川途換日〔三〕，頓來催老。　漸解狂朋歡意少。奈猶被、

思牽情繞。座上琴心，機中錦字，覺冣縈懷抱。也知人、懸望久，薔薇謝，歸來一笑。欲夢高唐，未成眠、霜空已曉。

【校】

[一]楓：《全宋詞》作「風」。

[二]上：《全宋詞》作「尚」。

[三]日：《全宋詞》作「目」。

五字題

巫山一段雲　雙調、小令，後段同

◑●○○●五字句○○●●○韻，五字句◑○◑●●●●叶，七字句◑●●○○叶，五字句　後段同

巫山一段雲

唐　毛文錫

雨霽巫山上，雲輕映碧天。遠風吹散又相連。十二晚風前[一]。　暗濕啼猿樹，高籠過客船。朝朝暮暮楚江邊，幾度降神仙。

【校】

［一］風：《全唐五代詞》作「峰」。

金人捧雲盤　雙調、中調

●○○三字句○◐●三字句●○◐三字句●●○◐●○○叶，七字句◐○◐●四字句◐○◐●●○○叶，七字句◐○◐●◐○●七字句◐●○○叶，四字句　後段●○○三字句○◐●三字句○◐●三字句●○○叶，三字句●◐●◐●○○叶，七字句◐○●●四字句◐○◐●●○○叶，七字句◐○◐●◐○●七字句◐●○○叶，四字句

金人捧雲盤

春晚感舊

宋　曾純甫

記神京，繁華地，舊遊蹤。正御溝、春水溶溶。平康巷陌，繡鞍金勒躍青驄。解衣沽酒醉絃管，柳緑花紅。　到如今，餘霜鬢，嗟前事，夢魂中。但寒煙、滿目飛蓬。雕欄玉砌，空餘三十六離宮[一]。塞笳驚起暮天雁，寂寞東風。

【校】

［一］餘：《全宋詞》作「鎖」。

法曲獻仙音　雙調、長調

◐●○○四字句◐○○●四字句◐●◐○◐●六字句◐●○○四字句◐○◐●四字句◐◐●○○●叶，六字句◐◐●○○●六字句○◐◐○●叶，五字句

後段◐○●叶，三字句●◐◐◐○○●七字句○●●三字句◐●◐○●●叶，六字句◐○●○○五字句●◐○○●○○叶，七字句●●○○四字句●○○◐●○●叶，七字句●◐◐◐○●●七字句◐○○●叶，四字句

法曲獻仙音

初夏

宋　周邦彦

蟬咽涼柯，燕飛塵幕，漏閣籤聲時度。倦脱綸巾，困便湘竹，桐陰半侵朱户。向抱影

凝情處。時聞打窻雨。　秋無語[一]。歎文園、近來多病，情緒懶，尊酒易成間阻。縹緲玉京人，想依然、京兆眉嫵。翠幕深中，對徽容、空在紈素。待花前月下見了，不教歸去[二]。

【校】

[一] 秋：《全宋詞》作「耿」。

[二] 「待花前」二句：《全宋詞》作：「待花前月下，見了不教歸去。」

東風齊著力　雙調、長調

◐●○○四字句◐○◐●四字句◐●○○四字句◐◐●●四字句◐●●○○叶，五字句●●○○●●六字句◐○●◐●○○叶，七字句◐●●◐○●●七字句◐●○○叶，四字句　後段◐●●○○叶，五字句○◐●◐○◐●●○叶，九字句◐●●●四字句◐●●○○叶，五字句◐●○○●●六字句◐○●◐●○○叶，七字句○○●三字句◐○●●四

字句◐●○○叶，四字句

東風齊著力

初夏　　宋　胡浩然

殘臘收寒，三陽初轉，已換年華。東風律管[一]，迤邐到山家。處處笙簧鼎沸，會佳宴、坐列仙娃。花叢裏、金爐滿爇，龍麝煙斜。此景轉堪誇。深意祝、壽山福海增加。玉觥滿泛，且莫厭流霞。幸有迎春壽酒，銀瓶浸、幾朵梅花。休辭醉，園林秀色，百色萌芽。

【校】

[一] 風：《全宋詞》作「君」。

金菊對芙蓉

雙調、長調

◐●○○四字句◐○◐●四字句◐○◐●○○六字句●◐○◐●五字句◐●○○叶，四字句◐○◐●○○●七字句◐◐◐◐●○○叶，七字句◐○○●四字句◐○◐●四字句◐●○○叶，四字句　後段◐●◐●○○叶，六字句●◐○◐●五字句◐●○○叶，四字句●◐○◐●五字句◐●○○叶，四字句◐○◐●○○●七字句◐◐◐◐●○○叶，七字句◐○●●四字句◐○◐●四字句◐●○○叶，四字句

金菊對芙蓉

秋怨　　宋　康與之

梧葉飄黄，萬山空翠，斷霞流水爭輝。正金風西起，海燕東歸。凭欄不見南來雁，望故人、消息遲遲。木樨開後，不應悮我，好景良時。　只念獨守孤幃。把枕前祝付[一]，一旦分飛。上秦樓遊賞，酒㶸花迷。誰知別後相思苦，悄爲伊、瘦損香肌。花前月下，黄昏院落，珠淚偷垂。

【校】

[一] 祝：《全宋詞》作「囑」。

春從天上來　雙調、長調

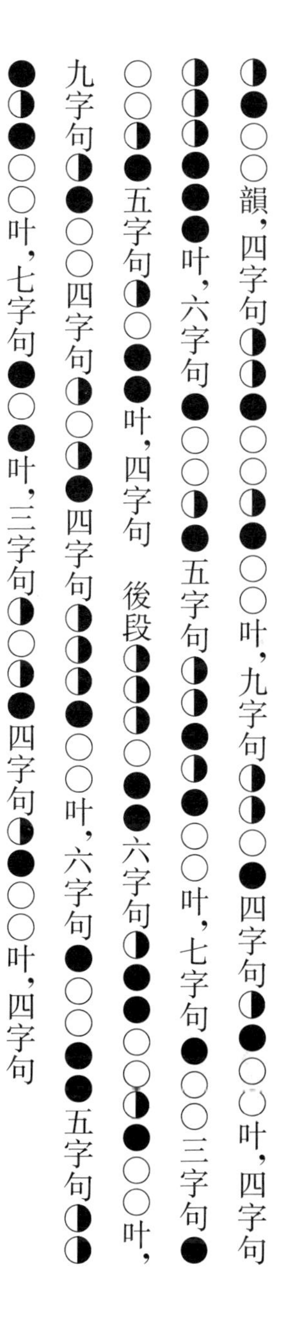
◐●○○韻，四字句◐◐●○○◐●○○叶，九字句◐◐○●四字句◐●○○叶，四字句◐◐◐●●●叶，六字句●○○◐●五字句◐◐●◐●○○叶，七字句●○○三字句●○○◐●五字句◐○●●叶，四字句　後段◐◐◐○●●六字句◐●●○○◐●○○叶，九字句◐●○○四字句◐○◐●四字句◐◐◐●○○叶，六字句●○○●●五字句◐◐●◐●○○叶，七字句●○●叶，三字句◐○◐●四字句◐●○○叶，四字句

春從天上來

感舊

金　吴彦高(一)

海角飄零。歎漢苑秦宫、墜露飛螢。夢裏天上，金屋銀屏。歌吹競舉青冥。問當時遺譜，有絶藝、鼓瑟湘靈。促哀彈，似林鶯嚦嚦，山溜泠泠。　梨園太平樂府，醉幾度春風、鬢變

(一) 原署「宋 吴彦章」；《中興以來絶妙詞選》作吴彦高，注名激；《全金元詞》據《中州樂府》署爲金吴激，兹從校訂。

星星。舞徹中原[一]，塵飛滄海，風雪萬里龍庭[二]。寫胡笳幽怨，人憔悴、不似丹青。酒微醒。一軒涼月[三]，燈火青熒。

【校】

[一] 徹：《全金元詞》作「破」。

[二] 風：《全金元詞》作「飛」。

[三] 一軒涼月：《全金元詞》作「對一窗涼月」。

送我入門來　雙調、長調

◐●○○四字句◐●◐●四字句◐○◐●○○六字句◐●○○四字句◐●●○○叶，五字句◐○◐●○○●七字句◐◐◐○○◐●○叶，八字句◐◐●三字句◐●○○●●六字句◐●○○叶，四字句　後段◐●◐○◐●六字句○○●○●六字句◐●○○叶，四字句◐●●○四字句◐●●●●叶，五字句◐○◐●○○●七字句◐◐●○○●●○叶，

八字句◑◑○◑●五字句◑○◑●四字句●●○○叶，四字句

送入我門來

除夕

宋 胡浩然

荼壘安扉，靈馗掛户，神儺烈竹轟雷。動念流光，四序式週回。須知今歲今宵盡，似頓覺明年明日催。向今夕，是處迎春送臘，羅綺筵開。　今古偏同此夜[一]，賢愚共添一歲，貴賤仍偕。互祝遐齡，山海固難摧。石崇富貴籛鏗壽，更潘岳儀容子建才。仗東風盡力，一齊吹送，入此門來。

【校】

［一］偏：《全宋詞》作「遍」。

玉女摇仙佩　雙調、長調

◐○◐●韻，四字句◐●○○四字句◐●◐○○●叶，六字句◐●○○四字句◐○◐●四
字句◐●●○○●叶，六字句◐●○○●五字句●◐○◐●五字句◐○○●叶，四字句◐
○●◐○◐●七字句◐●○○●●○●叶，八字句◐◐●○○五字句◐●◐○◐○◐●
叶，八字句　後段◐●◐○●●六字句◐●○○四字句◐●◐○◐●叶，六字句◐●●○
四字句○○○●四字句◐●○○●●叶，六字句◐●○●●叶，五字句◐●●◐●◐○○
●叶，九字句◐●●◐○◐●七字句◐○◐●四字句●○◐●○○●叶，七字句◐○●●
○●●叶，七字句

玉女摇仙佩

宋　柳　永

飛瓊伴侣，偶别珠宫，未返神仙行綴。取次梳粧，尋常言語，有得幾多姝麗。擬把名花比。
恐傍人笑我[一]，談何容易。細思算、奇葩艷卉，唯是深紅淺白而已。争如只多情，占得人
間、千嬌百媚。　須信畫堂繡閣，皓月清風，忍把光陰輕棄。自古及今，佳人才子，少得當

年雙美。且恁相偎倚。未消得、憐我多才多藝。願孏孏[二]、蘭心蕙性，枕前言下，表余深意爲盟誓。今生斷不辜鴛被。

【校】

[一] 傍：《全宋詞》作「旁」。

[二] 孏孏：《全宋詞》作「奶奶」。

七字題

鳳凰臺上憶吹簫　雙調、長調

◑●○○四字句◑○○●四字句●○◑●○○六字句●◑○◑●五字句◑●○○叶，四字句◑●◑○◑●六字句◑●●◑●○○叶，七字句○●●三字句◑○◑●四字句◑●○○叶，四字句　後段○○叶，二字句◑○◑●四字句◑◑●◑◑◑●○○叶，九字句◑◑○◑●五字句◑●○○叶，四字句◑●◑○◑●六字句◑◑●◑●○○叶，七字句○○●三字句◑○◑◑●●○●叶，八字句

鳳凰臺上憶吹簫

閨情　　宋婦 李清照

香冷金猊，被飜紅浪，起來慵自梳頭[一]。任寶奩塵滿[二]，日上簾鉤。生怕離懷別苦[三]，多

少事、欲說難休[四]。新來瘦[五]，非干病酒，不是悲秋。　休休。只回去也[六]，千萬遍陽關、也則難留[七]。念武陵人遠[八]，煙鎖秦樓[九]，唯有樓前流水[一〇]，應念我、終日凝眸。凝眸處，從今又添，一段新愁[一一]。

【校】

[一]慵自：《全宋詞》作「人未」。

[二]塵滿：《全宋詞》作「閑掩」。

[三]離懷別苦：《全宋詞》作「閑愁暗恨」。

[四]難：《全宋詞》作「還」。

[五]新來瘦：《全宋詞》作「今年瘦」。

[六]「休休」二句：《全宋詞》作「明朝，這回去也」。

[七]則：《全宋詞》作「即」。

[八]人遠：《全宋詞》作「春晚」。

[九]煙：《全宋詞》作「雲」。

[一〇]「唯有」句：《全宋詞》作「記取樓前綠水」。

[一一]「從今」二句：《全宋詞》作「從今更數，几段新愁」。

附録

如絶句八式

欸乃

音襖藹，湘中節歌聲也，一云棹船之聲曲　單調、小令，即七言絶句，亦有用拗體者

二首　　唐元結

千里楓林煙雨深，無朝無暮有猿吟。停橈静聽曲中意，好似雲山韶濩音。

零陵郡北湘水東，浯溪形勝滿湘中。溪口石顛堪自逸，誰人能伴作漁翁。

清平調

樂府有清調、平調，此合而言之，則詩餘也　單調、小令，即七言絶句，首句末用平韻

禁中沉香亭前□册　三首　　唐　李　白

雲想衣裳花想容，春風拂檻露華濃。若非羣玉山頭見，會向瑶臺月下逢。

一枝紅艷露凝香，雲雨巫山枉斷腸。借問漢宫誰得似，可憐飛燕倚新粧。

名花傾國兩相歡，長得君王帶笑看。解釋春風無限恨，沈香亭北倚欄干。

採蓮子

單調、小令，即七言絶句二首，各用一韻　　唐　皇甫松

菡萏香連十頃陂舉棹，小姑貪戲採蓮遲年少。晚來弄水船頭濕舉棹，更脱紅裙裹鴨兒年少。

船動湖光灧灧秋舉棹，貪看年少信船流年少。無端隔水拋蓮子舉棹，遥被人知半日羞年少。

鷓鴣天　雙調、小令，前段即七言絶句，首句末用平韻

春閨　宋秦　觀

枝上流鶯和淚聞，新啼痕間舊啼痕。一春魚雁無消息，千里關山勞夢魂。

八拍蠻　凡二體，並單調、小令

第一體　即七言絶句，第三句拗

唐孫光憲

孔雀尾拖金線長，怕人飛起入丁香。越女沙頭爭拾翠，相呼歸去背斜陽。

第二體　與第一體同，惟首句末用仄字、不用韻

二首　唐閻　選

雲鎖嫩黄煙柳細，風吹紅蒂雪梅殘。光影不勝闉閣恨，行行坐坐黛眉攢。

愁鎖黛眉煙易慘，淚飄紅臉粉難勻。憔悴不知緣底事，遇人推道不宜春。

楊柳枝　一名《柳枝》　凡二體，有單、雙二調，並小令

第一體　即七言絶句，單調

二首　　唐　劉禹錫

煬帝行宫汴水濱，數株殘柳不勝春。晚來風起花如雪，飛入宫牆不見人。

城外春風吹酒旗，行人揮袂日西時。長安陌上無窮樹，唯有垂楊管别離。

第二體載「花木題」内

竹枝　本九首，今録四，即拗體七言絶句，亦有不拗者，新式亦有别體，古本未載　　唐　劉禹錫

白帝城頭春草生，白鹽山下蜀江清。南人上來歌一曲，北人莫上動鄉情。

日出三竿春霧銷，江頭蜀客駐蘭橈。憑寄狂夫書一紙，家住成都萬里橋。

瞿塘嘈嘈十二灘，此中道路古來難。長恨人心不如水，等閑平地起波瀾。

楊柳青青江水平，聞郎江上唱歌聲。東邊日出西邊雨，道是無晴還有晴。

宋黄庭堅曰劉夢得《竹枝》詞意高妙，在元和間誠可獨步，道風俗而不俚，追古昔而不愧，比之子美夔州歌，所謂同工而異曲也。

瑞鷓鴣

第一體　小令，即七言絶句，後段同，惟首句末用仄字、不叶韻，别體載「三字題」内　宋　歐陽脩

楚王臺上一神仙，眼色相看意已傳。見了又休還似夢，坐來雖近遠如天。隴禽有恨猶能説，江月無情也解圓。更被春風送惆悵，落花飛絮兩翩翩。